賢者たちの街

RULES OF CIVILITY

AMOR TOWLES

エイモア・トールズ
宇佐川晶子訳

早川書房

賢者たちの街

RULES OF CIVILITY
by
Amor Towles
Copyright © 2011 by
Cetology, Inc.
Translated by
Akiko Usagawa
First published 2020 in Japan by
Hayakawa Publishing, Inc.
This book is published in Japan by
arrangement with
Cetology, Inc.
c/o William Morris Endeavor Entertainment, LLC
through The English Agency (Japan) Ltd.

装幀／早川書房デザイン室

我が彗星、マギーに

それから（王は）僕《しもべ》たちに言った、『婚宴の用意はできているが、招かれていたのは、ふさわしくない人々であった。だから、町の大通りに出て行って、出会った人はだれでも婚宴に連れてきなさい』。そこで、僕たちは道に出て行って、出会う人は、悪人でも善人でもみな集めてきたので、婚宴の席は客でいっぱいになった。

王は客を迎えようとしてはいってきたが、そこに礼服をつけていないひとりの人を見て、彼に言った、『友よ、どうしてあなたは礼服をつけないで、ここにはいってきたのですか』。しかし、彼は黙っていた。そこで、王はそばの者たちに言った、『この者の手足をしばって、外の暗やみにほうり出せ。そこで泣き叫んだり、歯がみをしたりするであろう』。招かれる者は多いが、選ばれる者は少ない。

（新約聖書マタイによる福音書二十二章八節〜十四節）

序章

一九六六年十月四日の夜、そろって中年の後半になっていたヴァルとわたしは、ニューヨーク近代美術館で開かれた〈招かれる者は多い〉と題する写真展のオープニング・パーティに出席した。一九三〇年代後半にウォーカー・エヴァンス〔アメリカの写真家で、この写真展は実際に当美術館で一九六六年に開催されている〕がニューヨーク・シティの地下鉄で隠し撮りした初のポートレート展だ。

それは社交欄専門のコラムニストたちが〝極上の集まり〟と好んで表現しそうなパーティだった。男たちは展示されている写真の色彩そのままの黒のタキシードに白のドレスシャツ、女たちはアキレス腱《けん》から腿《もも》の上まであらゆる丈の、鮮やかな色のドレスを着ていた。容姿端麗《たんれい》な失業中の若い俳優たちが巧みな身ごなしで、ちいさな丸いトレイに載せたシャンパンを配っていた。写真を見ている客はほとんどいなかった。みんな楽しむのに忙しかった。

ウェイターを追いかけていたほろ酔いの資産家令嬢がよろけてぶつかったので、わたしは転びそうになった。酔っているのは彼女だけではなかった。フォーマルな集まりでは八時前に酔うことが、なぜか好ましくて粋とさえみなされるようになっていた。

もっとも、そんな風潮はさほど理解しがたいものではなかった。一九五〇年代に入ると、アメリカは踵《かかと》をつかんで世界を逆さまにし、そのポケットから変化を振りおとした。ヨーロッパは落ちぶれていた——紋章ばかりで、混乱をきわめていた。アフリカ、アジア、南米といった似たり寄ったりの国々は、日差しで温まったサンショウウオみたいに、アメリカという国の教室の壁を軽快に横切りはじめたところだった。そして現在、もちろん共産党員もいるにはいるが、ジョー・マッカーシー〔ジョセフ・レイモンド・マッカーシー。通称赤狩りで悪名を馳せたアメリカの上院議員。一九五七年没〕はもうこの世におらず、誰も月には行っていなくて、当面、ロシア人たちはスパイ小説のページの上をこそこそ動きまわっているだけだった。

そんなわけで、パーティの参加者は全員が程度の差こそあれ、酔っていた。わたしたちは人工衛星みたいに夜に飛び出し、地上三・二キロメートルの上空で、下落する外国通貨と不純物ゼロのアルコールを燃料に、ニューヨーク・シティを旋回していた。ディナーを囲んで大声を出したり、その場を抜け出して互いの配偶者と誰もいない部屋に忍びこみ、ギリシャの神々のように無分別に騒々しく飲み騒いだりした。そして朝は六時半きっかりに起き、すっきりした頭と楽天的気分で、世界を牛耳るスチールのデスクに再びついた。

その夜、当の写真家は注目の対象ではなかった。六十代半ばのエヴァンスは食べ物への無関心がたたってタキシードがぶかぶかで、まるでゼネラルモーターズをリタイアした中間管理職みたいにしょんぼりして目立たなかった。ときおり誰かがぽつねんと佇《たたず》む彼に近づいて感想を述べていたが、ダンス会場で一番冴えない女の子のようにエヴァンスは大抵独りで、隅のほうにぎこちなく立っていた。

そう、あらゆる視線の先にいたのはエヴァンスではなかった。注目を一身に浴びていたのは、自分の母親の不貞の歴史を書いてセンセーションを巻き起こしたばかりの、頭の薄い若い作家だった。編集者と広報担当に両側からはさまれて、ファンの一団の賛辞を受けている彼はずる賢い赤ん坊みたいだった。

ヴァルは媚《こ》びへつらうその一団を興味深げな目で見ていた。スイスの百貨店チェーンとアメリカのミサイル製造会社の合併を推進し、一日一万ドルを生み出す能力がありながら、暴露小説がどうしてそんな騒ぎを引き起こせるのか、彼にはさっぱりわからないのだった。

周囲への注意を常に怠らない広報担当が、わたしの目をとらえ、手招きした。でも、わたしはすばやく手を振りかえして、夫の腕を取った。

「さあ、あなた」とわたしは言った。「写真を見ましょう」

わたしたちは展覧会のあまり混雑していない次の間へ入り、壁に沿ってのんびり歩きだした。どの写真も一様に、写真家の真正面に座ったひとりかふたりの乗客をとらえたポートレートだった。

ちいさなフランス風の口髭をたくわえ、山高帽を大胆に傾けてかぶった、真顔のハーレムの若者。

毛皮の襟《えり》のコートにつば広の帽子をかぶった、どこからどう見てもギャングの経理係にしか見えない四十がらみの眼鏡の男。

メイシー百貨店の香水売り場で働き、自分たちの最良の歳月はすでに過ぎたことを自覚し、ちょっとスレた雰囲気を漂わせて、ブロンクスに着くまでずっと化粧の落ちた顔をさらしている、確実に三十代になっているふたりの独身女性。

男がいて、女がいる。

若者がいて、年寄りがいる。

颯爽《さっそう》とした人がいて、殺伐とした人がいる。

二十年以上も前に撮られたものなのに、写真は一度も公開されたことがなかった。エヴァンスは被写体のプライバシーに気を遣っていたようだ。カメラにおさめた場所が地下鉄という公共の場であったことを考えると、奇妙に（というより尊大にすら）感じられるかもしれない。でも、壁に並べられた顔を見れば、エヴァンスの躊躇《ちゅうちょ》が理解できる。むき出しの人間性がそこにとらえられているからだ。物思いに沈み、通勤者という匿名の仮面をかぶり、まっすぐ自分に向けられているカメラにも気づかず、被写体の多くは知らず知らずに内なる自己をさらけだしている。

生活の糧を稼ぐために一日二回地下鉄に乗る人間なら、それがどういうものか知っている。地下鉄に乗るとき、人は同僚や知人に接するときと同じ仮面をかぶる。そのまま改札を抜けて乗り込むあなたを見れば、あなたがどんなタイプか見当がつく——気取り屋か控えめか、女好きか無関心か、金持ちか失業手当をもらっているか。あなたは空席を見つけ、電車は走り出す。駅をひとつふたつと通過し、人びとが乗り降りする。ゆりかごのような揺れに身を任せているうちに、慎重に作りあげた仮面が剝がれはじめる。気になることや夢に描いていることをとりとめもなく考えるうちに超自我が溶けてなくなる。もっといい場合は、周囲を取り巻く催眠状態に誘われて心配の種や夢が遠のき、平穏な秩序ある静寂が広がっていく。

それは誰にでも起きることだ。問題はそうなるまでに駅をいくつ通過するかだ。人によってはふた駅。ないしは三駅。六十八丁目。五十九丁目。五十一丁目。グランドセントラル駅。肩の力を抜いて視線をぼんやりさまよわせ、人間の孤独が与えてくれる真の慰めを見いだす、その数分間の、おおいなる息抜き。

これらの写真をしげしげと見て、まだ世事に疎い若い人はきっと満足を覚えただろう。展覧会場を見てまわっていた若い弁護士、ヒラの銀行員、元気いっぱいの資産家令嬢たち全員が写真を見て、こう考えたことだろう。〝すごい傑作だ。芸術的偉業だ。これが人間性を映し出した顔なんだ！〟でも、この当時若かったわたしたちのような者にとって、被写体は亡霊に見えた。

一九三〇年代……
実に厳しく大変な十年だった。
大恐慌がはじまったとき、わたしは十六歳だった。二〇年代がもたらした苦労知らずの魔力に騙《だま》されて、夢や期待を抱いた年齢だ。まるでアメリカがマンハッタンを痛い目に遭わせようとして、大恐慌を出現させたかのようだった。

経済破綻のあと、人びとの身体が歩道に叩きつけられる音が聞こえなくなってからも、社会全体の喘ぎはとまらず、やがて静寂が雪のように街を覆った。明かりは徐々に消えた。バンドは楽器をおろし、聴衆はひっそりと出て行った。

それから西寄りの風が東へ移動して、オーキーたちの砂塵《さじん》〔オーキーはオクラホマ州出身の放浪農民を指す。一九三〇年代、オクラホマはしばしば砂嵐に見舞われた〕がはるばる四十二丁目まで吹き荒れた。それは渦巻く雲のようにやってきて、新聞売りのスタンドや公園のベンチに降り積もり、ポンペイの灰さながらに、金持ちも貧乏人も等しく覆い尽くした。突然、マンハッタンにもジョードたち〔オクラホマを舞台にしたスタインベックの小説『怒りの葡萄』に登場するジョード家の人々〕が出現した。逆境におしひしがれた彼らは粗末な身なりで、とぼとぼと路地裏のドラム缶のたき火の前を通り、掘っ立て小屋や安宿を通過し、幾多の橋の下をくぐり、ゆっくりと着実にそれぞれのカリフォルニアへと向かったが、そこも現実のカリフォルニアと同じくらい悲惨で救いのない地だった。貧困と無力。飢えと絶望。少なくとも戦争の兆しがわたしたちの足取りを軽くしはじめるまで、そんな世相が続いた。

確かに、ウォーカー・エヴァンスが一九三八年から一九四一年にかけて隠し撮りしたポートレートは人間性をあぶりだしていたが、そこには際立った特徴——艱難《かんなん》に耐える人間の顔——がとらえられていた。


わたしたちの少し先で、ひとりの若い女性が作品を楽しんでいた。二十二歳より上には見えなかった。あらゆる写真が彼女に快い驚きを与えているようだった——まるで彼女のいる場所が、威厳に満ちてよそよそしい肖像画の並ぶお城の廊下であるかのように。何も知らない無邪気な美しさゆえに紅潮した肌を見て、わたしはつくづく羨ましいと思った。

どの顔もわたしには身近なものだった。くたびれた表情もうつろな眼差しも、見慣れたものばかりだった。別の街のホテルのロビーに入っていくと、そこにいる人たちの服装や立ち居振る舞いが自分の住む街の人びとにそっくりなので、会いたくない誰かに鉢合わせしそうだと思う気分に似ていた。

そしてある意味、その通りのことが起きた。


「ティンカー・グレイだわ」ヴァルが次の写真へ移動しようとしたとき、わたしは言った。

ヴァルが隣へ戻ってきて、二十八歳の、みすぼらしいコートを着た無精髭の男のポートレートをもう一度眺めた。

十キロ近く痩せ、頬の赤みもほぼ失《う》せた彼の顔は、見るからに薄汚れていた。だが、目は明るく、はしっこそうで、まっすぐ正面を向いていた。くちびるに浮かぶかすかな笑みは、彼のほうが写真家を観察しているかのようだった。まるで彼がわたしたちを観察しているかのように。三十年の彼方から、出会いの谷の向こうから見つめる眼差しが、運命の訪れのように見えた。いかにも彼らしい目だった。

「ティンカー・グレイか」ぼんやり思い出したのか、ヴァルが繰り返した。「確か、ぼくの兄がグレイという銀行員を知っていたが……」

「そう、その人よ」わたしは言った。

辛《つら》い目にあった遠い親戚に向けるような、礼儀正しい関心を見せて、ヴァルはより仔細に写真を眺めた。彼の脳裏には、わたしがどの程度その男を知っていたのかという疑問がひとつふたつ浮かんだに違いない。

「人目を惹く顔だな」とだけ言って、ヴァルはほんのわずかに眉間《みけん》に縦皺《たてじわ》を寄せた。


ヴァルと付き合いはじめた夏、わたしたちはまだ三十代で、互いの二十代のざっと十年間を知らなかったが、十年間は充分な時間だ。人生が丸ごと導かれ、迷わされるには充分な時間。あの詩人〔T・S・エリオットを指す〕が言ったように、殺戮と創造の時間——あるいは少なくとも、皿の上の疑問を正当化するには充分な時間だった。

でもヴァルはほとんど過去を振り返らない習慣を美点だと考えていて、わたしの過去の謎に関しても、他のたくさんの謎と同じように、詮索しないとびきりの紳士だった。

にもかかわらず、わたしは一歩譲って、言った。

「彼はわたしの知り合いでもあったのよ。しばらくの間、わたしの友人仲間のひとりだったの。でも戦前からもう名前も耳にしていなかったわ」

ヴァルの眉間が緩んだ。

こうしたささやかな事実のもたらす曖昧な単純さが気分を和ませたのだろう。夫は改めて写真を見て短く首を振った。それはその偶然に正当性を与えると同時に、大恐慌の不公平を肯定する仕草だった。

「人目を惹く顔だな」またそう言ったが、さっきよりも共感がこもっていた。ヴァルはわたしの腕の下に腕を滑り込ませて、優しくわたしを先導した。

次の写真の前でわたしたちはしばらく立ちどまった。それから、次の写真、また次の写真へと移動した。けれども、もうどの顔も、反対側のエスカレーターをのぼっていく見知らぬ人びとの顔のように、ただ通り過ぎるだけだった。ほとんどわたしの目には入っていなかった。

ティンカーの微笑……

長い歳月が過ぎたあとだけに、それを見たときわたしは不意をつかれた。心臓が跳ねた。

マンハッタンに暮らす裕福な中年の、甘い、根拠のない自己満足にすぎないのかもしれないが、美術館に入りながら、もしも訊かれていたら、自分の人生は完璧な安寧に到達したと宣誓証言したことだろう。ヴァルとの結婚はふたつの理性の結婚であり、太陽に向かって咲くシロバナスイセンのように、穏やかに着実に将来へ向かうふたつの都会的精神の結婚だった。

けれども、いつのまにかわたしの思いは過去に向かっていた。苦心して念入りに仕上げた申し分のない現在に背中を向けて、過ぎ去った日々の甘い不安や、偶然の出会い――その時はひどくでたらめで刹那的に思えたが、時と共に運命に似てきた――を、探していた。

そう、わたしの思いはティンカーとイヴへ向かい、ウォレス・ウォルコットやディッキー・ヴァンダーホワイルやアン・グランディンへも向かった。そして、わたしの一九三八年を彩り、形づくった万華鏡のようなめくるめく出来事へ向かった。

夫の傍に立ちながら、気がつくとわたしはあの一年間の思い出を外へ漏らすまいとしていた。あまりにスキャンダラスでヴァルが仰天するとか、わたしたちの結婚の調和を乱すとかいうわけではない——それどころか、当時の思い出を打ち明けたら、ヴァルはいっそうわたしへの愛情を深めるだろう。でも、打ち明けたくなかった。思い出を薄めたくなかったからだ。

何よりも、わたしはひとりになりたかった。華やかな自らの環境から抜け出したかった。ホテルのバーで一杯やりたかった。もっといいのは、タクシーで数十年ぶりにグレニッチ・ヴィレッジへ行くことだった……

確かに、あの写真のティンカーは貧しく見えた。貧しくて、腹を空かせ、何のあてもなさそうに見えた。でも、彼は若く、エネルギーに溢れてもいた。そして、妙に生き生きとしていた。

急に、壁にかけられたたくさんの顔に見られているような気がした。くたびれて、孤独な地下鉄の亡霊たちがわたしの顔を観察し、年を取った人間の顔立ちに特有の哀感をそえる妥協の痕跡をたどっている気がした。

そのとき、ヴァルがわたしを驚かせた。

「行こう」と彼は言った。

わたしが顔をあげると、夫は微笑した。

「さあ。あまり混雑していない午前中にでもまた来よう」

「そうね」

美術館のなかほどはごった返していたので、わたしたちは端に沿って、写真の前を通り過ぎた。たくさんの顔が、厳重警備の独房のちいさな四角い窓から覗《のぞ》いている囚人の顔のように、ちらちら揺れた。わたしを追いかけ、目で問いかけてきた。〝どこへ行くつもり？〟出口にたどり着く寸前、顔のひとつがわたしを棒立ちにさせた。

わたしは苦笑いした。

「どうした？」ヴァルが訊いた。

「また彼よ」

高齢女性の二枚のポートレートの間に、ティンカーの二枚めのポートレートがあった。カシミアのコートを着て、きれいにひげを剃り、オーダーメイドのシャツの襟元にきりっとしたウィンザーノットが覗いている。

ヴァルはわたしの手を引っ張って、その写真から三十センチほどのところに立った。

「さっきのと同じ人物ということか？」

「ええ」

「まさか」

ヴァルは踵《きびす》を返して最初のポートレートへ戻った。部屋の向こうでヴァルが薄汚れた顔を注意深く眺め、目立つ特徴を探しているのが見えた。彼は戻ってくると、カシミアのコートの人物から三十センチの位置に立った。

「信じられん」とヴァルは言った。「まさしく同一人物だ！」

「作品から下がってください」警備員が注意した。

わたしたちは後ろへ下がった。

「知らなければ、まったくの別人だと思うだろうな」

「ええ、ほんとね」

「すると、彼はすっかり立ち直ったというわけだ！」

ヴァルは急に上機嫌になった。ぼろぼろの服からカシミアへの旅が夫の生来の楽天主義を復活させた。

「そうじゃないわ。この写真の方が古いのよ」

「なんだって？」

「さっきのほうがこの写真より新しいのよ。あれは一九三九年だったでしょう」わたしはラベルを指差した。

「これが撮られたのは一九三八年」

ヴァルが間違えたのも無理はない。この写真の方が新しいと思うのはごく自然だった——単に、最後の方に展示されていたからというだけではなく。一九三八年の写真のティンカーは裕福に見えるだけでなく、老けても見えた。顔は肉付きがよく、一連の成功が醜悪な真実をひとつふたつ牽引《けんいん》してきたかのように、丸い顔は世俗的な倦怠《けんたい》をほのめかしていた。一方、一年後の写真は平時の二十歳の青年のポートレートのように見えた。生気に溢れ、怖いもの知らずで、そして、天真爛漫《らんまん》だった。

ヴァルは気まずそうだった。

「そうか、気の毒に」

彼は再びわたしの腕を取り、わたしたちみんなにするように、ティンカーに首を振った。

「金持ちから無一文へ転落とはなあ」と優しく言った。

「そうじゃないのよ」わたしは言った。「必ずしもそういうわけじゃないの」

ニューヨーク・シティ　一九六六年

冬

一章　久しき昔

それは一九三七年の大晦日の夜のことだった。

ましな予定も、あてもないまま、ルームメイトのイヴがわたしを引っ張って行ったのは、グレニッチ・ヴィレッジにある地下一・二メートルの物欲しげな名前のナイトクラブ、ホットスポット〔人気のあるナイトクラブの意〕だった。

クラブの雰囲気はまるで大晦日らしくなかった。三角帽子も吹き流しもなかった。紙のトランペットもなかった。奥のちいさな無人のダンスフロアのあたりにぼんやり見えるジャズ・カルテットが、恋と別れのスタンダードナンバーをヴォーカル抜きで演奏していた。サキソフォンを吹いているのはエンジンオイルみたいに真っ黒な肌の、哀愁を漂わせた大男で、長くて孤独なソロの迷宮に迷い込んでいるようだった。一方ベース奏者は慇懃《いんぎん》なちょび髭を生やしたカフェオレ色の肌を持つ、白人と黒人のハーフで、サキソフォンをせかさないよう気を配りつつ、ブーン、ブーン、ブーン、と緩慢なペースで弦をはじいていた。

まばらな客はバンドと同じくらい陰気だった。めかしこんでいる者はひとりもいなかった。カップルはちらほらいたが、ロマンスはなかった。恋人同士や懐が豊かな人はこの近くのカフェ・ソサエティでスウィングに合わせて踊っていた。あと二十年経てば、全世界がここのような地下のクラブに腰をおろし、無愛想な独奏者の内なる不安の探索に耳を傾けるだろう。でも、一九三七年の大晦日の夜に、もしもあなたがカルテットを眺めているなら、それはオーケストラを聴く経済的余裕がないからか、新年を迎えるいい理由がないからだった。

でもわたしたちにとっては、とても居心地がよかった。

自分たちが何を聴いているのか実はわかっていなかったが、利点があるのは確かだった。それはわたしたちの希望を膨らませることも、ぺしゃんこに潰すこともなかった。リズムらしきものがあり、あふれんばかりの誠実さがあった。わたしたちを部屋から引っ張り出すだけの魅力を持っていたし、わたしたちもそれにふさわしい装いをしていた。履き心地のいいフラットシューズにシンプルな黒のワンピース。でも、ワンピースの下にイヴが一番上等のランジェリーをこっそりつけているのをわたしは知っていた。

イヴ・ロス……

イヴはアメリカ中西部出身によくいる、目の覚めるような美人だった。

ニューヨークでは魅惑的な女はパリかミラノから飛んできたと思われやすい。でも、そんな女はごくひとにぎりだ。美女の大多数はIではじまるたくましい州——アイオワやインディアナやイリノイのような——の出身だ。新鮮な空気と、らんちき騒ぎと、無知から生まれるこうした素朴なブロンド女性たちは、星明かりのようなふさのついたトウモロコシ畑から旅に出る。早春ともなると、毎朝そんな女性のひとりがセロファンに包んだサンドイッチを持って自宅のポーチからこっそり逃げ出し、マンハッタン行きの最初のグレイハウンドを手を振って止める——マンハッタンは、美しければかたっぱしから歓迎され、サイズをはかられ、たとえすぐには採用されなくても、試着される街だ。

中西部出身の女の子たちの大きな強みのひとつは、見分けがつけにくいことだ。ニューヨークの女の子は裕福か貧乏か、すぐに見分けがつく。ボストン出身の金持ちの女の子と貧しい女の子もすぐにわかる。結局のところ、アクセントやマナーが決め手になる。でも、生粋のニューヨーカーにとって、中西部出身の女の子たちはみんな同じに見えるし、同じに聞こえる。そりゃ、階級が異なれば、育った家も、通った学校も異なるけれど、彼女たちには中西部に共通の謙虚さがあり、富や特権のレベルは曖昧で、わたしたちニューヨーカーにはつかみきれない。要するに、彼女たちの違いはアイオワのデモインでは明白でも、わたしたちの社会経済階層——バワリーのごみ溜めからペントハウスの楽園まで徐々に積み重なってきた無数の層——の物差しで測るにはちいさすぎるのだ。いずれにしても、わたしたちにとって彼女たちは全員田舎臭く見えた。清らかで、目はぱっちりと大きく、穢《けが》れひとつないわけではなくても、神を恐れていた。

イヴはインディアナ州の経済的尺度の上部末端に位置する家の出身だった。父親は会社の運転手つきの車で出勤し、イヴは朝食にサディという黒人メイドが用意するスコーンを食べて育った。二年制の教養学校〔若い女性が社交界に出るための準備をする私立学校〕へ通い、夏はスイスでフランス語を勉強するふりをして過ごした。でも、バーではじめて彼女に会ったら、イヴがトウモロコシ育ちで、金持ちの結婚相手を探す女の子なのか、ばか騒ぎをしている億万長者の娘なのか区別がつかないだろう。確実なのは、イヴが正真正銘の美人ということだけだった。そんなふうだったから、彼女と仲良くなるのはたやすいことだった。

イヴは誰もが認める天然のブロンドだった。肩まである髪は夏には砂色で、秋になると故郷の小麦畑と同調したみたいな黄金色になった。美しい顔立ちにブルーの目、ほほえむとあらわれるちいさなえくぼは、左右の頬の内側の中心に固定された細い鋼《はがね》がぴんと張って頬がくぼむのだと思いたくなるほど、完璧な輪郭をしていた。正直なところ、背丈は百六十五センチしかなかったけれど、五センチのヒールで踊るコツを知っていた――あなたの膝に乗るやいなや、それを脱ぎ捨てることも心得ていた。

イヴの名誉のために言っておくと、ニューヨークで彼女は誠実に暮らしていた。一九三六年にこの街にやってきたときは、父親のお金でミセス・マーティンゲールの下宿屋の個室に入ることができたし、父親のコネで、ペンブローク・プレスでマーケティング助手――学校時代、慎重に避けまくっていた書物全般の販売促進――の仕事に就いていた。

下宿屋での二日めの夜、イヴはテーブルで皿をひっくり返し、スパゲティがわたしの膝を直撃した。ミセス・マーティンゲールがシミを取るなら白ワインにつけるのが一番だと言った。彼女は料理用のシャブリのボトルをキッチンから持ってくると、わたしたちをバスルームへ行かせた。わたしのスカートにちょっとだけワインを振りかけたあと、イヴとわたしはふたりでドアに背中を向け、床に座って残りを飲み干した。

イヴは最初の給料をもらうとすぐに個室暮らしを断念し、父親の預金口座から小切手で現金を引き出すのをやめた。イヴの自立から数カ月後、パパが十ドル札五十枚と、娘をいかに誇りに思うかを綴った優しい手紙を送ってきた。彼女は現金が結核に感染しているみたいに、送り返した。

「甘やかされるのは嫌いじゃないのよ」イヴは言った。「支配されるんでなけりゃね」

そんなわけで、わたしたちはかつかつの生活をしていた。下宿屋の朝食では余った物も残らず食べ、昼時にはひもじい思いを我慢した。服は同じ階の女の子たちと貸し借りした。髪は互いにカットしあった。金曜の晩は、キスする気にもなれない男の子たちにお酒をおごらせ、もう会うつもりのない相手には二、三回のキスと引き換えに夕食をおごらせた。雨の降る水曜、ベンデル〔当時五番街にあった老舗のファッションの店〕が裕福な人妻で混み合っていると、ときどきイヴは一番上等のスカートと上着をつけ、エレベーターで二階へ上がり、パンティの中にシルクのストッキングを突っ込んだものだった。わたしたち下宿人が家賃を滞納した時は、彼女の出番だった。イヴはミセス・マーティンゲールのドアの前に立ち、五大湖並みのしょっぱくない涙を盛大に流した。

◆◆◆

くだんの大晦日、三ドルでどこまで楽しめるかというプランをひっさげてわたしたちは夜の街に繰り出した。男性はこのさいどうでもよかった。一九三七年は男にとってチャンスはごろごろしていたけれど、その年の最後の数時間を遅れてきた男を相手に無駄に過ごす気など、わたしたちにはなかった。このさびれたクラブを選んだのは、そこでなら音楽はそこそこ真剣に演奏されていて、ふたりの美人がちょっかいを出される心配もなく、一時間にそれぞれ一杯のマティーニが飲めるぐらいジンが安かったからだ。お堅い店では許されないぐらいたっぷり煙草も吸うつもりだった。時計の針が順調に真夜中を回ったら、二番街のウクライナ人が経営する簡易食堂へ行って、深夜のスペシャルメニュー――コーヒーと卵とトースト――を十五セントで食べる予定だった。

ところが、九時半を少し過ぎた頃、十一時に飲むはずのジンをわたしたちは飲んでしまった。十時には卵とトーストのお金も飲んでしまった。ふたり合わせて五セント硬貨が四枚あるだけで、何も食べていなかった。その場でどうにかしなければならない頃合いだった。

イヴはベース奏者にせっせと色目を使い出した。それはいわば彼女の趣味だった。演奏中のミュージシャンたちに睫毛をぱちぱちさせて、セッションの合間に煙草をねだるのだ。このベース奏者は風変わりという点では確かに魅力的だったが——クレオールの大半がそうであるように——自分の音楽にすっかり陶酔していて、視線はブリキの天井を向いたきりだった。神のみわざでもない限り、イヴが彼の注意をとらえるのは難しそうだった。わたしは彼女の色目の対象をバーテンダーに変えさせようとしたが、イヴはおとなしくそれに従う気分ではなかった。彼女は煙草に火をつけ、幸運を願ってマッチを肩越しに投げた。こうなったらすぐにでもよきサマリア人を見つけなくちゃ、とわたしは内心思った。さもないと、わたしたちまで天井を睨むことになるわ。

彼がクラブに入ってきたのはそのときだった。

イヴが最初に彼に気づいた。彼女はステージから振りかえって何か言うふりをしながら、わたしの肩越しに彼を盗み見た。そしてわたしの脛を蹴り、彼の方に顎をしゃくった。わたしは椅子をずらした。

彼はすばらしかった。身長は百八十センチぐらい、タキシード姿で、腕にコートをかけていた。髪は褐色、目は深いブルー、頬の中心に星形のちいさな赤味がさしていた。彼の先祖——水平線を希望に満ちた目でひたと見据え、しょっぱい海風に髪がちょっと縮れている——がメイフラワー号の舵輪《だりん》を握っているところが想像できた。

「あたしのものよ」とイヴが言った。

彼は薄暗さに目を慣らしたあと、店内がよく見える入り口から客たちを眺めた。誰かと会うためにきたのは明らかで、その表情からは相手がいないと知った落胆がうかがえた。わたしたちの隣のテーブルに腰をおろすと、もう一度あたりを見渡し、流れるような動作でウエイトレスに合図を送り、椅子の背にコートをかけた。

美しいコートだった。キャメルに近いが、もう少し薄めの色のカシミアは、ベース奏者の肌の色を思わせ、仕立ておろしのように、シミひとつなかった。きっと五百ドルはするだろう。もっと、かもしれない。イヴはコートから目が離せなかった。

ソファの隅に近寄る猫のように、ウエイトレスがやってきた。一瞬わたしは彼女が背中を弓なりに反らして彼のシャツに爪を立てるのではないかと思った。注文を取るとき、彼女は少し後ろへさがって、彼がブラウスの中を覗けるように前かがみになった。彼は気づかないようだった。

親しげだが礼儀正しい口調で、彼女にはもったいないような敬意を見せながら、彼はスコッチを頼んだ。それから深く座り直し、周りの様子を眺めはじめた。バーからバンドへ視線をさまよわせながら、彼は目の隅でイヴを見た。イヴはまだコートを凝視していた。彼は赤くなった。店内を調べることやウエイトレスに合図をすることに気を取られるあまり、コートをかけた椅子がわたしたちのテーブルにあることに気づいていなかったのだ。

「これは失礼しました」彼は言った。「無作法なことを」

「あら、いいえ。ちっとも」わたしたちは言った。「誰もそこには座っていないんだし、問題ないわ」

彼はためらった。

「本当に？」

「ほんとにほんと」イヴが言った。

ウエイトレスがスコッチを持って戻ってきた。立ち去りかけたウエイトレスに、彼はちょっと待ってと声をかけ、わたしたちに一杯ご馳走したいと申し出た——曰く、往く年の最後の善行として。

この人物がコートと同じぐらい上等で清潔で高級であることは、とっくにお見通しだった。自信のある物腰、周囲への公平な興味、馴れ馴れしくない控えめな態度、これらは金と作法が同居する環境で育った若い男性だけに見受けられるものだ。こういう人びとは、新しい環境で自分たちが歓迎されないかもしれないなどとは思わない――そして結果としてその判断は九割がた正しかった。

一人でいる男がふたりの美人にお酒をおごった場合、誰を待っていようが、男は世間話をはじめるものだ、と普通は思うかもしれない。ところが、趣味のいい着こなしの我らがサマリア人は話しかけてこなかった。にこやかにうなずいてこちらに一度グラスをあげると、ウイスキーをゆっくり飲みながらバンドに注意を向けた。

二曲終わったところで、イヴがじりじりしはじめた。彼女はひっきりなしに彼を一瞥《いちべつ》しては、彼の発言を期待した。何でもいいから言って欲しかったのだ。一度、ふたりの視線が合ったが、彼は礼儀正しく微笑しただけだった。この曲が終わったら、イヴが彼の膝にジンをこぼしてでも話しかけるつもりなのは明らかだった。でも、そのチャンスはこなかった。

曲が終わると、サキソフォン奏者がこの一時間ではじめて口を開いたのだ。説教師であってもおかしくないようなよく響く低い声で、彼は次のナンバーについて長々と説明をはじめた。これは新曲です。ティン・パン・アレー〔マンハッタンの一地区の俗称で、音楽家や音楽出版社が多い場所〕の三十二歳で死んだシルヴァー・トゥース・ホーキンズというピアニストに捧げます。アフリカと関係があって、曲名は『ティンカーニバル』です。

紐でぎゅっと締めたスパッツ〔脛の部分に巻くゲートルのこと〕をつけた足でリズムをとりながら、ドラマーがスネアドラムを叩きはじめた。ベースとピアノが加わった。サキソフォン奏者はビートに合わせて首を振りながら、仲間の演奏を聴いていた。テンポの囲いの内側を駆けていく小気味のいいメロディのサキソフォンがそこに加わった。と思ったとたん、サキソフォン奏者がけたたましい音を鳴らしはじめた。まるで、怖気《おじけ》付いて囲いをぱっと飛び越えたかのようだった。

わたしたちの隣人の顔が、警官から指図を受けた観光客みたいになった。偶然わたしと目が合うと、彼はうろたえた顔をしてみせた。わたしが笑うと、彼は笑いかえしてきた。

「メロディはあるのかな？」と彼が尋ねた。

わたしはよく聞こえなかったふりをして、椅子をちょっと近づけた。ウエイトレスがやったよりも五度ばかり深めに上半身を傾けた。

「え？」

「あれにメロディはあるのかどうかと思って」

「メロディなら一服しに外へ出て行ったのよ。すぐに戻ってくるわ。でも、あなたは音楽を聴きにここに来たんじゃないでしょう」

「見てわかるの？」彼は気恥ずかしそうな笑みを浮かべて言った。「実は兄弟を探しているんだ。ジャズ好きでね」

テーブルの向こうからイヴの睫毛がぱたぱたと上下するのが聞こえた。カシミアのコートに、大晦日に兄弟とデート。これ以上、女が何を知る必要があろう？

「待っている間、あたしたちのテーブルに座らない？」イヴが訊いた。

「ああ、しかし、それは厚かましいでしょう」

（近頃はあまり耳にしていない言葉だった）

「厚かましくなんかないわ」イヴがたしなめるように言った。

わたしたちは席を詰め、彼は椅子ごと移動してきた。

「セオドア・グレイだ」

「セオドアですって！」イヴが大声をあげた。「ルーズヴェルトですらテディで通ってるのに」

セオドアは笑った。

「友人たちにはティンカーと呼ばれている」

やっぱり。ＷＡＳＰ〔アメリカの支配的特権階級であるアングロサクソン系プロテスタントの白人を指す言葉〕は我が子に実用的なものを作る職人にちなんだニックネームをつけるのが大好きだ。鋳《い》掛《かけ》屋（ティンカー）、桶屋（クーパー）、鍛冶屋（スミシー）。十七世紀ニューイングランドの自助努力の精神に立ち返るためかもしれない——手を使う商いの職人たちは、神の目には忠実で慎ましく高潔に映ったのだ。それともひょっとしたら子供の運命を控えめに表現する単なる手段だったのかもしれない。

「あたしはイヴリン・ロス」イヴィが日頃使わないファーストネームを口にした。「そしてこっちはケイティ・コンテント」

「ケイティ・コンテント！　へえ！　じゃ、きみは満足《コンテント》してるの？」

ティンカーは親愛の笑みを浮かべてグラスをあげた。

「全然」

「それでは、きたる一九三八年に乾杯」


——

ティンカーの兄弟は結局あらわれなかった。そのことはわたしたちにとってはむしろ幸いだった。というのも、十一時を回ると、ティンカーがウエイトレスに合図をしてシャンパンをボトルで注文したからだ。

「シャンパンは置いてないんです、お客さん」とウエイトレスが答えた——彼がわたしたちのテーブルに移ったせいで、さっきより断然口調が冷たかった。

そこで彼はジンを頼み、わたしたちのお代わりも頼んでくれた。

イヴは上機嫌だった。ハイスクール時代、世界一の金持ちを競い合うヴァンダービルト〔海運業と鉄道事業で財を成した、当時のアメリカ有数の富豪〕とロックフェラーみたいに学園祭の女王を競い合っていた女の子ふたりの話をした。ひとりが最高学年のダンスパーティの夜、ライバルの女の子の家にスカンクを放した。被害にあった女の子は相手の十六歳の誕生日に前庭の芝生に馬糞《ばふん》の山を捨てて応酬した。最終決戦は日曜日の朝、聖母マリア教会の階段上でそれぞれの母親たちの間で起きた髪の毛の引っ張りあいだった。よせばいいのに仲裁に入ったオコナー牧師はとんだとばっちりを食った。

ティンカーの尋常ならぬ笑いっぷりは、彼がしばらく笑っていなかったことを物語っていた。その笑み、眼差し、うっすら染まった頬といった天から授かった美点のすべてが輝いていた。

「きみはどうなの、ケイティ?」やっと息をついたあと、彼が尋ねた。「出身はどこ?」

「ケイティはブルックリン育ちよ」イヴが率先して言った——それが自慢の種であるかのように。

「へえ? ブルックリンで育つというのはどんなものだった?」

「そうねえ、学園祭の女王がいたとは思えないわ」

「いたとしても、あなたは学園祭なんか行かなかったでしょ」イヴが言ったあと、打ち明け話でもするようにティンカーの方に身を乗り出した。

「ケイティは最高にすごい本の虫なの。彼女が読んだ本を全部積み上げたら、天の川にだって昇れちゃうぐらいなんだから」

「天の川！」

「月まではいけるかも」わたしは認めた。

イヴがティンカーに煙草を一本差し出すと、彼は断わった。ところが、煙草が彼女のくちびるに触れた瞬間、彼はライターを用意していた。無垢の金で、ティンカーのイニシャルが彫ってあった。

イヴは頭をのけぞらせてくちびるをすぼめてから、天井めがけてひと筋の煙を吐きだした。

「さてと、あなたはどうなの、セオドア？」

「そうだなあ、ぼくが読んだ本を全部積んでも、タクシーに乗り込むのがせいぜいじゃないかな」

「そうじゃなくて」とイヴが言った。「あなたの出身は？　という意味よ」

ティンカーが答えたのは、上流階級らしい省略に終始していた。マサチューセッツの出身で、プロヴィデンスの大学へ行き、ウォール街のちいさな会社で働いている——省略なしでいうと、ボストンの高級住宅街であるバック・ベイで生まれ、名門ブラウン大卒で、現在は祖父が創設した銀行で働いている、ということだ。普通、この種の偏《かたよ》りは誠意のなさが透けて見えてうんざりさせられるのだが、ティンカーの場合は、アイヴィーリーグの学位の影が楽しみをだいなしにするのではないかと本気で恐れているようだった。アップタウンに住んでいる、と彼は締めくくった。

「アップタウンって？」イヴが〝無邪気に〟質問した。

「セントラルパーク・ウエスト二一一だけど」と困惑気味にティンカーは言った。

セントラルパーク・ウエスト二一一！　ベレスフォード。二十二階建てのテラス付き高級アパートメントだ。

テーブルの下でイヴがまたわたしを蹴ったが、彼女には話題を変えるだけの分別があった。イヴはティンカーの兄弟について尋ねた。どんな人なの？　お兄さん、それとも弟？　背は低い、高い？

兄で、背は弟より低い。ヘンリー・グレイは画家でウエスト・ヴィレッジに住んでいた。お兄さんを表現する一番適切な言葉は何か、とイヴが尋ねると、一瞬考えてからティンカーは〝頑固〟という言葉に落ち着いた――彼の兄は自分が何者で、何をしたいかを常に知っていたから。

「すごく疲れそうな人ね」とわたしは言った。

ティンカーは笑った。

「だろうと思うよ」

「それにちょっぴり退屈?」イヴがほのめかした。

「いや。まったく退屈ではないな」

「じゃあ、頑固ってことにしましょ」

ある時点で、ティンカーは席をはずした。五分が経ち、十分が経った。イヴもわたしも気をもみはじめた。支払いでわたしたちを困らせる人物には思えなかったものの、十五分のトイレは女性にしても長かった。狼狽が頂点に達した時、彼が戻ってきた。顔が紅潮していた。大晦日の冷えた空気がタキシードの生地にまとわりついていた。ティンカーはシャンパンのボトルの瓶を握っており、魚の尾をつかんで持ち上げている学校をサボった生徒のように、にやにやしていた。

「大成功!」

ブリキの天井にコルク栓が音を立てて飛び出すと、わたしたちの高揚した気分に水を差すような視線が集中したが、ベース奏者だけは口髭の下から歯をのぞかせて、うなずきながらわたしたちに向かってブーン、ブーン、ブーン!　と弦をはじいた。

ティンカーはわたしたちの空っぽのグラスにシャンパンを注いだ。

「新年の抱負を言わないと!」

「そんなものないわよ、ミスター」

「もっといいこと思いついた」とイヴが言った。「お互いのための新年の抱負を決めない？」

「すばらしい！」ティンカーが言った。「ではまずぼくから。一九三八年、きみたちふたりは……」

彼はわたしたちをせわしなく見た。

「もっと大胆になるべきだ」

わたしたちは声をそろえて笑った。

「よし」ティンカーは言った。「きみの番だ」

イヴはためらわずに言った。

「あなたは退屈な生活から抜けだすべきよ」

イヴは片方の眉をあげてから、挑むように横目で彼を見た。ティンカーは一瞬、たじろいだ。イヴが痛いところをついたのは明らかだった。彼はゆっくりとうなずき、微笑した。

「人のために願いごとをするのは実にすてきな心がけだ」

真夜中が近づくにつれて、おもての通りから人びとの歓声や車の警笛が聞こえるようになったので、こっちもパーティに参加することにした。ティンカーが手が切れそうな新札で勘定書より多く払った。イヴが彼のスカーフをひったくってターバンみたいに自分の頭にぐるぐる巻きつけた。わたしたちはテーブルの間を縫って夜の中へよろめき出た。

外ではまだ雪が降っていた。

イヴとわたしは両側からティンカーをはさみ、彼と腕を組んだ。寒さに逆らうように、ティンカーの肩にもたれてウェイヴァリー通りを進み、ワシントン・スクエア公園で浮かれ騒いでいる集団へ向かっていった。一軒の上品なレストランの前を通った時、中年のカップルが出てきて、待っていた車に乗り込んだ。車が走り去ると、ドアマンがティンカーの目を見て、言った。

「先ほどはどうも、ミスター・グレイ」

チップをはずんだシャンパンの出所がその店なのは明らかだった。

「ありがとう、ポール」とティンカーは言った。

「新年おめでとう、ポール」とイヴが言った。

「おめでとうございます、マアム」

雪に覆われたワシントン・スクエア公園はとてもきれいに見えた。雪がすべての木やゲートに降り積もっていた。夏の日々にはしゃれて輝いていた褐色砂岩の建物が、今は惨めに目を伏せて、感傷的な思い出にしばしふけっていた。二階の二十五号室のカーテンが引かれ、イーディス・ウォートン〔アメリカの小説家。一九三七年八月没〕の幽霊がはにかんだ羨望の眼差しで外を眺めていた。優しくて、洞察に満ちた、中性的なウォートンは、わたしたち三人が通るのを見ながら、彼女があんなにも巧みに想像していた愛がいつ勇気を奮いおこして、彼女のドアを叩いてくれるかと待っていた。愛がはた迷惑な時間にあらわれて、入れてくれと主張し、執事を押しのけて、清教徒の階段を駆けあがりながら彼女の名前を呼ぶのはいつだろうと。

残念だけど、その時はこない、とわたしは思う。

公園の中心に近づいていくにつれて、噴水のそばのばか騒ぎの実態が見えてきた。大学生の集団が半値で演奏する三流バンドとともに新年の到来を祝おうと集まっていた。男子学生は全員がタキシード姿だったが、四人の新入生だけは友愛クラブの名称をあらわすギリシャ文字が編みこまれた栗色のセーターを着て、人ごみを歩き回りながらグラスを満たして回っていた。露出度の高い服装の若い女性がバンドを指揮するふりをしていたが、無関心なのか未熟なのか、バンドは同じ曲を繰りかえし演奏していた。

ミュージシャンたちが突然の合図を受けて演奏をやめた。若い男がボートのコックスが使うメガフォンを片手に、貴族専用のサーカス団長みたいに自信たっぷりの顔つきで、公園のベンチに飛び乗った。

「紳士淑女のみなさん」男子学生は高らかに言った。「新しい年はすぐそこまで来ています」

華麗な身振りで彼が仲間のひとりに合図すると、灰色のローブ姿の年配の男がベンチの若者の隣へ押しあげられた。男は劇でモーセ役が使う綿のひげをつけて、ボール紙の鎌を持っていた。足元が少々おぼつかなく見えた。

巻物をほどいて地面まで垂らしながら、サーカスの団長は一九三七年にあった問題をあげつらい、老人を厳しく責めはじめた。景気後退……ヒンデンブルク号の爆発事故……リンカーン・トンネル！〔一九三七年に開通したが市民には不評だった〕次にメガフォンを持ち上げて、「一九三八年よ、出でよ」と呼びかけた。茂みの背後から、オムツ以外何も身につけていない、太りすぎの友愛クラブの仲間がひとりあらわれた。彼はベンチにのぼると、やんやの喝采に応えて筋肉をうごめかした。それと同時に老人のつけ髭が耳からはずれ、痩せこけた顔と無精髭があらわになった。きっと金かワインを餌に大学生たちが裏路地から連れてきたホームレスなのだろう。どんな餌だったにしろ、その影響力は薄れてしまったらしい。老人は自警団に取り囲まれた浮浪者よろしく突然あたりをきょろきょろしはじめた。

団長はセールスマンそこのけの熱の入ったそぶりで新年の身体のあちこちを示しながら、その改良点を事細かにしゃべりはじめた。その順応性のあるサスペンション、その流線型のシャシー、その積極性。

「行ってみようよ」イヴが笑いながら駆け出した。

ティンカーはあまり気乗りしないようだった。

わたしがコートから煙草のパックを出すと、彼はライターを取り出した。

そして、肩で風を遮るために一歩近づいた。

煙を吐き出すわたしをよそに、ティンカーは頭上を仰いで、街灯の光輪をまとってゆっくりと舞い降りてくる雪片を見つめた。そのあと再び浮かれ騒ぎに視線を戻し、悲しげとも言える目で集まりをじっと眺めた。

「あなたがどっちを悼《いた》んでいるのかわからないわ」とわたしは言った。「終わろうとしている年か、新しい年か」

ティンカーは抑えた笑みを見せた。

「ぼくの選択肢はそのふたつだけ？」

群衆の端にいたひとりの背中に、突然、雪玉が命中した。彼と友愛クラブの仲間がうしろを向いたとたん、今度はそのうちのひとりのシャツの襞《ひだ》に雪玉が当たった。

振り返ると、十歳にもならない男の子が公園のベンチという安全圏のうしろから攻撃を開始しているのがわかった。服を四枚重ね着した男の子は、クラス一のでぶちんに見えた。左右には彼のウエストまである雪玉のピラミッドができていた。きっとまる一日を費やして砲弾を用意したのだろう――ポール・リヴィア〔アメリカ独立戦争時の愛国者で、英軍の進撃をいち早く知らせたとされる〕の口から英軍接近の知らせをじかに受けた兵士のように。

大学生三人はびっくり仰天し、口を開けて目を凝らした。子供は相手が呆然としているすきに、立てつづけにさらに三発を狙いあやまたずに命中させた。

「あのガキをやっつけろ」学生のひとりがむきになって言った。

三人は敷石から雪をこそげとって固め、報復を開始した。

雪合戦を楽しもうともう一本煙草を引き抜いたところで、わたしの注意は思いがけない展開によってさっきの方角へ引き戻された。安ワインで酔った浮浪者と並んでベンチに立っていたオムツをつけた新年が、見事なファルセットで『オールド・ラング・サイン』〔日本では『蛍の光』で知られる〕を歌いだしていた。湖面を渡るオーボエの嘆きのように現実離れした純粋で心に沁《し》み入る声が、この世のものとは思えない美しさを夜に与えていた。『オールド・ラング・サイン』はだいたい合唱するものと決まっていたが、彼の歌声があまりにもみごとで、誰も一緒に歌おうとしなかった。

最後のリフレインが注意深く徐々にちいさくなって消えると、一瞬、あたりが静まり返り、次の瞬間、喝采が起きた。サーカス団長はテノールの肩に手を置いた――よくやったとたたえるように。次に団長は懐中時計を取り出して、片手を上げ、静粛を求めた。

「ありがとう、みなさん。ありがとう。お静かに。ではいいかな……？　10！　9！　8！」

人ごみの真ん中からイヴがわたしたちの方に興奮気味に手を振った。

わたしはティンカーの腕を取ろうとした――ところが彼はいなくなっていた。

左側は人気《ひとけ》のない公園の歩道、右側は街灯の下をずんぐりした背の低い人影が通り過ぎていくだけだった。だからわたしはウェイヴァリー通りの方に向き直った――その拍子にティンカーが見えた。彼はちいさな男の子と並んでベンチの後ろにしゃがみ、友愛クラブのメンバーたちの攻撃をかわしていた。思いがけない助っ人に力を得て、少年はいっそう決然たる顔をしていた。そしてティンカーは、北極のあらゆるランプにも明かりを灯《とも》せそうな笑みをその顔に浮かべていた。

◆◆◆

イヴとわたしが帰りついたのは夜中の二時近かった。通常、下宿屋は十二時にドアに鍵をかけるのだが、休日は門限が延長された。その自由を最大限活用する女の子たちはごくひとにぎりだった。居間が空っぽなのを見て、わたしたちはがっかりした。白い紙吹雪が一面に散っていて、どのサイドテーブルにも飲みかけの林檎酒のグラスが載っていた。イヴとわたしは自己満足の笑みをかわして部屋にあがった。

幸運のオーラを消さないように、ふたりともしゃべらなかった。イヴは頭からワンピースを脱いで、バスルームへ行った。わたしたちは一台のベッドを共有していて、イヴはまるでホテルにいるみたいに、シーツの襟を折りかえす癖があった。いつもわたしはその不必要なちょっとした準備を馬鹿げていると思っていたが、この時はじめてイヴのためにシーツを折りかえした。それから、教えられていた通りに、寝る前に使わなかった五セント硬貨をしまおうと、下着の抽斗《ひきだし》から葉巻の箱を取り出した。

ところが、小銭入れを引っ張り出そうとコートのポケットに手を入れると、ずっしりした、なめらかなものに手が触れた。首をかしげて取り出してみると、ティンカーのライターだった。すぐに、記憶がよみがえった。二本めの煙草に火をつけようと、イヴみたいに、ティンカーの手からライターを取ったことを。ちょうど新年が歌いだしたあたりだった。

父のものだった褐色の安楽椅子——わたしが所有するただひとつの家具——に腰をおろした。ライターの蓋をぱちんとあけ、火打石を回転させた。炎が躍りでて、揺らめき、ケロシンのにおいがしたところで、蓋を閉めた。

心地よい重さのライターは、育ちのいい無数の仕草によって摩滅し、光っていた。そしてティファニーの書体で彫り込まれたティンカーのイニシャルは、親指の爪で文字の太縦線をちゃんとたどれるほどの見事な仕上げだった。でも記されているのは彼のモノグラムだけではなかった。イニシャルの下に二流の貴金属商がやったような、素人っぽい文字でこんなものが彫られていた。

tGR

1910—?

二章　太陽と月と星

翌朝、わたしたちはベレスフォードのドアマンにティンカー宛の無署名の手紙を預けた。

生きているライターを見たければ、午後六時四十二分に三十四丁目と三番街の角で
わたしたちに会うこと。ひとりでこい。

ティンカーがあらわれる確率をわたしは五十パーセントと見た。イヴは百十パーセントと見た。彼がタクシーから降りたとき、わたしたちはトレンチコート姿で、歩道より一段高くなった建物の陰で待っていた。ティンカーはデニムのシャツに仔羊の革のコートを着ていた。

「手をあげろ」とわたしが言うと、ティンカーは言われた通りにした。

「おまえのマンネリ生活脱出計画はどうなってる？」イヴが追及した。

「そうだなあ、いつもの時間に起きた。いつものスカッシュの試合の後、いつものランチを食べて……」

「たいていの人間は一月の第二週まではなんとかマンネリから脱しようとするものだぞ」

「ぼくはエンジンのかかりが遅いとか？」
「助けが必要なのかもな」
「ああ、大いに必要だ」

わたしたちはネイヴィーブルーのハンカチでティンカーを目隠しして、西へ導いた。運動神経がいいティンカーは、目が見えなくなって間もない人のように両手を前に出したりはしなかった。なされるがままになり、わたしたちは人ごみを縫って彼を誘導した。

また雪が降りだした。ゆっくりと地上に舞い降りて、たまに髪に引っかかるような大きな雪片だった。

「雪が降ってる？」ティンカーが訊いた。
「質問はしないで」

わたしたちはパーク・アヴェニューを横切り、マディソン・アヴェニューを抜けて、五番街に達した。すれ違うニューヨーカーたちの無関心ぶりときたら、筋金入りだった。六番街を渡るとき、三十四丁目に張りだしたキャピトル劇場の高さ六・一メートルの庇《ひさし》が見えた。遠洋定期船の船首がビルの正面にめり込んだような眺めだった。早い時間のショーがはねて、群衆が寒さの中へぞろぞろ出てきた。彼らは賑やかで、くつろいでいて、新年初日の夜に特有の、くたびれた自己満足のようなものを漂わせていた。ティンカーは彼らの声を聞きとった。

「どこへ向かっているのかな、ねえ？」
「静かに」と警告してから、わたしたちはとある路地に折れた。

雪に怯える大きな灰色のネズミたちが煙草のブリキ缶の間を走りまわっていた。頭上では非常階段がクモみたいにビルの壁面を這っていた。明かりは、劇場の非常口の上のちいさな赤いランプだけだった。わたしたちはそこを通過して、ゴミ箱のうしろに立った。
わたしはティンカーの目隠しをほどいてから、自分の口に指を当てた。
イヴがブラウスの中に手を入れて、古くなった黒いブラジャーを引っ張りだした。彼女は明るくにっこりして、ウインクした。それから路地をこそこそと引き返して、宙吊りの非常階段の真下で立ちどまった。爪先立って、ブラの端を一番下の横木に引っ掛けた。
イヴが戻ってくると、わたしたちは待った。
六時五十分
七時
七時十分
非常口が軋《きし》みながら開いた。
赤い制服を着た中年の案内係が嫌になるほど何度も見た呼び物から避難するかのように、外に出てきた。雪の中で見ると、帽子をなくした『くるみ割り人形』の木の兵隊そっくりだった。ドアを閉めながら、それが完全に閉じてしまわないように、彼はプログラムをはさんだ。雪が非常階段の隙間から落ちてきて、偽の肩章にとまった。案内係はドアにもたれ、耳のうしろから煙草を取って火をつけ、栄養の行き届いた哲学者の笑みを浮かべて煙を吐きだした。
三口吸ったところで、彼はブラに気づいた。しばらく安全な距離からそれを観察した。次に煙草を路地の壁にはじき飛ばした。道を横切り、ラベルを読みたがっているかのように、小首をかしげた。路地の左右を見た。用心深く下着を横木から外し、両手に持ってだらんと垂らした。それからブラを顔に押しあてた。

わたしたちはプログラムの位置を変えないように注意して、そっと非常口から中に入った。いつものように、腰をかがめてスクリーンの下を横切った。後方でニュース映画が明滅するなかを正面の通路へ向かった。ルーズヴェルトとヒトラーが代わりばんこに、車体の長い黒のコンヴァーチブルから手を振っていた。ロビーに出て階段をのぼり、桟敷《さじき》席のドアから中に入った。暗がりのなか、わたしたちは一番上の列へ向かった。

ティンカーとわたしはくすくす笑い出した。

「しーっ」とイヴがたしなめた。

桟敷席のドアにたどり着いたとき、ティンカーがドアをあけたまま押さえていたので、真っ先にイヴが中に入った。だから、イヴが一番奥に、わたしが真ん中、ティンカーが通路側に座ることになった。目が合うと、イヴはわたしがそうなるように仕組んだかのように、苛立ちまぎれの笑みを浮かべてみせた。

「きみたち、よくこれをやるの?」ティンカーがささやいた。

「チャンスがあればいつでも」とイヴが言った。

「しっ!」スクリーンが暗くなったので、誰かがことさら強い調子で言った。

劇場全体で蛍のようにライターがついたり消えたりした。やがてスクリーンが明るくなって、主要作品がはじまった。

それは『マルクス一番乗り』だった。マルクス兄弟らしいお約束で、お堅くて洗練された人たちが最初に出てきていつもの雰囲気を醸し出すのを、観客は礼儀正しくじっと我慢した。だがグルーチョが出てくると、みんな椅子に座りなおしてやんやの喝采を送った——まるでグルーチョが早まって引退したあと舞台復帰したシェイクスピア劇の大物俳優みたいだった。

最初のフィルムが回っている間に、わたしはナツメの箱を取り出し、イヴはライウイスキーの一パイント瓶を取り出した。ティンカーに回すときには、注意をひくために箱を振らなくてはならなかった。

パイント瓶は三人の間を一周し、やがてもう一周した。空になると、ティンカーが自分の寄贈物を取り出した。革のケースに入った銀のフラスクだった。それを両手に持ったとき、わたしは革に浮き出し加工されたＴＧＲを指先に感じることができた。

三人とも酔いが回りはじめ、いまだかつて見た最高に面白い映画であるかのように、声をあげて笑いころげた。グルーチョが年配のご婦人の身体検査をするシーンで、ティンカーは涙をぬぐわなくてはならなかった。

ある時点でわたしは我慢できないほどトイレに行きたくなった。そろそろと通路に出て、階段を駆け下り、婦人化粧室へ向かった。便座に腰掛けずにおしっこをし、入り口にいた女性従業員にチップも払わなかった。戻ったときにはワンシーンを見逃しただけだったけれど、ティンカーはいつの間にか真ん中に座っていた。どうしてそうなったのか想像に難くなかった。

さっきまでティンカーがいた座席にどすんと腰を落としながら、注意していないと正面の芝生にトラック一杯の馬糞を見つけることになりそう、と思った。

でも若い女たちが取るに足りない復讐の技に長《た》けているとしても、世間にはそれなりのしっぺ返しのセンスというものがある。イヴがティンカーの耳元でくすくす笑っている間、気がついたらわたしは彼の仔羊革のコートを身体に巻きつけていた。裏地は羊の被毛のようにふかふかで、彼の身体の温《ぬく》もりがまだ残っていた。立てられた襟の雪が溶けて、濡れたウールの麝香《じゃこう》のようなにおいが髭剃り石鹸のかすかなにおいと混ざっていた。

このコートを着たティンカーを最初に見たときは、ちょっといきがっていると思った——生まれも育ちもニューイングランドの人間がジョン・フォードの映画のヒーローを気取っているように思ったのだ。けれども、雪で湿ったウールのにおいのせいで、コートはもっと誠実なものになっていた。ティンカーがどこかで馬の背にまたがっている姿が、ふと脳裏に浮かんだ。高い空の下の並木のはずれ……大学のルームメイトの牧場とか……彼らはそこで古いライフルで鹿を狩り、わたしより育ちのいい猟犬を連れている。


　映画が終わると、わたしたちは素面《しらふ》の市民とともに正面ドアから外に出た。イヴが映画の中で黒人たちが踊ったリンディ・ホップ〔当時ジャズが人気だったアメリカで大流行したダンス〕を踊りだした。わたしは彼女の手を取り、ふたりで息もぴったりのステップを踏んだ。ティンカーは明らかに感嘆していた——そんなに目を丸くするほどのことではなかったにもかかわらず。ダンスのステップを覚えるのはアメリカ中の下宿屋の女の子たちにとって、残念な土曜の夜の気晴らしだった。

　わたしたちがティンカーの手を取ると、彼もステップを踏む真似をした。やがてイヴが列を崩して通りへ駆けていき、タクシーを呼んだ。わたしたちはイヴのあとから乗りこんだ。

「どこへ行くんだ？」ティンカーが訊いた。

　すかさずイヴが、「エセックスとディランシーの角」と言った。

　そう、もちろん。彼女はわたしたちをシェアノフの店へ連れて行こうとしていた。

　運転手はちゃんとイヴの言ったことを聞いていたのに、ティンカーが行き先を繰りかえした。

「エセックス通りとディランシー通りの角へ頼むよ」

　運転手がギアを入れ、ブロードウェイがクリスマスツリーからはずされる紐状のライトみたいに、車窓の外を遠ざかっていった。

◆◆◆

シェアノフの店は、ロマノフ一家が雪の中で銃殺される少し前に自国を離れたウクライナ出身のユダヤ人が経営するバーで、以前はもぐり酒場だった。ユダヤ料理を出すレストランのキッチンの地階にあり、ロシア・ギャングに人気だったが、ロシアの対立する政治亡命者たちが集まる場所でもあった。どんな夜でも、ふたつの派閥がクラブの狭いダンスフロアの両端に陣取っていた。左側ではヤギ髭を生やしたトロツキー主義者たちが資本主義の衰退を企んでおり、右側では鬢《びん》の毛がのびた帝政主義の女性たちが冬宮殿の夢に浸っていた。世界の敵対する人びとがことごとくそうであるように、このふたつのグループもニューヨーク・シティまできて、隣り合って定住していた。彼らは同じ界隈に住んでいて、相手を監視できる同じ狭いカフェに出入りしていた。ごく身近にいるうちに、時間が彼らの感傷を強化し、決意を薄めていった。

わたしたちはタクシーを降りて、歩いてエセックス通りへ向かい、レストランの赤々と灯《とも》った窓の前を通り過ぎてから、勝手口に続く路地に入った。

「また路地だ」ティンカーが果敢に言った。

わたしたちはゴミ箱を通過した。

「またゴミ箱だ！」

路地の突き当たりに黒い服を着て髭を生やしたふたりのユダヤ人がいて、現代を論じあっていた。彼らはわたしたちを無視した。イヴがキッチンのドアをあけ、大きな流しの前で湯気に包まれてせっせと働いている中国人ふたりのそばを通った。彼らもわたしたちを無視した。冬キャベツをゆでている鍋を通りすぎると、地下に降りる狭い階段があり、降りると巨大な冷凍庫があった。分厚いオークのドアの真鍮《しんちゅう》の掛け金は、何度も引っ張られたせいで、大聖堂の扉に彫られた聖人の足みたいに、やわらかな金色に光っていた。イヴが掛け金を引き、わたしたちはかんなくずと大きな氷の塊の中へ足を踏み入れた。奥の偽のドアの向こうには、銅板を置いたバー・カウンターと赤い革張りのソファのあるナイトクラブが広がっていた。

　運よく、グループが帰るところで、わたしたちはダンスフロアの帝政主義者側のこぢんまりしたブースに案内された。シェアノフの店のウェイターたちは注文を取らない。ピエロギとニシンとタンの皿をどんと置くだけだ。テーブルの真ん中に彼らが置いたのは、ショットグラスと、合衆国憲法修正第18条〔アルコールの製造販売を禁止した禁酒法〕は廃止されたのに、未《いま》だにバスタブで蒸留されているウォッカが口まで入った古いワインのボトルだった。ティンカーが三つのグラスにウォッカを注いだ。

「あたし、きっと近いうちにイエスを見いだすわ」イヴがそう言って、一気にグラスを空けた。そしてちょっと失礼と断わって化粧室へ行った。

　ステージではコサックがぽつんとひとり、バラライカを巧みにかき鳴らしていた。それは馬が戦争から誰も乗せずに戻ってきたという古い歌だった。兵士の故郷の町に近づいた馬は、シナノキのにおいや、デイジーの茂みや、鍛冶屋のハンマーの立てる音を思い出す。歌詞の翻訳はお粗末だったけれど、コサックは祖国を捨てた者だけがわかる情感をこめて演奏をした。ティンカーですら急にホームシックを覚えたように見えた――まるでその歌が彼もまたあとに残して来ざるをえなかった国を表現しているかのように。

　歌が終わって人びとが心のこもった拍手をした。でもそれは、気取らない感じのいいスピーチへの拍手のように、抑制がきいたものでもあった。コサックは一度だけお辞儀をしてステージから引っこんだ。

ティンカーが店内を鑑賞するように見回し、兄はきっとこの場所を気に入るだろうから、みんなでまた来ようと言った。

「わたしたち、お兄さんを好きになると思う？」

「特にきみはそうなると思う。きっと馬があうよ」

ティンカーは静かになり、両手の中でからのショットグラスを回した。お兄さんのことを考えているのか、それともコサックの歌の魔法がまだ解けていないのか、どちらだろうと思った。

「きみはひとりっ子だね」グラスを置いて彼が言った。

その発言はわたしの不意をついた。

「どうして？　甘やかされたように見える？」

「違うよ！　むしろその逆だ。ひとりでいるのが快適なんだろうね」

「あなたはそうじゃないの？」

「昔はそうだった、と思う。だが、いつしかそうではなくなった。近頃ではアパートメントにいて何もすることがないと、一緒に過ごせそうなやつが誰か街にいなかったかと考えている」

「めんどり小屋に住んでいると、その正反対の悩みがあるわ。ひとりになるには外へ出て行くしかないから」

ティンカーは微笑して、わたしのグラスを満たした。しばらく、わたしたちは無言だった。

「どこへ行くの？」彼が尋ねた。

「どこって、いつ？」

「ひとりになりたいとき」

ステージの脇にちいさなオーケストラが集まりはじめていた——各自椅子に座って楽器の音合わせをしている間に、奥の廊下からイヴがテーブルの方へ歩いてきた。

「あ、戻ってきた」わたしはそう言って、イヴがソファのわたしたちの間に戻れるよう立ちあがった。


シェアノフの店の料理は冷めていた。ウォッカは薬くさいし、サービスはぶっきらぼうだ。でも食べ物やウォッカやサービスを求めてシェアノフの店にくる者はいない。彼らの目的はショーだった。

そろそろ十時になろうという頃、オーケストラが紛れもなくロシア風の前奏を奏ではじめた。スモークを貫くスポットライトを浴びてあらわれたのは、中年のふたり組で、女は農家の娘の衣装、男は新兵の格好をしている。新兵が娘の方を向き、アカペラで、ぼくを覚えていてくれるね、と歌いだした。優しいキス、夜に響く足音、娘のおじいさんの果樹園から盗んだ秋のリンゴ。新兵の頬は農家の娘の頬よりも赤く、彼の上着はボタンがひとつ取れている上に、サイズがちいさすぎた。

いいえ、と娘は答えた、あなたを覚えておくのにそんなものは必要ないわ。

新兵は絶望に膝をつき、農家の娘は彼の頭を腹に引き寄せ、彼の頰紅がブラウスにつく。いいえ、と娘は歌う、そんなものではなく、このお腹に聞こえる心臓の鼓動で、あなたを決して忘れない。

パフォーマーのミスキャストやら素人くさいメーキャップやらで、笑ってしまいそうになる——最前列で泣いている大の男たちがいなければ。

デュエットが終わると、ふたりは割れんばかりの拍手に三回お辞儀をしてからステージを退き、代わって露出度の高い衣装に黒貂の帽子をかぶった若いダンサーの一団が登場した。はじまったのはコール・ポーター讃歌だった。皮切りは『エニシング・ゴーズ』、続いて『イッツ・ディライトフル、イッツ・デリシャス、イッツ・ディランシー』をはじめとするヒット・ナンバー二曲が披露された。

突然音楽がやみ、ダンサーたちが動きをとめた。ライトが消えた。観客が息を詰めた。

再びスポットライトがついた時、ダンサーたちは横一列に並んでいて、ふたりの中年のパフォーマーが中央に立っていた。男はシルクハット、女はスパンコールのドレスを着ていた。主演男優がステッキの先端をバンドに向けた。

「演奏はじめ!」

するとオーケストラが『君にこそ心ときめく』を締めくくりに演奏した。

わたしがはじめてイヴをシェアノフの店に引っ張ってきたとき、彼女はここをすごく嫌がった。ディランシー通りも、路地裏の入り口も、流しの中国人たちのことも嫌がった。常連客も気に入らなかった——髭や政治談議もひっくるめて。ショーすらも好きではなかった。ところが、しめしめ、だんだん良さがわかってきた。見掛け倒しの華やかさとお涙頂戴物語の融合が大好きになった。素朴な落ち目の役者たちや明るく笑う楽天家のコーラスガールたちを愛するようになった。隣り合って涙を流すセンチな革命論者と反革命論者が大好きになった。幾つかの歌まで覚え、飲みすぎたときは声を合わせて歌った。イヴにとって、シェアノフの店で過ごす夜は、パパのお金をインディアナへ送りかえすことに近かったのだと思う。

そしてイヴの目的が、知らないニューヨークを垣間見せ《かいまみ》てティンカーを感心させることにあったのなら、効果はあった。コサックの根無し草の郷愁たっぷりの歌を押しのけて、コール・ポーターの気楽で軽やかなウィットや、長い脚と短いスカート、ダンサーたちの試されていない夢を目の前にすると、ティンカーは、公開初日に回転バーを通してもらった、チケットを持たない子供そっくりの表情になった。

今夜はおひらきにしようと決めると、イヴとわたしが勘定を払った。当然、ティンカーは異議を唱えたが、わたしたちは譲らなかった。

「わかったよ」彼は札入れをしまいながら言った。「だが、金曜の夜はぼくのおごりだ」

「のった」とイヴが言った。「あたしたち、何を着たらいい？」

「なんでも好きなものを」

「まずまず、かなり、それともとびっきり？」

ティンカーは微笑した。

「とびっきりに挑戦しよう」

ティンカーとイヴがテーブルでコートを待っている間に、わたしは化粧室へ向かった。そこはギャングのおめかししたデート相手でごったがえしていた。洗面台で脇目もふらずに化粧直ししている三人はそのままハリウッドへ行けるコーラスガールたちに負けないぐらい、まがいものの毛皮と化粧で着飾っていた。

引き返す途中で、わたしは経営者のシェアノフその人にでくわした。彼は廊下の端に立って、観客を眺めていた。

「やあ、シンデレラ」と彼はロシア語で言った。「最高にイカしてるじゃないか」

「照明が暗いせいでしょ」

「目はいいんだ」

シェアノフはわたしたちのテーブルに顎をしゃくった。そこではイヴがティンカーにもう一杯飲もうと持ちかけているようだった。

「あの若い男は何者だい？　あんたの、それともあんたの友達の連れか？」

「ふたりの、かな」

シェアノフはにやりとした。金歯が二本あった。

「その状態、長くは続かないよ、細身のかわいこちゃん」

「あなたの予言では、ね」

「太陽と月と星の予言さ」

三章　すばしこい茶色のキツネ

ミス・マーカムの部屋のドアの上に掛けられたマホガニーのパネルには二十六個のライトがあって、そのひとつひとつにアルファベットの文字がついていた。クウィギン&ヘイル法律事務所の秘書室では女性ひとりにつき一個のライトと一個の文字が割り当てられていた。わたしはQだった。

わたしたち二十六人は、退屈なパレードのバトンガールよろしく単独で先頭の位置を占める筆頭秘書のパメラ・ペトゥス（別称G）と一緒に五人五列で座っていた。ミス・マーカムの指示のもと、わたしたち二十六人は手紙のやり取り、契約書の作成、文書の複写、そして口述筆記を一手に引き受けていた。共同経営者のひとりからの要望を受けると、ミス・マーカムはスケジュール（シェドージューウルと発音される）とにらめっこし、その仕事に最も適した女性を特定し、彼女に一致するボタンを押すのだった。

部外者からすれば、パートナーが秘書のひとりと信頼関係を築いているなら、購入契約書の三通作成でも、離婚訴訟で妻の無分別ぶりを列挙した目録作りでも、彼女をその仕事に当たらせればそれでよいのではないかと思うかもしれない。しかし、そのような取り決めはミス・マーカムにとってはもってのほかからしかった。彼女の観点では、仕事はどれも最適なスキルによってこなされるのが基本だった。どの女性も有能な秘書だったが、速記に秀でている者もいれば、コンマの誤用に的確な目を持つ者もいた。ある秘書は敵対的な客を声のトーンで落ち着かせることができたし、またある秘書は会議のさなかに上級パートナーに折りたたんだメモを渡すという抑制をきかせた手法によって、下級パートナーたちの背筋をピンとさせることができた。優秀でありたいなら、レスラーに槍投《やりな》げを求めてはなりません、ミス・マーカムは好んでそう言った。

好例：わたしの左に座っている新人、シャーロット・サイクス。希望に満ちた黒い目と、何事も聞き逃さないちいさな耳を持つ十九歳のシャーロットは、出勤初日に一分間に百語を打つという戦術ミスをした。一分間に七十五語タイプできないと、クウィギン＆ヘイルでは働けない。ところがシャーロットは秘書室のけちな仕事量より、一分間にゆうに十五語は多く打っていた。毎分百語というと、一日で四万八千語、一週間で二十四万語、一年で千二百万語になる。新人としてのシャーロットの週給は、たぶん十五ドル、すなわち、タイプした一語につき一セントの一万分の一にも満たないことになる。クウィギン＆ヘイルで一分間に七十五語以上タイプするとおかしなことになる——速くタイプすればするほど、給料は減る。

でもシャーロットはそうは考えなかった。ハドソン川を越える初の単独飛行を狙う女性冒険家のように、彼女は人間として能《あた》う限りのスピードでタイプを打つことを望んだ。そして努力の結果、数千ページのコピーを取ることが求められるというケースが浮上すると常に、ミス・マーカムのドアの上にパッとつくのは、Fの下のライトになった。

何を言いたいのかというと、誇りに思うものを選ぶのは慎重に、ということだ——だって世間はそれを逆手に取る気満々なのだから。

ところが、一月五日水曜日の午後四時五分、供述録取を文字起こししていたとき、ぱっとついたのはわたしのライトだった。

タイプライターにカバーをかけ（ごく短い中断の時でもそうするよう教えられていた通りに）、席を立って、スカートをなでつけ、速記ノートをつかんで、わたしはミス・マーカムの部屋へ向かった。羽目板張りの部屋で、ドアはナイトクラブのクロークのように上下があいていた。ちいさいが装飾的でトップが型押し皮革のデスクは、ナポレオンが戦場から指令を鵞《が》ペンで書くときはきっとこんなものに向かったのだろうと思わせた。

わたしが入っていくと、ミス・マーカムは仕事からチラリと目をあげた。

「あなたに電話よ、キャサリン、カムデン＆クレイの弁護士補助職員から」

「どうも」

「あなたの勤務先はクウィギン＆ヘイルであって、カムデン＆クレイではないことを忘れないように。彼らのくだらない仕事を押し付けられないようになさい」

「はい、ミス・マーカム」

「そうそうキャサリン、もうひとつ。ディクソン・タイコンデロガの吸収合併に関して土壇場の仕事がたくさんあったようですね」

「はい。年内に取引を完了させることが重要だとミスター・バーネットがおっしゃったんです。税金上の理由だと思います。期限ぎりぎりの修正が幾つかありました」

「なるほど。クリスマスの週はうちの女性たちにあまり遅くまで残業して欲しくありません。それでもやはり、ミスター・バーネットはあなたの働きぶりを評価していらっしゃったわ。わたしもですよ」

「ありがとうございます、ミス・マーカム」

彼女はペンのひと振りでわたしを解放した。

秘書室にさがると、わたしは部屋の前方のちいさな電話台に近づいた。共同経営者や取引先が訂正を求める場合のために、秘書たちは電話の使用を認められている。カムデン＆クレイ法律事務所は街で最大の訴訟当事者のひとつだった。わたしの仕事に直接かかわっているわけではないが、あらゆる問題に関与する傾向があった。

わたしは受話器を取りあげた。

「キャサリン・コンテントですが」

「ねえ、ちょっと《シス》！」

二十六台のうち二十五台のタイプライターがせわしなく働いている秘書室をわたしは用心深く見渡した。人の考えをかき消すほどやかましい音がかたかたと鳴っていた。それが狙いだったのだろう。いずれにしても、わたしは声を落とした。

「あんたの髪が火事になっちゃうといいのに。こっちは一時間で供述録取書を仕上げなくちゃならないのよ」

「はかどってる？」

「指示ミス三つと大ぼらひとつ、まだ直せてない」

「ティンカーが働いてる銀行、なんて名前だっけ？」

「知らないわ。どうして？」

「あたしたち、あさっての夜の計画を立ててないじゃない」

「彼がアップタウンあたりの、どこか高尚《ハイブラウ》な店へ連れて行ってくれるわよ。八時くらいにわたしたちを迎えに来るわ」

「ふーん。あたりとか、どこかとか、くらいとか、結構曖昧ね。そういうことみんな、どうして知ってるの？」

わたしは口をつぐんだ。

いったいどうして知っていたのだろう？

大いなる謎だった。

◆◆◆

ブロードウェイと、通りをはさんでトリニティ教会の筋向かい、エクスチェンジ・プレイスの角にあるこぢんまりした大衆食堂は、壁にソーダポップ・クロック〔炭酸水の広告が文字盤にあしらわれた壁掛け時計〕があって、自分の食べるオートミールまで鉄板で作るマックスという名のコックがいた。冬は北極並みに寒く、七月はうだるような暑さで、勤め先からは五ブロックも離れていたけれど、街で気に入っている場所のひとつだった――窓際のふたり掛けのひしゃげたちいさなブースをいつも独り占めできたから。

その席に座っていたら、誰だってサンドイッチを食べ終わるまでの間に、熱烈なニューヨークへの巡礼者を目撃することができるだろう。ヨーロッパのあらゆる街角からやってくる彼らは、あらゆる灰色の濃淡の服に身を包み、自由の女神もそっちのけで、一目散にブロードウェイを目指している。強風にもめげず、前かがみになって、そろいの髪型からそろいの帽子が吹き飛ばされないように押さえ、イワシの群れの中の一匹になっていることも意に介さない。千年以上の世界的遺産には目もくれず、彼ら自身の帝国や人間の芸術表現の粋（システィーナ礼拝堂や『神々のたそがれ』）には一瞥をくれただけで、今は、土曜のマチネーで観るロジャース――ジンジャーでも、ロイでも、バックでも〔全員がロジャース姓だが血縁関係はない。それぞれ、ミュージカル・スター、西部劇のスター、SF映画のヒーローとして一世を風靡した〕――を通して自分たちの個性を表現することに満足している。アメリカはチャンスの国かもしれないが、ニューヨークでドアの中に入れるのは、似たり寄ったりとは一線を画す強烈な個性なのだ。

と、そんなことを考えていたら、無帽の男が人ごみからあらわれて、ガラス窓を叩いた。

どっきりしてよく見ると、ティンカー・グレイだった。

耳の先がわんぱく小僧みたいに赤くなっていて、わたしのいたずらの現場を押さえたかのように、得意げな笑みを浮かべていた。彼はガラス窓の向こうで熱っぽくしゃべりはじめた――でも聞こえなかった。わたしは手振りで中に入るよう促した。

「じゃ、ここがそうなのかな？」ブースに滑りこむなり、ティンカーが訊いた。

「ここがなに？」

「ひとりになりたいとき、きみが行く場所だよ！」

「ああ」わたしは笑った。「必ずしもここってわけじゃないけど」

彼は落胆を装って指を鳴らした。それからお腹がぺこぺこだと言いながら、根拠のない称賛の目で店の中を見回した。メニューを手に取り、四秒ほどじっくり眺めた。ティンカーの極端な上機嫌ぶりは、百ドル札が落ちているのを見つけて、まだ誰にもそのことをしゃべっていない人みたいだった。

ウエイトレスが来ると、わたしはBLTを頼んだ。ティンカーはまっしぐらに未知の領域に飛び込み、比類がなくて、世界的に有名かつ伝説的とメニューに謳《うた》われているマックス特製の巨大サンドイッチを注文した。これまでにそれを食べたことがあるかとティンカーが訊いたので、巨大サンドイッチの説明は形容詞がちょっと多すぎるし、正体不明すぎると常々思っていた、とだけ答えた。

「じゃ、この近くで働いているの?」ウエイトレスがいなくなると、彼は尋ねた。

「歩いてすぐ」

……

「イヴが法律事務所だと言わなかったかな?」

「ええそう。古くからウォール街で開業しているところ」

……

「気に入ってる?」

「ちょっと退屈。でも、それは予想できることよね」

ティンカーは微笑した。

「きみは形容詞が多くて、自分の正体をあまり明かさないんだな」

「自分のことをしゃべるのはあまり礼儀正しいことじゃない、とエミリー・ポスト〔アメリカの著述家。エチケットの権威とされる〕は言ってるわ」

「ミス・ポストはもちろん正しいが、だからと言って、たいていの人間のおしゃべりがやむとは思えないね」


運命の女神は怖いもの知らずを好む。蓋をあけてみたら、マックスのスペシャル・サンドイッチはコーンビーフとコールスローとチーズをはさんでグリルしたものだった。十分もたたないうちにそれがたいらげられると、ひと切れのチーズケーキが皿にどんと載せられた。

「実にすばらしい店だ!」ティンカーがそう言ったのは五度めだった。

「じゃ、銀行員ってどんなものなの?」デザートを攻撃中の彼にわたしは尋ねた。

まず第一に、あれは銀行業務とは呼べない、と彼は打ち明けた。ティンカーはむしろ株式仲買人に近かった。製鉄所から銀山までありとあらゆるものを支配する民間企業と大きな利害関係のある裕福な複数の家族のグループのために、銀行は働いていた。彼らが流動資産を求めていたら、適切な買い手を慎重に見つける手助けをするのが、ティンカーの役目だった。

「あなたが扱った銀山なら喜んで買うわ」と煙草を取り出しながらわたしは言った。

「次は真っ先にきみに電話しよう」

テーブル越しに火を差し出したあと、ティンカーはテーブルの皿の脇にライターを置いた。ひと口吸ってから、わたしは煙草でライターを示した。

「じゃ、そこにあるのはどんなストーリー？」

「ああ」わずかに自意識のにじむ口調で彼は言った。「あの刻字のこと？」

ティンカーはライターを手に取り、しばらくそれをじっと見つめた。

「はじめて高額な報酬をもらった記念に買ったんだ。ほら、自分へのプレゼントのようなものさ。自分のイニシャルを刻んだ金無垢のライター！」

彼は何か言いたげな笑みを浮かべて首を振った。

「それを見た兄は厳しくぼくを叱りつけた。ライターが金であることや、モノグラムが刻んであることが気に入らなかったんだ。だが、本当に兄を怒らせたのは、ぼくの仕事だった。ぼくたちはヴィレッジで一緒にビールを飲み、兄は銀行家やウォール街をののしり、世界を旅する計画はどうしたとぼくを批判した。それもいずれ実現するつもりだとぼくは言い続けた。そんなわけで、ついにある夜、兄はライターを通りへ持って出て、行商人に追伸の部分をくわえさせた」

「あなたが女の子の煙草に火をつけるたびに、今を生きることを思い出すようにって？」

「そんなところかな」

「へえ、あなたの仕事、そう悪くないと思うけど」

「もちろんだよ」と彼は認めた。「悪くはない。ただ……」

ティンカーは考えをまとめようと、ブロードウェイの方を眺めた。

「思い出すんだよ、マーク・トウェインが書いたはしけを操る老人の話を――川のこちら側で人を乗せ、反対側へ運ぶ老人の話」

「『ミシシッピの生活』？」

「わからない。そうかもしれない。とにかく――三十年以上も川を行ったり来たりして、この老人は国を離れることなく、川の長さの二十倍の旅をしていると、トウェインは考えた」

ティンカーは微笑して、首を振った。

「時々それと似たような気持ちになる。例えばぼくの顧客の半分はアラスカへ向かっていて、一方残りの半分はフロリダのエヴァーグレーズへ向かっている――そしてぼくは川の土手から土手へと行ったり来たりしているんだ」

「お代わりはいかが？」ウエイトレスがポットを片手に尋ねた。

ティンカーがわたしを見た。

クウィギン＆ヘイルの秘書たちのランチ時間は四十五分で、わたしは数分のゆとりを持ってタイプライターの前に座るようにしていた。今すぐ帰れば、おそらく間にあうだろう。ティンカーにランチのお礼を言い、ナッソー通りを走って、エレベーターをつかまえ、十六階まで行けばいい。でも普段から時間に正確な秘書の自由度はどれくらいだろう？　五分？　十分？　ヒールを折る覚悟なら十五分？

「ええお願い」とわたしは言った。

ウエイトレスがわたしたちのカップを満たすと、わたしたちはゆったりとくつろいだ。ブースが狭いので、膝と膝がぶつかった。ティンカーはコーヒーにクリームを入れて、ぐるぐるぐるぐるかき混ぜた。しばらくの間、どちらも無言だった。

「教会よ」わたしは言った。

彼はいささか面食らったようだった。

「え？」

「ひとりになりたいときに行く場所」

ティンカーはまた背筋を伸ばした。

「教会？」

わたしは窓越しにトリニティを指差した。半世紀以上にわたり、トリニティ教会の尖塔はマンハッタン一の高さで、船員たちにとっての歓迎すべき眺めだった。今、それを見るには通りを渡った安食堂にいなくてはならない。

「へええ！」

「びっくりするようなこと？」

「いや。ただ、宗教心のあるタイプには見えないというだけのことだ」

「その通りよ。だから礼拝の間は行かない。行くのは時間外なの」

「トリニティに？」

「ありとあらゆる教会によ。ただし、好きなのは聖パトリックや聖ミカエルのような大きくて古びた教会」

「確か、聖バース〔聖バーソロミューの略。マンハッタンにある〕教会での結婚式へ行ったことがあるな。だがそれぐらいだ。数え切れないほどトリニティの前を歩いたはずだが、中には一度も入ったことがない」

「それがすばらしいところよ。午後の二時にはどの教会も、人っ子ひとりいないわ。石とマホガニーとステンドグラスだけがあって――誰もいない。でもある時点では人が大勢いたのよ、そうでしょ？――みんなわざわざ出かけていった。懺悔《ざんげ》室の外には列ができたし、結婚式では少女たちが通路に花びらを撒《ま》き散らした」

「洗礼式から追悼式まで……」

「まさしく。だけど、会衆はやがて選別されていった。新しく来た人たちは自分たちの教会を建て、大きくて古い教会は輝かしい頃の記憶とともにぽつんと取り残された――年寄りみたいに。そこにいると、とても穏やかな気持ちになるわ」

ティンカーは一瞬黙りこんで、トリニティ教会を見あげた。二羽のカモメが古き時代のために尖塔の周囲をまわっていた。

「実にすばらしいね」と彼は言った。

わたしはコーヒーカップで彼に乾杯した。

「わたしのことを知っている人はほんの一握りなのよ」

ティンカーはわたしの目をのぞき込んだ。

「誰も知らないことを話してもらえないかな」

わたしは笑った。

でも彼は真剣だった。

「誰も知らないことを？」

「ひとつだけでいい。絶対にしゃべらないと約束する」

嘘でないしるしに、ティンカーは心臓の上で十字を切った。

「いいわ」わたしはコーヒーカップをおろした。「時間を完璧に測れるの」

「どういう意味？」

わたしは肩をすくめた。

「時計を見ないで六十秒をぴったり当てられる。一秒も多くないし、一秒も少なくない」

「信じられないな」

わたしは親指で、背後の壁にかかっているソーダポップ・クロックを指した。

「秒針が十二を指したら教えて」

彼はわたしの肩越しに視線を向けて、時計を見張った。

「ようし」といたずらっぽい笑みを浮かべてティンカーは言った。「用意……スタート……」

◆◆◆

ふーん、とイヴが言ったのはその午後遅くだった。あたりとか、どこかとか、くらいとか、結構曖昧ね。そういうことみんな、どうして知ってるの？

供述録取書を作成しているとわかってくることがある。直接的でタイミングのいい質問には大抵の人間が敬意を払うということだ。不意をつかれるせいだろう。ときに彼らは質問者に同じ質問を投げ返すことによって、協力していますよ、という意図を見せたり（時間を稼いだり）する。そういうことをみんなどうして知っているんですか？　と彼らは丁寧に尋ねる。憤慨気味に図々しい質問に反撃することもある。何をどうして知っているのかって？　戦略がどんなものであれ、人がこんなふうに時間稼ぎをする場合、やり手の弁護士はさらなる尋問のための肥沃《ひよく》な大地が横たわっていることを知っている。だから、直球の質問に対する最善の返事は、ためらわず、ごまかさず、シンプルに答えることだ。

「あなたがシェアノフの店で化粧室に行ったとき、ティンカーがそう言ったのよ」とわたしは答えた。

わたしたちは機嫌よく別れの挨拶を交わし、わたしはデスクに戻った。タイプライターからカバーを外し、供述録取書の打ちかけの箇所を見つけて、かたかたとキーを叩いた。第三パラグラフのふたつめの文章で、午後になって最初のタイプミスをした。誰かの主要な懸案事項のリストを起こしている途中で、〝主要な（chief）〟を〝泥棒（thief）〟と打ってしまったのだ。見ればわかるけれど、cとtの文字はキーボードの上では近接すらしていないのに。

四章　デウス・エクス・マキナ

金曜の夜、ふたりで着替えているあいだ、イヴはお天気の話すらしようとしなかった。結局わたしは良心に屈し、自白していた。ある程度。会話の途中で、さりげない口調でダウンタウンでばったりティンカーに会い、コーヒーを飲んだとしゃべったのだ。「コーヒーねえ」イヴも負けないぐらいさりげなく言った。「すてき」

そのあと貝のように口を閉ざした。

わたしはイヴの服を褒めてみた。黄色のワンピースで、季節から半年ズレており、それがかえって洒落《しゃれ》て見えた。

「本当にいいと思ってる？」イヴが訊いた。

「すごくいいわ」

「いつかあなたもサイズが合うかどうか着てみてよ。これ着てコーヒーを飲むといいわ」

どう切り返したらいいかと口をあけてもたついているところへ、下宿仲間の女の子のひとりがいきなり入ってきた。

「邪魔してごめんね、でも、王子様が来てるわよ。馬車に乗って」

わたしたちの部屋のドアの前で、イヴが鏡で最後の点検をした。

「あと一分かかる」彼女は言った。

次の瞬間、イヴは寝室に戻って、わたしが流行遅れだとけなしたかのようにワンピースを脱ぎ捨てた。窓の外に目をやると、イヴの気分の正当性を裏付けるような冷たい霧雨が降っていた。わたしはイヴのあとから階段を降りながら、気まずいひとときになりそうだと思った。


——


下宿屋の前にとめた水銀みたいなシルヴァーのメルセデス・クーペの脇にティンカーが立っていた。ミセス・マーティンゲールの下宿屋の女の子全員の一年分の給料を合わせても、到底買えそうにない高級車だ。

ニュージャージー出身で廊下の先に住むシティカレッジの落ちこぼれ、身長百七十五センチのフラン・パチェッリがひゅーっと口笛を吹いた。スカートの裾を拝んで喜ぶ工事現場のおじさんみたいだった。イヴとわたしは階段を降りていった。

ティンカーは見るからに機嫌がよかった。イヴの頬にキスして、すてきだね、と褒めた。わたしの方を向いた彼は、微笑し、わたしの手をぎゅっと握った。キスも褒めもしなかったのに、じっと見ていたイヴは、ないがしろにされているのは自分だと気づいた。

ティンカーは助手席のドアをあけた。

「うしろは窮屈なんだ」

「わたしがうしろに乗るわ」わたしは言った。

「心の広いこと」イヴが言った。

何かおかしいと感づいたティンカーが気遣わしげにイヴを見た。彼は片手を車のドアに掛け、片手で紳士らしくイヴに乗るよう促《うなが》した。イヴは気づかなかったようだ。ボンネットからトランクまでの長さを目測し、車を眺めるのに忙しかったから。フランとは違って、もっと専門家っぽく。

「あたしが運転する」イヴはキーを求めて片手を差しだした。

ティンカーにとっては思いもよらぬことだった。

「運転できるの？」彼は尋ねた。

「運転できるのかって？」イヴは南部美人みたいに言った。「やだあ、九つの時から、父さんのトラクター運転してたんだよ」

彼女はティンカーの手からキーをひったくると、ボンネットを回り込んだ。いささか心もとなげに助手席に乗り込むティンカーをよそに、イヴはくつろいでいた。

「どこへ行きますかい、旦那？」イグニションにキーを挿しこみながら、イヴは訊いた。

「五十二丁目だ」

イヴがエンジンをかけ、ものすごい勢いでバックした。縁石から時速三十キロで後方に飛び出し、ブレーキがけたたましい音を立てて停車した。

「イヴ！」ティンカーが言った。

彼女はティンカーを見ると、愛らしく、共感を込めてほほえんだ。それからギアを入れ、十七丁目を轟音《ごうおん》とともに疾走した。

数秒と経たないうち、イヴが神の気分になりきっているのが明らかになった。急カーブを切って六番街に入った時、ティンカーはもう少しでハンドルを握りそうになった。でも、車列を縫ってジグザグに進みながら、彼女は水を切って泳ぐサメみたいに、流れるような動作で加速と減速を知覚不能な寸刻みで繰り返し、信号にさしかかるたびに青に変わるようにスピードを調整した。だからティンカーもわたしもシートに背中を張りつけ、目を見開いて、静かにじっとしていた——神の力の前にひれ伏す人間みたいに。

五十二丁目に入って、やっとティンカーがわたしたちを21クラブ〔マンハッタンの老舗高級クラブ。現在も五十二丁目にある〕へ連れて行くつもりなのだと気づいた。

ある意味ではイヴがティンカーをそう仕向けたとも言える。まずまず、かなり、とびっきり——そんなふうに聞かれたら、彼にどう答えられただろう？

わたしたちが時々出かけるロシアもどきのいかがわしい酒場を案内することで、イヴがティンカーをびっくりさせたかったように、ティンカーは彼のニューヨークを垣間見せることにより、わたしたちを感心させたかったのだろう。成り行きからすると、イヴの気分がどうであれ、彼のもくろみは成功していた。そのレストランの正面には、瓶の精霊みたいな渦巻き状の排気ガスをたちのぼらせて、数台のリムジンが停まっていた。シルクハットにトップコートの駐車係が車のドアをあけ、別のひとりがレストランのドアをあけると、ロビーは流行に敏《さと》いマンハッタンっ子で一杯だった。

一瞥したところでは、21クラブは取り立ててエレガントには見えなかった。黒っぽい壁を飾る額入りのスケッチ画は、雑誌から破り取ったと言ってもおかしくなかった。テーブルトップはすり傷だらけで、銀器は食肉解体屋か大学食堂のそれのように無骨だった。ただし、常連客がエレガントであることだけはまぎれもなかった。男性は見事な仕立てのスーツを着用し、アクセントとして胸ポケットにまっさらのハンカチをのぞかせていた。女性は落ち着いた色のシルクのドレスに真珠のチョーカーをしていた。

クローク係の前に来たとき、イヴがそれとなく肩をティンカーの方へ向けた。彼はそれを見逃さず、ケープをつかんだマタドールみたいに彼女の黒のコートをさっと脱がせた。ウエイトレスをのぞけば、イヴはレストランで一番若く、そのことを最大限に活用するつもりでいた。彼女が土壇場で着替えた服はスクープネックの赤いシルクのドレスで、どうやらブラもそれに合わせて効果抜群のサポートブラを選んでいた――十五メートル向こうの霧の中からでも突きでた胸が識別できそうだったからだ。その効果を宝石でだいなしにしないよう注意も払ってあった。イヴはちいさな漆塗《うるしぬ》りの箱に、卒業式に贈られたダイヤモンドのイヤリングをしまっていた。耳につけると、ほほえむたびにできるえくぼを、そのちいさなきらめきがより引きたてる。でも、イヴはこういう場所――格式ばるのはやぼったいだけだし、人と比較しても勝ち目はない場所――にそれをつけてくるような真似はしていなかった。

苛立つ理由は山ほどあるだろうに、オーストリア人支配人はそんな様子を微塵《みじん》も見せずに、ティンカーを名前で呼んで歓迎した。

「ミスター・グレイ。お待ちしておりました。どうぞ。こちらです」

どうぞ、というその言い方は、それだけで独立した文章のようだった。

支配人はメインフロアのテーブルにわたしたちを案内した。あいていたのはそこだけで、三人用の食器がセットされていた。人の心が読めるかのように、支配人は中央の椅子を引くと、手振りでイヴに着席を促した。

「どうぞ」とまた言った。

わたしたちが席に着くと、彼が片手を宙に差し伸べた。すると三枚のメニューが手品師が操る巨大なトランプみたいに出現した。彼はうやうやしくそれを配った。

「どうぞごゆっくり」

これまで見たこともないほど大きなメニューだった。縦が四十五センチ以上もある。豪華な料理のオンパレードを期待して、わたしはメニューを開いたが、載っていたのは十品だけだった。ロブスター・テール。ビーフ・ウェリントン。プライム・リブ。結婚式の招待状を連想させる上品な字体で手書きで書かれていた。値段は記載されていなかった。少なくともわたしのメニューには。わたしはイヴをちらりと見たが、彼女は見返そうともしなかった。落ち着き払ってメニューに目を通してから、テーブルにおろした。

「マティーニを飲みましょうよ」とイヴは言った。

「いいね！」ティンカーが同意した。

彼が手をあげると、さっき支配人がいたところに、白い上着のウェイターが出現した。カントリークラブを標的にする詐欺師みたいに口の回るタイプだった。

「今晩は、ミスター・グレイ。今晩は、ご婦人がた。大胆な発言をいたしますと、皆様のテーブルが店内で一番輝いていますよ。まだお決まりにならないでしょうね？　ひどいお天気ですね。アペリティフをお持ちいたしましょうか？」

「そこなんだけどね、キャスパー、マティーニをもらおうかと話していたところなんだ」

「かしこまりました。すぐにお持ちいたします」

キャスパーが肘の下にメニューをはさんだかと思うと、数分もしないうちに飲み物が到着した。もっと正確に言うと、からのグラスが三つ到着した。串刺しにされた三個のオリーヴが、漕ぎ舟に置かれたオールのように、グラスの縁《ふち》に渡されていた。キャスパーが銀のシェイカーのてっぺんをナプキンで押さえて小気味いい音を立てて上下に振った。それから慎重に注ぎはじめた。最初に彼はわたしのグラスをなみなみと満たした。とても冷たく澄んでいるので、水以上に透き通っているような印象を与えた。次に彼はイヴのグラスを満たした。ティンカーのグラスに注ぎはじめた時、シェイカーから流れ出るアルコールの勢いが目に見えて鈍った。やがてポタポタとしたたった。つかの間、充分な量が残っていないのではないかと思われた。ところが、ジンはしたたり続け、表面は上昇し続け、最後の一滴をもって、ティンカーのマティーニは縁まで達した。自慢していい正確さだった。

「友達は」とキャスパーが言った。「天使もうらやむ宝物です」

銀のシェイカーが消えたのに誰も気づかぬうちに、キャスパーはちいさな台に載せた牡蠣《かき》の皿を取り出した。

「店からです」と言って彼はいなくなった。

イヴがレストランじゅうに乾杯でもするかのように、フォークで水のグラスをチンと叩いた。

「白状するわ」と彼女は言った。

ティンカーとわたしは何事かと目をあげた。

「あたし、今日は嫉妬してたの」

「イヴ……」

イヴは片手をあげてわたしを黙らせた。

「最後まで言わせて。あなたたちふたりがコーヒーを一緒に飲んだって知ったとき、正直、妬ましく思ったわ。そして、頭にきた。本当のところ、あなたたちふたりを懲らしめるために今夜をめちゃくちゃにするつもりだったのよ。でもキャスパーの言う通りだわ。友情って最高」

イヴはマティーニを持ちあげて、目を細めた。

「退屈な生活から抜け出すために」

数分もしないうちに、イヴは完全にいつものイヴに戻った。のんびりと、楽天的で、明るくなった。不思議な性格だ。

周囲のテーブルにいる夫婦たちは長年続けている会話に専念していた——仕事に子供に夏の別荘——機械的な反復なのだろうが、期待と経験を共有しているという感覚が深まるのだろう。ティンカーは抜かりなくそんな話とは一線を画して、もっとわたしたちの状況にふさわしい会話を——仮定に基づいた——はじめた。

「子供の頃、何が怖かった？」

猫、とわたしは言った。

ティンカーは高い所だった。

イヴ「年を取ること」

そんな調子で、わたしたちはしゃべりだした。ある意味、それは仲良し同士の競争めいたものになり、三人が三人とも完璧な答え——びっくりするような、楽しくて、示唆に富む、でも嘘ではない——に着地しようとした。そしてイヴは、ごく控えめに言っても、ぶっちぎりの勝者であることを証明した。

両親がくれなかったもので、ずっと欲しかったものは何？

わたし「無駄遣いするためのお金」

ティンカー「ツリーハウス」

イヴ「こてんぱんに殴ること」

一日だけ別人になれるとしたら、誰になる？
わたし「マタ・ハリ」
ティンカー「ナッティ・バンポ〔アメリカの作家ジェイムズ・フェニモア・クーパーの代表作『モヒカン族の最後』に出てくる文明を憎む正義漢〕」
イヴ「ダリル・ザナック〔映画のプロデューサー。男性〕」

これまでの人生の一年だけもう一度体験できるとしたら、どの一年にする？
わたし「わたしが八歳で、家族でパン屋さんの二階に住んでいた年」
ティンカー「ぼくが十三歳で、兄とふたりでアディロンダック山地〔ニューヨーク州北部にある山地〕をハイキングした年」
イヴ「これから来る年」

牡蠣は胃袋におさまり、殻が速やかに片付けられた。キャスパーがマティーニのお代わりを持って出現し、テーブルのために余分の一杯を注いだ。

「今度は何に乾杯する？」わたしは訊いた。

「大胆になることに」ティンカーが言った。

イヴとわたしは声をそろえて乾杯し、グラスを口元へ運んだ。

「大胆になることにですって？」誰かが尋ねた。

わたしの椅子の背に手をかけて立っていたのは、五十代はじめの、背の高い、エレガントな女性だった。

「それは素敵な野心ね」と女性は言った。「でも、人から電話があったときはすぐにかけ直すものよ」

「すみません」ティンカーがうろたえ気味に言った。「今日の午後、かけ直すつもりだったんです」

女性は勝ち誇ったようにほほえんで、手を振って一蹴《いっしゅう》した。

「いやねえ、テディ。からかっただけよ。とびきりのお楽しみがあったんですものね」

女性はわたしに手を差し出した。

「アン・グランディンよ――ティンカーの名付け親」

ティンカーが立ちあがった。彼はわたしたちふたりを身振りで示した。

「こちらはキャサリン・コンテントと――」

だがイヴはいち早く立ちあがっていた。

「イヴリン・ロスです。はじめまして」

ミセス・グランディンはテーブルを回り込んでイヴと握手し、座るようイヴに言ってから、ティンカーに向かって続けた。年齢をろくに感じさせないタイプで、ブロンドのショートヘアに、バレエをするには背が高くなりすぎたバレリーナのような無駄のない身体付きをしていた。着ているのはほっそりした腕を引き立てる袖なしの黒のドレスだった。真珠のチョーカーはつけておらず、イヤリングをしていた――大粒のゼリーほどもあるエメラルドだ。宝石は神々しいばかりに美しく、たまたま彼女の瞳の色ともマッチしていた。その身ごなしは泳いでいるよう、としか言いようがなかった。水からあがっても、宝石が耳についていようが、海の底に落ちていようが、一瞬たりとも気にせず、タオルをとって髪を拭くことだろう。

ティンカーのそばへ行くと、彼女は頬を差し出し、彼はぎごちなくキスした。ティンカーが再び座ると、母親のように彼の肩に手を置いた。

「キャサリン、イヴリン、よくお聴きなさい。これは名付け子も甥《おい》も同じことなんだけれど、彼らがニューヨークへ来た当初は、何度でも会えるのよ。洗濯籠《かご》が一杯か食糧庫が空っぽかというぐらいにね。ところが、いったん独り立ちすると、お茶に招きたくても、ピンカートン社の探偵を雇わなくちゃならないの」

イヴとわたしは笑った。ティンカーはバツが悪そうににやりとしてみせた。名付け親の出現は彼を十六歳に逆戻りさせていた。

「ここでばったりお会いするなんて、すばらしい偶然ですわ」イヴリンが言った。

「世間は狭いわね」ミセス・グランディンは少し恨めしそうに答えた。

そもそもティンカーをここへ連れてきたのが彼女であることは疑いの余地がなかった。

「一緒に一杯やりませんか？」ティンカーが訊いた。

「嬉しいけど、できないの。ガートルードと一緒なのよ。わたしを博物館の理事会へ引っ張りこもうとしているの。だからありったけの知力を総動員する必要がありそうなのよ」

ミセス・グランディンはイヴとわたしの方を向いた。

「テディに任せておいたら、あなたたちとはこれっきりになってしまうのは確実よ。だから、そのうちランチにご招待させて——彼はいてもいなくてもかまわないの。ティンカーの子供の頃の話でうんざりさせたりしないと約束するわ」

「うんざりなんてしません、ミセス・グランディン」とイヴが断言した。

「どうぞいらして」と言ったミセス・グランディンの口調は、支配人と瓜二つで、その言葉が独立した文章のように聞こえた。「アンと呼んでちょうだい」

ミセス・グランディンは上品に手を振ると、自分のテーブルに戻って行き、イヴは興奮に顔を輝かせていた。だが、ミセス・グランディンのちょっとした訪問はイヴのケーキに蠟燭《ろうそく》を灯したかもしれないが、ティンカーの蠟燭は吹き消されていた。彼女の思いがけない出現が今夜の外出の流れをすっかり変えていた。瞬く間に〝これみよがしのスポットへ女の子ふたりを連れて行くお金持ちの男〟は、〝家族の裏庭で羽を見せびらかす若いクジャク〟へ変わってしまっていた。

すっかり舞いあがっているイヴには、この夜が崩壊の瀬戸際にあることが見えていなかった。

「なんてステキな女性かしら。あなたのお母さんのお友達？」

「え？」ティンカーが聞きなおした。「あ、ああ。そうなんだ。幼馴染だったんだ」

彼はフォークを手に取って、両手の間で転がした。

「そろそろ先へ進んでお料理を注文したほうがいいんじゃない」とイヴがほのめかした。

「ここから出たい？」わたしはティンカーに尋ねた。

「出られるかな？」

「もちろん」

イヴは露骨にがっかりした。あの苛立った目つきですばやくわたしを見た。口を開いて、食前酒しか飲んでいないじゃないと言おうとした。でもティンカーの顔はまた明るくなっていた。

「わかったわ」イヴはお皿にナプキンをほうり投げた。「行きましょ」

テーブルから立ちあがったとき、わたしたち全員が二杯めのマティーニの恩恵を感じていた。ドアの前でティンカーは支配人に礼を言い、ドイツ語で慌ただしい帰宅を詫びた。許すと口で言う代わりに、イヴはクロークからわたしのフラッパージャケット〔丈の短いぶかっとしたコート〕を受け取り、自身の二十一歳の誕生日プレゼントである毛皮の襟のあるコートをわたしに残した。

外に出ると、霧雨はやんで空は晴れ、空気はすがすがしかった。すばやい協議のあと、二巡めのショーを観にシェアノフの店へ行くことにした。

後部シートに乗り込みながら「門限には間に合わないかもね」とわたしは言った。

「間に合わなかったら、あなたの家に泊めてもらえる？」とイヴがティンカーの方を向いて尋ねた。

「もちろん」

夜のはじまりは危なっかしかったものの、イヴとわたしの友情が結局は良い結果をもたらしていた。前に座ったイヴがうしろへ手を伸ばしてわたしの膝に置いた。ティンカーはラジオをつけ、スウィングジャズをやっている局に合わせた。パーク・アヴェニューに入ってダウンタウンに向かう間は誰もしゃべらなかった。

五十一丁目で、聖バーソロミュー教会の前を通過した。ヴァンダービルト家によって建てられた大きなドームのある教会だ。好都合にも、彼らがそれを作った場所からは、毎週日曜の朝、牧師の説教を称えながら目をやれば、肩越しにこれもまた同家によって建てられたグランドセントラル駅が見えた。いわゆる金ぴか時代〔十九世紀後半の急速にアメリカが経済成長した時代〕のその他の上流階級の大物と同様、ヴァンダービルト家のルーツは三代前の年季奉公の召使に行き着く。オランダのデ・ビルトの町で生まれ育った初代は母国から三等船室でニューヨークへ出航し、船を降りたときにはただのデ・ビルトのヤンとして知られていた——数代くだったコーネリアスが富を築いて、その呼び名をもっと洗練されたものに変えるまでは。

だが鉄道を所有しなくても、自分の名前を縮めたり伸ばしたりは誰でもできる。

テディをティンカーに。

イヴをイヴリンに。

カティヤをケイトに。

ニューヨーク・シティではこうした類《たぐい》の変更はただだ。

車が四十七丁目を横切る時、タイヤが車体の下でスリップするのが感じられた。前方の道路で微光を放つ水たまりみたいなものは、いったんあがって所々で凍った雨水だった。ティンカーがギアを低速に切り替え、車のコントロールを取り戻した。三番街のほうが道路状況はましだと考えたのだろう、彼は速度を落として曲がろうとした。その時、牛乳運搬のトラックがわたしたちに追突した。わたしたちにはまったくトラックが見えなかった。トラックは牛乳を積んで時速八十キロでパーク・アヴェニューを走行中だった。クーペが速度を落としたため、止まろうとしたトラックが氷を踏み、背後からもろにわたしたちに突っ込んだのだ。クーペはロケットのように四十七丁目の通りを飛び越え、中央分離帯の鋳鉄《ちゅうてつ》製の街灯柱に激突した。

気がつくと、わたしは逆さまになってシフトレバーとダッシュボードの間にはさまっていた。空気が冷たかった。運転席側のドアが大きくあいていて、ティンカーが縁石のそばに倒れているのが見えた。助手席のドアは閉まっていた。でも、イヴの姿はなかった。

わたしはどうにか身体を自由にして車から這い出した。息を吸うと、肋骨《ろっこつ》が折れているかのように、胸が痛んだ。そのときティンカーが立ち上がって、イヴの方へよろめき歩いていった。フロントガラスを突き破ったらしく、彼女は地面にうずくまっていた。

どこからともなく救急車があらわれ、スペイン内戦〔一九三六年に発生。反ファシズムの人民戦線には欧米市民も義勇軍として参加した〕を伝えるニュース映画から抜け出してきたような、担架を持った白い上着のふたりの若者が降りてきた。

「生きてる」とひとりがもうひとりに言った。

彼らはイヴを担架に乗せた。

彼女の顔はひと切れの生肉のようなひどいありさまだった。

わたしは彼女を凝視せずにいられなかった。それから目をそむけた。

ティンカーも目をこらさずにいられなかった。でも彼はイヴに目を釘付けにしたまま、救急車のドアが閉まるまで、その目をそらそうとしなかった。

一月八日

彼が病院から出てくると、まるでそこがホテルであるかのように、タクシーの列が縁石で待っていた。あたりがすでに暗いことに彼は驚いた。今何時だろう、とぼんやり思った。

先頭のタクシーの運転手がうなずいてみせたが、彼は首を振った。

毛皮のコートの女性が病院から出てきて、彼が乗らなかったタクシーの後部シートに飛び乗った。ドアを閉めながら、女性は前のめりになって住所を伝えた。そのタクシーが走り去ると、残りのタクシーが前進した。女性の切羽詰まったような慌ただしさが、一瞬、彼には奇異に思えた。だが、病院に慌てて駆けつける理由があるなら、帰りだって急ぐ理由があるのかもしれない。

自分は何度タクシーの後部シートに飛び乗って、せわしなく住所を伝えたことだろう？　数百回？　数千回？

「一服どうです？」

病院から男がひとりでてきて、彼のそばに立った。外科医のひとりだった——再建手術が専門の主任だ。落ち着きがあって、親切で、四十五歳をいくらも過ぎていないように見えた。白衣にしみひとつないところを見ると、今は短い休憩中に違いない。その手には煙草が一本あった。

「どうも」と彼は言って、数年ぶりにその申し出を受けいれた。

一度、知り合いに言われたことがある。煙草をやめたら、最後の一本は、残りの全部を合わせたよりもよく覚えているものだと。それは事実だった。最後の一本を吸ったのは、プロヴィデンス駅のプラットフォームでニューヨーク行きの列車に乗る数分前のことだった。四年近く前になる。

彼は煙草をくわえ、ライターを探してポケットに手を入れたが、外科医が火をつけてくれた。

「どうも」また同じ言葉を繰り返して、彼は炎の方へ身を寄せた。

看護師のひとりが、その外科医は従軍経験があるのだと教えてくれていた。フランスの前線近くに配置されたときは、若き内科医だったらしい。

見ればわかる。態度にあらわれていた。外科医は、敵意ある環境に身をさらしたことで自信をつけた人間らしく見えた。もう誰にも何の負い目もない人間らしく。

外科医は考え深げに彼をじっと見た。

「最後に家に帰ったのはいつです?」

最後に家に帰ったのはいつだったろう、彼は心の中で考えた。

外科医は返事を待たなかった。

「あと三日間は意識が戻らないでしょう。だが意識が戻ったときは、元気なあなたが必要だ。家に帰って少し眠ったほうがいい。しっかり食べて、軽く飲んだらどうです。心配いりません。奥さんは一流の治療を受けていますよ」

「どうも」

新たなタクシーがやってきて、列の最後尾に着いた。

マディソン・アヴェニューではカーライル・ホテルの前にこれと似たようなタクシーの列があるだ

ろう。五番街でもスタンホープ・ホテルの前に列ができているだろう。これほどタクシーを自由に使える都市が世界のどこにあるだろう？　あらゆる街角、あらゆる庇の下にタクシーが待っているおかげで、こちらは着替えもせず、何のためらいもなく、誰に断わることもなく、ハーレムへ、あるいはホーン岬へさっさと行くことができる。

「……でも、彼女は妻じゃありません」

外科医は口から煙草を取った。

「ああ、それは失敬。看護師の話からてっきり……」

「ぼくたちはただの友達です」

「あれ、そうでしたか。そうでしょうね」

「ぼくたちは一緒に事故にあったんです」

「なるほど」

「ぼくが運転していました」

外科医は無言だった。

一台が走り去り、タクシーの列が前進した。

ああ――それは失敬――あれ、そうでしたか――そうでしょうね――なるほど。

春

五章　持つと持たぬと

三月も終わりに近い夜のことだった。

わたしの新たなアパートメントは一番街と二番街にはさまれた十一丁目にある、エレベーターなしの六階建てビルの中のワンルームだった。部屋は狭い中庭に面していて、洗濯ロープが窓台と窓台の間に張られていた。まだ寒いのに、凍てついた地面の上の五階のロープには灰色のシーツがかけられ、どんよりと活気のない幽霊のようにはためいていた。

中庭の筋向かいでは下着姿の老人がフライパンを持って窓の前をうろうろと行ったり来たりしていた。朝はちゃんと服を着て肉を炒め、夜は下着姿で卵を炒めているということは、きっと管理人か警備員なのだろう。わたしはジンを少し注いで、くたびれた一組のカードに注意を集中した。

ふとした気まぐれから、十五セントを費やしてコントラクト・ブリッジの入門書を買ったのだが、無駄にはならなかった。土曜日ならいつでも、起床ラッパから消灯ラッパまでずっとブリッジをやっていられるほど夢中になっていた。ちいさなキッチンテーブルでカードを配り、四人ひとりひとりの立場でかわりばんこにプレイできるように、椅子から椅子へと移動した。北側の椅子に脳内で作りあげたパートナーを座らせた——経験の浅さによるわたしの用心深さを埋め合わせるような、無鉄砲なビディングをするイギリス人貴族だ。わたしのビッドを思慮なく引きあげ、ダイヤかクラブの点数の低いそろい札でダブルゲームを強制することほど彼を喜ばせるものはなかった。

それに応えるように、東と西のプレイヤーがでしゃばりはじめた。わたしの左隣は、すべての手札を覚えている年配のラビ、右隣は、記憶力は良くないが、判断力があって、掛け値なしの意思の力で全勝することのある、引退したシカゴ・ギャングだった。

「ハートが二枚？」わたしは恐る恐る最初のビッドをして、注意深く自分のポイントを数えた。

「スペードが二枚」ラビが警告するように言った。

「ハートが六枚だ！」わたしのパートナーが自分の手札をまとめながら、叫んだ。

「パス」

「パス」

電話が鳴った時、わたしたちはびっくりして顔をあげた。

「わたしが出るわ」とわたしは言った。

電話機はトルストイの小説の山の上でぐらついていた。

ファネッリの店で必死にわたしを笑わせようと努力していた若い会計士からだろう、と思った。よせばいいのに、彼に電話番号を書き留めさせてしまったのだ――グラマシー１－０９２３。わたしが生まれてはじめて持った専用電話だった。でも受話器を取りあげてみたら、かけてきたのはティンカー・グレイだった。

「やあ、ケイティ」

「こんばんは、ティンカー」

ティンカーからもイヴからも連絡が途絶えてから、ほぼ二カ月がたっていた。

「今何しているの？」と、彼は尋ねた。

こんな状況だったから、それは意地悪な質問だった。

「三番勝負まであと二ゲームといったところ。あなたは？」

彼は答えなかった。しばらく、何も言わなかった。

「今夜こっちへ来られないかな？」

「ティンカー……」

「ケイティ、きみとイヴの間に何があるのかぼくは知らない。だが、この数週間は困難の連続だったんだ。医師たちに言わせれば、良くなる前には症状は悪くなるらしい。本気でそれを信じているわけじゃないが、今は悪くなっている。今夜はオフィスに出かけなくちゃならないんだが、イヴをひとりにするべきじゃないと思うんだ」

外ではみぞれが降りはじめていた。シーツに灰色のしみが広がっているのが見えた。今のうちに誰かが取りこまないと。

「ええ、いいわよ」わたしは言った。

「ありがとう、ケイティ」

「お礼はよして」

「わかった」

わたしは腕時計に目をやった。この時刻、ブロードウェイの地下鉄は、間隔はあいているが走っていた。

「四十分で着くわ」

「タクシーに乗ったら？　ドアマンに料金を預けておくよ」

わたしは受話器を下ろした。
「ダブル」ラビがため息をついた。
パス。
パス。
パス。

◆◆◆

事故から数日間イヴの意識は戻らず、ティンカーはその間病院に詰め、徹夜で看病した。下宿屋の女の子たち数人も交代で控え室で雑誌を読んだりして過ごしたが、ティンカーはほとんどイヴのそばを離れなかった。彼は住んでいるビルのドアマンに着替えを持ってこさせ、外科医の更衣室でシャワーを浴びた。

三日めにイヴの父親がインディアナから到着した。娘のベッドわきに立った父親が、途方に暮れているのは傍目《はため》にも明らかだった。涙をこぼすことも、祈ることも、彼にとってはあまり自然ではなかったようだ。泣いたり祈ったりできていたら、ずっと気分も楽だっただろう。代わりに父親はかわいい娘の損なわれた顔を見つめて、何度も何度も首を振った。

イヴの意識は五日めに回復した。八日めになる頃には、ほぼいつもの彼女になっていた——厳密に言えば、本来より冷徹な彼女に。イヴは冷たい目で医師たちを見据えて、説明を聴いた。医師たちが使う骨折、縫合、結索といった医学用語をかたっぱしから自分でも使い、医師たちには、うまく歩けない、醜くなる、などのもっと噛み砕いた言葉を使うよう勧めた。退院できる容体になると、父親はインディアナにイヴを連れて帰ると宣言した。イヴは拒絶した。ミスター・ロスは娘に道理を説こうとし、次に、懇願した。故郷のほうが早く元気を取り戻せる、と諭《さと》した。脚の状態を考えれば、下宿屋の階段をのぼるのは無理だと指摘した。おまけに、母親がイヴの帰りを待っている、とも。でもイヴは聞き入れなかった。頑として。

ためらいがちにティンカーはミスター・ロスに、イヴがニューヨークで養生するつもりなら、エレベーターや食事のサービス、ドアマン、予備の寝室がある彼のアパートメントで過ごしてはどうかと提案した。イヴはにこりともせずにティンカーの申し出を受けいれた。受けいれ難い提案だと思ったのだとしても、ミスター・ロスはそうは言わなかった。娘の問題に関しては、もう自分に影響力はないのだと理解しはじめていたようだ。

イヴの退院前日にミスター・ロスは空手で妻の待つ故郷へ帰った。けれど、娘に別れのキスをした後、ミスター・ロスはわたしにそれとないジェスチャーをした。話があるのだろう。わたしが彼をエレベーターまで送っていくと、ミスター・ロスは封筒をわたしの手に押しつけた。これはあんたに預ける、一年の残りのイヴの分の下宿代をこれでまかなってほしい、と父親は言った。封筒の厚みから大金であることは察しがついた。下宿屋は別のルームメイトとわたしを相部屋にさせるだろうから、それには及ばないと断わろうとした。でもミスター・ロスはひかなかった。そしてエレベーターのドアの向こうに消えた。わたしは矢印がロビーまで降りていくのを見守った。それから封筒をあけた。十ドル札が五十枚入っていた。二年前イヴが送り返したあの十ドル札だろう。この特別なお札は父と娘のどちらにも金輪際使われることなく終わったのだ。

わたしは事の展開を、独り暮らしを敢行する頃合いのサインとして受け止めた——ミセス・マーティンゲールから、地下室のあの箱を全部撤去しないなら出て行ってもらうと、すでに二度も警告されていたからなおのことだった。そんなわけで、ミスター・ロスのお金の半分は四十六平方メートルのワンルームの半年分の賃料として使わせてもらった。残り半分はロスコー伯父さんの小型トランクにしまった。

イヴは病院からそのままティンカーのアパートメントに行くつもりだったので、彼女の身の回り品を運ぶのはわたしの仕事だった。シャツやセーターをイヴのやり方を見習って、きちんと四角にたたんでできるだけうまく荷物に詰めた。ティンカーの指示で、主寝室でイヴの荷ほどきをしたが、抽斗とクロゼットは空になっていて、ティンカーはすでに、廊下の外れのメイド部屋へ自分の衣服を移動させていた。

イヴがベレスフォードに落ち着いた最初の一週間、わたしは毎晩ふたりと夕食を共にした。キッチン横のちいさなダイニングテーブルに座り、ビルの地下で調理され、スーツ姿のスタッフが運んでくる三皿からなる料理を食べた。シーフードのビスク、芽キャベツを添えたテンダーロイン、おしまいにコーヒーとチョコレートムース。

ディナーが終わる頃にはイヴは大抵疲労困憊《こんぱい》していて、わたしが部屋へ付き添っていった。

彼女はベッドの端に腰を下ろし、わたしが服を脱がせた。右足の靴と靴下も脱がせた。ドレスのジッパーを下ろし、イヴの顔のわきに残った黒い縫合痕にこすれないよう慎重に頭からドレスを脱がせた。彼女はじっと前を見つめたまま、されるがままになっていた。化粧台の上の大きな鏡を見つめていたのだと気づくまで、三晩かかった。迂闊《うかつ》だった。わたしはイヴに謝り、ティンカーに鏡をはずしてもらうと言った。でもイヴは鏡に手を触れさせなかった。

イヴをベッドに寝かせて布団をかけ、キスをしてから明かりを消して、わたしは静かにドアを閉め、ティンカーが不安そうに待つ居間へ引き返した。わたしたちは飲まなかった。腰を下ろすことさえしなかった。わたしが帰るまでの数分間、わたしたちはイヴの経過について親のように小声で話した。食欲が戻ってきたようだわ……顔色が良くなってきている……脚の状態は、彼女にはさほど不快ではなさそうに見える……自己欺瞞《ぎまん》のセリフがテントに落ちる雨粒のように口から漏れた。

けれども退院から七日めの夜、イヴを寝かせてキスをしたら、彼女がわたしを引き止めた。

「ケイティ」イヴは言った。「ねえ、死ぬまでずっと大好きよ」

わたしは彼女のかたわらに腰掛けた。

「わたしも同じ気持ち」

「わかってる」

イヴの手をとって握りしめた。彼女は握り返した。

「しばらくきてくれないほうがいいと思うの」

「いいわ」

「わかるでしょ？」

「もちろん」わたしは言った。

本当に理解できたから。少なくとも、それがイヴの率直な気持ちであることは。

どっちが有利だとか、映画館でどっちが誰の隣に座るかといったことではなかった。ルールは変わったのだ。はっきり言うなら、それはもはやゲームなどではなくなっていた。重要なのは夜をうまく切り抜けるということであって、思ったよりも困難であることがしばしばで、常にかなり個人的な問題だった。

◆◆◆

タクシーがセントラルパーク・ウエストでとまったとき、みぞれは冷たい雨に変わっていた。夜間のドアマン、ピートが縁石で傘をさして迎えてくれた。ピートは運転手に一ドルのところに二ドル払うと、タクシーから日よけまでの一・五メートルほどの距離を傘をさしかけてくれた。エレベーター係の中で最年少のハミルトンが勤務中だった。ジョージア州アトランタ出身の彼は大規模農園《プランテーション》風の礼儀正しさをニューヨークに持ち込んでおり、それが彼を出世させることになるのか、トラブルの世界に閉じこめることになるのかはまだ未知数だった。

「旅行中だったんですか、ミス・キャサリン？」エレベーターが上昇をはじめると、ハミルトンが訊いた。

「ちょっと食料品店までね、ハミルトン」

またご冗談を、というようにハミルトンはちいさく笑った。

彼の想像がとても気に入ったので、わたしは黙っておいた。

「ミス・イヴリンとミスタア・ティンカアによろしく」速度が緩んでエレベーターが止まると、彼はそう言った。

ドアが開くと、そこは専用の玄関《フォワイエ》ホールだ――優雅なギリシャ建築を再現したすてきなお手本で、寄木細工の床、白いくり型、印象派以前の画家たちによる静物画が壁に掛けられていた。肘掛けのない椅子にティンカーが座って両腕を膝に置き、うなだれていた。まるで救急室の外に逆戻りしたみたいだった。わたしがエレベーターから降りると、見るからにほっとした顔をした。まるでこないのではないかと気を揉みはじめていたかのように。

彼はわたしの両手をとって握りしめた。イヴが病院で失った四キロ余りを彼が引き受けたかのように、顔立ちが丸みを帯びていた。

「ケイティ！　ありがとう、来てくれて。会えて嬉しいよ」

彼は声を落としてしゃべっていた。それがわたしのアンテナに触れ、わたしは警戒した。

「ティンカー。イヴはわたしがくるのを知っているの？」

「ああ、うん。もちろんだ」と彼はひそひそ声で言った。「きみに会えると興奮してる。事前にちょっと説明したかったんだ。イヴはこのところ調子が良くなくてね。特に夜は。だから、できるだけぼくは家にいるようにしてるんだ。少しは良くなるんだよ、その……話し相手がいると」

わたしはコートを脱いでもう一脚の肘掛けのない椅子にかけた。コートを預かると言わなかったことからも、ティンカーの心理状態がうかがえた。

「何時に帰れるかわからないんだ。十一時までいてもらえるかな？」

「もちろん」

「十二時までは？」

「何時まででも必要なだけいるわ、ティンカー」

彼はまたわたしの両手を握り、放した。

「さあ入って。イヴ！　ケイトが来たよ！」

わたしたちはドアを通って、居間に入った。

ティンカーのフォワイエが古典的なスタイルで装飾されているとしたら、それは巧妙な目くらましだった——というのも、フォワイエはタイタニック号が沈没する前の時代の調度が設《しつら》えられている、アパートメント内で唯一の部屋だったからだ。居間——セントラルパークが見渡せるテラス窓のある贅沢な部屋——は一九二九年のバルセロナ万博からそのまま空輸されてきたように見えた。白のソファが三台、ミース・ファン・デル・ローエ〔ドイツ出身の建築家。二十世紀モダニズム建築の代表〕の黒の二脚の椅子がカクテルテーブルにきちんと向き合い、トップがガラスのそのテーブルの上には、数冊の小説と真鍮の灰皿とアールデコ風の飛行機のミニチュアが絶妙な配置で載っていた。サテンもベルベットもペイズリーもなかった——粗い織物も丸みを帯びた角もなかった。四角形が組み合わさって全体の抽象的雰囲気を強調していた。

あのフランス人〔ル・コルビュジエのこと〕は住宅のことを〝暮らすための機械〟と称したが、それを体現したような空間の真ん中にイヴが横になっていた。新しい白いドレスを着て、片腕を頭のうしろにやり、もう片方の腕を脇に伸ばして、ソファのひとつに身体を伸ばしていた。それは、これまでの一生ずっとこうしていた、というような姿勢だった。都会の明かりがイヴと、絨毯《じゅうたん》に置かれたマティーニのグラスの背後で重なりあい、イヴは自動車事故から生還した人の広告みたいに見えた。

近寄ってはじめて、損傷がわかる。傷跡は顔の左側に集中しており、二本の裂傷がこめかみから顎にかけて走っていた。左右対称だった顔の美しさは、彼女が脳溢血《のういっけつ》の発作にやられたかのように、口の端がわずかに垂れ下がっていることで損なわれていた。その座り方だと、左脚は少しよじれているだけに見えたが、ドレスの裾から覗いている部分を見ると、移植のために皮膚が羽をむしられた鶏のようになっているのがわかった。

「ハイ、イヴィ」

「ハイ、ケイト」

キスをしようとわたしは身をかがめた。イヴはためらうことなく右の頰を差し出し、彼女の反射神経が新たな状態にすでに適応していることがうかがえた。わたしは向かいのソファに腰をおろした。

「気分はどう?」わたしは尋ねた。

「よくなった。そっちはどう?」

「右に同じ」

「よかった。一杯どう? ティンカー、ねえ、お願いできる?」

ティンカーは座っていなかった。空っぽのソファの背に両腕をついて立っていた。

「もちろんだ」彼は上体を起こして言った。「何がいいかな、ケイティ? ぼくたちはマティーニを飲んでいるところだったんだ。新しく作るよ」

「シェイカーに残っているのをいただくわ」

「いいの?」

「ええ」

ティンカーはグラスを持ってソファを回り込み、カクテルテーブルの上の飛行機に手を伸ばした。胴体が翼からはずれた――流行の先端にいるアールデコの面白い小物だった。ティンカーが飛行機の鼻の部分を取って、わたしのグラスに注いだ。シェイカーをもとに戻す前に、彼は躊躇した。

「もう少し飲むかい、イヴ?」

「結構よ。でも、あなたがケイトにつきあって一杯飲んだらいいわ」

ティンカーはその言葉に困惑の表情を浮かべた。

「ひとりで飲むのは平気よ」わたしは言った。

ティンカーはシェイカーを戻した。

「遅くなりすぎないようにするよ」

「すてき」イヴが言った。

ティンカーはイヴの頬にキスした。彼がドアへ向かうあいだ、彼女は外の街へ目を向けていた。ドアが閉まった。イヴは振りかえらなかった。

わたしはマティーニをひと口含んだ。氷が溶けてかなり薄まっていた。これではジンの味はほとんどしない。あまり助けになりそうもなかった。

「元気そうね」間が持てなくなって、わたしは言った。

イヴが苛立ちを抑えた目でわたしを見た。

「ケイティ。そういうたわごとにあたしが我慢できないのは知ってるじゃない。特にあなたの口からは」

「最後に会った時より元気そうだからそう言ってるだけよ」

「地下の厨房にいる人たちのおかげね。朝食にはベーコン、ランチにはスープ。カクテルにはカナッペ、コーヒーにはケーキ、これが毎日」

「羨ましい」

「でしょ。放蕩息子の祝宴みたいなんだから。だけど、すぐに太らされた仔牛みたいな気分になってくるわよ」

大儀そうにイヴは上体を起こした。二本の指を伸ばして、テーブルの表面にある、ほとんど目に見えない白くてちいさな錠剤をつまみあげた。

「近いうちにイエスを見つけそう」そう言ってから、イヴは生ぬるいマティーニで薬を飲みくだした。

「もう一杯どう?」彼女が訊いた。

「あなたが飲むなら」

イヴはテーブルに両手をついて身体を押しあげた。

「わたしがやるわ」

イヴが皮肉めいた笑みを浮かべた。

「医者に運動を勧められてるの」

スタンドからシェイカーをはずして、イヴはバーの方へ歩いて行った。子供が通りで引きずるスーツケースのように、左足を引きずっていた。

トングで氷をひとつひとつはさんで飛行機の胴体に落とした。ジンをいい加減にごぼごぼ注いでから、ベルモットの量を正確に測った。イヴは飲み物をかき混ぜながらけわしい満足の表情で、バーの上の鏡で自分の顔を観察していた。

吸血鬼は鏡に映らないという。事故はイヴを反対の性質を持つさまよえる魂にしてしまったのかもしれない。今の彼女は鏡の表面でしか自分が見えないのだ。

彼女はシェイカーにキャップをし、おざなりに振ってから、足を引きずってソファに戻ってきた。自分のグラスを満たした後、シェイカーをテーブル越しにわたしの方へ押した。

「あなたとティンカー、仲良くやってるんでしょう？」とわたしは自分のグラスに注いでから訊いた。

「世間話をするつもりはないわ、ケイティ」

「これが世間話？」

「くだらないもの」

わたしは漠然とアパートメントを身振りで示した。

「少なくとも、ティンカーはあなたの世話をちゃんとしているみたいね」

「壊したから、買ったのよ。でしょ？」

イヴは口一杯に含んだマティーニを飲みくだしてから、まともにわたしを見た。

「家にはまだ帰らないでしょ？　あたしは申し分なく元気よ。あと十五分もしたらぐうぐう寝ちゃうわ」

　ほらこれを飲むから、というように彼女はグラスを揺らした。

「うちに帰っても特にすることはないのよ」わたしは言った。「あなたが寝るのを手伝うまではずっとここにいるわ」

　いるならいればいいし、行くなら行けばいい、というようにイヴは片手を宙でふった。もうひとくち飲んでから、彼女は再びソファに身を横たえた。わたしは自分のグラスを見おろした。

「何か読んでよ」イヴが言った。「ティンカーがよくそうしてくれるの」

「本を読んでもらうのが好きなの？」

「はじめは頭がおかしくなりそうだった。彼、あたしと話をする勇気がなかったみたいなの。でも、慣れちゃった」

「いいわ。どんな本がいい？」

「なんだっていいのよ」

　カクテルテーブルには八冊の本が、下へ行くほど大きなサイズで積まれていた。光沢のある、想像力をかきたてる色彩でデザインされたカバーがついていて、まるできちんと包装されたクリスマスの贈り物のように見えた。

　わたしは一番上の一冊を手に取った。角が折られたページがなかったので、最初から読みはじめた。

　〝そう、もちろんよ、もし明日が晴れだったならばね〟とラムジー夫人は言って、つけ足した。〝でも、ヒバリさんと同じくらい早起きしなきゃだめよ〟

息子にとってはたったこれだけの言葉でも途方も無い喜びの因になった。まるでもうピクニックは行くことに決まり、何年もの間と思えるほど首を長くして待ち続けたすばらしい体験が、一晩の闇と一日の航海さえくぐりぬければ、すぐ手の届くところに見えてきたかのようだった。


「もう、やめて」イヴが言った。「うんざりしちゃう。何の本？」

「ヴァージニア・ウルフよ」

「うぇ。ティンカーったらあたしが立てるようになるには女が書いた小説が必要みたいに、そういうのばっかり持って帰ってくるんだから。女が書いた本であたしのベッドを囲ってるのよ。あたしを閉じ込める気かしら。他に何かないの？」

わたしは本の山を傾けて、真ん中の一冊を抜いた。

「ヘミングウェイは？」

「ああほっとする。でも今度は出だしは飛ばしてくれない、ケイティ？」

「どのくらいまで？」

「出だし以外ならどこでもいいわ」

わたしは適当に百四ページを開いた。


彼が銀行のドアを見張っていると、身体の前にトムソン銃を構えた四人めの大男が、後ろむきに出てきた。それと同時に、銀行の中からサイレンが苦しげな長い悲鳴のような音を鳴らしはじめ、ハリーは銃口が四度跳ねるのを見て、銃声を四度聞いた。

「そのほうがいい」イヴが言った。
彼女は頭の下の枕を調節し、仰向けになって目を閉じた。

わたしは二十五ページ分を声に出して読んだ。十時すぎ、イヴは眠りに落ちた。やめてもよかったのだが、読むのが面白くなりはじめていた。百四ページからはじめたせいか、ヘミングウェイの文体が一層エネルギッシュになったように思えた。最初の数章がないと、すべての出来事が寸劇になり、すべてのセリフが風刺になった。端役が主役と同等になり、つまらない常識で主役をやり込めていた。主役は反撃しなかった。彼らの物語という独裁者から自由になれてほっとしているようだった。ヘミングウェイの本を残らずこんな風に読んでみたい、とわたしは思った。

グラスを空け、ガラスのテーブルに音を立てないようにそっと置いた。

イヴのソファの背に白いひざ掛けがあった。穏やかな寝息を立てているイヴにそれをかけた。もうイエスを見つける必要はない、とわたしは心の中で思った。すでに向こうがイヴを探しに来ていたから。

バーの上にスチュアート・デイヴィス〔アメリカの画家。抽象絵画の草分け〕によるガソリンスタンドの習作が四点かかっていた。部屋で唯一の芸術であるその絵画は原色で描かれていて、家具といいコントラストを醸しだしていた。酒瓶の前にはもうひとつ、銀のアールデコの作品があった。これにはちいさな窓とダイヤルが付いていて、ダイヤルを回すと鉄道駅の時刻表みたいに、象牙《ぞうげ》のカードが一枚ずつめくれるようになっていた。どのカードにもカクテルの作り方が書いてあった。マティーニ、マンハッタン、メトロポリタン――ぱたん、ぱたん、ぱたん。バンブー、ベネット、ビトイーン・ザ・シーツ――ぱたん、ぱたん、ぱたん、ぱたん。ジンの瓶のうしろに四種類のスコッチがあって、どれもわたしには手の出ない高級品だった。わたしは一番古いスコッチをグラスに注いで、奥の廊下をぶらぶら歩いた。

右手の最初の部屋はわたしたちが前に食事に使ったこぢんまりした食堂だった。食堂の奥には料理道具が一式そろった、ほとんど使われていないキッチンがあった。コンロの上にはぴかぴかの銅鍋が載っており、小麦粉、砂糖、コーヒー用の素焼きの壺は、どれも縁まで中身が入っていた。

キッチンの向こうはメイド部屋だった。見たところ、ティンカーは今もそこで眠っているようだった。袖のない下着が椅子にかかっており、バスルームのコップには髭剃り用の剃刀《かみそり》が突っ込まれていた。ちいさな本棚の上にかけてあるのは、少々素朴な社会的リアリズムの絵画だった。港湾労働者たちが抗議に集まった波止場を上から眺めた構図だ。群衆の端に、警察の車が二台止まっている。波止場の突き当たりには、終夜営業、という青いネオンがかろうじて見分けられる。良さがないわけではないにせよ、アパートメントの雰囲気からして、この絵画がメイド部屋に追いやられている理由がわかる気がした。同じくこの部屋に追放されている犠牲者は、ハードボイルドの探偵小説がぎっしり詰まった本棚だった。

わたしはひきかえしてキッチンを通り過ぎ、眠っているイヴのそばを通って、反対側の廊下を歩いた。左手の最初の部屋は暖炉のある羽目板張りの書斎だった。わたしのアパートメントの半分の広さがあった。

机の上にはまたひとつ洒落たアールデコの品が載っていた。レーシングカーの形をした煙草入れだ。シェイカーにしろ、カクテル・カタログにしろ、レーシングカーにしろ、これらの銀製品はひとつひとつが多様な国のスタイルを取り入れたアパートメントの雰囲気にうまく溶け込んでいた。それらは宝石を思わせる巧みな工芸品だったが、まぎれもなく男性のためのものだった。そしてどれも、ティンカーが自分用に買ったものではなかった。隠れた手の技をほのめかしていた。

ブックエンドにはさまれて、参考図書のささやかなセレクションがあった。類語辞典、ラテン語文法、すぐにとんでもなく時代遅れになることになる世界地図。背表紙にタイトルのない薄い一冊もあった。手にとってみると、ワシントンの本だった。最初のページの献辞から、ティンカーの十四歳の誕生日に母親から贈られたものであることがわかった。有名な演説や書簡が年代順に余さず掲載されていたが、冒頭に掲げられているのは、このアメリカ建国の父が十代の頃に綴った心がけの一覧表だった。

『礼儀作法のルールおよび交際と会話における品位ある振る舞い』

1　人前におけるすべての行動は、その場に居あわせた人びとへの尊敬の念をもって行われるべきである。

2　人前では両手を、通常人目につかない身体のいかなる部分にも触れてはならない。

3　友人を驚愕させかねないものは一切見せないこと。

などなど。

などなど？　項目は全部で百十もあった！　その半分以上にアンダーラインが引いてあった——ひとりの若者が、百五十年前に生きたもうひとりの若者の礼節への熱意を時空を超えて共有していた。どちらも善良さという点では甲乙つけがたかった——ティンカーの母親がそれを彼に与えたことか、それとも、彼がそれをずっと手元に置いていることか。

机の後ろの椅子にはキャスターが付いていた。わたしはそこに座って一回転した。抽斗はすべて鍵がかかるようになっていたが、どれも鍵はかけられていなかった。下の方の抽斗は空っぽだった。上の方はありふれた装身具がぎっしり入っていた。だが、中央の抽斗には書類の束があって、一番上にイヴの父親からの手紙が載っていた。

親愛なるミスター・グレイ

病院での貴君の率直さに触れ、娘と恋愛関係にあるのではないとの言葉を受け入れる心構えができました。だからこそ、貴君は反対しましたが、娘が貴君のアパートメントに滞在する費用を払わせていただきたいのです。ここに千ドルの小切手を同封し、追ってまたお払いする所存です。どうか現金化してください。

寛大な行為によって、他人に対する責任が終わることはまずありません。むしろはじまるのです。これを理解する人は少ないが、貴君がその少数のひとりであることに私は疑いを持ちません。

貴君と娘の仲が進展しても、娘の状態、娘との距離の近さ、娘が受けている恩義につけこむような人でないことはわかります――紳士なら当然の抑制をきっと示すでしょう。正しいことをしなければならない時が来るまでは。

感謝と信頼を込めて
チャールズ・エヴェレット・ロス

わたしは手紙を畳み、ミスター・ロスへの深まる尊敬とともに抽斗に戻した。ビジネスマン同士の飾らない文章が綴られた彼の手紙には、ドン・ファンも顔色なしだろう。ティンカーがそれをここ――イヴがきっと見つけそうな場所――に置いたのも無理はなかった。

主寝室に足を踏み入れると、カーテンがあいたままで、自分に手の届くのが誰なのか、ちゃんと知っているダイヤモンドのネックレスのように、街明かりがきらめいていた。青と黄色のベッドカバーが二脚の布張りの椅子を引き立てている。アパートメント全体が裕福な独身男性にぴったりのデザインだったとしても、ここには、運良く部屋に入った女性が異質な世界に紛れ込んだと感じない程度の色彩と快適さがあった。またしても、隠れた手のなせる技だった。

クロゼットにはイヴの衣装に新たな追加があった。安物ではなく、イヴの好みでもないから、きっとティンカーが買い求めたものだろう。ドレスに指を走らせ、カクテル・レシピのようにめくっていくうちに、青いフラッパージャケットに目がとまった。わたしの服だった。イヴの荷ほどきをしたのはわたしだったから、どうしてこの上着がここにあるのかと一瞬首をかしげた。そのあと思い出した――事故の夜、イヴがそれを着ていたことを。礼儀作法と品位ある振る舞いの奇跡によって、それは救出され、クリーニングに出されたのだ。わたしはそれを元の場所にかけ、クロゼットの扉を閉めた。

バスルームの流しの上にイヴの薬が載っていた。鎮痛剤だった。わたしがイヴの立場だったら、どうやって耐えるだろうと思いながら鏡を覗き込んだ。

あまりうまくは耐えられそうにない、と思った。

居間に引き返すと、イヴの姿がなかった。

わたしはキッチンに行き、メイド部屋に行った。書斎まで戻った。本当にアパートメントから逃げ出したのではないかと心配になった。そのとき、居間のカーテンが動いて、ドレスの白いシルエットがテラスに見えた。わたしはテラスに出て、イヴと並んだ。

「あら、ケイティ」

覗き回っていたのではないかと疑っていたのだとしても、イヴはそんなそぶりは見せなかった。

みぞれはとうにあがって、空に星が光っていた。イーストサイドのアパートメント群がセントラルパークの向こうで、入江の反対側に立つ家々のように、きらめいていた。

「ここはちょっと寒いわ」わたしは言った。

「でもそれだけの価値はある、でしょ？　不思議なの。夜見る建物の輪郭は息が止まるほどきれいなのに、一生マンハッタンで過ごしても、迷路のネズミみたいに、それが見えない人もいるなんて」

もちろん、イヴの言う通りだった。ロウワー・イーストサイドの大通りでは、高架鉄道や非常階段や、それにまだ地下化されていない電線によって空が遮られている。大半のニューヨーカーは果物を積んだ手押し車と五階の間のどこかで一生を過ごす。そんな下々の連中の数十メートル上から眺める街はとてつもなく美しかった。わたしたちはそのすばらしい瞬間をたたえた。

「ティンカーはあたしがここにいるのを嫌がるのよ」イヴは言った。「飛び降りようとしてるって思い込んでるの」

「そうなの？」

からかうつもりでそう訊いたのに、そういう口調にならなかった。

イヴは特にむっとした様子もなく、あっさりこう一蹴した。

「あたしはカトリックよ、ケイティ」

地上三百メートルのあたりで緑の光が三つ、わたしたちの視界に入ってきて、セントラルパークの上を南へ向かっていった。

「見て、あれ」とイヴが指差した。「エンパイアステート・ビルの周りをあれが旋回するのを見たら、夜はよく眠れるの。小型飛行機っていつもああやって飛ぶのよ。そうしないではいられないみたい」

退院後の最初の幾晩かのように、イヴがベッドへ引きあげる気になると、わたしは彼女に手を貸して寝室へ連れて行った。ストッキングとドレスを脱ぐのを手伝った。イヴをベッドに寝かせて布団をかけた。そして額にキスした。

イヴは両手を伸ばしてわたしの額をはさみ、お返しのキスをした。

「会えてよかったわ、ケイティ」

「明かりを消そうか？」

イヴはベッドサイドテーブルを見た。

「見てよ、これ」彼女は呻《うめ》いた。「ヴァージニア・ウルフ。イーディス・ウォートン。エミリー・ブロンテ。ティンカーのリハビリ計画よ。だけど、この人たちって全員自殺したんじゃなかった？」

「ウルフはそうだったと思うわ」

「ふーん、あとの人たちだって似たようなものでしょ」

その発言があまりにも思いがけなかったので、わたしはぷっと噴き出した。イヴも笑った。笑いすぎて、髪が顔にかかった。その年の最初の一週間以来、わたしたちふたりが心底笑ったのはそれがはじめてだった。

明かりを消すと、イヴがティンカーを待つのは意味がないから、帰ったほうがいいと言った。わたしもほぼその気だったが、ティンカーに約束していた。

だから、廊下の明かりと、居間の明かりのほとんどを消した。ソファに座り、白いひざ掛けを肩に羽織った。本の山の真ん中から一冊抜いて読みはじめた。それはパール・バックの『大地』だった。二ページめで行き詰まったので、百四ページを開いて、また読みはじめた。助けにならなかった。

わたしは本のピラミッドをじっと眺めた。選ばれた本のタイトルをしみじみ考えた。次にそれらを廊下の先のメイド部屋へ運んでいき、十冊の探偵小説と取り替えた。居間のテーブルにおろしたが、全部まったく同じサイズだったから、積み上げる順番に頭を悩ますには及ばなかった。少しして、わたしは〝クローズドキッチン・エッグ〟を作ることにした。

卵ふたつをボウルに割り入れ、すりおろしたチーズとハーブを加えてかき混ぜた。フライパンのオイルが熱くなると卵を流し込み、蓋をした。オイルを熱することと、蓋をすることが卵をふっくらさせるコツなのだ。こうすれば焦がさずにキツネ色に仕上げられる。子供の頃、父がよく作ってくれた卵料理だったが、わたしたちがそれを朝食に食べたことはなかった。簡易食堂《ザ・キッチン・イズ・クローズド》が閉まっていると、父はよく言ったものだった。これが一番うまい。

お皿から最後のひと口を食べていた時、ティンカーが抑えた口調でわたしの名前を呼ぶのが聞こえた。

「キッチンよ」

彼は安堵の表情で入ってきた。

「ここにいたの」

「ええそう」

ティンカーは椅子に座り込んだ。髪は櫛目《くしめ》が通って、ネクタイのウィンザーノットもきりっとしていたが、彼がくたくたになっている事実は、その身なりのよさをもってしても隠せていなかった。目をしょぼつかせ、車の運転でぐったりしているその様子は、双子の誕生でさらに数時間働く羽目になって呆然としている新米パパみたいに見えた。

「どうだった？」ティンカーがためらいがちに訊いた。

「なんともなかったわ、ティンカー。イヴはあなたが思うよりも強いのよ。きっと元気になるわ」ちょっとは肩の力を抜いて、イヴィに干渉せず、成り行きに任せるべきだ、ともう少しで言いそうになった――でも思い出した、車を運転していたのはわたしではなかったのだと。

「フロリダのパームビーチにオフィスがあるんだ」と一瞬の間を置いてティンカーは言った。「二、三週間イヴをそこへ連れて行こうかと思っている。暖かだし、環境も変わる。どうだろう？」

「よさそうね」

「気分転換になるだろうと思うんだ」

「あなたも気分転換した方がよさそうよ」

彼は返事の代わりにくたびれた笑みを浮かべた。

後片付けをしようと立ちあがると、ティンカーがよく躾《しつ》けられた犬の目でからの皿を追った。だから、〝クローズドキッチン・エッグ〟を彼の分もこしらえた。卵をかき混ぜ、炒め、お皿に載せて出した。さっき、キャビネットのひとつに料理用シェリーの未開封の瓶があるのに気づいていたので、コルクを抜き、一杯ずつグラスに注いだ。シェリーを少しずつ飲みながら、わたしたちは必要もないのに声をひそめてあれこれ話をした。

フロリダのイメージからキーズ〔フロリダ半島沖にある熱帯の列島〕が話題になり、ティンカーは少年時代に読んだ『宝島』やダブロン金貨〔フロリダがスペイン領だった頃に使われていた金貨〕を探して兄と一緒に裏庭を掘った記憶をよみがえらせた。わたしたちはそろって『ロビンソン・クルーソー』を思い出し、無人島に座礁する空想にふけったことを思い出した。話はさらに発展し、船が難破してひとりぼっちになったとき、ポケットにあったら嬉しいものをふたつあげるとしたら何か、という話になった。ティンカーは（賢明にも）ジャックナイフと火打石。わたしは（無分別にも）カード一組とソローの『ウォールデン　森の生活』

〔ヘンリー・デイヴィッド・ソロー著。自身が森の中で暮らした二年余の経験を綴った内容〕――どのページにも無限が見つかる唯一無二の本――をあげた。

しばらくの間、わたしたちはまだマックスの食堂にいるのだという想像に身をゆだねた――テーブルの下で膝をぶつけあい、カモメたちがトリニティ教会の尖塔を旋回していて、明るい色とりどりの可能性がわたしたちの手の届く範囲にぶら下がっていた新年のあのひととき。

父がよく言ったものだった。気をつけていないと、過去にはらわたを抜かれるぞ。


フォワイエでティンカーはまたわたしの両手を取った。

「会えてよかったよ、ケイティ」

「わたしもよ」

一歩下がっても、彼はすぐに手を離さなかった。何か言うべきかどうか迷っているようだった。代わりに、廊下の突き当たりで眠っているイヴをよそに、わたしにキスした。

力のこもったキスではなかった。それは問いかけだった。わたしが少し身を寄せたら、ティンカーはわたしを抱きしめたことだろう。でも、その場の状況を考えると、そんなことをしてもどうにもならなかった。

わたしは両手を引き抜くと、彼の滑らかな頬に片方の手のひらを押しあて、あらゆることを孕《はら》み、あらゆることを信じ、あらゆることを望み、そして、最も重要な、あらゆることを忍ぶという考え抜いた末の忍耐に慰めを見出した。

「あなたは優しい人ね、ティンカー・グレイ」

ケーブルがしなる音がして、エレベーターの接近を知らせた。ハミルトンがドアを開ける前に、わたしは手をおろした。ティンカーはうなずき、両手を上着のポケットに突っこんだ。

「卵をごちそうさま」と彼は言った。

「あんまり持ちあげないで。あれしか料理はできないんだから」

ティンカーは微笑し、普段の彼が一瞬だけ戻った。わたしはエレベーターに乗った。

「きみの新しい住まいの話をするチャンスがなかった。見に寄ってもいいかな？　来週あたりでも？」

「ええ、もちろん」

ハミルトンは会話が終わるのを従順に待っていた。

「いいわよ、ハミルトン」わたしは言った。

ハミルトンはゲートを閉め、レバーを引き、下降を開始した。通り過ぎるフロアを見ながら、彼は低く口笛を吹いた。

南北戦争後、ワシントンやジェファーソンなどの建国の父の名前は、ハミルトンのような黒人に大人気になった。でも、決闘で死んだニューヨーク銀行の創設者にちなんだ名を持つ黒人は、彼がはじめてだった〔アレクサンダー・ハミルトン。銀行の創設は一七八四年〕。ロビーに着いてエレベーターを降りると、わたしは振りかえって名前の由来を聞こうとした。でもベルが鳴り、ハミルトンは肩をすくめた。エレベーターの大きな真鍮のドアが静かに閉じた。

ドアにはドラゴンをあしらった楯が浮き出し加工されていて、こんなベレスフォードのモットーが刻印されていた：フロンタ　ヌッラ　フィデス。見かけを信じるなかれ。

その通り。

地上に出てきたウッドチャックが自分の影を見なかったというのに〔影を見たら、さらに六週間の冬ごもりに戻るとの言い伝えから〕、冬はさらに三週間ニューヨークに居座った。セントラルパークのクロッカスは凍え、鳴き鳥たちは賢明な結論に達してブラジルへ引き返していった。そしてミスタア・ティンカアは、翌月曜日、知らせもよこさず、ミス・イヴリンをパームビーチへ連れていった。

六章　もっとも残酷な月

四月のある夜、わたしは都市間高速鉄道《IRT》のウォール街駅でつましい自宅へ帰るために地下鉄を待っていた。一本前が行ってから二十分が経っており、プラットフォームは帽子とため息と乱暴に畳まれた午後版の新聞で混雑していた。そばの床に紐で縛ったぱんぱんに膨れたスーツケースが置かれていた。子供達の姿がないことを除けば、戦時中の急行通過駅と似たようなものだった。

　ひとりの男がそばを無理やりすり抜けようとして、わたしの肘にぶつかった。茶色の髪でカシミアのコートの男だった。遅刻でもしそうなのか、男が振り向きざまに謝った。そのごく短い瞬間に、わたしはティンカーだと思った。

　でもそんなはずがなかった。

　ティンカー・グレイはIRTとは無縁だった。パームビーチへ行った最初の週末に、イヴがティンカーと宿泊中のブレイカーズ・ホテルから絵ハガキをくれた。〝ねえ《シス》、あたしたちあなたに会えなくてすごく寂しいわ〟とあって、ティンカーもわたしの住所の周りと切手のそばの余白に、活字体でちいさく似たような心情を綴っていた。ハガキの写真にイヴが矢印で、ビーチを見下ろす彼らの部屋のバルコニーを示していた。彼女が砂に描いたサインはこう読めた。〝飛び降り禁止〟追伸があった。

〝一週間したら会おうね〟でも二週間後、今度はキーウエストのマリーナから絵ハガキが届いた。

一方のわたしは五千ページの口述筆記をおこなった。天気と同じくらい陰気な言語で四十万語をタイプした。分離不定詞を縫い合わせ、ぶらぶらする修飾語句を持ちあげ、一番上等のフランネルのスカートのお尻の部分をすり減らした。夜はひとりでキッチンテーブルに座り、ピーナッツバターを塗ったトーストを食べ、ラフとスラフ〔いずれもトランプゲームの手〕を習得し、もてはやされている原因を見極めるためにE・M・フォースターの小説に猛然と取り組んだ。全部で、十四ドル五十七セント節約した。

父だったら、誇らしく思っただろう。


礼儀正しい見知らぬ男はプラットフォームを進んでいって、内気そうな若い女の横で立ち止まった。男の接近に女が顔をあげ、一瞬、わたしと目が合った。わたしの左に座っているタイプの奇跡、シャーロット・サイクスだった。

黒い眉はぼさぼさだけれど、シャーロットは繊細な顔立ちときれいな肌の持ち主でもあった。いつなんどき街に踏みつけられるかとおどおどしていなければ、好印象を持つ人もいるだろう。

今夜の彼女は筒形の縁なし帽をかぶっていたが、そのてっぺんには葬式の菊そっくりの造花が縫い付けられていた。ロウワー・イーストサイドのどこかに住んでいて、わたしを見習って遅くまで残業しているようだった。というのも、わたしから数分遅れてプラットフォームに立つことがよくあったからだ。近づく勇気を奮い起こしているらしく、こちらをこっそりうかがっている。そこではっきり意思表示するために、わたしはバッグから『眺めのいい部屋』を取り出して六章を開いた。ひとりで本を読んでいる人物よりも――たとえそれがくだらないロマンスであっても――おしゃべりをしているふたり連れに声をかけがちなのが人間の愛すべき不思議な性《さが》だから。

ジョージ・エマースンはルーシーが転げ落ちた音を聞いた。つかの間、彼はルーシーを凝視した。まるで天国から落ちてきた人を見るように。彼はルーシーの顔に輝くような喜びの色を見た。菫が青い波になってルーシーの白いドレスの裾を洗っていた。

菫の青い波が電車のブレーキ音に飲み込まれた。プラットフォームの難民たちが荷物をまとめて乗り込む闘いに備えた。周囲で押し合いへし合いがはじまるなか、わたしは孤高を保った。駅がこうも混雑している場合は、次の電車を待つほうが概《おおむ》ねましだった。

戦略上、プラットフォームの向こうに位置を占めていた緑のちいさな帽子をかぶったラッシュアワー対策の車掌たちが、事故現場の警官のように行動した。肩をいからせ、必要に応じて人びとを押したり引いたりした。ドアが開くと、群衆が殺到した。シャーロットの帽子についた青と黒の菊が海の泡のように前方で上下動した。

「そこ、詰めて」車掌たちはわめきながらあらゆるところをくまなく押した。

一瞬後に電車は去り、賢明な少数の人びとが残った。わたしは孤独を確保してページをめくった。

「キャサリン!」

「シャーロット……」

土壇場で彼女はチェロキー族の偵察者みたいに、引き返したに違いなかった。

「あなたがこの電車を使ってるとは知らなかったわ」と彼女は口からでまかせを言った。

「毎日乗ってるわよ」

嘘がばれて、シャーロットは顔を赤くした。おかげで血の気のない頬が明るくなった。もっとたびたび嘘をつくべきだった。

「どこに住んでるの?」シャーロットが訊いた。

「十一丁目」

顔が輝いた。

「わたしたち、お隣さんみたいなものよ! わたしはラドロー通りなの。バワリーの数ブロック東よ」

「ラドロー通りがどこにあるかぐらい知ってるわ」

彼女はすまなそうにほほえんだ。

「そりゃそうよね」

シャーロットはウエストの前に、ちょうど女学生が教科書を持つように、両手で大きな書類を抱えていた。その厚みからすると、合併の契約書か提案の計画書であることは間違いなさそうだった。なんであれ、持ち歩いてはならないものだ。

わたしはぎごちない沈黙を長引かせた。

でもどうやら、あまりぎごちなくはなかったらしい。

「そのあたりで育ったの?」シャーロットが訊いてきた。

「ブライトンビーチ」

「へええ」

彼女はブライトンビーチはどんなところかとか、そこにはどんな地下鉄が通っているのかとか、コニーアイランドに行ったことはあるかとか訊こうとしたが、電車がわたしの救出にやってきた。プラットフォームにいる客はまだまばらだったので、車掌たちは知らん顔だった。攻撃の合間の兵士そっくりに、彼らは世界共通の無関心さを見せて、煙草をふかしていた。

シャーロットはわたしの隣に座った。向かい側には、視線を上げる気力もない中年のメイドが座っていた。黒と白のお仕着せの上にくたびれたバーガンディ色のコートを着て、実用的な靴を履いていた。彼女の頭上には保健省のポスターが貼られており、くしゃみをする際はハンカチで口元を押さえるよう謳っていた。

「ミス・マーカムのところでどのくらい働いてるの？」シャーロットが尋ねた。

クウィギン&ヘイルと言わずにミス・マーカムと言ったのは評価できる。

「一九三四年から」

「それじゃ、ベテランのひとりね！」

「全然」

わたしたちはしばらく静かだった。シャーロットがついにこちらの気持ちに気づいてくれたかと思った。あにはからんや、彼女はひとりで勝手にしゃべりだした。

「ミス・マーカムってすごくない？　あんな人会ったことないわ。すっごく印象的よね。彼女がフランス語をしゃべれるって知ってた？　共同経営者のひとりとしゃべってるのを聞いたのよ。誓ってもいいけど、手紙の下書きを一度見ただけで、一語一句すっかり覚えられるに決まってるわ」

シャーロットは急に普段の口調の二倍の速さでしゃべりだしていた。神経質になっていたのか、それとも、電車が自分の降りる駅に着く前にありったけのことをしゃべろうとしたせいだろうか。

「……だけどQ&H《クウィギン&ヘイル》の人たちってみんなすっごく特別にいい人たちよね。共同経営者たちまで！ついこの先日ミスター・クウィギンのオフィスにサインをもらいに行ったの。行ったことある？　やだ、あるに決まってるわよね。あそこに水槽があって、魚がいっぱい入ってるでしょ。それでね、一匹ちいさいのがいるんだけど、その色がほんとびっくりするようなブルーで、ガラスに鼻を押しつけてるの。目が釘付けになっちゃった。共同経営者のオフィスではきょろきょろするんじゃありませんってミス・マーカムに言われてるのにね。でも、ミスター・クウィギンはサインを済ませるとデスクを離れて、その魚たちのラテン名を一匹ずつ残らず教えてくれたの！」

シャーロットがまくしたてている間に、向かい側のメイドが視線をあげていた。遠くない昔、やはり繊細な顔立ちときれいな肌をしていた頃、目は希望に溢れて大きく見開かれ、世界が輝かしく、公平に思えた頃に、そんな水槽の前に立っていたことがあるかのように、彼女はシャーロットをじっと見て聴き耳を立てていた。

電車はカナル・ストリートに着き、ドアが開いた。シャーロットは猛スピードでしゃべっていたため、気づかなかった。

「あなたの降りる駅じゃないの？」

シャーロットは飛びあがった。かわいく、ちいさく手を振って降りていった。

ドアが閉まってはじめてわたしは隣に合併の契約書が置かれたままになっているのに気づいた。

〝トマス・ハーパー様のデスクから〟というメモがおもてにクリップで留めてあり、ハーパーのいかにも優等生的な飾りたてた書体でカムデン＆クレイ弁護士事務所の名前がのたくっていた。おそらくハーパーがちびの小学生みたいな魅力をふりまいてこの草案の配達をシャーロットに押しつけたのだろう。さほど苦労はしなかったはずだ。シャーロットは生まれつき魅了されやすいタイプだから。あるいは、怖気付きやすいというか。どっちにしても、これは彼ら双方の判断ミスを如実に物語っていた。仮にニューヨークがたくさんの歯車のついた機械だとすると、判断ミスは、残りのわたしたちにとって、ギアを滑らかに回転させ続けるグリースだった。どちらも最後にはいろいろな点で当然の報いを受ける。わたしはその契約書を席に戻した。

電車はまだ駅にぐずぐずしていた。プラットフォームには、閉じたドアの前に期待を込めてミスター・クウィギンの魚のようにガラスの中を覗いている通勤客が数人集まっていた。目を転じると、メイドがわたしをじっと見ていた。悲しげな目で忘れられた書類を見ている。報いを受けるのは彼ら両方ではないかもしれないわ、とその目は言っているようだった。あの結構な発音とぺたっとした前髪を持つ、チャーミングなちびすけは巧みに窮地を脱し、小柄なミス純真がふたり分の責を負うことになるかもしれない。

ドアがまた開いて通勤客がなだれこんできた。

「ったくもう」わたしは舌打ちした。

契約書をつかみ、閉まりかけたドアの間に腕を入れてこじあけた。

「ダメだよ、あんた」と車掌がたしなめた。

「おあいにく」わたしは言い返した。

東側の階段をのぼってラドロー通りの方へ歩きながら、つばの広い帽子やブリルクリームの匂いをプンプンさせた髪の間に上下に揺れる黒い菊を探した。五ブロックのうちに追いつかなかったら、この契約書はゴミ箱と合併する運命だ、と自分に言い聞かせた。

カナル・ストリートとクリスティー・ストリートの角にシャーロットを発見した。

ショッツ&サンズ——なんでもかんでも酢漬けにした、ユダヤ教の戒律に従った食品店——の前に、彼女は立っていた。買い物をしていたわけではなく、喪服として知られる服装の、黒い目をした小柄な老婦人に話しかけていた。老婦人は昨日の新聞に包んだ今夜のおかずらしき鮭の燻製を持っていた。

「ねえちょっと」

シャーロットが顔をあげた。びっくりした表情が少女っぽい笑顔に変わった。

「キャサリン！」

彼女はかたわらの老婦人の方へ手を振った。

「わたしの祖母なの」

（うそっ）

「はじめまして」わたしは言った。

シャーロットが老婦人にイディッシュ語で何か言った。会社の同僚だと説明したのだろう。

「これを電車に置き忘れたわよ」わたしは言った。

シャーロットの顔から笑みが消えた。彼女は書類をつかんだ。

「まあ。うっかりしてたわ。なんてお礼を言ったらいいか」

「いいのよ」

つかの間、黙り込んだシャーロットは次の瞬間、抑えがたい気分に駆られて言わなくてもいいのにこう明かした。

「ミスター・ハーパーは明日いの一番に大事な顧客との面談をするんだけど、この修正版は九時までにカムデン＆クレイにないとまずいの。だから頼まれたの、出勤途中でわたしがこれを――」

「ハーヴァードの学位に加えて、ミスター・ハーパーは投資信託も運用してるわ」

鈍重な困惑の表情で、シャーロットはわたしを見た。

「解雇されても、そのふたつがあれば大いに役立つってこと」

シャーロットのおばあさんはわたしの手を見た。シャーロットはわたしの靴を見た。

夏の間ショッツの店はピクルスとニシンとスイカの皮の樽を転がして歩道に出し、敷石に酢の混じった塩水を跳ね返す。八カ月経った今もまだその匂いがしみついていた。

老婦人がシャーロットに何事か言った。

「祖母が夕食を一緒にどうかと訊いてるわ」

「残念だけど、先約があるの」

シャーロットはわざわざ通訳した。

カナル・ストリートから自宅までは十五ブロックの距離があり、さらなる地下鉄料金を正当化するには十ブロックほど距離が短すぎた。だからお隣さんみたいなもの、という言葉を受けて歩くことにした。交差点にさしかかるたびに、左右を見た。ヘスター・ストリート、グランド・ストリート、ブルーム・ストリート、スプリング・ストリート。プリンス・ストリート、一丁目、二丁目、三丁目。ひとつひとつのブロックが異国の袋小路みたいに見えた。共同住宅の間には、二世代経営の商店があって、彼らの祖国の食べ物であるソーセージやチーズ、魚の燻製や塩漬け――イタリア語やウクライナ語の新聞にくるまれ、征服されることがない彼らの祖母たちによってゆっくりと自宅へ持ち帰られる――の改良版が売られていた。上を見れば、ふた部屋しかないアパートメントの列が並んでいて、そこでは強い信仰心によってひとくくりにされた三世代が毎晩集まって食卓を囲み、食後のリキュールに負けないぐらい甘ったるくて奇妙な食事を共にするのだろう。

もしもブロードウェイが揺らめき流れる川で、マンハッタンの最上部からバッテリー・パークまで水面に車や商店や信号を浮かべていたら、東西の通りは渦を巻き、人は終わりのない永遠の世界に向けて木の葉のようにゆっくりくるくると回転していくだろう。

アスター・プレイスまでくると、わたしは足をとめて街角の新聞スタンドでタイムズの夕刊を買った。一面にはヨーロッパの修正された地図が掲載され、なだらかな点線が変化する前線をあらわしていた。白髪の眉毛がもじゃもじゃのスタンドの老人は、どこか上の空の田舎のおじさんといった人の良さそうな顔をしており、マンハッタンで新聞を売っていることが場違いに見えた。

「いい晩だねえ」と老人は言った。婦人帽の店のウィンドウに映る光景から見えるわずかなもののことを言っているのだろう。

「ええ、本当に」

「雨になると思うかね？」

イーストサイドの屋根の上に目を向けると、宵の明星が飛行機の誘導灯のようにくっきりと光っていた。

「いいえ、今夜は降らないわ」

老人は笑顔になり、安堵したようだった。

一ドルを渡した時、別の客が近づいてきて、不必要にわたしに接近して立ちどまった。そちらに視線を向けないうちに、わたしは新聞売りの老人の眉毛が八の字になったのに気づいた。

「よお、ねえちゃん」と客が言った。「煙草か何か持ってないかい？」

わたしは振り向いて男の視線を受けとめた。失業中から雇用に不適切へと着々と進行中らしく、髪は伸びすぎ、ばさばさの山羊髭が生えていたが、人が十四歳の頃に持っていたのと同じ、怖れを知らぬ笑みとよく動く目をしていた。

「ないわ、悪いけど」

男は首を振った。かと思うと、頭をかしげた。

「おい、あんたを知ってるぞ、だろ？」

「そうは思わないけど」

「間違いない。知ってるよ。二一四号室。シスター・サリー・サラモーンだ。IはEの前だけど、Cの後はその限りじゃないってな……〔英単語の綴りの記憶法として小学校で教わるもの〕」

男はその考えに声をあげて笑った。

「他の誰かと間違えてるわ」とわたしは言った。

「おれは間違えてねえぞ。あんたは他の誰かじゃねえ」

「これ」と言いながらわたしはお釣りを差し出した。

男は穏やかな抗議のしるしに両手を持ちあげた。

「想定外だ」

男は自分の言葉の選択を笑い、二番街の方角へ歩き去った。

「あれがニューヨークに生まれることの問題だよ」老いた新聞売りは少し悲しそうに呟いた。「ニューヨークは逃げ場がないんだ」

七章　孤独なシャンデリア

「ケイティ・コンテントです」

「クラレンス・ダロウ〔アメリカの弁護士。労働問題や社会問題で辣腕をふるった〕だ」

　クウィギン＆ヘイルでは何台ものタイプライターがフルスピードで稼働していたが、それほどうるさくなかったから、イヴの声に陽気な響きが戻っているのが聞き取れた。

「いつお帰りになったんですか、ミスター・ダロウ？」

「八十と七時間前」

「キーウエストはいかがでした？」

「滑稽」

「わたしが焼きもちを焼くには及ばないってこと？」

「これっぽっちも。聞いて。今夜、数人の友達を招いてるの。総仕上げとしてあなたが来てくれたら完璧なのよ。こっちへ乗り換えてくれる？」

「何から？」

「そうこなくっちゃ」

四十分遅れて、わたしはベレスフォードに着いた。

認めるのも恥ずかしいけれど、遅刻したのは、何を着るか決めるのに手間取ったせいだった。イヴと一緒に下宿屋に住んでいた頃は、同じフロアの他の女の子たちと服を共有していたから、土曜の夜はいつもしゃれた格好ができた。でも引っ越してからは無精の虫が目覚めていた。つまり、服を取っ替え引っ替えする楽しみは、そもそも他の女の子たちのものだったことに気づいたのだ。わたしの手持ちの服は、どれもこれも古臭い実用一点張りのものばかりだった。クロゼットをあさっても、窓の外のシーツみたいに、どの服もくすんでいた。結局ネイヴィーブルーの四年前のドレスに決め、三十分かけて裾丈を短くした。

エレベーター係は、見覚えのない肩幅の広い男だった。

「今夜はハミルトンじゃないのね」上昇していく途中で訊いてみた。

「あの子は辞めたんです」

「それは残念ね」

「わたしにとっちゃ、違うけどね。彼がまだここにいたら、わたしは仕事に就けなかっただろうから」

今回、フォワイエでわたしを待っていたのはイヴだった。

「ケイティ!」

わたしたちは互いの右頰にキスし、ティンカーが好んでそうしたように、イヴがわたしの両手を包み込んだ。彼女は一歩下がって、まるでわたしがビーチでの二カ月から帰ったばかりであるかのように、わたしをながめまわした。

「すごく元気そう」

「冗談はやめて。あなたこそすごく元気そうよ。わたしはさしずめモービー・ディックだわ」

イヴは目を細くして、ほほえんだ。

イヴは間違いなく元気そうに見えた。フロリダの太陽を浴びて淡い黄色になった髪を顎の所で切りそろえ、整った顔立ちがいっそう際立っていた。三月の世を拗《す》ねた倦怠《けんたい》は消えてなくなり、からかうような輝きが目に戻っていた。見事なダイヤモンドのシャンデリア型イヤリングもつけていた。耳たぶから首へ届きそうなそれが、くまなく日焼けした肌の上できらめいていた。もう疑問の余地はなかった。ティンカーのパームビーチ処方は完全に正しかったのだ。

イヴは先に立って居間に入っていった。ティンカーがソファのひとつの横に立って、鉄道株について別の男性としゃべっていた。イヴが彼の手を摑《つか》んで、割りこんだ。

「誰が来たか、見て」

ティンカーも調子が良さそうだった。フロリダにいたあいだに、余計な贅肉《ぜいにく》と怖気づいた犬のような態度がなくなっていた。ネクタイをしないことに慣れ、日焼けした胸がくつろげた襟の間に覗いていた。イヴィの手を離さないまま、彼は身を乗り出してわたしの頰にキスした。立場を明確にするためのキスだったとしたら、その必要はなかった。わたしはすでに状況を理解していた。

わたしの遅刻に取り立てて気を悪くしている人はいないようだったが、わたしは代償を払う羽目になり、飲み物にありつけなかった。紹介されて一分もしないうちに、手ぶらのままで食堂へ案内された。客たちの様子からすると、飲み損ねた量は一回分ではなかった。

先客は三人いた。わたしの左隣に座っているのは、わたしが到着した時にティンカーが話していた相手だった。バッキーというニックネームの株式仲買人で、子供の頃はティンカーの近所に避暑にきていたという。三十七年の株の大暴落のさい、彼は先見の明あって、顧客よりも先に株を現金化していた。おかげで今はコネチカット州のグレニッチで快適に暮らしていた。見た目と違って切れ者とはいいがたいが、ハンサムで魅力があり、奥さんの少なくとも倍は陽気だった。髪を後ろで引っ詰めたウィス（ウィステリアを縮めて！）はとりすましていて、陰気で、女性教師みたいだった。コネチカット州はアメリカで最も面積の狭い州のひとつだが、彼女にとってはそれでもまだ広いぐらいだった。たぶん午後は自宅のコロニアル風階段をのぼり、二階の窓から妬ましげな苦々しい目でデラウェアの方角を眺めるのだろう〔デラウェア州は全米で二番めにちいさな州〕。

わたしの真向かいにいるのはティンカーの友人のひとり、ウォレス・ウォルコットだった。セントジョージ校でティンカーの数学年上だったウォレスは明るい色の髪をして、大学のテニスのスターのようなもったいぶった優雅さがあったが、スポーツにはてんで無関心だった。わたしのためにウォレスを招いたのはイヴの思いつきだったのか、それともティンカーかとふと思った。ふたり共同で、結婚のお膳立てをするという見え透いた陰謀を企んだのかもしれない。どちらのアイデアにしろ、それは不発に終わった。軽い言語障害——あらゆる発言の途中で突然言葉が止まるという——のあるウォレスはわたしと目を合わせるよりも、スプーンを弄《もてあそ》ぶことに関心があった。全体として、彼はむしろ結婚証明書を発行する側のような印象を与えた。

パーティはいつのまにかカモの話になっていた。

ニューヨークへ帰る途中で彼ら五人はサウスカロライナ州にあるウォルコット家の狩猟場に立ち寄ったらしく、マガモの羽毛の優れた点について議論していた。ぼんやりしていたわたしは、誰かに何か訊かれているのに気づいて我に返った。訊いていたのはバッキーだった。

「はい？」

「南部で狩りをしたことはあるのかい、ケイティ？」

「一度もないわ」

「楽しいよ。来年は是非我々に参加するといい」

わたしはウォレスの方を見た。

「毎年そこで狩りをするの？」

「たいていは。秋と春……の数週間」

「じゃどうしてカモたちはまた戻ってくるのかしら？」

ウィスを除く全員が笑った。彼女がわたしのために説明した。

「トウモロコシを栽培していて、そこの畑に水を張っているのよ。それが鳥たちを惹きつけるの。だからそういう意味では、あまり〝フェア〟なやりかたではないわね」

「なるほど。バッキーがあなたを惹きつけたのはそのやりかたじゃないでしょう？」

一瞬、ウィスを除く全員が笑った。次の瞬間、ウィスが笑いだし、バッキー以外の全員が笑った。

スープが出された。シェリー風味の黒豆のスープだった。ティンカーとわたしが飲んだあのシェリーかもしれない。そうだとしたら、誰かにとっては詩的正義だった。でも誰かのために説明するにはまだ早すぎた。

「これは美味しいな」とティンカーがイヴに言った。三十分ではじめてティンカーが口にした言葉だった。「なんのスープ？」

「黒豆とシェリーよ。心配しないで。クリームは一滴も入っていないから」

ティンカーはばつの悪そうな笑みを浮かべた。

「ティンカーは栄養の摂りすぎに気をつけているの」とイヴが説明した。

「効果が出てるわ」とわたしは言った。「健康そのものに見えるもの」

「それはどうかなあ」ティンカーは言った。

「ほんとよ」イヴがグラスをティンカーに向けて持ち上げながら言った。「ケイティの言う通り。あなた、文字通り輝いてる」

「それは一日二度髭を剃っているからさ」とバッキー。

「違うな」ウォレスが言った。「運動……のおかげだ」

イヴが同意のしるしにウォレスに向かって指をさした。

「キーズには」とイヴは説明した。「海岸の一マイル沖に島があって、ティンカーは一日に二往復してたのよ」

「ティンカーは魚……並みだ」

「そのぐらいなんでもないさ」バッキーが言った。「ある夏、彼はナラガンセット湾を泳いで渡ったことがあるんだ」

ティンカーの頬の星形の赤みがさらに濃くなった。

「ほんの数マイルだよ」ティンカーは言った。「潮の流れを正しく見極めれば、難しいことじゃない」

「きみはどうなの、ケイティ」バッキーがまた訊いてきた。「水泳は好き?」

「泳ぎかたを知らないの」

全員が椅子に座ったまま居ずまいをただした。

「なんだって!?」

「泳げないのかい？」

「ひとかきも」

「じゃ水に入ったらどうなる？」

「沈むでしょうね。たいていのものと同じで」

「カンザスで育ったの？」ウィスが皮肉のかけらもなく尋ねた。

「ブライトンビーチよ」

さらなる興奮。

「すばらしい」バッキーが言った。まるでわたしがマッターホルンに登頂したみたいに。

「泳ぎを習いたくないの？」ウィスが訊いた。

「カモの撃ち方も知らないけど、どっちかといったら、撃ち方を習うほうがいいわ」

笑い。

「すぐに覚えるさ」バッキーが励ました。「どうってことない」

「もちろん、引き金の引き方は知ってるのよ。習いたいのは、命中させる方法」

「おれが教えてあげるよ」バッキーが言った。

「だめだよ」注意の対象がそれてティンカーは気が楽になったようだった。「ウォレスが教える」

ウォレスはデザートスプーンの先でリネンに円を描いていた。

「そうだろう、ウォレス？」

「……どうかな」

「彼が九十メートル離れた的のど真ん中を撃ち抜くのを見たことがある」ティンカーが言った。

わたしは眉をあげた。

「本当、それとも嘘？」

「本当だ」ウォレスは恥ずかしそうに言った。「だが、公平を期するなら的……は動かないからね」

スープ皿が下げられると、わたしは断わってバスルームに行った。スープとともに出されたすてきな赤ワインのせいで、頭がくらくらしはじめていた。居間の近くにもちいさなトイレがあったけれど、エチケットを無視して廊下の先の大きなバスルームへ向かった。寝室をすばやく見回すと、イヴがもうひとりで眠っていないことがわかった。

おしっこをして水を流した。流しの前に立って手を洗っていると、イヴがあらわれた。彼女は鏡の中のわたしにウインクをした。昔みたいに、彼女はドレスをまくりあげてトイレに座った。わたしはこっそり嗅《か》ぎ回ったことを後悔した。

「それで」イヴは遠慮がちに言った。「ウォレスをどう思う？」

「Aランクね」

「それだけじゃないわよ」

イヴは水を流し、ストッキングを引っ張りあげた。近づいてきて、流しの前に立った。化粧台にちいさなセラミックの煙草入れがあった。わたしは一本火をつけて、便座に腰かけ、彼女が手を洗うのを眺めた。わたしの位置からだと、傷跡が見えた。まだ赤らんで、腫《は》れているように見えた。でも、イヴの立ち居振る舞いにはもはや大した影響は与えていなかった。

「すごいイヤリングね」わたしは言った。

彼女は鏡に映る自分をめでた。

「そうだけど」

「ティンカーはあなたを大事にしてるのね」

イヴは自分も煙草に火をつけ、マッチを肩越しに投げた。それから壁に寄りかかって深く吸い、ほほえんだ。

「彼がこれをくれたわけじゃないのよ」

「じゃ、誰が？」

「ベッドサイドテーブルに見つけたの」

「へえ」

イヴは大きく吸ってから、眉を上げてうなずいた。

「一万ドル以上の値打ちがあるわね」わたしは言った。

「それ以上よ」

「でもそんなところで何してたの？」

「誰にも何の役にも立たないのにね」

わたしは脚を広げて煙草を便器に落とした。

「だけど傑作なの。パームビーチから戻ってから、毎日これをつけてたんだけど、ティンカーときたらウンともスンとも言わないのよ」

わたしは笑った。いかにも昔のイヴィが言いそうなことだった。

「どっちにしても、今はあなたのものね」

イヴは洗面台に煙草を押しつけて消した。

「心配しないで、シス」

メインコースの間にさらに二本の赤ワインが注がれた。頭からかけられても平気だったかもしれない。テンダーロインだか仔羊肉だか、誰も料理を味わっていなかったと思う。

へべれけになったバッキーがわたしのために、彼ら五人がタンパのセント・ピーターズバーグにあるカジノへ行った時の話をしはじめた。ルーレット台の周りで十五分ばかり過ごしたあと、男性陣は賭けをするつもりがまったくないことが明らかになった（そもそも自分たちのものではない金を失うのが怖かったのだろう）。そこでイヴが彼らに手ほどきをしようと各自から百ドルを借りて、偶数、黒、彼女の誕生日にチップを分散させた。赤の9が出ると、彼女はその場で金を返し、残りの勝利金をブラジャーに突っ込んだ。

事ギャンブルに関しては、勝つと気分が悪くなる者と、負けて気分が悪くなる者がいる。イヴはどちらにも耐えうる丈夫な胃袋の持ち主だった。

「バッキー、あなた」彼の奥さんがたしなめた。「ろれつが回らなくなっているわよ」

「ろれつが回らないのは文字でいうと筆写体ね」とわたしは言った。

「しょーともさ」とバッキーがわたしのあばらを肘で突いた。

折よく、居間にコーヒーの用意ができましたとの知らせがあった。

イヴは当初の約束を守って、アパートメントの中をウィステリアに案内しはじめ、一方のバッキーはウォレスに秋の狩猟への招待を無理やり取りつけていた。そんなわけで、居間にきたのはティンカーとわたしのふたりだけだった。彼はソファのひとつに腰をおろし、わたしはその隣に座った。ティンカーは両膝に肘をついて両手を組みあわせ、七番めの客が奇跡的にあらわれるのを期待しているかのように、食堂を振り返った。ライターをポケットから出した。蓋をぱちんとあけては閉め、またポケットにしまった。

「よく来てくれたね」ようやくティンカーは口を開いた。

「これはディナー・パーティよ、ティンカー。危機じゃないわ」

「イヴは前よりよくなってる。そう思うだろう?」

「とても元気そう。きっと元気になるって言ったでしょ」

彼は微笑してうなずいた。次の瞬間、たぶん今夜はじめて、ティンカーはわたしの目をじっと見た。

「実は、ケイティ——イヴとぼくはなんとかうまくやっているんだ」

「知ってるわ、ティンカー」

「はじめのうちはふたりともそういうつもりは——」

「すばらしいことだと思う」

「本当に?」

「もちろん」

中立の傍観者ならわたしの返事に眉をあげたことだろう。わたしの口調は嬉しそうとは言えなかったし、一言で終わる返事はあまり説得力を持たない。でも実際のところ、わたしは本気だった。百パーセント。

まず第一に、彼らを責めるのは酷だった。爽やかな風、ターコイズブルーの海、カリブ海のラム酒、これらは第一級の媚薬なのだ。でも、関係の近さや必然性、さらに絶望の気配も同じように作用する。三月には痛ましいほど明らかだったように、ティンカーとイヴの両方があの自動車事故で彼ら自身の重要な何かを失っていたとしても、フロリダで彼らは助けあってそのかけらを取り戻していた。

ニュートンの物理の法則のひとつは、動いている物体は、外部の力に遭遇しない限り、軌道に従うと説明している。思うに、世界の性質を考えると、そのような力がティンカーとイヴを現在のコースに乗せるために出現した可能性は大いにあった。でも、その外的力はわたしなんかじゃない。

バッキーが千鳥足で部屋に入ってきて、椅子に崩れるように座りこんだ。わたしですら、バッキーを見てほっとした。ティンカーはその機会をとらえて、バーへ行った。誰も求めていない飲み物を持って戻ってくると、別のソファに腰をおろした。バッキーはがぶがぶ飲んだあと、鉄道株の話題をまたはじめた。

「それじゃ、想定の範囲内だと思うんだな、ティンク？　我々がアシュヴィル鉄道の一件で利益を受け取れるというのは」

「そう思うよ」ティンカーが認めた。「きみの顧客にとって、それが正しいことなら」

「おれがウォール街四十番地へ行って、ランチを食いながら再検討するってことでどうだ？」

「いいよ」

「今週？」

「ちょっと、バッキー、ティンカーをひとりにしてあげなさいよ」

ウィステリアがイヴと戻ってきた。

「そんなにしつこくしないで」

「ばか言え、ウィス。ちょっとしたビジネスと娯楽を一緒にしたって彼は気にしやしないよ。だろう、ティンク？」

「もちろんだよ」ティンクはおとなしく言った。

「ほらな？　それだけじゃないぞ。彼は利権を丸ごと持ってるんだ。世界は否応なしにティンクのところへ押し寄せるのさ」

　ウィスが睨みつけた。

「イヴリン」ウォレスが巧みに割って入った。「ディナーは……美味しかったよ」

「そうそう」と声がそろった。

　そのあと数分間はコース料理への徹底した称賛がひとしきり続いた（あの肉はうまかった。ソースが申し分なかったわ。それにあのチョコレートムース！）。これは、社会の階段を昇れば昇るほど、ホステスの手作りでなければないほど、広く行きわたっている社交辞令だった。イヴはそれにふさわしい堂々たる様子とさりげない手のひと振りで、それを受けとめた。


　時計が午前一時を打ったとき、わたしたちは全員フォワイエにいた。イヴとティンカーは指を絡ませあって、愛情を見せびらかしつつ互いを支えあっているように見えた。

「すてきな夜だった」

「楽しかったよ」

「是非もう一度機会を設けてね」

　ウィスでさえ、なぜか知らないが、再会を願っていた。

　エレベーターが来ると、わたしを先刻乗せてくれたのと同じ係だった。

「一階へ参ります」扉を閉めると、まるで百貨店でかしこまって働いているかのように、彼は宣言した。

「贅沢なアパートメントね」ウィスがバッキーに言った。

「灰からよみがえった不死鳥みたいだな」バッキーが答えた。

「おいくらぐらいすると思う？」

誰も答えなかった。ウォレスは育ちが良すぎるか、無関心すぎるかだった。バッキーはわたしの肩に何気なく肩をぶつけようとするのに忙しかった。わたしはまた同じ顔ぶれのディナーに呼ばれたら、どんな理由をつけて断わろうかと考えるのに忙しかった。

◆◆◆

それでも……

その夜遅く、安アパートのいつになく静かな廊下に耳をそばだてながら、ひとりでベッドに横たわっていたとき、真っ先に頭に浮かんできたのはイヴだった。

というのは、これまでの数年間にもし今夜のような不協和音に満ちたディナー・パーティにたまたまわたしが呼ばれ、明日は出勤日なのに遅くまで帰宅できなかったとしても、家に帰れば、枕を背中にあてて、最後の詳細まで余さず聞こうとイヴが起きて待っていてくれたからなのだ。

八章　一切の希望を捨てよ

五月半ばのある夜、うちに帰ろうと七丁目を横切っていると、わたしと同年輩の女が角を曲がってきてどんとぶつかり、わたしは尻餅《しりもち》をついた。

「どこ見てるのよ」女は言った。

次に女はわたしの上にかがみこんで、目を凝らした。

「おっぱいが潰れたじゃないの。あら、あんたなの、コンテント？」

それはミセス・マーティンゲールの下宿屋で廊下の先の部屋にいたシティカレッジの落ちこぼれ、胸のちいさなフラン・パチェッリだった。フランのことはあまりよく知らなかったけれど、悪くなさそうな子だった。シャツも着ないで廊下をぶらついたり、酒が余ってないかと大声で尋ねたり、下宿屋の堅苦しさをぶち壊すのが好きな子だった。ある夜わたしはフランがハイヒールとドジャースのユニフォームだけで、二階の窓から中に入るのを見たことがあった。彼女の父親は運送業をやっていて、当時、運送業といったら、二〇年代のアルコールの密売人と同義語だった。フランの語彙《ごい》を聞いたら、彼女も二〇年代にアルコールをたしなんでいたのではないかと人は思ったかもしれない。

「わあ、偶然じゃない！」フランはわたしを引っ張って立たせながら言った。「こんな風にばったり会うなんてさ。あんた元気そう」

「ありがとう」わたしはスカートの汚れをはたいた。

何事か考えている様子で、フランは通りを見回した。

「ええっと……どこへ向かってたの？　一杯やらない？　飲んだほうがよさそうな顔してるよ」

「元気そうだって言わなかった？」

「そうだけど」

彼女は七丁目の先を指差した。

「このすぐ先にかわいくていい店があるのよ。ビールをおごるからさ。お互い近況報告しよう。きっと楽しいから」

かわいくていい店は、古いアイリッシュ・バーだった。正面のドアの上に看板が出ていた。うまいエール、生のタマネギ、女性の入店お断わり。

「あれってわたしたちのことじゃないの」

「大丈夫だって」フランは言った。「気にしない気にしない」

店内は騒々しくて、こぼれたビールの匂いがした。バー・カウンターに沿ってイースター蜂起〔一九一六年にアイルランドで起きた反イギリスの武装行動〕の最前線に立ったような男たちが肩を並べて座り、固ゆで卵を食べながらスタウトを飲んでいた。床はカンナ屑で覆われ、ブリキの天井は数十年分のガスランプの煙ですすけていた。客のほとんどはわたしたちを無視した。バーテンダーは不機嫌な顔でわたしたちを見たが、外へ放り出しはしなかった。

フランは人ごみを一瞥した。正面に空いているテーブルが二、三あったが、彼女は二度ほどちょっと失礼と言いながら酔客を押し分けて進んだ。奥に散らかった小部屋があり、タマニー・ホール〔八十世紀から二十世紀にかけてニューヨークに存在した米民主党の派閥組織〕の党員たち――警棒や現金で票集めをした連中――のぼやけた写真がかけられていた。フランは無言で反対側のコーナーへ歩き出した。石炭ストーブのすぐそばのテーブルに三人の若い男がぎちぎちに座ってビールを飲んでいた。長身で、赤い髪が薄くなり出したひとりは胸に〝パチェッリ運送〟と当人に似合わぬ女性的な筆記体で縫い取りしたつなぎを着ていた。わたしにも状況が読めてきた。

近づいていくと、彼ら三人が喧騒をも凌ぐ大声で議論しているのが耳に入ってきた。もっと厳密に言うと、大声なのはこちらに背を向けている好戦的なそのうちのひとりだった。

「第二に」と、彼は赤毛に向かって言っていた、「あいつは金のためならなんでもやるクソ野郎だ」

「なんでも屋か？」

赤毛は口論を楽しんでいるらしく、にやりとした。

「そうだ。根気はある。だが、腕の冴えがない。規律がない」

好戦的なふたりにはさまれた小柄な男は椅子の上で気まずそうに身体を動かした。生まれつき対立を好まないタイプなのがわかる。だが、一言も聞き漏らすまいというかのように、左右に顔を動かしていた。

「第三に」好戦的な男は続けた。「あいつはジョー・ルイス〔元WBAボクシングの世界ヘビー級チャンピオン〕より過大評価されてる」

「そうだな、ハンク」

「第四に、おまえだ、くそ野郎」

「おれ？」赤毛が聞き返した。「どこが？」

ハンクが明らかにしようとしたとき、赤毛がわたしたちに気づいて、にっこり笑った。

「ピーチズ！　ここで何してるんだ？」

「グラブ!?」フランが信じられないように叫んだ。「わあ、びっくり！　友達のケイティとはご近所でさ、ビールを飲みに寄ったのよ！」

「偶然だな！」グラブは言った。

(何が偶然なもんですか。百パーセント仕組んだのよ)

「一緒にどうだい」グラブが言った。「こいつはハンクで、こっちはジョニー」

グラブは隣に椅子を引き寄せ、不運なジョニーがもう一脚椅子を引き寄せた。ハンクは動こうともしなかった。バーテンダー以上に、わたしたちを放りだしたそうな顔つきだった。

「フラン、わたし失礼するわ」わたしは言った。

「そんなこと言わないで、ケイティ。ビールを飲んで、それからふたりで帰ろうよ」

彼女は返事を待たなかった。わたしをハンクの隣の椅子に置いてきぼりにして、グラブに近づいた。

グラブが使用ずみにしか見えない二個のグラスにピッチャーからビールを注いだ。

「このへんに住んでるの？」フランがグラブに訊いた。

「おい、あんた」ハンクがフランに言った。「おれたちは取り込み中なんだ」

「なんだよ、ハンク。聞き流せばいいだろ」

「どこへ流すんだ？」

「ハンク。おまえがあいつを何でも屋だと思っているのはわかる。だが、やつはキュビスムの先駆者だ」

「誰がそう言った？」

「ピカソさ」

「失礼だけど、あなたたちセザンヌについて論じているの？」

ハンクが苦々しげにわたしを見た。

「いったい誰の話をしてると思うんだ？」

「ボクシングかと思った」

「ただのたとえだ」ハンクがそっけなく言った。

「ハンクとグラブは絵描きなんだよ」ジョニーが言った。

フランは嬉しそうに身をくねらせて、わたしにウインクした。

「だけどさ、ハンク」とジョニーが用心深く切り出した。「あの風景画はいいと思わないか？　緑と茶色のやつだけど？」

「思わない」ハンクはにべもなかった。

「好みは人それぞれよ」わたしはジョニーに言った。

ハンクがまたわたしを見たが、さっきより注意深い目つきだった。彼が反論しようとしているのか、わたしを殴る気なのか判断できなかった。彼にもよくわからなかったのかもしれない。それを突きとめる前に、グラブが戸口にいる男に呼びかけた。

「よお、マーク」

「やあ、グラブ」

「このふたりを知ってるだろ？　ジョニー・ジェンキンズ。ハンク・グレイ」

男たちは真面目に会釈を交わした。わたしたち女性のことは誰も紹介しようとしなかった。

マークがそばのテーブルに座ると、グラブがそっちへ移動した。するとフランはわたしが独力でなんとかするに任せてさっさとグラブについてテーブルを移ったが、わたしはろくに気づかなかった。

ハンク・グレイを見ることに余念がなかったのだ。頑固なヘンリー・グレイ。兄で、背は弟より低く、絶食して二週間後の、マナーとは一生無縁のティンカーを見ている気分だった。

「彼の絵を見たことがあるかい？」ジョニーがマークのほうをそれとなく示して、聞いた。「グラブはヘボだって言うんだけどね」

「グラブはそこも間違ってる」ハンクはなげかわしげだった。

「あなたは何を描くの？」わたしは尋ねた。

ハンクは返事をする値打ちがあるのかどうか見極めるように、一瞬、わたしを値踏みした。

「現実だ」とようやく答えた。「物体の美だ」

「静物画？」

「オレンジを盛った鉢は描かない、そういう意味ならな」

「オレンジの鉢は物体の美じゃないってこと？」

「もう違う」

ハンクはテーブル越しに手を伸ばして、ジョニーの前にあったラッキーストライクの箱を持ちあげた。

「これが物体の美だ」ハンクは言った。「船体の赤、榴弾砲《りゅうだん》の緑。同心円。色に目的がある。形に目的がある」

彼はくれとも言わずにジョニーのパックから煙草を一本抜き取った。

「ハンクはあれを描いたんだ」とジョニーが石炭バケツに立てかけられたカンヴァスを指差した。

その声音からジョニーがハンクを芸術家としてだけでなく称賛しているのは明らかだった。彼はハンクという人間に心を打たれているようだった――さながらハンクがアメリカ人の男にとって、重要で新たな人格を切り開いているかのように。

でも、ハンクがどこから着想を得ているのか見抜くのは難しくなかった。ヘミングウェイ描くところの闘牛場の精神を引き継いでカンヴァスに、カンヴァスでなくとも、せめて無邪気な傍観者たちにぶつけようとする画家たちの新世代が生まれていた。彼らは陰気で、傲慢《ごうまん》で、残酷で、何よりも、死を恐れなかった――イーゼルの前で毎日を過ごす男にとってそれが何を意味するのかはともかく。ハンクの態度がいかに流行に乗ったものであるか、ジョニーに少しでもわかっていたとは思えない。どんなインテリの銀行預金がその無作法なそっけなさを支えているかも。

それは明らかに、ティンカーのアパートメントにある港湾労働者の集会を描いたのと同一人物による絵で、食肉処理場の搬入口を描いていた。前景には停められたトラックの列が、後景にはヴィテッリの店と書かれた大きな仔牛形のネオンサインがぼんやりと見えた。象徴的でありながら、絵画の色彩と線はスチュアート・デイヴィス風に単純化されていた。

スチュアート・デイヴィスのスタイルそのものだ。

「ガンズヴォート・ストリート？」わたしは訊いた。

「そうだ」ハンクはちょっと感心したように言った。

「なぜヴィテッリの店を描くことにしたの？」

「そこに住んでるからだよ」ジョニーが口をはさんだ。

「頭から追い払うことができなかったからだ」とハンクは訂正した。「ネオンサインがサイレンみたいにやかましいのさ。あれを描くにはマストに自分を縛りつけなけりゃならない。この意味わかるか？」

「あんまり」

わたしはその絵を見つめた。

「でも、悪くないわ」

ハンクは顔をしかめた。

「あれは飾りじゃないんだぜ、あんた。世界なんだ」

「セザンヌは世界を描いたわ」

「果物と水差しと気だるいご婦人ばかりじゃないか。あれは世界じゃない。王のお抱え画家になりたがる連中だ」

「お言葉ですけど、王様のご機嫌取りをした画家たちが歴史に残る絵や肖像画を描いたのよ。静物画はもっと個人的な表現形式だったわ」

ハンクはちょっとのあいだ、わたしを凝視した。

「どこの回し者だ？」

「なんですって？」

「あんた、討論協会か何かの会長か？　百年前とかだったら、それにも一理あったかもしれないがな、称賛にどっぷり浸かったあとの世代の天才は、もうひとつの世代の性病なんだ。厨房で働いたことあるか？」

「ええ」

「ほんとか？　サマーキャンプか？　大学の寮の食堂か？　いいか。軍隊では、厨房《K》勤務《P》の貧乏くじを引き当てたら、三十分で百個のタマネギを刻む羽目になる。油が指先にすっかり染み込んで、何週間もシャワーを浴びるたびににおう。それがセザンヌのオレンジの今なんだ、やつの風景画も然《しか》り、タマネギ臭さが指先から消えないんだ。わかるか？」

「わかる」

「よし、わかるな」

もう帰る潮時かと思ってフランを見たが、彼女はグラブの膝に移動していた。

好戦的な人間の例に洩れず、ハンクがみるみる厄介になりだしたので、帰るに足る立派な理由ができた。でも、わたしはティンカーの勘をいぶかしまずにいられなかった。だって、ハンクとわたしは馬が合うと彼が思ったことをどう理解したらいいのだろう？　わたしは我慢することにした。

「それじゃ、あなたがティンカーのお兄さんなのね」

そのひと言がハンクをうろたえさせたのは確かだった。ハンクがあまり感じたことのない、あまり好きでない気分になったのも確かだった。

「いったいどうしてティンカーを知ってる？」

「わたしたち友達なの」

「ほんとか？」

「そんなに驚くようなこと？」

「まあ、あいつはこの類の議論があまり得意じゃないからな」

「もっとマシな付き合いがあるからかもしれないわ」

「ああ、そうとも、確かにな。そのために動き回ってるのかもしれん――男を思い通りに操るあの雌《めす》犬《いぬ》がいなけりゃな」

「彼女もわたしの友達なのよ」

「好みは人それぞれ、なんだろ？」

ハンクは手を伸ばしてジョニーの煙草をもう一本抜いた。

このろくでなしはどこでイヴリン・ロスに会ったのだろう、とわたしは心の中で思った。こいつにフロントガラスを突き破らせて、どこまで頑張れるのか見てやりたい。わたしはひと言いわずにいられなかった。

「ラッキーストライクの箱をデザインしたのはスチュアート・デイヴィスじゃなかった？」

「さあ。そうなのか？」

「ええそうよ。そう思うと、あなたの絵は彼の絵によく似てるわ——都会の商業的イメージや、原色や、単純化された線がね」

「ほう。あんた、カエルの解剖で食ってくといいよ」

「それもやったわ。あなたの弟はアパートメントにスチュアート・デイヴィスの作品を数点持ってるんじゃない？」

「テディがスチュアート・デイヴィスを少しでも知ってると思うのか？　笑わせるな。あいつはおれがそうしろといえば、ブリキの太鼓だって買うだろうよ」

「あなたの弟はあなたのことを過大評価しているみたいね」

「そうかい？　そりゃ間違いだ」

「あなたはきっとKPの貧乏くじをたくさん引いたんでしょうね」

ハンクは咳き込むほど大笑いした。グラスを持ち上げ、その夜はじめての笑顔でわたしの方へ傾けた。

「当たってるよ、あんた」

全員が引き上げることにしたとき、勘定を支払ったのはハンクだった。ポケットから丸まった紙幣を出して、キャンディの包み紙みたいにテーブルにポイと投げ落とした。色彩と形はどうなってるの？　とわたしは訊きたかった。その目的は？　物体の美は？
彼の信託部門担当が、今の彼を見たらどうするだろう。

◆◆◆

そのアイリッシュ・バーでの一件のあと、フランとはもうこれっきり会うことはないと思っていた。ところが、彼女はわたしの番号を見つけて、ある雨の土曜日に電話をかけてきた。わたしをほったらかしにしたことを謝り、お詫びのしるしに映画をおごると言った。代わりにバーをハシゴし、わたしたちは陽気なひとときを過ごした。機会をとらえて、なぜ手間をかけてまでわたしの番号をつきとめたのかと尋ねると、フランはだって似た者同士じゃないと言った。

わたしたちは身長もほぼ同じで、髪と目も同じ栗色で、どちらもマンハッタンの川向こうのふた部屋しかないアパートメントで育っていた。雨の土曜日の午後には、それだけそろっていたら充分に似た者同士だった。だからわたしたちはときどき一緒に出かけた。やがて六月はじめのある夜、ベルモント〔ベルモントパーク。アメリカ最大最古の競馬場〕での〝試走〟を見に行かないかと電話がかかってきた。

わたしの父はいかなる類の賭け事も忌み嫌っていた。赤の他人の親切心にすがる最も確実な方法が賭け事だという考えだった。だからわたしは一点一ペニーのカードゲーム、カナスタも、ガム一枚を賭けて、誰が最初に校長先生の窓を割る石を投げるかを当てる遊びも、やったことがなかった。むろん競馬場には足を踏み入れたこともない。そもそもフランが何の話をしているのかわからなかった。

「試走？」

どうやらベルモント競馬《ステークス》前の水曜日にトラックが出走馬たちに開放され、ジョッキーが馬をコースになじませる目的で走らせることを指すらしかった。レースそのものよりもずっと興奮するよ、とフランは言った——かなり疑わしい主張だったので、試走はきっとうんざりするほど退屈なものだろうと思った。

「残念だけど、水曜日は仕事なのよ」とわたしは言った。

「それがすごいところでさ。暑くならないうちに馬が走れるように、トラックは夜明けに開放されるの。電車でパッと行って、何頭か見物しても、九時にはタイムカードを押せる。信用してよ。百万回ぐらいそうやってきたんだから」

トラックが夜明けに開放されるとフランが言ったとき、それは言葉のあやであって、ロングアイランドへ行くのは早くても六時過ぎだろうとたかをくくっていた。ところが、言葉のあやでもなんでもなかった。そして六月初旬の夜明けは五時近かった。だからフランは四時半に迎えにきた。頭のてっぺんで髪をくるくるにカールさせて。

電車を十五分待たなくてはならなかった。別の世紀から来たみたいに、ガタゴトと音を立てて電車が駅に入ってきた。車内灯が夜の漂着物——守衛、酔っ払い、ダンスホールの踊り子——の上につれない光を落としていた。

ベルモントに着いた時、太陽は地平線の上にやっと顔を出しはじめたところで、まるで昇るためには重力に逆らう必要があると言わんばかりだった。フランも重力に逆らっていた。元気いっぱいで、明るくて、鬱陶しかった。

「ほらほら、おばかさん」とフランは言った。「シャキッとしなよ！」

無秩序に広がった駐車場はがらんとしていた。そこを横切りながら、わたしはフランが注意深くトラックの建物を調べているのに気づいた。

「あっちよ」あまり自信がなさそうにフランは通用口へ向かった。

わたしは〝入り口〟と記された看板を指差した。

「こっちじゃないの？」

「そうだ！」

「ちょっと待って、フラン。ひとつ質問させて。前にここに来たことあるの？　一度でも？」

「あるよ。数え切れないぐらい」

「もうひとつ質問。ここの話をしてたとき、ほんとのことを言わなかったんじゃないでしょうね？」

「それって二重否定？　そういうの得意じゃないんだよね。今度はあたしに質問させてよ」

フランは着ているブラウスを指差した。

「これ、似合ってる？」

答えもしないうちに、彼女は襟を引っ張って、胸の谷間がもう少し見えるようにした。

メインゲートでわたしたちは無人のブースの前を通り、回転バーを押して、狭い通路をのぼり、広々した屋外へ出た。場内は不気味なほどしんとしていた。緑色の霧がトラックに立ち込めていて、ニューイングランドの池の水面を見ているみたいだった。がらがらのスタンドに早起きの人びとがまばらに散らばって、ふたりから四人のグループを作っていた。

六月にしては季節外れの寒さに思えた。わたしたちから数メートル離れたところにいる男性は、キルトのジャケットを着て、コーヒーのカップを持っていた。

「こんなに寒いって教えてくれなかったじゃない」わたしは愚痴《ぐち》った。

「六月がどんな風か知ってるでしょ」

「朝の五時なんて知るもんですか。みんなコーヒーを飲んでるのに」と付け加えた。

フランはわたしの肩を叩いた。

「不平屋だねえ」

フランはまた辺りに目を凝らしていた。今回はスタンドの中央にいる人たちを見ている。わたしたちから離れた右のほうで、チェックのシャツの痩せて背の高い男が立ちあがって手を振った。不運なジョニーと一緒のグラブだった。

グラブの席に行くと、彼はフランに腕を回し、わたしを見た。

「キャサリン、だよね?」

グラブが名前を知っていることに、わたしはなんとなく感心した。

「彼女、寒がってるの」フランが言った。「コーヒーがないことにカンカンなんだから」

グラブがにんまりした。ナップサックから膝かけ毛布を取り出してわたしに投げ、フランに魔法瓶を渡した。次にダメな手品師みたいにナップサックの中を丹念に手探りして、シナモンドーナツをひとつ引っ張り出し指先で直立させた。結局、それだけでわたしの好意は確保された。

フランがコーヒーを注いでくれる。わたしは南北戦争の兵士みたいに毛布を肩にかけて、カップの上で背中を丸めた。

半ズボンの少年だった頃、両親とトラックを訪れたことのあるグラブにとって、試走は甘い郷愁と子供っぽい楽しみに満ちたサマーキャンプの再現のようなものだった。彼は早速説明を開始した——トラックのサイズ、出走資格のある馬たち、ベルモント対サラトガ〔どちらもニューヨーク州にある古い競馬場〕の重要性。そのあと声を落として、パドックの方向を指差した。

「一頭めがきた」

それを合図に、集まっていた雑多な人びとが立ちあがった。

ジョッキーはお祭り気分を盛り上げるあの色あざやかなチェックの服は着ていなかった。小柄な自動車整備工のように、茶色のつなぎを着ている。ジョッキーが馬をパドックからトラックの方へ歩かせるあいだ、鼻から息が立ちのぼった。辺りが静かなので、百五十メートル離れていても馬が穏やかにいなないているのが聞こえた。ジョッキーはパイプをくわえた男（おそらく調教師だろう）に短く話しかけてから、ひらりと馬の背にまたがった。馬が環境に慣れるようにゆっくりと少し走らせてから、ぐるりと一周してスタート地点に立った。静寂が落ちる。号砲なしで、馬と騎手が飛び出した。

蹄の音がくぐもったリズムでスタンドの上を漂っていき、蹴られたターフの塊が宙に舞った。ジョッキーは最初の距離をゆったりしたペースで走らせるつもりらしく、頭を馬の頭から三十センチほど離していた。だが第二コーナーを曲がると、彼は馬をせきたてた。肘を締め、腿で馬の胴体を締めつけた。小声で馬を励ますことができるように、横を向いて馬の首に顔を押しつけた。馬が応えた。遠ざかっていっても、馬がスピードを上げ、鼻面を突き出し、正確なリズムで地面を蹴っているのがわかる。馬は向こうのコーナーを曲がり、蹄のビートがより近く、大きく、速くなってきた。次の瞬間、想像上のゴールラインを馬が駆け抜けた。

「あれがパスチャライズドだ」グラブが言った。「本命馬だ」

わたしはスタンドを見回した。歓声はなかった。拍手もなかった。見物人は大半が男で、好意的な無言の認識を見せていた。彼らはストップウォッチでタイムをチェックし、静かに話しあっていた。数人が首を振って感嘆か失望を表現していたが、わたしにはどちらなのかわからなかった。

やがてパスチャライズドはのんびりした駆け足でトラックを出て、クラヴァットと交替した。

三頭めになる頃にはわたしも試走の感触がつかめてきた。グラブが賞金付きのレースよりこの方が面白いと考えているのも納得できた。スタンドには二、三百人（五万人ではなく）がいるだけだったが、ひとり残らず熱烈な愛好者だった。

競馬場の一番内側をぐるりと一周している手すりのところで身を寄せ合っているのは、ボサボサ頭のギャンブラーたちで、彼らは独自の〝生き方〟に磨きをかけたあまり、貯金や家庭や家族などすべてを失っていた。スタンドの下で寝ていたみたいに目を充血させ、しわくしゃの上着を着たギャンブル狂は、手すりに寄りかかって、時々くちびるを舐《な》めながら馬たちを見ていた。

スタンドの低い部分には競馬を大いなる娯楽として育った男女が座っていた。彼らはドジャー・スタジアムの外野席でよく見る人びとの同類だった。選手の名前や打率や防御率などあらゆることを知っている人たちだ。男女を問わず、グラブみたいに子供のころからここに連れられてきていた。やがては彼らの子たちが、競馬以外では戦時中にだけ見せる愛国心めいた忠誠心から、自分の子供たちを連れてくるのだろう。彼らはピクニックバスケットとシートを持参していて、たまたまそばに座る人なら誰とでもすぐに友情を育んでいた。

その上のほうのボックス席に座っているのは、若い女性などの取り巻きを連れた馬主たちだった。全員が言うまでもなく金持ちだが、試走に来る人は貴族でも好事家でもなかった。彼らはたたき上げで財をなした人びとだった。申し分のない仕立てのスーツを着た銀髪の大立者は、指揮をとる海軍総司令官のように両腕で手すりにもたれていた。彼にとって競馬が暇にあかせた遊びでないことは確実だった。娯楽の追求は金の問題ではない。鉄道経営に必要な規律と、義務と、配慮、このすべてが要求されるのだ。

彼ら全員の上、ギャンブラーやファンや億万長者の上、スタンドのずっと上の、空気が薄い高所にいるのは年配の、最盛期を過ぎた調教師たちだった。彼らは双眼鏡もストップウォッチも持たず――いらないのだ――裸眼で馬たちを見ていた。馬たちのスピードやスタートや持久力だけではなく、勇気と無鉄砲さをも値踏みしていた――賭けや、わずかばかりの分配金を増やそうとかはこれっぽっちも思わずに、土曜の予想を可能な限り正確に把握していた。

ベルモントでひとつだけ確かなのは、水曜日の朝五時に一般人の居場所はない、ということだった。ここはダンテの「地獄篇」のサークルみたいなものだった――様々な罪を犯した人間が生息しているが、亡者たちの狡猾さと情熱もあふれていた。なぜ誰も「天国篇」を読もうとしないのかを思い出させる生きた助言だった。父は賭け事を嫌っていたが、この試走は大いに気に入ったことだろう。

「こいよ、ピーチズ」グラブが彼女の腕をつかんで言った。「昔なじみがいるんだ」

特大の誇りをにじませ、歯を見せて笑いながら、ピーチズがわたしに双眼鏡をよこした。彼らが行ってしまうと、ジョニーが期待を込めて目をあげた。わたしはパドックをもっとよく見たいと言って、彼から逃げ出した。

パドックに着くと、フランの双眼鏡で後方の銀髪の総司令官を見た。彼のボックスには女がふたりいて、噂話に興じたり、アルミのカップから飲んだりしていた。湯気が出ていないから、カップの中身はアルコールなのだろう。ひとりが司令官にひと口勧めた。彼は返事をしなかった。代わりに、ストップウォッチとクリップボードを持った若い男の方を向いて、なにごとか相談した。

「いい趣味をしてるのね」

振り返ると、ティンカーの名付け親がわたしの横に立っていた。彼女がわたしに気づいたことに驚いた。ちょっと気をよくした、といってもいい。

「あれはジェイク・デ・ロシャー」とアン・グランディンは言った。「ざっと五千万ドルの資産を持つ人物よ、しかも自分の腕一本で稼いだの。よかったら紹介しましょうか」

わたしは笑った。

「いささか身の程知らずでしょうね」

「たぶんね」と彼女は同意した。

アン・グランディンは淡褐色のパンツに白のシャツを着ていた。袖が肘までまくりあげられている。どう見ても寒がってはいなかった。わたしは急に肩の毛布を意識した。さりげなく取ろうとした。

「レースに出る馬を持っているんですか？」

「いいえ。でも昔からの友人がパスチャライズドの馬主なの」

（どうりで）

「それはわくわくさせられますね」

「実は本命馬って案外つまらないのよ。わくわくさせられることはあまりないわ」

「でも、本命の馬主になっても、あなたの銀行口座が損害を被《こうむ》ったりはしないでしょう」

「まあね。ただ一般に、飼料や収容場所を必要とする投資はあまり儲からないのよ」

ティンカーがあるときほのめかしたところによると、アンの資産はもともと鉱山で得た利益だった。なんとなく納得がいく。彼女には不変の資産、土地や石油や金といったものだけに裏打ちされた冷静さがあった。

次の馬がトラックに出てきた。

「あれは？」わたしは尋ねた。

「よろしい？」

ミセス・グランディンはわたしが持っていた双眼鏡に手を差し出した。髪は顔にかからないようバレッタで留めてあった。彼女はハンターのように双眼鏡を目に当てた——目標を見つけるのに手間取ることなく、まっすぐ馬にレンズを向けた。

「ジョリー・タール、ウィザリング家の馬ね。バリーはケンタッキー州ルイヴィルの新聞社主なの」

双眼鏡を下げても、返さなかった。彼女はわたしをじっと見てから、ためらった。微妙な質問をするとき、口ごもる人もいるだろう。けれども、彼女ははっきりと言った。

「ティンカーとあなたのお友達はうまくいっているようね。一緒に暮らしてからどのくらいかしら？もう八カ月？」

「五カ月近いです」

「そう」

「反対なんですか？」

「ヴィクトリア朝的な意味ではちっとも。今の時代の勝手なふるまいについては何の幻想も持っていないから。それどころか、強いて言えば、ほとんどの場合は称賛しているぐらい」

「ヴィクトリア朝的な意味では反対じゃないと言いましたね。別の意味では反対ということ？」

ミセス・グランディンはほほえんだ。

「あなたが法律事務所で働いていることを忘れていたわ、キャサリン」

どうしてそれを知っているのだろう、とわたしはいぶかしんだ。

「反対だとしたら」と彼女はわたしの質問を検討した後、続けた。「それはあなたのお友達のためなの。ティンカーと暮らすことが彼女にとって利益になるとは思わないわ。わたしの若い頃は、女性のチャンスは随分限られていたから、ふさわしい夫を確保するのは早いにこしたことはなかった。でも今は……」

彼女はロシャーのボックスの方を身振りで示した。

「ジェイクの隣にいるあの三十歳のブロンドが見える？　あれは彼のフィアンセのキャリー・クラップボード。キャリーはすべてをかなぐり捨てて、あの椅子に座ったの。近いうちに三軒の家で、台所付きメイドやテーブルセッティング、新たに張り替えたアンティークの椅子を彼女が嬉々として監督することになるわ。それは仕方がないわね。でも、わたしがあなたの年齢なら、どうすればキャリーの後釜に座れるか突き止めようとはしない——ジェイクの後釜に座る方法を考えようとするでしょうね」

ジョリー・タールが向こうのコーナーを回ると、次の馬が厩《うまや》から先導されてきた。わたしたちはパドックを見下ろした。アンは双眼鏡を持ちあげることさえしなかった。

「ジェントル・サベージ、賭け率五十対一」と彼女は言った。「さあ、これがあなたの言うわくわくさせられるものよ」

九章　三日月刀とふるいと木の義足

六月九日、わたしが職場の建物から出てくると、縁石に茶色のベントレーが停まっていた。

どれだけ考え事に没頭していようと、どれだけ長くハリウッドやハイドパークに住んでいようと、茶色のベントレーに目を留めない人はいないだろう。世界に数百台以上は存在しないこの車は、どこもかしこも羨望をかき立てるようデザインされている。フェンダーはタイヤの上へ隆起してから、眠る後宮《オダリスク》の美女を思わせる気だるいカーヴを描いてランニングボードへ降下し、タイヤの白いサイドウォールは、フレッド・アステアのスパッツ〔靴に装備する飾り〕みたいに、ありえないほど純白だ。後部シートに座っているのがどんな人物であるにしろ、人の願望を三つワンセットで叶えるだけの財力を持っているのは間違いない。

ほかならぬ茶色のベントレーは、お抱え運転手が外気にさらされた状態でハンドルを握るタイプだった。彼はアイルランド人警官が従僕に変じたみたいに見えた。ちいさな灰色の手袋をはめた大きな手でハンドルを握り、まっすぐ前方を見つめていた。後部座席の窓に色ガラスがはめられているため、中の人物を見ることはできなかった。そこに映じる通り過ぎる庶民の姿を見ていると、窓がおろされた。

「ああびっくりした」わたしは言った。

「ハイ、シス。どこ行くの？」

「バッテリー・パークまで行って、桟橋から身投げしようかと思ってたとこ」

「それ後回しにできない？」

お抱え運転手が突然、隣に立っていた。驚くべき優雅さで彼は後部ドアをあけ、タラップの先端に立つ士官候補生の姿勢をとった。イヴが滑るようにシートの上を移動した。わたしは敬礼して、乗り込んだ。

車内の空気は芳《かんば》しく、革と新しい香水のかすかな匂いがした。足元の空間が広々としているので、もう少しでシートをおりて床に寝そべるところだった。

「この仕掛け、真夜中には何になるの？」わたしは訊いた。

「アーティチョーク」

「アーティチョークは大嫌い」

「あたしも前はそうだった。でも、慣れるものよ」

イヴが身を乗り出してクロームのパネルについた象牙色のボタンを押した。

「マイケル」

お抱え運転手は振り返らなかった。百六十キロメートル離れた海にいるかのように、スピーカーから声にばちばち雑音が混じった。

「はい、ミス・ロス」

「イクスプローラーズ・クラブへ行ってもらえるかしら」

「かしこまりました、ミス・ロス」

イヴが座り直したので、わたしは彼女に目を向けた。ベレスフォードでのディナー・パーティ以来、会ったのははじめてだった。長袖で胸元が大きくあいたシルクのような光沢のあるブルーのドレスを着ていた。髪はアイロンをあてたかのようにまっすぐだった。それを耳のうしろへひっつめて頬の傷跡をむきだしにしていた。住み込みのメイドたちが想像でしか知らない経験をほのめかす細くて白い筋、それが魅力的に見えはじめていた。

　わたしたちはほほえんだ。

「誕生日おめでとう、セクシーガール」わたしは言った。

「あたし、祝福される価値がある？」

「永遠にね」

　こういうことだった。イヴの誕生日にティンカーがダンス会場を貸切にしたらどうかと持ちかけた。イヴはパーティはまっぴらだと言った。プレゼントすら欲しくなかった。新しいドレスを買って、レインボールーム〔ロックフェラーセンターにあるレストラン〕でふたりでディナーを食べれば充分だった。何かが進行中だと、わたしもそこで気づくべきだった。車と運転手はティンカーのものではなかった。ウォレスのものだった。イヴの望みを聞いたウォレスが誕生日のプレゼントとして、彼女が店から店へと回れるように、車を貸してくれたのだった。イヴはそれを最大限に利用していた。午前中に五番街まで下調べに出かけた。そしてランチを済ませたあといったん戻って、ティンカーのお金で本格的な攻撃を開始した。バーグドーフ〔バーグドーフ・グッドマン。マンハッタン中心部にある高級老舗百貨店〕でブルーのドレスを、ベンデルで新しい靴を、サックス〔五番街にある高級百貨店〕で真っ赤なワニ革のクラッチバッグを買った。ランジェリーにもお金を使った。一式すべてそろえてもまだ一時間余ったので、わたしを探しに来たのだった。ロックフェラーセンター最上階の雲の中で二十五歳になる前に、懐かしい友達と一杯飲みたかったから。わたしはイヴがきてくれてとても嬉しかった。

後部ドアのパネルの後ろにバーがあった。デカンターがふたつとタンブラーがふたつ、それにかわいいちいさなアイスバケツがそろっていた。イヴがジンを一杯注いでくれた。自分にはダブルで注いだ。

「ちょっと、ペース配分しなくていいの？」

「大丈夫よ。鍛えてるから」

わたしたちはグラスを合わせた。彼女はジンと氷を口一杯に含んだ。氷を嚙み砕きながら、何かをじっと考え込んでいるかのように窓の外を眺めた。そして振り返らずに、言った。

「ニューヨークって人をすっかり変えちゃうのよね？」

五番街はずれのこぢんまりしたタウンハウスの中にあるイクスプローラーズは、もともと自然主義者と冒険家が集う二流のクラブだったが、大恐慌のあと倒産した。なけなしの価値ある資産は、夜のうちに善意によってこっそりと自然史博物館へ運び去られた。残り――珍品や記念品の困惑させられる集合体――はそもそもがたなざらしにされて当然の代物だったため、債権者たちによって放置された。一九三六年になって、ニューヨークを一歩も出たことのない銀行家たちがこの建物を買い取り、高級志向の社交場として再開したのである。

到着したとき、一階のステーキハウスはほぼ満員だった。わたしたちは船や雪中を行く探検隊の古い写真が並ぶ狭い階段をのぼって、二階の〝図書室〟へ向かった。床から天井まで届く書棚にはクラブが慎重に集めた十九世紀の自然主義関連の本のコレクションが並んでいたが、読んだ人は誰もいないようだった。床の中央に古めかしい陳列ケースがふたつあり、ひとつには南米の蝶々の標本が、もうひとつには南北戦争で使われたピストルが入っていた。ここかしこに置かれた低い革張りの椅子に株式仲買人や弁護士、産業界のリーダーたちが座って、物知り顔にボソボソとしゃべっていた。その場所の紅一点はショートヘアの若いブルネットで、向こうの隅の、蛾に食われた灰色熊の頭部の剝製《はくせい》の下に座っていた。男物のスーツに白いシャツを着て、煙草の煙でリングを作りながら、ガートルード・スタイン〔アメリカの詩人、美術評論家。長らくパリに住み、多くの芸術家に影響を与えた〕を気取っていた。

「こちらです」と案内人が言った。

歩きながら、わたしはイヴが不自由な脚を彼女なりに動かす方法を習得したことに気づいた。たいていの女だったら、隠そうとしただろう。ゲイシャのように、髪は高く、視線は低く、小股歩きで人目に触れないように。でもイヴは全然隠していなかった。床まで届くブルーのドレスの中で、彼女は左脚をぎくしゃくと、内反足の人のように、身体の前に運んでいた。イヴの踵が木の床に調子はずれのシンコペーションを刻んだ。

案内されたテーブルは部屋のど真ん中にあった。イヴの魅力が全員に称賛されるよう、わたしたちを中心に配したのだ。

「わたしたち、ここで何をするの？」落ち着くと、わたしは尋ねた。

「ここが好きなのよ」イヴは賢者の目で男たちを見回した。「女はあたしをイラつかせるから」

イヴはにこやかにわたしの手をぽんと叩いた。

「あなたは別よ、もちろん」

「やれやれひと安心」

スウィングドアの後ろから髪を真ん中で分けた若いイタリア人があらわれた。イヴはシャンパンを注文した。

「じゃこのあとは、レインボールームでお祝いってわけね」わたしは言った。

「すごくゴージャスなんだって。五十階よりもっと高いの。アイドルワイルド〔ジョン・F・ケネディ空港の旧名〕に着陸する飛行機が見えるらしいわ」

「ティンカーは高所恐怖症じゃないの？」

「下を見る必要はないもの」

シャンパンの到着は不必要に格式張っていた。ウェイターがイヴのそばにアイスバケツを置き、案内人が栓を抜く栄誉を担った。イヴは手を振ってふたりを下がらせ、自らふたつのグラスを満たした。

「ニューヨークに」わたしは言った。

「マンハッタンに」イヴが訂正した。

わたしたちは飲んだ。

「インディアナを懐かしく思うことは？」と、尋ねた。

「彼女は哀れな老《おい》ぼれ馬よ。縁を切ったわ」

「彼女は知ってるの？」

「お互いさまよ」

「そうかなあ」

イヴはほほえんで、またわたしたちのグラスを満たした。

「その話はたくさん。何か話してよ」イヴがせがんだ。

「何かって？」

「なんでも。かんでも。ミセス・マーティンゲールの下宿屋の女の子たちは元気？」

「もう何ヵ月も会っていないわ」

　フランとはたまに出歩いていたから、それはもちろん真っ赤な嘘だった。でもイヴィにそれを話す理由はなかった。フランのことを彼女はあまり好きではなかったから。

「そうだった！　あなたに自分の部屋ができて、ほんとよかった。どんな感じ？」

「下宿屋より高くつくわね。だけど、自分のオートミールを焦がすのも、自分のトイレに駆け込むのも、今は心置きなくできる」

「門限もないし……」

「わたしの就寝時刻に関しては想像もつかないだろうけど」

「あら」イヴは口先だけ心配そうに言った。悲しくて、寂しそうだった。

　わたしは空になったグラスを持ちあげ、振ってみせた。

「ベレスフォードでの暮らしはどうなの？」

「忙しいわ」シャンパンを注ぎながらイヴは言った。「あたしたち、寝室の模様替えをするところなの」

「楽しそう」

「でもないわ。だから、あたしたち、ちょっとあちこち片付けてる」

「リフォーム中もあそこにいるの？」

「それが偶然なんだけど、ティンカーがロンドンの顧客を訪問することになったの。だから、あたしはプラザに部屋を取って、彼の帰国まえに工事を終わらせるよう業者をせっつくことになりそう」

　プレゼントのない誕生日……ロンドンへの出張……ベッドルームのリフォーム……〝あたしたち〟の連発……全体像が焦点を結びつつあった。ここに買ったばかりのドレスを着てレインボールームへ向かうまえにシャンパンを飲んでいる若い女がいる。状況によっては、軽薄な女だと思う人もいるだろう。でも、イヴに軽薄なところはなかった。軽薄だと不意打ちを食らうことがある。軽薄な女は次に何が起きるか読めない。何かすばらしいことが今にも起きようとしていると考え、その謎と期待の組み合わせが彼女の頭をぼうっとさせる。だが、イヴにとって驚くことは何も起きそうにない。未知の行動も、密かな組み合わせもない。彼女はすでに計画を立てていた。彼女が成りゆきに任せているのはひとつだけ、客船のティンカーの一等個室がどのくらいの大きさか、それだけなのだ。

21クラブにいたとき、一日だけ別人になれるとしたら、誰になりたい？ と訊かれたとき、イヴは映画プロデューサーのダリル・ザナックと答えていた。あの時はずいぶん奇妙な答えに思えた。でも案の定彼女は、クレーンのアームに腰掛けてわたしたちの頭上を移動しながら、セットや衣装や演出をダブルチェックし、太陽に昇れの合図を出していたのだ。よく考えてみたら、そんな彼女を誰が責められるだろう？

少し離れたテーブルにいる、ふたりのハンサムな野暮天の声が耳障りになりだしていた。アイヴィーリーグにいた頃の悪行の思い出話にふけっており、ひとりがはっきりと〝売女《ばいた》〟という言葉を使った。数人の男性客までが呆れた視線を向けはじめていた。

イヴは肩越しにそちらへ目をやろうともしなかった。洟《はな》も引っ掛けていなかった。リフォームの話をはじめていたが、そのまましゃべり続けた——歩兵が逃げ惑うなか、迫撃砲弾の音にびくともしない陸軍大佐のように。

ふたりの酔っ払いが突然立ちあがった。馬鹿笑いしながら、彼らは千鳥足でわたしたちのそばを通った。

「あらあら」イヴがそっけなく言った。「テリー・トランブル。あのうるさい騒ぎはあなただったの？」

テリーの反応は、子供たちが操縦を覚えた小型ボートを思わせた。

「イヴ。こりゃびっくりだ……」

私立学校で躾けられた二十年間がなかったら、テリーはどもっていただろう。

彼はイヴにぎごちなくキスしてから、物問いたげにわたしを見た。

「こちらは長いお付き合いの友達、ケイトよ」イヴが言った。

「はじめまして、ケイト。インディアナポリス出身？」

「いいえ、ニューヨークよ」わたしは言った。

「へえ！　ニューヨークのどこ？」

「彼女もあなたのタイプじゃないわよ、テリー」

テリーはそれをかわそうというかのようにイヴの方を向いたが、思い直した。酔いが覚めつつあった。

「ティンカーによろしく」と彼は言った。

テリーは踵を返し、イヴはその後ろ姿を見送った。

「どういう人なの」とわたしは尋ねた。

「ティンカーのユニオンクラブの友人。何週間か前、ウエストポートにある彼の家のパーティに行ったのよ。ディナーのあとでテリーの奥さんがピアノでモーツァルトを（勘弁してって感じ）弾いてるすきに、テリーは若い女の使用人に食糧庫にあるものを見てもらう必要があると言ったの。あたしが行ったときには、パン入れのわきに彼女を追い詰めて、首の肉を噛みきろうとしてたわ。ポテトマッシャーで彼を追っ払わなくちゃならなかった」

「ナイフじゃなくて、彼は運がいいわね」

「刺してやった方がテリーのためになったのにね」

わたしはその考えににやりとした。

「いずれにしろ、あなたがいいタイミングであらわれて、その女性はついてたわ」

イヴは他のことを考えていたらしく、目をぱちくりさせた。

「え、なに？」

「あなたがそこにいて、彼女はラッキーだったと言ってるの」

イヴはちょっと意外そうにわたしを見た。

「運不運は関係ないわ、シス。どのみちあたしはあのろくでなしを食糧庫までつけて行ったんだもの」

イヴがポテトマッシャーを片手に、ニューヨークの上流階級者の家の廊下をうろついて、時どき暗がりから飛び出して野蛮な行動をする不届き者の根性を叩き直しているイメージが、不意に頭に浮かんだ。

「ねえ」わたしは新たな確信を込めて言った。

「うん？」

「あなたってとびっくり上等だわ」

そろそろ八時でシャンパンのボトルがアイスバケツの中に逆さまに突っ込まれた頃、わたしはイヴにおひらきにしたほうがいいと指摘した。彼女はちょっとわびしげに空っぽのボトルを見た。

「そうみたいね」

イヴは買ったばかりのクラッチバッグに手を伸ばし、ティンカーそっくりの動作でウェイターに合図した。そしてまっさらの二十ドル札でぎっしりの封筒を引っ張り出した。

「ダメよ。ここはわたしがおごるわ、誕生日なんだから」

「わかった。でも二十四日はあたしにお返しさせてよ」

「楽しみにしてる」

イヴは立ちあがった。美しさの絶頂にいる彼女が一瞬見えた。肩から床へ優雅に流れ落ちるドレスを着て、片手に赤いクラッチを持ったイヴは、ジョン・シンガー・サージェント〔アメリカの画家。上流の人びとを描いた肖像画で有名〕描く実物大の肖像画のようだった。

「死ぬまでずっと大好き」イヴがわたしに思い出させた。

「死ぬまでずっと」


ウェイターが勘定書を持ってくるのを待ちながら、わたしは部屋の中央にある陳列ケースの方へぶらぶらと近づいた。こういうものに詳しい人にとっては、おそらく銃のケースは珍しい火器の見事な展示物なのだろう。けれども、未熟な目にはただみすぼらしいとしか映らなかった。銃はミシシッピ川の土手から掘り出されたように見え、ケースの底には南北戦争で使用された銃弾が鹿の糞《ふん》みたいに積み上がっていた。

蝶の展示のほうが見る分には気楽だったが、素人くささは傍目にも明らかだった。昆虫たちはフェルト地にピンで留められているのだが、翅《はね》の上側しか見えなかった。でも蝶について少しでも知る人なら、翅には裏表があり、劇的な違いがあることを知っている。上側がオパールのようなブルーでも、下側は黄土色の斑点《はんてん》を持つ茶色がかった灰色だったりする。そのくっきりしたコントラストが蝶に本質的な進化の利点を与えているのだ。なぜなら、翅が開いていると交尾の相手をひきつけることができ、閉じていると、木の幹と見分けがつかなくなるから。

これは人をカメレオンにたとえるさいの、ちょっとした決まり文句でもある。環境次第で色を変える人間を指してそういうからだが、実際は、百万人にひとりもそんなことはできない。蝶にはそれができる。イヴのように劇的に異なるふたつの色――魅力を振りまき、その一方で巧みにカモフラージュする――を持ち、翅のひらひらした動きで瞬時に切り替えられる男女は稀《まれ》な存在なのだ。

勘定書がきた時には、シャンパンがまわりはじめていた。

わたしはバッグを持ち、ドアに視線を据えた。

スーツのブルネットがわたしの前を通り過ぎてトイレへ向かっていった。彼女がよこした冷ややかで憎々しげな目つきは、不人気な和平条約に臨んだ仇敵《きゅうてき》の目つきそのものだった。まったくどうしようもない、とわたしは思った。憎しみに囚われていると、人は想像力も勇気も乏しくなる。仮に一時間に五十セント稼いでいたらわたしたちは金持ちを称賛し、貧乏人を憐れむ。そして、ありったけの憎悪は、五十セントと大差ない稼ぎの人間に向けられる。十年ごとに革命が起きないのはそのせいだ。わたしは遅まきながらブルネットに舌を突き出し、電車に乗った映画スターみたいに背後からの視線に気を配って、ドアの方へよろめき進んだ。

階段のてっぺんに立つと、一段一段がにわかに狭くて急勾配に見えた。ローラーコースターの頂上からの眺めにちょっと似ていた。わたしはヒールを脱いで、手すりにしがみついた。

壁に肩を擦《こす》りつけておりていく途中で、ずらりと並ぶ写真が南極で動けなくなったエンデュアランス号を撮ったものであることに気づいた。足をとめて、そのうちの一枚を仔細に眺めた。船の索具が帆から離されている。食料やその他の必要品が氷の上であけられている。シャクルトン船長に向かってわたしは指をうごめかせ、それが彼自身のひどい過失だったことを思い出させた。

通りに出て、六十九丁目を渡って三番街へ向かおうとしたところで、縁石に停まっている茶色のベントレーに気づいた。ドアが開いて、お抱え運転手がおり立った。

「ミス・コンテント」

わたしは混乱した。単にお酒のせいだけではなかった。

「マイケル、よね？」

「はい」

マイケルが父の兄、ロスコー伯父さんにそっくりなことに突然気づいた。伯父さんも大きな手をしていた。カリフラワーを思わせる耳も。

「イヴに会った？」わたしは訊いた。

「はい。あなたを自宅までお送りするように頼まれました」

「わたしのためにイヴがあなたを送り返したの？」

「いいえ。ミス・ロスは歩きたかったんです」

マイケルは後部ドアをあけた。中は薄暗くわびしく見えた。六月だからまだ外は明るくて、空気は穏やかだった。

「前に乗ってもかまわない？」

「それはいけません、ミス」

「だと思った」

「十一丁目ですか?」

「ええ」

「どうやって行くのが好きですか?」

「どういう意味?」

「二番街を通ることもできます。セントラルパークの中を一周してからダウンタウンへ向かう手もあります。それだと前に乗らない埋め合わせになりますよ」

わたしは笑った。

「わぁ。すばらしい提案だわ、マイケル。そっちにしましょう」

わたしたちは七十二丁目で公園に入り、北のハーレム方向を目指した。両サイドの窓をおろすと、暖かな六月の空気が過度な愛情を見せてくれた。わたしは靴を蹴り脱ぎ、両脚を身体の下にしまいこんだ。木々がうしろへ過ぎていくのを見守った。

タクシーに乗ることはあまりなかったが、乗るなら二点間の最短距離で目的地へ向かうのが常だった。帰宅するのに回り道をしようと思ったことは、二十五年で一度もなかった。回り道するのはすごくゴージャスなことでもあった。

◆◆◆

翌日、イヴから電話があって、二十四日のわたしたちのデートをキャンセルしなければならないと言ってきた。ティンカーがヨーロッパ行きの蒸気船の切符をもう一枚持ってレインボールームにあらわれ、イヴをびっくりさせたらしい。ティンカーはロンドンにいる顧客に会うことになっており、その後ふたりはリヴィエラに家を買ったバッキーとウィスのところへ寄って、七月を過ごすことになったのだ。

一週間後、フランとグラブに会い、ステーキのはずだったハンバーガーを食べたとき、彼女がデイリーミラー紙の社交欄から破り取った、次のようなニュースを渡してよこした。


中部大西洋地域から当社に届いた噂によれば、クイーン・ヴィクトリア号上での知恵くらべに変化が生じた模様。C・ヴァンダービルトJr．が例年航海中に主催するブラックタイ着用の借り物競争で、最高の参加資格者、NYCの銀行員T・グレイと、艶《あで》やかなお相手E・ロスが優勝をさらった。上甲板のお歴々をギャフンと言わせたグレイ&ロスは五十の指定された宝物の中から、三日月刀、ふるい、そして木の義足をまんまと確保した。この若きふたり組は成功の秘訣を明かしていないが、オブザーバーによれば、ふたりは乗客ではなく乗組員に相談するという斬新な手法を取っていたようだ。

賞品は？　クラリッジに五泊の無料招待及び、ナショナルギャラリーの貸切ツアーである。美術館の警備会社はご用心。この抜け目のないカップルに逃げられる前に身体検査を行うことをお勧めする。

十章　街で一番のっぽの建物

六月二十二日の午後、わたしは六十二丁目にある対立会社の、窓もなければ換気孔もない部屋で、若きトマス・ハーパーのために供述録取書をタイプしていた。供述を行った本人――倒産寸前の製鋼所のライン管理者――は洗濯女みたいに汗をかき、そんなことをしてもまったく無意味な時にすら同じことをくどくど繰りかえしていた。彼をしゃべらせているのは、状況がいかに悪化しているかということを中心に展開する質問だけだった。それがどんなものかわかりますか、とライン管理者はハーパーに尋ねた。二十年間ずっと苦労して事業を前進させ、毎朝子供たちが寝ている間に出勤し、時間に追われながらライン上のあらゆる詳細を監視し、ある日目が覚めたら、すべてが水の泡だったとわかる気持ちが？

「いいえ」とハーパーはそっけなく言った。「ですが、一九三七年一月の出来事に注意を向けてもらえませんかね」

ようやく終わったときには、セントラルパークで新鮮な空気を吸わないとどうかなりそうだった。角の食料品店でサンドイッチを買い、モクレンの木の近くにいい場所を見つけて、我が旧友チャールズ・ディケンズを友に平和裡《へいわり》にお昼を食べた。

公園に腰をおろしているあいだ、時々ページから目をあげてピップ〔ディケンズ『大いなる遺産』の作中人物〕の話を離れ、すでに期待を叶えられた人びとがのんびりと行き交う様子を眺めた。アン・グランディンを三度めに見かけたのは、そのときだ。ちょっと躊躇したあと、わたしは本をバッグに突っ込んで、彼女のあとをつけた。

予想に違《たが》わず、彼女は毅然としたペースで歩いていた。五十九丁目で公園を出ると、車の往来を横切ってプラザホテルの階段を軽く駆けあがった。わたしも同じことをした。制服姿のベルボーイが回転ドアを回してくれたときは、上流社会の人間は知り合いのあとをつけて地元のホテルに行ったりしないのだろうとふと思った。アン・グランディンは友達と落ち合って一杯やるのだろうか？ ドアが回転したとき、わたしは科学的手法に頼ることにした。

「ど、れ、に、しようかな……」

中に入ると、鉢植えのヤシの葉陰に立った。ロビーは身なりのいい人びとで賑わっていた。スーツケースを持って到着した人、バーへ向かう人、地下の靴磨きや理髪店から出てきた人。オペラハウスが気の毒になりそうな豪華絢爛たるシャンデリアの下では、堂々たる口髭の大使が、八歳の女の子と二匹のプードルのところへ近づいていくところだ。

「失礼ですが」

赤いちいさな帽子をかぶったボーイがヤシの木の向こうからわたしを覗いていた。

「ミス・コンテントでいらっしゃいますか？」

彼はちいさなクリーム色の封筒をわたしに渡した――ダンスや結婚式の披露宴で自分が座るテーブルに置かれている類の封筒だ。中には名刺が入っていた。アン・グランディン、とだけある。裏にゆったりした筆跡でこう書いてあった。ちょっと寄っていらしゃい。スイート一八〇一。

バレてた。

エレベーターに近づきながら思案した。アンはロビーでわたしに気づいたのだろうか、それともセントラルパークで？　エレベーターボーイがどうぞごゆっくりと言いたげなうやうやしさでわたしを見た。

「十八階、行きます？」わたしは訊いた。

「かしこまりました」

ドアが閉まる前に新婚カップルが入ってきた。バラ色の頬をした明るく若いふたりは、ルームサーヴィスで有り金すべてを使う気満々に見えた。十二階の廊下をふたりが跳ねるように行ってしまうと、わたしは親しみのこもった笑いを浮かべてエレベーターボーイを見た。

「新婚さんね」

「とは限りません、マアム」

「とは限らない？」

「ホヤホヤとは限りません。ご夫婦とは限りません。足元にご注意ください」

スイート一八〇一はエレベーターの列の真ん前だった。ドアフレームの真鍮のボタンを押すと、アンより重い足音が中から聞こえた。ドアが開いて、プリンス・オブ・ウェールズ・スーツ〔柄の呼び名で、伝統的なチェック柄のスーツを指す〕を着たスリムな青年があらわれた。わたしはへどもどしながら、名刺を差し出した。彼はきれいにマニキュアをした指でそれを受け取った。

「ミス・コンテント？」

その発音はスーツと同様きちんとしていた。ただし、間違ってもいた。本の内容《コンテント》と同じように、コ、ンテントとアクセントをつけたのだ。

「コン‐テントです」わたしは冷静に応じた。

「失礼しました、ミス・コン‐テント。どうぞお入りください」

青年はドアの内側にある数段の一箇所を正確に身振りで示した。

そこは日差しがふんだんに差し込むスイートのフォワイエだった。中心にある居間の片側のドアはたぶん寝室に通じているのだろう。手前に青と黄色のソファがあり、カクテルテーブルを囲むように二脚の革張りのクラブチェアが置かれて、男性的とも女性的ともつかぬ絶妙のバランスを保っていた。ゆったりできるそのコーナーの向こうに重厚な机が置かれ、一角にユリの花瓶が、反対の一角に笠の黒いランプが載っていた。ティンカーのアパートメントで見たあの申し分のない趣味の良さは、アンの趣味なのではないかとわたしは思いはじめた。彼女には上流社会にモダンなデザインを取りこむのに欠かせない品と自信が備わっていた。

アンは机の向こうに立ってセントラルパークを窓越しに見ながら、電話をかけていた。

「ええ、ええ。あなたの言わんとすることはよくわかるわ、デイヴィッド。わたしが重役の座を利用するのをあなたが期待していないことは間違いない。でも、お分かりでしょうけど、わたしは大いに利用するつもりなの」

アンがしゃべっている間に秘書が彼女の名刺を返した。彼女はくるりとふりむくと、手を振ってわたしをソファに座らせた。腰を下ろした拍子にバッグが横で傾き、びっくりしたピップが顔をのぞかせた。

「そうね。そうだわ。それがいいわね、デイヴィッド。五日にニューポートで徹底的に話し合いましょう」

——受話器を置くと、アンはソファにやってきてわたしの隣に腰をおろした。まるでわたしが前触れもなく立ち寄ったかのように、振る舞った。

「ケイティ！　よくきてくれたわ！」

彼女は電話の方を身振りで示した。

「ごめんなさいね。主人の株を少し相続したものだから、自ら得たものではない権力が付いてきたのよ——それで、わたし以外の全員が気を悪くしているようなの」

そろそろ知り合いが来ることになっているが、ついていれば一杯飲む時間はあるかもしれない、とアンは説明した。彼女は秘書のブライスに、マティーニを用意するよう指示して、自分は寝室に引っ込んだ。ブライスが歩み寄ったすてきなカエデ材のキャビネットにはこぢんまりしたバーが備わっていた。彼は銀製のトングでバケツから氷をつかみ、柄の長いスプーンでジンを混ぜ、ピッチャーにカチンとぶつけないようにマティーニをミックスした。酢漬けのベビーオニオンの皿とグラス二個をテーブルに置いた。注ごうとした時、アンが寝室から出てきた。

「わたしがするわ、ブライス。ありがとう。もういいわ」

「ラザフォード大佐宛の手紙を書いてしまいましょうか？」と彼が尋ねた。

「その件は明日話しましょう」

「わかりました、ミセス・グランディン」

威厳たっぷりにそっけなく男に指示を出せる女は滅多にいないが、ブライスのやや取りすました表情はその珍しさをほんのわずかに薄めただけだった。彼は堅苦しくアンに会釈し、わたしに投げやりな会釈をした。彼女はソファにまた座った。

「飲みましょう！」

例のすばやいなめらかな動作で身を乗り出し、片方の肘を膝についたまま、ピッチャーに手を伸ばした。そしてグラスに注いだ。

「オニオンは？」

「どちらかというとオリーヴ派なんです」

「覚えておくわ」

アンはわたしにグラスを渡すと、自分のグラスにオニオンをふたつ投げいれた。左腕をソファの背に載せた。わたしはくつろいでいるふりをしながら、グラスを彼女のグラスに向かって持ちあげた。

「パスチャライズドの優勝、おめでとうございます」

「わからないものねえ。わたしは約束した通り、大穴に賭けたのよ」

アン・グランディンはわたしに笑いかけ、グラスを傾けた。

「じゃ、話して。どういうわけで水曜日の午後、街のこの辺りにいたの？　クウィギン&ヘイルで働いていたんじゃなかったかしら。転職したの？」

「いいえ。まだクウィギンのところで働いています」

「そう」彼女は落胆の気配を漂わせた。

「ここから数ブロック離れた場所で弁護士のひとりと供述録取の仕事をしていたんです」

「裁判前に鋭い質問をして、対抗者がそれに答えなくちゃならないあれのこと？」

「そうです」

「なるほど、それなら少なくとも面白そうではあるわね」

「それは尋ねられる質問の種類によります」

「それと、質問者に、でしょうね」

アンはテーブルにグラスを置こうと前傾姿勢になった。一番上のボタンを外していたため、ブラウスが左右に少し分かれた。ブラをつけていないのが見えた。

「ここに住んでいらっしゃるんですか?」わたしは訊いた。

「いいえ、違うわ。ここはただのオフィス。でも、専門のビルにスペースを持っているよりはずっと便利なのよ。ディナーを運ばせることもできるわ。外出前にシャワーを浴びて着替えることもできる。わたしに会いに街の外からくる人たちにとっては、ここのほうが都合がいいのよ」

「街の外からこれまでわたしに会いに来た人間はフラー・ブラシ社の訪問セールスマンだけでした」

アンは笑い声をあげて、またグラスを持ち上げた。

「彼はセールスに来た甲斐はあったのかしら?」

「あんまり」

グラスを口元へ運びながら、彼女は目の隅からわたしを観察した。テーブルにグラスを戻すと、アンはさりげなく切り出した。

「ティンカーとイヴは海外へ出かけたようね」

「そうなんです。ロンドンで数日過ごしてから、リヴィエラへ向かうみたい」

「リヴィエラ! それはかなりロマンティックなことになりそうね。あの温かな水とラヴェンダーの香りで。もっとも、ロマンスがすべてではないわ、そうでしょう?」

「彼らの関係にまだ納得していらっしゃらないようですね」

「もちろん、余計なお世話よね。それに、彼らは確かに部屋をぱっと明るくしてくれるの。それどころか、バッキンガム宮殿ですら彼らがいたら明るくなりそう。でも、供述させられたら認めるけれど、常々想像していたのよ、ティンカーはもう少し意欲をかき立ててくれそうな人と一緒になるべきだと。

知的に、という意味でね」

「イヴはあなたをびっくりさせるかもしれませんよ」

「驚きは驚きでしかないわ」

呼び鈴が鳴った。

「ああ」アンが言った。「わたしのお客に違いないわ」

ちょっと失礼しても構わないかと尋ねると、アンは寝室に隣接したバスルームを教えてくれた。ウィリアム・モリス風の壁紙を貼ったそこはこぢんまりしていたが、すてきだった。わたしは顔に冷たい水をかけた。大理石のカウンターの上に彼女のブラがきちんと四角に畳まれていた。その上に、戴冠式のクッションに載った王冠のように、エメラルドの指輪が載っていた。バスルームを出て戻ると、アンは長身で銀髪の紳士と並んでソファのそばに立っていた。それはデラウェア州の前上院議員、ジョン・シングルトンだった。

◆◆◆

ホテルを出ると、シルクハットのドアマンが粋なカップルがタクシーに乗り込むのを手伝っていた。彼らがいなくなると、彼は向きを変えてわたしの目を見た。そして礼儀正しく帽子を持ちあげ、気をつけの姿勢に戻った——並んでいる次のタクシーに合図するような真似はしなかった。長年ドアマンの仕事をしていれば人を見る目が鍛えられる。わたしにタクシーを呼ぶようなヘマはしなかった。

アパートメントの建物に帰ったとき、今日が水曜日だったのを思い出した。3Bに住む頬の赤い花嫁がお母さんから教わったボロネーズソースをぶち壊し中だったからだ。レシピを書き写したとき、彼女はきっとクローブふたつとあったのにニンニクふたつと間違えたのだろう。わたしたち住民は週末まで彼女の手料理のニンニク臭につきまとわれることになりそうだった。

部屋に入ると、わたしはしばらくキッチンテーブルの前に立ったまま、手紙を選《よ》り分けた。最初にちらりと見たときはいつもと変わらぬ貧弱な顔ぶれだったが、二通の請求書の間にコマドリの卵みたいな淡いブルーの航空便が一通はさまっていた。

ティンカーの筆跡だった。

そこらじゅうを探しまわって飲み残しのワインを見つけ、瓶からじかに飲んでみた。日曜の聖体拝領のワインのように舌がぴりぴりした。それをグラスに注いでテーブルに腰を下ろし、煙草に火をつけた。

イギリスの切手が封筒に貼ってある。一枚は紫色の印刷の政治家の顔、残りは青い印刷の自動車だった。政治家と自動車の切手は万国共通らしかった。エレベーターボーイややつれた主婦の切手はどこにあるのだろう？　六階建てのエレベーターなしのアパートメントや酸っぱいワインの切手は？

煙草を揉み消して、手紙を開封した。それはヨーロッパ人の愛用する薄紙に書かれていた。

親愛なるケイト

出航してから毎日ぼくたちのどちらか一方が、〝ケイティが見たら気に入るのに！〟と言っています。今日はぼくの番でした……

要するに手紙の中身は、ティンカーとイヴがサウサンプトンからロンドンまで沿岸沿いにドライヴすることに決めたものの、結局ちいさな漁村にたどり着く羽目となった、というものだった。イヴがホテルで休んでいる間にティンカーは散歩に出かけ、道を曲がるたびに、街で一番のっぽの古い教区の教会の尖塔が目に入るので、ついにそれを目指した。

教会の中の壁は白く塗られていました――ニューイングランドのすばらしい教会の中のようでした。

最前列の席に船員の未亡人が座って讃美歌集を読んでいました。ずっと後方にはレスラーのような体格の禿頭の男がひとりいて、ベリーの籠を横に置いて、泣いていました。

いきなり制服姿の少女の一団がカモメのように笑いながらドアを入ってきました。レスラーが飛びあがって、少女たちを叱りました。彼女たちは通路で十字を切ると、頭上の鐘が鳴り出すと同時にまた外へ駆け出して行きました……

まったく。他人の休暇について聞かされて少しでもいいことがあるだろうか？　わたしは手紙を丸めてくずかごに放り込んだ。それから、『大いなる遺産』を手に取り、二十章を開いた。

わたしの父はほとんど泣き言を言わない人だった。父を知っていた十九年の間、ロシア軍での交代勤務について、母との苦労の多い結婚生活について、母がわたしたちを捨てて出ていったことについて、父は滅多に話さなかった。後年健康を害した時も、愚痴は一言もこぼさなかった。

でも最期が近づいていたある夜のこと、父のベッドのかたわらに座り、同僚のあんぽんたんがやらかした出来事を面白おかしくしゃべって楽しませようとしていたら、父は藪から棒につじつまの合わないことをしゃべりだし、わたしはてっきりうわ言だと考えた。父は言った。人生でどんな挫折に直面しても、次々に明らかになる出来事がいかに厄介で気の滅入《めい》るものでも、朝起きて、最初のコーヒーを待ち望む気持ちがある限り、自分は乗り越えられるといつもわかっていたと。父が一片の助言をしてくれていたのだと気づいたのは、ずっとあとのことだ。

不屈の決意と永遠の真実の探求は、志の高い若い心にはセックスアピールにも等しい魅力を持っている。でも、平凡な日常に楽しみを見出す能力——玄関の階段の上での一服とか、バスタブに浸かってジンジャークッキーをぱくつくとか——を失ったら、人は無益な危険に身をさらすことになる。自身の歩んできた道の終わりに近づいていた父がわたしに伝えようとしたのは、その危険を軽々しく扱ってはならないということだった。人は単純な楽しみのために戦い、品とか蘊蓄とかいった、華やかな誘惑の陰にひそむありとあらゆるものから、そうした楽しみを守る用意を怠ってはならないのだ。

今にして思えば、わたしの朝一番のコーヒーはチャールズ・ディケンズの小説だった。白状してしまうと、あれに出てくる、勇敢だが恵まれない子供たちや、いかにも悪そうな名前の悪の手先にはいささかイライラさせられるところもある。でも、自分の状況がいかに憂鬱でも、ディケンズの小説の一章を読み終わったあと、さらに読み進めて駅を乗り過ごしても構わないぐらいの気持ちになれたら、万事問題はないのだ。

まあ確かに、わたしはこの話を何度も読みすぎたのかもしれない。あるいは、ピップですらロンドンに行くという事実にむかっときただけかもしれない。原因はともあれ、二ページ読んだあと、わたしは本を閉じてベッドにもぐりこんだ。

十一章　ラ・ベル・エポック

二十四日金曜日の午後五時四十五分、秘書室の机はわたしの机以外は無人だった。対抗訴訟の書類の三部作成をようやく終えて、ぐったりと帰宅の用意をしていた時、目の隅でシャーロット・サイクスが洗面所から近づいてくるのに気づいた。シャーロットは靴をハイヒールに履き替え、彼女の思惑とは裏腹に全然似合っていない濃いオレンジ色のブラウスに着替えていた。両手でバッグを握りしめていた。さあくるぞ、とわたしは思った。

「ハイ、キャサリン。残業してるの？」

シャーロットが地下鉄に置き忘れた合併の書類を救出してからというもの、彼女はわたしを誘い続けていた。食堂でのランチに、家族との安息日に、階段での煙草の一服に。ロバート・モーゼス〔一九三〇年代を中心にニューヨークで様々な公共建築物を手がけた建築家〕によって造られた新しい巨大公営プールのひとつに誘われたことすらある。そこでは市外からくる人たちが鍋の中のカニみたいに泳ぎ回ることができるのだ。これまでのところは、適当な言い訳を作ってかわしてきたが、あとどのくらい持ちこたえられるかわからなかった。

「ロージーとふたりでブラニガンの店へ飲みに行くところなの」

シャーロットの肩越しに、ロージーが爪をチェックしているのが見えた。ブラウスの一番上のボタンを好んでかけ忘れる大柄なロージーは、もしもエンパイアステート・ビルディングの頂上に登るまで恋愛ができないのなら、キングコングみたいによじ登るつもりでいるに違いなかった。ただ、場合が場合なだけに、ロージーの存在はそう悪くないのかもしれない。一杯だけで逃げ出すには、彼女がいてくれる方がずっとやりやすい。最近の自己憐憫の発作を考慮すれば、シャーロット・サイクスの暮らしを仔細に覗くことこそ、医者が命じた治療そのもののような気もした。

「いいわ」わたしは答えた。「片付けちゃうわね」

立ち上がってタイプライターにカバーをかけた。バッグを手に取った。次の瞬間、静かだがよく聞こえるかちりという音がして、Qの上の赤ランプがついた。

シャーロットの表情の方がわたしより恨めしげだった。〝金曜の夜の五時四十五分なのに！　一体何の用なの？〟と思っているようだった。でも、わたしはそうは思っていなかった。近頃は朝なかなか起きられず、十日に二日は出勤の定刻に五分遅刻していたから。

「先に行ってて」とわたしは言った。

スカートのゆがみを直し、速記用メモを持った。ミス・マーカムは指示を与えるさい、たとえそれが叱責であっても、一字一句正確に書き留められることを期待する。部屋に入ってみると、彼女は手紙を書き終えようとしていた。顔を伏せたまま身振りで椅子を示し、書き続けた。わたしは腰掛けてから、もう一度、何度もやっているようにスカートをぴんと引っぱり、速記メモを開いて敬意を示した。

五十代のはじめだろうが、ミス・マーカムは魅力がないわけではなかった。老眼鏡はかけていなかった。胸にしても豊かでないとは言えない。髪を後ろでおだんごにしているが、ほどけばさだめし豊かで長いと思われる。どこかの時点で、会社のシニアパートナーの誰かの後妻になってもおかしくはなかっただろう。

派手な手さばきで手紙を書き終えると、ミス・マーカムはペンを真鍮のホルダーに戻した。それは的に命中した槍みたいに宙で傾いた。彼女は机の上で手を組みあわせ、わたしの目を見た。

「キャサリン。メモは要りませんよ」

わたしは速記メモを閉じて、わたしたち秘書がミス・マーカムから教わっている通り、右の腿の脇に置きながら、考えた。〝思ったより重大なことみたい〟

「ここで働いてどのくらいになるかしら？」

「四年近くになります」

「一九三四年の九月だったわね、確か？」

「はい。十七日の月曜日でした」

その正確さにミス・マーカムはほほえんだ。

「あなたを呼んだのは、ここでのあなたの将来を話し合うためなのよ。聞いているでしょうけれど、パメラが夏の終わりに辞めることになったのでね」

「知りませんでした」

「他の女の子たちと噂話をあまりしないのね、キャサリン？」

「ゴシップはあまり」

「称賛に値することですよ。でも、みんなとは仲良くやっているようね？」

「仲良くするのが難しい人たちではありませんので」

またほほえみ。今度のは前置詞の位置がふさわしいことへの満足の笑みだ。

「そう聞いてほっとしたわ。秘書たちの間にある程度の親和性を保とうと、わたしたちはかなり努力をしているのでね。とにかく、パメラは辞めることになったのよ。彼女は……」

ミス・マーカムは言葉を切った。

「にん、しん、しているの」

ふたつのシラブルを使って、その言葉に彼女は命を吹き込んだ。

そのようなニュースは、パメラが育ったベッドスタイ〔ベッドフォード・スタイベサントの略。ブルックリンの、当時は労働者階級が多く住んでいた地区〕の家が立て込んだブロックでは祝福されて当たり前だろうが、ここではそうではなかった。わたしはパメラの同僚が現行犯で彼女を捕まえたと、たった今聞かされたような表情を浮かべようとした。ミス・マーカムが続けた。

「あなたの仕事ぶりは非の打ち所がないわ。文法の知識も見事です。経営者たちと接する態度も皆の模範ですよ」

「恐縮です」

「当初は、速記はタイピングほどではないように思えたけれど、それも目覚ましくよくなりました」

「それが目標だったんです」

「いい心がけね。信託財産や不動産関連の法律の知識は下級弁護士のそれに迫る勢いだわ」

「図々しいと思われないといいのですが」

「そんなことありませんよ」

「上司の仕事の性質を理解すれば、それだけ役に立てると気づいたんです」

「その通りよ」

ミス・マーカムはまた言葉を切った。

「キャサリン、あなたは極めて典型的なクウィギンの社員である、というのがわたしの判断なの。パメラに代わってあなたの筆頭秘書への昇進を推薦しました」

(ひっとおと発音された)

「知っての通り、筆頭秘書はオーケストラで言えば第一バイオリンです。ソロの仕事が多くなるでしょう――というより、ソロにふさわしい仕事と言うべきでしょうね。でも、お手本としても振る舞わなければいけませんよ。わたしがこのちいさなオーケストラの指揮者であるけれども、四六時中全員に目を配ることはできないから、皆はあなたの指示を仰ぐようになるわ。言うまでもないけれど、昇進すれば、お給料もそれに見合う額に増えるし、責任も職業人としての地位もあがるでしょう」

ミス・マーカムはそこで言葉を切り、今ならわたしからの感想を歓迎する、といいたげに眉を上げた。だからわたしは職業人らしく控えめに礼を述べた。彼女がわたしの手を握ったときは、胸の中でこう思った。〝極めて典型的なクウィギン。お隣さんも同様。とても感じがいい〟

オフィスを出ると、ブラニガンの店の前を通らなくていいように、ダウンタウンのサウスフェリー駅へ向かった。Rのつかない月には誰も食べようとしないのをよく知っていて、ニューヨークの牡蠣が身投げしたみたいに、港から腐った貝の臭いが内陸へ漂ってきた。

地下鉄に乗っていたら、つなぎを着たひょろ長い田舎者が別の車両へ走っていく途中でわたしの手からバッグをはたきおとした。拾おうと腰をかがめたら、スカートの縫い目が裂けた。だから、いつもの駅で降りると、わたしはライウイスキーの一パイント瓶とコルク板に立てるための蠟燭を一本買った。

靴もストッキングも脱がないままキッチンテーブルに座り、さいわいにも、瓶の中身を半分飲んだ。さいわいにも、といったのは、スクランブルエッグを作ろうと立ちあがった拍子にテーブルにぶつかって、残りをぶちまけてしまったからだ。ロスコー伯父さんがついたであろう悪態を——詩にして——つきながらこぼれた酒を拭き取り、父の安楽椅子にどさりと座った。

〝一年で好きな日は？〟それは一月に21クラブでわたしたちが出し合った他愛のない質問のひとつだった。雪が大量に降った日、とティンカーは答えた。インディアナにいない日なら毎日好き、とイヴが言った。わたしの返事は？　夏至だった。六月二十一日。一年で最も昼が長い日だ。

それは気の利いた返事だった。少なくとも、あのときはそう思った。でも冷静に振り返ってみると、一年のうちで好きな日はと訊かれて、六月の特定の一日をあげるのは傲慢だったと思いあたった。それではまるで、自分の人生が光り輝いていて、自分の立場は盤石で、これ以上望むのは、運命を祝福する追加の日光ぐらいだと言っているようなものだからだ。けれども、ギリシャ人がわたしたちに教えているように、その種の傲慢を正す方法がひとつだけある。彼らはそれを〝因果応報〟と称していた。わたしたちは当然の報いとか、痛い目にあうとか、天罰とか呼ぶ。そしてそれは給料の増額と、責任と、職業人としての地位の上昇とともに訪れるのだ。

ドアにノックがあった。

誰何《すいか》するのも面倒だった。ドアを開けるとウエスタン・ユニオンの配達係が、人生初のわたし宛の電報を持っていた。発信地はロンドンだった。

誕生日おめでとう、シス。そこにいられなくてごめんね。あたしたちふたりのために街じゅうひっくり返して。二週間したら会おうね。

二週間？　パームビーチからの絵葉書がヒントになるなら、わたしは感謝祭までティンカーとイヴに会わないことになりそうだった。

煙草に火をつけ、改めて電報を読んだ。文脈からして、〝あたしたちふたり〟というのがイヴとティンカーを指すのか、イヴとわたしを指すのか迷うところだ。本能は後者だ、とわたしに告げていた。そして、イヴが何かするつもりなのかもしれないと思った。

立ちあがってベッドの下からロスコー伯父さんの小型トランクを引っ張り出した。一番底にわたしの出生証明書とウサギの足のお守りと母の唯一残っている写真があり、その下にミスター・ロスがくれた封筒が押し込んであった。そこから残りの十ドル札をベッドカバーの上に振りだした。街じゅうひっくり返せ、とお告げは言っていた。翌日、わたしがするつもりでいたのは、まさにそれだった。


ベンデルの五階は葬儀屋よりもたくさんの花であふれていた。

シンプルな黒のワンピースがずらりと並ぶラックの前にわたしは立っていた。コットン。麻。レース。背中が大きくあいたの。袖なしの。黒……黒……黒ばかり。

何かお探しですか？　店に入ってからそう訊かれたのは、五回めだった。

振り向くと、スーツに眼鏡をかけた四十代半ばの女性が控えめな距離をあけて立っていた。すてきな赤毛をポニーテールにまとめている。そのせいか、オールドミスの役を演じる女優の卵みたいに見えた。

「もうちょっと……明るい感じのはありません？」わたしは尋ねた。

ミセス・オマラはクッションのきいたソファへわたしを案内し、サイズと好みの色、社交上の予定について尋ねたあと、姿を消した。戻ってきたときには、腕に数着のワンピースをかけたふたりの若い女性を引き連れていた。上等の磁器のカップでコーヒーを飲むわたしにミセス・オマラが一着ずつ美点を説明した。わたしが印象を述べると（緑すぎる、長すぎる、おとなしすぎる）、女性のひとりがメモを取った。ベンデルの役員室で春のコレクションを了承している重役になった気分だった。売買が成立する気配は全然なかった。買う側としては。

誰もが認めるプロの販売員であるミセス・オマラは一番いい服を最後にとっておいた。水色の水玉を散らした白の半袖のワンピースと、それに合う帽子だ。

「こちらは大変楽しいドレスです」ミセス・オマラは言った。「でも落ち着きがあって、エレガントですわ」

「やぼったくない？」

「とんでもない。都会の爽やかな空気をデザインしたものです。ローマ、パリ、ミラノ。コネチカットではありません。田舎にこのようなドレスは必要ありませんもの。都会の女性にこそ求められるものですわ」

首をかしげながらも、わたしは興味を惹かれた。

「試着なさってみてください」とミセス・オマラは言った。

サイズはほぼ完璧だった。

「すばらしいですわ」

「そう思う？」

「それはもう。それにお客様は靴を履いていらっしゃらないでしょう。それが大きな決め手なんですよ。裸足でこれだけエレガントに見えるということは、靴をお履きになったら……」

並んで立ったわたしたちは冷静に鏡を眺めた。わたしは横を向いて右足の踵をカーペットから浮かせた。ワンピースの裾が心もち膝のあたりで揺れた。裸足でスペイン階段をのぼる自分を想像しようとし、ほぼ成功した。

「すてきね」と認めた。「でも、あなたの髪の色を考えると、これはあなたの方がずっと似合うとどうしたって思っちゃうわ」

「差し出がましいようですが、ミス・コンテント、髪の色でしたら二階でご希望通りにできますよ」

◆◆◆

二時間後、わたしはアイルランド人顔負けの赤毛になって、ウエスト・ヴィレッジにあるラ・ベル・エポックへタクシーを走らせた。フランス料理のレストランが流行するのはまだ数年先のことだが、ラ・ベル・エポックはアメリカ在住のフランス人のあいだではすでに人気店で、本国へ帰るときは必ず寄る場所だった。こぢんまりしたレストランで、壁際には布張りのソファがあり、壁には田舎の台所にあるものをシャルダン〔フランスの静物画家〕風に描いた静物画がかけられていた。

　わたしの名前を書き留めると、支配人は、待つ間にシャンパンはどうかと尋ねた。まだ七時で、テーブルは半分以上空いていた。

「待つって？」

「どなたかとお待ち合わせではないのですか？」

「わたしの知る限りでは違うわ」

「失礼いたしました《エクスクゼモワ》、マドモワゼル。どうぞこちらへ」

　支配人はきびきびとダイニングルームへ入っていった。ふたり用の食器がセットされたテーブルのところで一秒足らず歩調を緩めてから、部屋全体を見渡せる壁際のソファの方へ歩を進めた。わたしが落ち着くと、いったん下がって、約束のシャンパンを持って戻ってきた。

「退屈な生活から抜け出すことに」とグラスをあげて自分に乾杯した。

買ったばかりのネイヴィーブルーの靴が足首に食い込んでいた。そこでテーブルクロスに隠れて靴を脱ぎ、爪先をうごめかせた。買ったばかりのブルーのクラッチバッグから煙草の箱を取り出すと、ウェイターがステンレスのライターを片手にテーブル越しに身を乗り出し、務めに充分な炎を出した。慌てず騒がずわたしが煙草を一本振りだす間、彼は彫像みたいにじっとしていた。最初の煙を吸い込むと、ウェイターは上半身を起こし、小気味のいいカチッという音とともにライターを閉じた。

「お待ちの間にメニューをご覧になりますか？」彼が尋ねた。

「誰も待っていないわ」

「すみません《パルドン》、マドモワゼル」

ウェイターが指を鳴らすと、助手がわたしの隣の食器類を片付けた。そのあとウェイターは、メニューを腕の内側にバランスよく載せて、ミセス・オマラがドレスの説明をしたときそっくりに、様々な料理を示しながらその美点を説明した。それがわたしに自信を与えた。貯金に穴をあけるつもりなら、少なくとも正しい道をたどっているようだったから。

レストランはゆっくりと息を吹きかえした。テーブルが数卓ふさがった。カクテルが運ばれ、煙草に火がつけられた。九時になる頃には、全世界の中心さながらの様相を呈するという予感の元に、整然と、悠然と、活気づいていた。

わたしもゆっくりと息を吹きかえした。二杯めのシャンパンを飲み、カナッペを味わった。煙草をもう一本吸った。ウェイターが戻ってくると、グラス一杯の白ワインと、アスパラガスのグラタンを注文し、主菜に店のスペシャリテである、黒トリュフを詰めた雛鳥料理《プサン》を頼んだ。

ウェイターが速やかに遠ざかっていくと、それで二度目なのだが、正面のソファに座っている年配の夫婦がこちらに笑いかけているのに気づいた。男性の方は恰幅がよく、頭髪が薄くなりだしていて、ダブルのスーツに蝶ネクタイをしていた。うるんだ目はほんの少しの感傷で涙を流しそうに見えた。夫より七、八センチは背の高い妻は優雅なサマードレス姿で、縮れ毛で、品のいい笑顔の持ち主だった。世紀の変わり目に司教をランチでもてなした後、女性参政権の要求デモを率いたタイプに見えた。彼女がウインクして、手を振った。わたしもウインクして、手を振りかえした。

アスパラガスがジャジャーンという感じで到着した。ちいさな真鍮のフライパンでテーブルわきに登場したのだ。一本一本が申し分のない秩序を保って——どれもまったく同じ長さで、一本として重なり合っていない——槍のように並んでいた。パン粉のバター炒めと、直火で香ばしく焼かれ、茶色に泡立っているフォンティーナチーズを混ぜ合わせたものが、その上に散らしてある。給仕長が銀のフォークとスプーンでアスパラガスを皿に載せてから、皿の上でレモンの皮をさっとすった。

「ボナペティ」

まさにまさに。

百万ドルあったとしても、わたしの父ならラ・ベル・エポックで食事をしなかっただろう。父にとってレストランは究極の冒瀆的浪費の見本だった。金で買えるあらゆる贅沢のなかで、一番成果と無縁なのがレストランだ。毛皮のコートは少なくとも冬の寒さを撃退するし、銀のスプーンは溶かして宝石商に売ることができる。でも最上のサーロインステーキは？　切りわけて、モグモグやり、飲みこんで、口を拭いたら、ナプキンを皿に落として終わりだ。それだけ。で、アスパラガスは？　わたしの父だったら、チーズをまぶした魅惑的な草にお金を使うくらいなら、二十ドル札を墓まで持って行ったどろう。

でもわたしにとっては、洗練されたレストランでのディナーは究極の贅沢だった。文明の頂点だった。だって、必需品（住みか、食べ物、生き延びること）の沼からすばらしい贅沢品（詩、ハンドバッグ、高級フランス料理）の天空へと知性が誘導しないで、なにが文明だろう？　だから日常生活からの脱却が重要なのだ。すべてが芯まで腐っていても、すてきなディナーは精神を生き返らせる力を持っている。もしも二十ドルが名指しでわたしに残されたら、うるさい客に煩わされない、ここでの優雅な一時間にそれを投資する。

ウェイターがアスパラガスの皿を下げた時、わたしは二杯めのシャンパンは飲むべきではなかったと悟った。化粧室へ行って、額を湿らせることにした。左足をネイヴィーブルーの靴に滑りこませたが、右足で探っても靴の片割れが見つからなかった。わたしはすばやく方々へ目をやった。部屋中を前にうしろに目で確認した。姿勢を変えずに、爪先で同心円を描きつつ、できるだけ遠くまで効率的に探した。それでもだめだったので、身をかがめようとした。

「よいかな？」

部屋の向こうにいた蝶ネクタイの紳士がわたしのテーブルの前に立っていた。

何も言わないうちに、紳士は四つん這いになった。やがて立ちあがった時には両の手のひらに靴を載せていた。そして、王様の召使がガラスの靴を差し出すような改まった動作で腰を折り、パン籠のうしろにこっそり靴を置いた。わたしはそれをテーブルからひったくり、床に落とした。

「すみません。ちょっとぞんざいでした」

「そんなことはありませんよ」

紳士は自分のテーブルの方を身振りで示した。

「家内とわたしがじろじろ見てしまったなら、お詫びしますよ。だが、かわいらしいと思ったものだから」

「かわいらしい、というのは？」

「あなたの水玉が」

そのときメインディッシュが運ばれてきたので、涙目の紳士は自分のテーブルに戻った。わたしは雛鳥を几帳面に切り分けはじめた。でも二口も食べないうちに、全部は食べきれないと直感した。トリュフの濃厚な香りが皿からたちのぼり、五感をひっかきまわした。あとひと切れでもこのチキンを食べたら、それが逆流してくるのは絶対確実だった。わたしのたっての願いで半分残った皿は片付けられたが、どっちみち、逆流は避けられそうになかった。

わたしはテーブルクロスの上に額の異なる札を何枚か投げ出した。急いで新鮮な空気を吸おうと、テーブルが充分に引かれるのも待たずに立ちあがったせいで、頼んだ覚えのない赤ワインのグラスをひっくり返した。年配の夫婦にスフレが運ばれるのが目の隅に映った。女性の参政権活動家が困惑気味に手を振った。ドアのところで、絵画の一枚に描かれているウサギと目が合った。それはわたしみたいに、フックから逆さ吊りにされていた。

外に出ると、一番最寄の路地へ向かった。煉瓦塀《れんがべい》に寄りかかって用心深く息を吸った。わたしだって今の詩的正義は理解できた。ここで吐いたら、天国から父がアスパラガスとトリュフを陰気な満足の体《てい》でじっと見おろすだろう。そら、と父は言うだろう、おまえの知性の誘導がこれだよ。

誰かがわたしの肩に手を置いた。

「あなた、大丈夫？」

それは参政権活動家だった。礼儀正しい距離を置いて、彼女の夫が涙目でこちらを見守っていた。

「ちょっと食べ過ぎてしまったようです」とわたしは言った。

「あの嫌なチキンのせいね。お店では随分とあれを自慢しているけれど、わたしにはちっとも美味しくなかったわ。もどしたほうがよさそう？　だったら遠慮しないでね。帽子を持っててあげますよ」

「もう大丈夫そうです。すみません」

「わたしはハッピー・ドランよ。あれは主人のボブ」

「キャサリン・コンテントです」

「コンテント」とミセス・ドランは聞き覚えがあるかのように繰り返した。

万事問題なさそうだと察したミスター・ドランがにじりよってきた。

「ラ・ベル・エポックにはよく来るのかね」とわたしたちが路地に立っているとは思えない調子で、彼が尋ねた。

「はじめてです」

「きみがきたときは誰かを待っているのだろう、と我々は思ったんだよ」とミスター・ドランは言った。「ひとりで食事をするのだと知っていたら、一緒にどうかと誘ったのにな」

「ロバート！」ミセス・ドランがたしなめた。

彼女はわたしの方を向いた。

「若い女性がひとりで食事をすることをあえて選ぶということが、主人には理解できないの」

「いや、若い女性なら誰でもというわけではない」とミスター・ドランが言った。

ミセス・ドランは笑い声をあげ、呆れたように夫を見た。

「ひどいこと！」

そして、またわたしの方を向いた。

「せめて自宅までお送りさせてちょうだい。わたしたちは八十五丁目とパークの角に住んでいるの。あなたはどちら？」

路地の突き当たりに、ロールスロイスと思《おぼ》しきものがゆっくり停止するのが見えた。

「セントラルパーク・ウエスト二一一番地です」わたしは言った。

ベレスフォード。


数分後、わたしはドラン夫妻のロールスロイスの後部シートに座って、八番街を走っていた。ミスター・ドランはわたしに、真ん中に座るよう主張した。彼はわたしの帽子を注意深く膝に載せていた。ミセス・ドランが運転手にラジオをつけさせ、わたしたち三人は楽しく過ごした。

車のドアを開けたドアマンのピートがわたしを困惑したように見たが、ドラン夫妻は気づかなかった。キスが交わされ、再会の約束が交わされた。縁石から離れるロールスにわたしは手を振った。ややぎごちなくピートが咳払いした。

「あいにくですがミス・コンテント、ミスター・グレイとミス・ロスはヨーロッパに旅行中でして」

「ええ、ピート。わかってるわ」


ダウンタウン行きの地下鉄はあらゆる色の顔とあらゆる服装で混雑していた。グレニッチ・ヴィレッジとハーレムの間を、劇場街のふたつの駅を含めて往復運転する土曜の夜のブロードウェイ線は、マンハッタンで最も民主的な路線のひとつだった。保守的なファッションの人がズート・スーツ〔四〇年代に黒人やメキシコ人の若者中心に流行ったファッションで、肩パッド入りの上着や太いズボン、つば広の帽子が特徴だった〕やボロボロの服をまとった人の間に心地よく収まっていた。

コロンバス・サークルでつなぎを着たひょろ長い男が乗ってきた。長い腕といい、顎のまばらな無精髭といい、マイナーリーグの盛りを過ぎたピッチャーのように見えた。一瞬遅れてわたしはそれが前日IRTでハンドバッグをわたしの手からはたき落とした田舎者と同じタイプであるのに気づいた。彼は空いている席に座ろうとせず、車両の真ん中に立った。

ドアが閉まり、電車が動き出すと、彼はつなぎのポケットからちいさな黄色い本を取り出した。角を折ったページを開くと、アパラチア地方から根絶されたにちがいない声で朗読しはじめた。一、二節聞いたあたりで、彼が山上の説教を読んでいることに思いあたった。

——そこで、イエスは口を開き、彼らに教えて言われた。

心の貧しい人たちは、さいわいである、天国は彼らのものである。

悲しんでいる人たちは、さいわいである、彼らは慰められるであろう。

(新約聖書マタイによる福音書五章二節〜四節)

この説教師の偉いところは、つり革につかまっていないことだった。電車が前後に揺れるあいだ、彼は自身の正義のちいさな本をつかんだままバランスを保ち続けていた。終点のベイ・リッジまで行ってまた戻ってくるまで、よろけることなくずっと福音書を読んでいられるんじゃないかと思った。

——柔和な人たちは、さいわいである、彼らは地を受け継ぐであろう。

あわれみ深い人たちは、さいわいである、彼らはあわれみを受けるであろう。

心の清い人たちは、さいわいである、彼らは神を見るであろう。

（同五節、七節〜八節）

説教師はあっぱれな仕事をしていた。滑舌よく、感情を込めてしゃべっていた。欽定《きんてい》英訳聖書の詩を巧みに表現し、キリスト教のこの重要なパラドックス──弱くて疲れた人たちはそれを抱えたまま歩き去ることになる──を祝って、彼の命がその一点にかかっているかのようにすべての〝彼ら〟を強調していた。

けれども土曜の夜のブロードウェイ線では、この男が何をしゃべっているのか当人にすらわかっていないのは一目瞭然だった。

父の死からほどなく、ロスコー伯父さんが港のそばにある贔屓の居酒屋へわたしを食事に連れて行ってくれた。伯父さんは港湾作業員で、気前がよくてのったりした、海に出ているほうが無難なタイプの人だった──女や子供や社交儀礼のない、山ほどの作業と仲間内だけに通じる無言の合言葉が伯父さんの世界だった。孤児になったばかりの十九歳の姪を食事に連れだすのは、かなり無理な行動だったのは間違いない。だから、しっかりと記憶に焼き付いているのだろう。

当時わたしはすでに働いていて、ミセス・マーティンゲールの下宿屋に部屋を借りていたから、わたしの身の上を案じてくれるにはおよばなかった。彼はただ、わたしが元気であることを確かめ、何か必要なものがないか知りたかったのだ。そして、機嫌よく無言でポークチョップを切り分けようとした。でも、わたしはそうさせなかった。

伯父さんと父が巡査の犬を盗んでシベリア行きの列車につないだとかいう、昔のホラ話を聞かせてほしかった。旅まわりの綱渡り芸人を見にふたりで出かけたのに、方角を間違えて街から三十キロも離れたところで発見された話とか。一八九五年にニューヨークに到着し、すぐさま、まっすぐブルックリン橋を見に行ったこととか。もちろん、こうした話は何度も聞いていたし、だからこそ楽しかったのだ。ところが伯父さんはわたしがこれまで一度も聞いたことのない話をした。それもやっぱり伯父さんと父がアメリカにきた当初の話だった。

当時ニューヨークにはすでにかなりのロシア人が住んでいた。ウクライナ人に、グルジア人に、モスクワ市民。ユダヤ人に非ユダヤ人。そんなわけで、近隣一帯の店の看板はロシア語だったし、ドルと同じぐらい広くルーブルが受け入れられていた。二番街では、とロスコー伯父さんは思い出しつつ言った。サンクトペテルブルクのネフスキー通りにあるのと寸分違わぬうまいヴァトルーシュカ〔甘くて丸い菓子パン〕が買えたんだ。しかし到着してから数日後、一カ月分の家賃を払ってしまうと、父は残っているロシアの通貨を全部出すようロスコーに言った。そして自分の分も合わせてそれらをスープ鉢の中で燃やした。

ロスコー伯父さんは父がしたことを懐かしむようにほほえんだ。思い出してみても、あれがさほど意味のあることだったとは思えないが、それでも愉快な思い出だよ、と彼は言った。

あくる日の日曜は、父とロスコー伯父さんのことばかり考えていたように思う。二十代になったばかりの彼らがひと言の英語も知らず、サンクトペテルブルクから貨物船でニューヨークに到着し、まっすぐブルックリン橋を見に行ったことを考えた――それこそ世界最大の綱渡りだ。柔和な人たちとあわれみ深い人たちのことを考えた。そして恵まれた人たちと大胆な人たちのことを。

翌朝、わたしは夜明けとともに起きた。シャワーを浴び、着替えた。歯を磨いた。それから典型的な法律事務所であるクウィギン&ヘイルに赴き、辞めた。

六月二十七日

本屋の袋を片手にスイートに入ると、彼は部屋の鍵をフロントテーブルに静かに置いた。廊下の先の寝室のドアがまだ閉まっているのが見えたため、日差しを浴びた広い居間に行った。

背もたれの高い椅子の肘掛けから垂れさがっているのは、前日の読みかけのヘラルド紙だった。コーヒーテーブルの果物鉢からはリンゴが一個なくなっており、そびえんばかりに花を生けた花瓶が載っていた。一切が二階の、これよりややちいさめの部屋の中と瓜二つだった。

前夜、シティでの会合のあとで、彼はディナーのためにイヴと落ち合うことになっているケンジントンのこぢんまりした感じのいい店へ向かった。時刻通りに到着し、イヴが数分遅れてくると想定して、ウイスキーのソーダ割りを頼んだ。だが二杯めの底が見えてくると、彼は気をもみはじめた。イヴは道に迷ったのだろうか？　レストランの名前を忘れたか、あるいは、落ち合う時間を忘れたか？　ホテルへ戻ることを考えたが、イヴがすでにこちらへ向かっていたらどうする？　どうすべきかと迷っていると、女主人が電話を持って近づいてきた。

宿泊中のクラリッジからだった。この十年間ではじめてのことでして、と支配人が沈痛な声で説明した。ホテルのエレベーターが故障したのです。ミス・ロスはフロアの途中で三十分閉じ込められてしまいました。ですが、お怪我はなく、今、そちらへ向かっていらっしゃいます。

それには及ばないと彼がきっぱり断わったにもかかわらず、支配人は彼とイヴが今以上に上等の部屋へ移ることを主張した。

十五分後にレストランに到着したイヴは、その災難にまったく気を悪くしていなかった。それどころか、その出来事を大いに楽しんでいた。エレベーターボーイ――これがまたハリウッドのギャングの物真似がピカ一で、尻ポケットにアイリッシュウイスキーのフラスクを入れている男だったが――を別にすると、不運なエレベーターにいた他の客は、さる貴族の白髪の奥方であるレディ・ラムゼイだったのだが、レディ・ラムゼイもまた、頼まれれば、彼女流のハリウッドスターの物真似を幾つかやってのける女性だったのだ。

ディナーをすませて彼らがホテルに戻ると、手書きの封筒が一通待っていた。グロヴナー・スクエアにあるラムゼイ卿夫妻の住まいで翌晩催されるパーティへの招待状だった。ホテルの支配人が五階の新しいスイートへ彼らを案内した。

彼らの持ち物はひとつ残らず手際よく運び込まれていた。服は一対のクロゼットに同じ配置でかけられていた――上着は左、シャツは右。彼の安全剃刀が流しの上のグラスに入っていた。何気なくおいてあった品――花束を添えた、アンからのウェルカムカードのような――も、テーブルに投げ出されたかのように、わざと斜めに置かれていた。

まるで完全犯罪の現場でお目にかかりそうな細部へのこだわりようだった。

彼は寝室に近づいて、そっとドアをあけた。

ベッドは空だった。

イヴは高級誌を持って窓際の椅子に座っていた。着替えはほぼ終わっていた。明るいブルーのスラックスに春らしいシャツを着ている。髪は肩の上にしどけなくたらし、裸足だった。煙草を吸いながら、窓の外に灰を落としていた。

最高の朝ね、イヴは言った。

彼は彼女にキスした。

「よく眠れた？」

「鉛みたいに」

ベッドにもコーヒーテーブルにもトレイが見当たらなかった。

「朝食はすませたのかい？」

イヴは煙草を持ちあげた。

「お腹がペコペコだろう！」

彼は受話器を取り上げた。

「ルームサーヴィスの呼びかたなら知ってるわ、スウィーティー」

彼は受話器を下ろした。

「もう外をぶらついてきたの？」

「きみを起こしたくなかったんだ。下で朝食を済ませてから、散歩してきた」

「何を買ったの？」

イヴが何を言っているのか、わからなかった。

イヴが指差した。

本屋の袋をまだ持ったままなのを、彼は忘れていた。

「ベデカー旅行ガイドだよ」と言った。「あとで観光するのも悪くないかと思ったんだ」

「あいにくだけど、観光はまたの機会になりそうよ。十一時に髪をやってもらう予定なの。正午にはネイルを。そして四時にはホテルが王室エチケットの専門家と一緒にお茶を届けにくるわ！」

イヴは眉を上げ、笑みを浮かべた。王室エチケットのレッスンは彼女のユーモアのセンスにいかにも訴えそうなものだった。彼はその楽しみをだいなしにしようとしているように見えたに相違ない。

「ついててくれなくたっていいのよ」イヴは言った。「美術館へ行ってくれば？　それとも、そうだ、バッキーが言ってた例の靴を買ったらどう？　会合がうまくいったら、一足自分に奮発するって言わなかった？」

それは事実だった。バッキーにそういったのだ。そして会合はうまくいった。なんといっても、利権を丸ごと持っているのは彼の方で、世間は彼のところに押し寄せるしかなかったから。

下へ降りるエレベーターに乗りながら、もしもドアマンが靴店の住所を知らなかったら、行くのはよそう、と彼は自分に言い聞かせた。だが、言うまでもなくドアマンはその店の住所を正確に知っていた。そしてドアマンの口調は、クラリッジの客が知る価値のある靴屋の住所はそこだけだと言わんばかりだった。


セントジェイムズ通りを最初に歩いたときは、店の前を通り過ぎてしまった。彼は英国風の店構えにまだ慣れていなかった。ニューヨークだったら、王室御用達の靴屋は中心部の一ブロックを占めているだろう。三色で点滅するネオンだって掲げているかもしれない。ここロンドンでは、店は新聞スタンドほどの幅しかなく、しかもごちゃごちゃしていた。それが愛される店のしるしだった。

だが外観は控えめながら、バッキーによると、ジョン・ロブの靴ほど優れて贅沢なものはなかった。ウィンザー公はそこの靴を履いていた。エロール・フリンやチャーリー・チャップリンもそこで靴を誂えた。その店は靴作りの頂点に立っていた。良いものを選別する商取引の決定打だった。ジョン・ロブでは靴を作るだけではなかった。彼らは客の足型を石膏で取り、客が望めばいつでも次の完璧なもう一足を作れるように足型を保存していた。

石膏の足型か、とウィンドウの中をのぞきながら彼は思った——死んだ詩人のデスマスクとか、恐竜の骨の化石みたいなもんだな。

白いスーツの長身の英国人が店から出てきて、煙草に火をつけた。育ちがよく、身なりがよく、充分な教育を受けている人物らしく、彼もまた大いなる選別の産物のように思えた。

同様の値踏みをしていた英国人は、すぐに同類としての会釈をティンカーに与えた。

「気持ちのいい天気ですね」英国人は言った。

「まったく」彼は同意して、しばらくぐずぐずしていたらこの英国人は間違いなく煙草を差し出すだろうと本能的に察知し、その場にとどまった。

セントジェイムズ・パークの古ぼけたペンキ塗りのベンチに腰を下ろし、彼は心ゆくまで煙草を吸った。アメリカの煙草とは明らかに違っており、落胆と喜びを同時に味わった。

公園は陽光に照らされてきれいだったが、驚くほど人気《ひとけ》がなかった。半端な時間だったにちがいない——出勤とランチタイムの間の。たまたまそんな時間にそこにいることを幸運に思った。

芝生の向こうで若い母親がチューリップの列から飛び出た六歳児を追いかけていた。隣のベンチでは老人がうたた寝していて、ナッツの袋を今にも地面にこぼしそうにしており、リスの群れが抜け目なく足元に集まっていた。最後の花を落とした桜の木の上空を、イタリアの車の形をした雲が動いていった。

煙草を消したとき、それを地面に投げるのは正しくないように思えた。そこで彼はハンカチに吸い殻を包んでポケットに入れた。それから本屋の袋をあけて本を取り出し、冒頭の文章を読みはじめた。

私が以下の本を、正確にはその大部分を書いたのは、一番近い人家から一マイル離れた森の中のウォールデン池のほとりに自分で立てた家に独りで住んでいたときのことです……

夏

十二章　二十ポンド六シリング

ナサニエル・パリッシュはペンブローク・プレスの小説課の編集主任であり、いわば主《ぬし》的存在だった。十九世紀の物語文への卓抜した理解力と、小説は蒙《もう》を啓《ひら》くべきだとの宗教的確信を持つ彼はロシア人の擁護者であり、トルストイとドストエフスキーの信頼すべき英訳を世に送りだした人物だった。『アンナ・カレーニナ』の最終章の曖昧な一文について話し合うためだけに、わざわざトルストイの母国の屋敷、ヤースナヤ・ポリャーナまで旅をしたとも言われている。パリッシュはチェーホフの代理人であり、イーディス・ウォートンの師であり、サンタヤナ〔ジョージ・サンタヤナ。アメリカの哲学者〕やヘンリー・ジェイムズの友人だった。ところが戦後、マーティン・ダークのような、ここぞとばかりに小説の衰退を吹聴する編集者たちが頭角をあらわしてくると、パリッシュは内省的沈黙を選んだ。彼は書籍の立案をやめ、担当の作家たちがひとりまたひとりと死んでいくのを控えめな態度で静かに見守った——プロットやテーマ、セミコロンの賢明な使用が蓄えられたエーリュシオン〔英雄や善人が死後に住む理想郷〕の輪にもうじき自分も加わると達観していたのだろう。

仕事のあとでイヴに会いに行った時に、わたしは何度かパリッシュを見たことがあった。彼は眉が薄く、薄茶色の目をしていた。夏にはシアサッカーを、冬にはくたびれた灰色のレインコートを着ていた。学究肌のぎごちないお年寄りの例にもれず、パリッシュは若い女性たちを鬱陶しがる年齢に達していた。ランチのためにオフィスを出ると、ほとんど走らんばかりにエレベーターのところへ行くのが常だった。イヴや他の女の子たちは文学上の質問や、ぴったりしたセーターで彼の行く手を塞いで、彼を悩ませた。自己防衛のために、パリッシュは両腕をふり、ありえない口実（スタインベックとの会合に遅れる！）をでっち上げた。それから古色蒼然《そうぜん》たるレストラン、ギルデッド・リリーへ行って、ひとりでランチを食べるのだった。

仕事を辞めた日、わたしが彼を見つけたのがそこだった。彼はいつものテーブルについたばかりだった。その必要もないのにメニューを熟読した後、スープとサンドイッチの半量を注文した。それから皿のかたわらに置いた本に目を向ける前に、わたしたちの誰もがしそうなことをした。食事を注文し、一時《いっとき》仕事から離れ、万事こともない世界に満足して、くつろいだ笑みを浮かべてレストランを見回したのだ。わたしがロシア語の『桜の園』を持って彼に近づいたのはそのときだった。

「失礼ですが、マーティン・ダークさんですか？」とわたしは尋ねた。

「断じて違う！」

老編集者の返事は激烈だった。本人すらびっくりしていた。謝罪を兼ねて、パリッシュは付け加えた。

「マーティン・ダークはわたしの半分の年齢だよ」

「申し訳ありません。ランチでお目にかかる予定なんですが、どんな方か知らないので」

「髪がふさふさな分、わたしより五、六センチは背が高い。だが、彼はパリにいるんじゃないかな」

「パリですか？」わたしはがっかりして言った。

「社交界欄によれば」

「面接をするというのでここへ来たのに……」

わたしはもじもじし、本を取り落とした。ミスター・パリッシュが椅子から身を乗り出して拾ってくれた。本を差し出したとき、彼はさっきよりやや親しげにわたしを見た。

「ロシア語が読めるのかね？」

「はい」

「この戯曲をどう思う？」

「これまでのところは、気に入ってます」

「時代遅れとは思わんのかな？　田舎暮らしの貴族の結末までのドタバタはどうだね？　極めて旧弊で、ラネーフスカヤの窮状に共感しづらいだろう」

「あら、それは間違っていると思います。わたしたちはみんな過去という、修繕できない、あるいは切り売りされたちいさな荷物を持っているんです。ただ、わたしたちの大半にとって過去は果樹園ではなくて、ものや人についての考えかたなんです」

ミスター・パリッシュは笑顔になって、わたしに本を返した。

「お嬢さん、ミスター・ダークは約束を反故にしたことで間違いなくあんたの役に立っているよ。その感受性は彼の元では宝の持ち腐れだろう」

「褒められているみたいですね」

「もちろんだ」

「ケイティです」

「ナサニエル・パリッシュだ」

（愕然）

「きっとばかだとお思いでしょうね。チェーホフの戯曲の意味についてベラベラしゃべったりして。穴があったら入りたいわ」

ミスター・パリッシュは微笑した。

「そんなことはない。チェーホフはわたしが若い頃の最高峰だった」

まるで計ったようにヴィシソワーズのスープ皿がテーブルに置かれた。わたしはスープを見下ろし、わが最良のオリヴァー・ツイストに捧げた。

◆◆◆

翌日からわたしはナサニエル・パリッシュのアシスタントとしてペンブローク・プレスに勤めることになった。彼はその仕事を提供しておきながら、断わった方がいいと忠告した。なんでもペンブロークは時代から四十年遅れているという。きみに頼む仕事もあまりないだろう。給料もひどい。そして締めくくりにこう言った。わたしのアシスタントとしての仕事は袋小路だよ。

彼の予言はどこまで当たっているのだろう？


ペンブロークは確かに時代から四十年遅れていた。初出勤の日、わたしはペンブロークの編集者たちが街周辺の、彼らより若い同業者とは似ても似つかぬことに気づいた。礼儀をわきまえているだけでなく、彼らは礼儀を守ることに価値があると考えていた。女性のためにドアをあけることや、手書きのお悔やみ状への腫れ物に触るような扱いは、陶器のかけらに触れる考古学者のようだった——わたしたちが大事なものに細心の注意と愛情を込めてしまうのに似ている。テランス・テイラーは雨に濡れるあなたから絶対にタクシーを横取りはしないだろう。ビークマン・カノンはあなたが近づいていったらエレベーターのドアを閉めないだろうし、ミスター・パリッシュはあなたがフォークを持ちあげるまでは自分のフォークを持ちあげないだろう——腹ペコであっても。

　彼らは〝大胆不敵〟な新しい声を放逐したり、人を押しのけて契約を取りつけたあと、タイムズスクエアの即席の演台にのぼって、担当作家の芸術的勇気を宣伝したりするタイプでは断じてなかった。彼らは、地下鉄の路線図を読み違えて、不運にも商業主義世界《ワールド・オブ・コマース》のプラットフォームに降りてしまった英国のパブリック・スクールの教師たちだった。

　ミスター・パリッシュは確かに、わたしに頼む仕事をあまり持っていなかった。彼の元へは未だに山のような原稿が一方的に送りつけられてきたが、新しい小説への情熱より名声の方が長生きしているだけで、大抵は丁重な断わり状——かつてほどの勢いが自分にはもはやないことを詫びる本人直々の謝罪と、作家に対する個人的な励まし——を添えて送りかえしていた。この頃のミスター・パリッシュはあらゆる類のミーティングや経営上の責任を回避していて、重要な代理人の輪もちいさくなり、互いのよろよろした筆跡を解読できる、信頼の置けるひとにぎりの七十代の人たちだけになっていた。電話は滅多に鳴らず、彼はコーヒーを飲まなかった。さらに悪いことに、勤めだして数日としないうちに、カレンダーが七月になった。夏の到来とともに、明らかに作家たちは書くことをやめ、編集者たちは編集作業をやめ、出版社は出版をやめた——誰も彼もが海のそばの家族の飛び地で過ごす週末を延長することを許された。郵便物がデスクに積みあがり、ロビーの観葉植物は、ときおり予告なしに現れてヨブみたいに聴衆を待つ堅苦しい詩人そっくりに、しおれはじめた。

手紙類はどこにファイルすればよいのかと尋ねたのは、さいわいだったのかもしれない。ミスター・パリッシュはそのような手間は無用だと答えて、彼の流儀を遠回しに示唆した。詳しい説明をなおも求めると、彼は隅の段ボール箱の方へおずおずと視線を向けた。三十年以上にわたってミスター・パリッシュが読んだ重要な手紙はことごとくそこへ行きついているようだった。箱がいっぱいになると、倉庫へ運び去られ、空の箱に取り替えられる。これは流儀でもなんでもありません、とわたしは説明した。そんなわけで、ミスター・パリッシュの同意を得て、わたしは世紀の変わり目からある幾つかの箱を引っ張りだし、著作者のアルファベット順リストを作り、テーマ別に分類して、年代順にファイルを作りはじめた。

ミスター・パリッシュはケープコッドに別荘を持っていたが、奥さんを一九三六年に亡くしてからはそこへ行くのを避けていた。〝ただの掘ったて小屋だよ〟と言うのが口癖だったが、あれは、富は尊重してもその活用に関してはそのかぎりではない、ニューイングランドのプロテスタントが好む独自の簡素さを引き合いに出していたのだろう。でも奥さんがいなくなると、謙遜していた夏の別荘の長きにわたる象徴だった鉤針編みのラグや柳細工の椅子や灰色の板葺屋根が、急に本質的な悲しみをかきたてるものになってしまったのだ。

そんなわけで、昔の手紙を分類していると、肩越しにミスター・パリッシュが覗きこんでいることがしばしばあった。時によっては、手紙の山から一通を取り上げてオフィスへ引っこむことさえあった。しっかりとドアを閉めた午後の静けさのなかで、彼は色褪せた友の色褪せた感傷をあらためて思い起こし、別荘にいたときのように、何物にも邪魔されず、遠くで時々斧が振り下ろされるズンという音だけを聞いていたのだろう。

賃金は確かにひどかった。ひどい、というのはもちろん他と比べての相対語だし、ミスター・パリッシュは彼自身がいわんとした額を数値であらわすことはなかった。ジャガイモの冷製スープという上品ぶった状況のもとでは、わたしも根掘り葉掘り聞くことはできなかった。

だから、最初の金曜日、給料を受け取りに経理課に向かったとき、わたしはまだ何もわかっていなかった。周りに目を向け、他の女性社員が陽気で、身なりもいいことを心強く思った。ところが、封筒をあけると、わたしの新しい週給はクウィギン&ヘイルの半分だった！

〝ああ、どうしよう。わたし、やっちゃった？〟と思った。

気楽そうな笑顔で、週末にどこへ行くつもりかをぺちゃくちゃとしゃべっている周りの女性をもう一度見たとき、はっと気づいた。もちろん彼女たちは気楽なのだ――給料など必要ないのだから！ それが秘書とアシスタントの違いだった。秘書は働いて生活費を稼ぐ。でもアシスタントは上流家庭の出身で、スミス・カレッジ〔マサチューセッツ州の名門女子大〕に通い、母親がディナー・パーティで出版社社長の隣にたまたま座ったことで、アシスタントになったにすぎない。

ミスター・パリッシュは三つの点では正しかったが、この仕事が袋小路だと言った四つめについては、これ以上はないほど間違っていた。

傷を舐めながら経理課に呆然と立っていると、スージー・ヴァンダーホワイルが数人の他のアシスタントと一緒に軽く飲みに行かないかと尋ねてきた。〝いいですとも〟とわたしは思った。〝いいに決まってるじゃない。差し迫った金欠ぐらい一杯やるのにいい理由がある？〟

クウィギン&ヘイルでは女性社員と外出したら、角を曲がって地元の酒場まで歩いて行き、一日の愚痴をこぼし、各部門間のしみったれ具合を憶測してから、欲求不満のどんちゃん騒ぎへ突入した。

ところが、ペンブローク・プレスの外へ出ると、スージーはタクシーを呼んだ。全員が飛び乗ると、車はセントレジス・ホテルへ向かい、そこにはスージーの弟で前髪を垂らした、カレッジを卒業したてといった社交的なディッキーが、キングコール・バーで待っていた。一緒にいるのは、ディッキーのプリンストン時代の同級生がふたりと、プレップスクールの頃のルームメイトだった。

「よう、姉さん！」

「ハイ、ディッキー。ヘレンは知ってるでしょ。こちらはジェニーとケイティ」

ディッキーはマシンガンみたいに早口で紹介した。

「ジェニー、TJだよ。TJ、こちらはジェニー。ヘレン、ウェリーだ。ウェリー、ケイティ。あと、これはロベルト」

わたしが一番年長で、みんなより二、三歳年上であることには誰も気づいていないようだった。

ディッキーはぴしゃりと両手を叩いた。

「さてと。じゃ、何にする？」

ジントニックが全員のために注文された。次にディッキーはバーの周りからクラブチェアをさっさと数脚かき集めた。それを、コニーアイランドのゴーカートみたいに互いにぶつけ合ってわたしたちのテーブルに押し込んだ。

数分もしないうちに、ロベルトがバッカスの影響を受け、ポセイドンに嫌われて、フィッシャーズ・アイランド沖の霧の中で行方不明になった話が披露された。父親の大型快走船バートラム号を操縦していたロベルトはコンクリートの護岸に突っ込み、船を木っ端微塵にしてしまった。「舳先の左でベルブイの音が聞こえたからな」

「沖合四〇〇メートルのところにいると思ってたんだよ」とロベルトが説明した。

「悲しいことに、ベルブイだと思ったのはマクロイ家のベランダで食事を知らせるベルの音だったんだ」とディッキーが言った。

ディッキーはしゃべりながら、よく動く目で均等に女性たちを見、わかるよね、と言いたげに話の細部を強調した。

〝ほら、フィッシャーズ・アイランド沖の霧って濃いだろう〟

〝ほら、あのバートラム号ってのははしけみたいに方向を変えるからさ〟

〝ほら、マクロイ家のディナーだよ。おばあさんが三人にいとこが二十二人、獲物に群がる野獣の仔みたいにリブローストの周りに集まるんだ〟

ええ、ディッキー、知ってるわ。

ニューヘイヴンのモリーの店のバーの後ろに気難しい老紳士が立っているのよね。メイドストンの人ごみって、本当に鬱陶しいわ。ドブソン家にロブソン家にフェニモア家の全員。ジブは船首の三角帆で、ジャイブは帆の向きを変えること。パームビーチはフロリダの避暑地で、パームスプリングスはロサンジェルス郊外の保養地。舌びらめ用のフォーク、サラダ用のフォーク、トウモロコシが穂のまま出てきたら、その粒を外すのに使われる曲がった歯のついた特別なフォークを使うこと。わたしたちみんな、お互いを知り尽くしているの……

そこに、ペンブローク・プレスに就職した予想外のふたつの利点のうちのひとつがあった。事実から他の事実を類推する楽しみだ。若い女にとってペンブロークの給料は安すぎるし、職業上の展望は貧しすぎる。それでもそこに就職したのは、別に困らないからなのだ。

「誰のところで仕事してるの？」と、タクシーの中で女性社員のひとりに聞かれた。

「ナサニエル・パリッシュよ」

「わあ！　すごい！　どうやって知り合ったの？」

わたしが彼とどうやって知り合ったか？　父がハーヴァードで同窓だった？　祖母とミセス・パリッシュがケネバンクポート〔メイン州にある街で富裕層が集まる〕で夏を過ごした幼馴染だった？　ミスター・パリッシュの姪とフィレンツェで共に学期を送った仲だった？　さあ、どれでもお好きなのをどうぞ。

ディッキーが立ちあがっていた。彼は片手で想像上の舵輪をつかんでいた。目を細め、ベルブイの鳴った場所へ向かった。

――汝、風の神よ――人びとの王にして神々の王、その恐るべき力を貸して荒れ狂う波を鎮めたまえ、風をもってそれらを煽り立て――
今こそ憤怒の西風を動かしたまえ。
彼らの船を転覆させ、沈めよ。さもなくば船乗りもろとも
エメラルド色の大海原に投げるがいい！

彼は非の打ち所のない弱強格対弱強格の韻律で、ウェルギリウスを朗読した。もっとも、古典詩を引用するディッキーの能力は文学への愛というよりも、未だに消す暇のないプレップスクールでの丸暗記から生じたものと思われた。

ジェニーが拍手し、ディッキーはお辞儀をし、ジンのグラスをロベルトの膝にひっくり返した。

「おっと失礼、ロベルト！　もうちょい機敏によけろよ！」

「機敏によけろだ？　カーキのズボンがまた一本だいなしじゃないか」

「まあまあ。カーキのズボンなんか一生分あるだろう」

「おれのズボンが何本あろうと、謝罪を要求する」

「だったら謝ってやるよ！」

ディッキーは指を宙に立てた。真面目な悔悛《かいしゅん》にふさわしい表情を浮かべ、口を開いた。

「ペンシー！」

ペンシーとは何かとわたしたちはいっせいに振り返った。またひとりアイヴィーリーグ出身者が両腕に女の子をひとりずつぶら下げてドアから入ってきた。

「ディッキー・ヴァンダーホワイル！　やあやあ。こりゃ驚いた《ホワット・ネクスト》」

そうなのだ、ディッキーは正真正銘の親睦会の仕切り屋だった。ぐいと引っ張れば友達の友達の友達がぞろぞろとドアから入ってくるように人生の紐を撚り合わせることに彼は幾分の誇りと、紛れもない喜びを抱いていた。ニューヨークはディッキーのために作られているようなものだった。ディッキー・ヴァンダーホワイルのような人間にくっついていれば、すぐにニューヨーク中と知り合いになれる。少なくとも、白人で裕福で二十五歳以下の全員となら。


時計が十時を打つと、わたしたちはディッキーの一声で、グリルが閉店する前にハンバーガーにありつこうと、イェールクラブへどやどやと移動した。古い木のテーブルを囲んで、水用のコップから気の抜けたビールを飲みながら、さらなる過激なエピソードや気のきいたやり取りで盛りあがった。知った顔がまたあらわれ、矢継ぎ早の紹介がまた行われ、仮定と推測と再開がまた一巡した。

「うんうん、そうだった、ぼくたちは前に会ったよ」と新参者のひとりがディッキーから紹介されるとわたしに言った。「ビリー・エバスレイの店でちょっとダンスをしたじゃないか」

誰もわたしの年齢に気づいていないと思ったのは間違いだった。ディッキーは気づいていて、どうやら心を惹かれているようだった。みんながしおらしいことを言っているのをよそに、彼はテーブルの向こうから共犯めいた目つきでわたしに誘いをかけはじめた。明らかに、学友がお姉さんの友達と夏の火遊びを楽しんだという話の多くを信じていた。ロベルトとウェリーが彼らの父親のどちらの預金高が多いかを決めようとくじ引きをしている間に、ディッキーはちゃっかり椅子を寄せてきた。

「ねえ、ミス・コンテント、平均的な金曜の夜は、どこへ行けばあなたを見つけられるのかな？」

彼はテーブルの他の女性たちと自分の姉の方を身振りで示した。

「あの女学生クラブとつるんでいるわけじゃないでしょう？」

「平均的金曜の夜は自宅にいるわ」

「自宅に？　副詞句をもっと正確に表現してほしいな。この連中に関して自宅と言ったら、両親と一緒に住んでいるということになるんだ。ウェリーは自宅ではキャンディストライプのパジャマを着てるし、ロベルトはベッドの上の天井から飛行機のプラモデルを吊りさげてる」

「わたしもよ」

「パジャマ、それとも飛行機？」

「両方」

「是非見てみたいな。で、この自宅とは正確にどこなの。あなたが金曜の夜にキャンディストライプを着てるところを見られる場所は？」

「平均的な金曜の夜にあなたを見つけられる場所はここなの、ディッキー？」

「ええ!?」

ディッキーはぎょっとしたように室内を見回した。それから手を振って一蹴した。

「まさか。退屈だからね。年寄りと新入生勧誘の学部長ばっかりだ」

彼はわたしの目を見つめた。

「ここから出るのはどうかな？　ヴィレッジをひと回りしよう」

「あなたをお友達から盗むわけにはいかないわ」

「ぼくがいなくたって平気だよ」

ディッキーはわたしの膝に手を置いた、そっと。

「……で、ぼくも彼らがいなくたって平気だしさ」

「エンジンの速度を落としたほうがいいわ、ディッキー。このままだと護岸に激突よ」

ディッキーはあわててわたしの膝から手をどけ、同意のしるしにうなずいた。

「まったくだ！　時はぼくたちの味方であって、敵ではない」

彼は椅子をうしろへひっくり返す勢いで立ち上がり、人差し指を宙に立てて誰にともなく宣言した。

「はじまったように今宵を終わらせよう。謎めいたままに！」

◆◆◆

予想外の利点その二は？

七月七日に出勤すると、ミスター・パリッシュが注文仕立てのスーツを着たハンサムな男性とオフィスで話をしていた。五十代半ばのその男性は全盛期を数年過ぎた主役級の俳優のように見えた。ふたりが話し合っている様子から、互いをよく知ってはいるがある程度の距離を保っているのが見て取れ、信仰する宗教は同じだが、地位が異なる高位聖職者同士を思わせた。

男性がいなくなると、ミスター・パリッシュがわたしを呼んだ。

「ああキャサリン。かけなさい。たった今わたしが話していたあの紳士を知っているかね？」

「存じません」

「メイソン・テイトだよ。隣の芝生へ転職する前はわたしのところで働いていたんだ。厳密に言えば、複数の芝生を渡り歩いたわけなんだがね。ともかく、現在はコンデナスト社〔アメリカの大手出版社〕で新しい文芸誌の出版を企画中で、編集補佐を何人か探している。彼と会うといいのではないかな」

「わたしはここの仕事で満足です、ミスター・パリッシュ」

「ああ、わかっているよ。十五年前だったら、きみにはぴったりの職場だっただろう。だがもはやそうではない」

彼はサインを待っている断わりの手紙の山を軽く叩いた。

「メイソンはむら気な男だが、非常に有能でもある。雑誌が成功するにせよ失敗するにせよ、きみのような知性のある若い女性なら、この機会に彼のそばで多くを学べるだろう。しかも、ペンブローク・プレスのオフィスより、間違いなく向こうは日に日にダイナミックになっていく」

「どうしてもとおっしゃるなら、お会いしてみます」

返事の代わりに、ミスター・パリッシュはミスター・テイトの名刺を差し出した。


メイソン・テイトのオフィスはコンデナスト・ビルの二十五階にあり、それを見た人は、創刊が間近に迫った彼の雑誌が長年にわたってすでに成功しているように錯覚するだろう。みずみずしい切り花がアクセントを添える特注のデスクには魅力的な受付嬢が座っていた。ミスター・テイトのオフィスに案内される途中で見かけた十五人の若い男性社員は全員が電話でしゃべったり、真新しいスミス・コロナ〔当時人気のあったタイプライター〕を叩いたりしていた。そこはアメリカ一おしゃれなニュース編集室に見えた。壁にはニューヨークで撮影された趣のある写真が掛けてあった。とてつもなく大きな帽子をかぶったミセス・アスター〔キャロライン・ウェブスター・スキーマーホーン・アスター。アメリカの著名な社会活動家〕、リムジンの運転席に座ったダグラス・フェアバンクス、コットンクラブの外で雪の中を待ち続ける金持ちの群衆。

ミスター・テイトのオフィスはガラス張りの角部屋だった。机の上にも一枚のガラス板があって、回転式のX字型のスチール鋼の上に載っていた。机の正面にソファと椅子を備えた一角があった。

「入りたまえ」ミスター・テイトが呼ばわった。

そのアクセントは明らかに貴族的だった――プレップスクールと英国人と上品ぶった人間の混合体だ。彼は自分用にソファを確保して、有無を言わさず椅子の一脚を指差した。

「きみは評判がいい、ミス・コンテント」

「どうも」

「わたしについてはどんなことを聞いた？」

「あまりたくさんは」

「結構。生まれ育ちは？」

「ニューヨークです」

「市内か？　それとも州？」

「市内です」

「アルゴンキンに行ったことは？」

「ホテルの、ですか？」

「そうだ」

「ありません」

「どこにあるかは知っているか？」

「西四十四丁目？」

「その通り。デルモニコは？　そこで食事をしたことは？」

「閉店したのではありませんか？」

「ある意味では。お父さんは何をしていた？」

「ミスター・テイト、これは一体何なんですか？」

「おいおい。お父さんがどうやって生活の糧を稼いでいたか、怖くて言えないはずはないだろう」

「理由を話してくだされば、父の職業を言います」

「もっともだ」

「父は機械工場で働いていました」

「プロレタリアだな」

「でしょうね」

「きみがここにいるわけを説明させてくれ。一月一日、『ゴッサム』という新しい雑誌を出すつもりでいる〔ゴッサムはニューヨークの俗称〕。写真やイラスト入りの週刊誌で、その目的はマンハッタン、ひいては、世界の構築を願う人びとの横顔に迫ることだ。知性を前面に押し出した『ヴォーグ』のようなもんだな。わたしが捜しているのは、わたし宛の電話や手紙、さらに必要とあらば、洗濯物を選別できるアシスタントだ」

「ミスター・テイト、文芸誌の編集助手をお探しなのかと思っていましたが」

「きみがそう感じたのは、わたしがネイサンにそう言ったからだ。華やかな雑誌の刊行に備えて小間使いを求めていると言ったら、彼はきみを推薦しなかっただろう」

「逆もまた同様かと」

ミスター・テイトは目を細めた。そして有無を言わさぬ指をわたしの鼻先に突きつけた。

「まったくその通り。こっちへきたまえ」

わたしたちはブライアントパークを見下ろす窓の横にある、製図台に近づいた。ゼルダ・フィッツジェラルドと、ジョン・バリモアと、ロックフェラー二世のスナップ写真が載っていた。

「全員が美徳と悪徳の持ち主だ、ミス・コンテント。大雑把に言うと、『ゴッサム』はマンハッタンの光とその教養、マンハッタンへの愛と、敗者を取りあげる」

彼は製図台の三枚の写真を身振りで示した。

「この人たちが今言ったカテゴリーのどれに該当するか、わかるか?」

「はみ出している人たちばかりです」

彼は歯を食いしばり、そして薄く笑った。

「うまいことを言うな。ネイサンとの仕事と、わたしの元での仕事は天と地ほどの違いがあるだろう。給料は倍になり、勤務時間は三倍に、成果は四倍になる。だが、ひとつ問題がある――わたしにはすでにアシスタントがいるんだ」

「ふたりも本当に必要なんですか?」

「九割は不要だ。一月一日まできみたちふたりにでこぼこ道を走らせて、ひとりを脱落させるつもりでいる」

「履歴書を送ります」

「なんのために?」

「志願するためです」

「これは面接じゃない、ミス・コンテント。申し出だ。明日八時にここに来れば、受け入れたことになる」

ミスター・テイトは机の向こうへ戻った。

「ミスター・テイト」

「なんだ?」

「父の職業を知りたがった理由をまだ伺っていません」

彼は意外そうに顔をあげた。

「言わずもがなじゃないかね、ミス・コンテント? わたしは上流出身の軽薄な娘には我慢ならないんだ」

◆◆◆

七月一日の金曜の朝、わたしは先細りの出版社の、よく知らない人びととの次第にちいさくなる輪を相手に、安給料の仕事をしていた。七月八日には、片足をコンデナスト社のドアの中に、もう片方の足をニッカーボッカークラブ〔マンハッタンの男性限定の高級クラブ〕のドアの中に突っ込んでいた——わたしの人生の今後三十年を決定する職業的、社交的サークルである。

ニューヨークはことほど左様に素早く方向を変える——風見鶏のように——もしくはコブラの鎌首のように。どちらかは時が経てばわかる。

十三章　騒ぎ

七月の第三金曜日には、わたしの生活はこんな風になっていた。

a)

午前八時、わたしはメイソン・テイトのオフィスに気をつけの姿勢で立っている。彼の机にはチョコレートが一枚、コーヒーのカップ、スモークサーモンの皿が載っている。

わたしの隣にはアリー・マッケンナがいる。キャッツアイ・グラス〔フレームの両端上部が猫の目のように上がりぎみのモデル〕をかけた小柄なブルネットで、ずば抜けた知能指数の持ち主だ。アリーは黒のパンツに黒のシャツ、黒のハイヒールを履いている。

大多数のオフィスでは、上から二つくらいボタンを外したブラウスが、まずまず有能から絶対に不可欠な戦力まで、やる気満々の女性をまる一年で負かすことができるが、メイソン・テイトのオフィスはその限りではない。彼の好みが別次元にあることを、メイソンははじめからはっきりさせていた。だから、わたしたちは活動領域にいる男性たちに睫毛をパチパチさせたりせずにすむ。貴族的な隔たりを置いてアリーの説明によどみなく反応しつつも、テイトはろくに書類から目をあげることすらしない。

「火曜日の市長との面談はキャンセルだ。アラスカに呼び出されたとでも言えばいい。過去二年間の『ヴォーグ』と『ヴァニティ・フェア』と『タイム』の表紙を残らずもってこい。下で見つからなかったら、ハサミを持って公共図書館へ行くんだ。八月一日は姉の誕生日だ。ベンデルで何か地味めの服を見繕ってくれ。サイズは5だと言っている。まあ、6だろうな」

ミスター・テイトはわたしの方に青い罫線入りの大量の原稿を押してよこす。

「コンテント。ミスター・モーガンに、方向は間違っていないが、百行足りないし、千語長すぎると伝えろ。ミスター・キャボットには、そうだがどちらとも言えないと伝えてくれ。ミスター・スピンドラーには大事な点を完全に見落としていると言うんだ。創刊号のためのパンチの効いた特集記事がまだできあがっていない。この三人に土曜の予定はキャンセルしろと申し渡せ。ランチには五十三丁目のザ・グリークスのキャラウェー・シード入りのライ麦パンにハムをのせたものと、ムンスター・チーズと野菜のピクルスを食べる」

返事にふさわしく、わたしたちは声をそろえる。〝かしこまりました〟


朝の九時には電話が鳴りだす。


〝今すぐメイソンに会う必要がある〟

〝金を払ってくれれば、ミスター・テイトには会わない〟

〝病身の家内が、ミスター・テイトに連絡を取るかもしれんのです。家内の幸せをしかるべく考慮して、子供達のいる自宅に戻って医者の診察を受けるよう、ミスター・テイトから言ってやってもらえませんかね〟

〝主人のことで、ミスター・テイトが関心を持ちそうな情報を握ってるの。売春婦と五十万ドルと犬に絡んだことなのよ。わたしは旧姓でカーライルに泊まっているわ〟

〝わたしのクライアントで非の打ち所のない市民の奥さんが、困ったことに、夫に対して根拠のない批判をしているんだよ。ミスター・テイトに知らせてくれ、彼が近々出版する刊行物でこうしたありもしない妄想を取りあげるなら、わたしのクライアントが出版社のみならず、ミスター・テイト個人に対しても裁判を起こすつもりだと〟

それの綴りは？　そちらの連絡先は？　何時までですか？　メッセージをミスター・テイトに伝えます。

「おほん」

コンデナスト社の経理部長ジェイコブ・ワイザーがわたしの机のそばに立っている。正直者で勤勉な彼は、チャーリー・チャップリンのおかげで流行ったものの、アドルフ・ヒトラーのせいで永遠に流行遅れになった、あの不運な口髭を蓄えている。その顔つきから、彼が『ゴッサム』を爪の先ほども気に入っていないのは明らかだ。その冒険全体を怪しげで品性下劣だと思っているのだろう。もちろんそうなのだが、それがマンハッタンなのだし、マンハッタンの魅力なのだ。

「おはようございます、ミスター・ワイザー。どういったご用でしょうか？」

「テイトに会う必要がある」

「はい。あなたのアシスタントと話しました。火曜にミスター・テイトのスケジュールに入っています」

「五時四十五分にだぞ。何かの冗談なのか？」

「いいえ」

「今すぐ会いたい」

「それはできかねます」

ミスター・ワイザーが指差すガラスの向こうで、ミスター・テイトがコーヒーの残りに四角いチョコレートを慎重に浸している。

「今すぐにだ、いいね」

ミスター・ワイザーが前進する。会社の会計における不均衡をただすのに命をかけるつもりなのは明白だ。でも、彼がわたしの机から一歩進んだとき、やむをえずわたしは彼の行く手をふさぐ。ミスター・ワイザーの顔が赤カブみたいに紅潮する。

「おい、きみ」彼は怒りをこらえようとするが、うまくいかない。

「何事だね？」

ミスター・テイトがいつのまにかわたしたちの間に立っていて、わたしに訊く。

「ミスター・ワイザーがお目にかかりたいとのことで」とわたしは説明する。

「彼に会うのは火曜だと思っていたが」

「予定ではそうなっています」

「じゃ、何が問題なんだ？」

ミスター・ワイザーが金切り声を発する。

「きみのスタッフの配属に関して、たった今最新の経費報告書を受け取ったところだ。予算を三十パーセントもオーバーしている！」

ミスター・テイトは悠然とミスター・ワイザーの方を向いた。

「ミス・コンテントがはっきりさせたように、ジェイク、わたしは目下手が離せない。考えてみると、火曜日も無理だ。ミス・コンテント、わたしの代わりにミスター・ワイザーの相手をしてくれないか。彼の懸念事項をメモし、我々が近いうちに返事をすると知らせてくれ」

ミスター・テイトはチョコレートに戻り、ミスター・ワイザーは三階の目立たない場所にある加算器へ引き返す。

たいていの重役が秘書に求めるのは、役回りにふさわしい恭順さだ。秘書は話している相手に対し、礼儀正しく、冷静であるべきだと考えている。だがミスター・テイトは違う。彼はアリーとわたしが、彼と同じくらい傲慢で気短であることを奨励した。最初わたしはこれを、テイトの貴族的な好戦的態度と太陽王めいた尊大さの理不尽な延長である、と思った。だが時間が経つにつれ、その本当の狙いがわかってきた。わたしたちふたりを彼に負けないぐらい不遜でこうるさい存在にすることによって、テイトは彼の代理人としてわたしたちの地位を固めていたのだ。

「ねえ」アリーがわたしの机にこっそり近づいてきて、言う。「あれ、見て」

十代のメッセンジャーが重さ四・五キロはあるウェブスター辞典を抱えて受付に立っている。辞典にはきれいなピンクのリボンがかけられている。受付嬢が広いオフィスのなかほどを指差す。

どの記者も少年が机に近づいてくるのを冷たく見つめ、通り過ぎると顔をしかめて笑う。なかには立ちあがって、事の行方を見物する者もいる。ようやくメッセンジャーはニコラス・フェシンドーフの前で立ちどまる。辞典を見たフェシンドーフの顔がBVDの下着より真っ赤になる。とどめは、メッセンジャーが歌いだしたことだ。ブロードウェイのラブソングのメロディに合わせてかわいい歌詞がついている。音程はちょっとあやふやだが、少年は心を込めている。

ああ、言葉というのがヘンテコなのは本当だけど
でも坊や、怖がることはないのよ。
なぜってこの本を見れば、あらゆる英語の言葉と
その意味がわかるのだから。

テイトがアリーにウェブスター辞典を買うよう指示し、その詩を書いたのだ。ただし、歌う電報とピンクのリボンをつけ足したのはアリーの個人的な思いつきだった。

◆◆◆

午後六時、ミスター・テイトがハンプトンズ行きの電車に間に合うようオフィスを出た。六時十五分にわたしはアリーの目をとらえた。わたしたちはタイプライターにカバーをかけ、コートを着た。「早く早く」エレベーターまで歩きながらアリーが言った。「さあ、楽しもう」

『ゴッサム』の初日、わたしが洗面所へ行くと、アリーがついてきた。洗面台に身を乗り出していたのはグラフィック・デザイン課の女子社員だった。アリーが彼女に出ていって、と命じた。一瞬わたしは、懐かしいハイスクールの歓迎委員会みたいに、アリーに前髪を切り落とされ、バッグをトイレに投げ込まれるのではないかと思った。アリーはキャッツアイ・グラスの奥で目を細め、ズバリと切り出した。

わたしたちは闘技場にいる剣闘士で、テイトがライオンなの、とアリーは言った。彼が檻から放たれたら、わたしたちは彼の周りをうろうろするか、ちりぢりになるか、喰われるのを待つかなの。でも、こっちのカードをうまく使えば、テイトはわたしたちのどっちをより頼るべきなのか判断できなくなる。そして、アリーは二、三の基本ルールを定めたいと言った。テイトがわたしたちのひとりの居所を尋ねたら、（昼だろうと夜だろうと）化粧室ですと答える。彼がわたしたちに相手の仕事をダブルチェックするよう求めたら、気づいていいミスはひとつにとどめる。企画を褒められたら、もうひとりの助けなしではできなかったでしょう、と答える。テイトが退社したら、彼がビルを出るまで十五分の余裕を見てから、腕を組んでロビーまでエレベーターで降りる。

「これをちゃんと守れば、今度のクリスマスにはわたしたちがこのサーカスの経営側になってるわ」アリーは言った。「どう思う、ケイト？」

野生の動物は、ヒョウのように単独で狩りをする。ハイエナみたいに群れで狩りをする動物もいる。アリーがハイエナかどうか百パーセントの確信はなかった。でも、彼女が餌食となって終わらないことは絶対に確かだった。

「みんなはひとりのために、ひとりはみんなのために、ね」

金曜の夜、グランドセントラル駅のオイスターバーへ行き、男性たちに急行でグレニッチへ行かせ、飲み物を買ってこさせるのが好きな女性たちもいる。アリーのお気に入りはセルフサービスのカフェテリアへ行くことだった。そこならひとりで座って、デザートをふたつとスープを楽しめる——その順序で。彼女はその偏見のなさを愛していた。スタッフの偏見のなさ、客の偏見のなさ、食べ物の偏見のなさ。

アリーが砂糖衣のかかったケーキを食べ、さらにわたしの分まで食べているあいだ、わたしたちは辞典のいたずらをめぐって大笑いし、そのあと、メイソン・テイトと彼の紫全般（特権階級の象徴色、プラム、気取った散文体）に対する嫌悪を話題にした。帰る時間がくると、アリーはアル中みたいにゆらりと立ち上がり、食べすぎの気配など微塵も見せず、まっすぐドアに向かった。七時半に通りに出たわたしたちは、またもデートなしで金曜の夜を楽しく過ごした互いを祝福しあった。けれど、彼女が角を曲がると、ただちにわたしは店に逆戻りし、トイレを見つけて、手持ちの一番いい服に着替えた……

b)

「あれ生垣じゃない？」

二時間後、暗闇の中でわたしたち五人が花壇の中を歩いていたとき、そう言ったのはヘレンだった。キングコール・バーで軽くひっかけたあと、幼馴染の夏の別荘へホワイルアウェイ〔のんびり楽しくすごす場所という意味〕で楽しい集まりがあるんだ、とディッキー・ヴァンダーホワイルが言い、わたしたちは車でロングアイランドのオイスター・ベイへやってきた。スカイラーは元気かとロベルトが尋ねたとき、いつもなら早速友人の悪ふざけの最新情報をしゃべりだすディッキーが、珍しく口を濁した。三十代半ばの夫婦が玄関で客を出迎えているのを見ると、ディッキーは混雑したロビーで立ち往生することはないなと言った。そして、きれいな庭から入ればいいと、家の横手へ先導したものの、たちまちわたしたちは菊の花に足首まで埋もれてしまったのだった。

一歩ごとに細く尖ったヒールが土に潜った。わたしは立ち止まって、靴を脱いだ。見通しのいい庭から見ると、夜はびっくりするほど静かに思えた。音楽も笑い声も少しも聞こえなかった。けれども煌々《こうこう》と明かりの灯ったキッチンの窓越しに、十人のスタッフがスウィングドアから素早く運び出される前の皿に、冷製や熱々のオードブルを盛り付けているのが見えた。

さっき暗がりでヘレンが口にしたイボタノキが、今、わたしたちの前にそびえていた。書棚の隠し扉の掛け金を探す人のように、ディッキーが両手で幹をなでた。隣接した庭からロケット花火が夜空に飛び出して、はじけた。

少々物分かりの悪いロベルトが、遅まきながら気づいた。

「おい、ディッキー、こいつめ。さてはここが誰の家かも知らないんだな」

ディッキーは立ちどまって、指を宙に突き立てた。

「誰とか何故よりも、いつ、どこでを知る方が重要なんだ」

そう言うと、熱帯の探検家みたいに、生垣をかき分け、できた隙間に首を突っ込んだ。

「しめた《ユリーカ》」

ディッキーのあとについて、小枝の間を意外にも擦り傷ひとつ負わずに抜けでると、そこはホリングスワース家の屋敷の裏庭で、芝生の上でパーティが盛り上がっていた。わたしがこれまでに見たどんなものとも似ていなかった。

わたしたちの前に広がる屋敷の裏手は、さながらアメリカのベルサイユ宮殿だった。フランスドアの上品な格子細工を通して、シャンデリアや枝付き燭台の照明が温かな黄色の輝きを投げていた。ビロードのような芝生の向こうでスレートのテラスがちょうど桟橋のように水の上に浮かんでおり、数百人の人びとが優雅に歓談していた。彼らは会話をちょっと中断しては廻《まわ》ってくるトレイからカクテルやカナッペを手に取り、肉眼では見えない二十人からなるオーケストラの音楽の方へあてもなくフワフワと移動していた。

わたしたち一団はテラスにあがって、ディッキーについてバーへ向かった。そこはあらゆる種類のウイスキーとジンと色あざやかなリキュールを取りそろえたナイトクラブのように広々としていた。下からの照明で照らされたボトルが不思議なオルガンのパイプのようだった。

バーテンダーが顔を向けると、ディッキーはにこやかに言った。

「ジントニックを五つ、頼むよ」

それからバー・カウンターに背中を寄りかからせて、満足した主人といった感じで賑わいを眺めた。この時わたしは、ディッキーが切り花用花壇の花をちいさく束ねて、タキシードの胸ポケットに突っ込んでいることに気づいた。ディッキー自身と同様、そのコサージュは生き生きとして、向こう見ずで、ちょっと場違いに見えた。テラスにいる大部分の男性は若さの特徴――薔薇色の頬とか、風になびく髪とか、いたずらっぽい目の輝きとか――をもう失っていた。床まで届く袖のないドレスをまとった女性たちは宝石類を品よくつけていた。誰もがさりげなくて、親密そうに話し込んでいた。

「知ってる人がひとりもいないわ」とヘレンが言った。

ディッキーはセロリをかじりながらうなずいた。

「ぼくたちは必ずしも間違ったパーティにきちゃったわけじゃない」

「なあ、ここはどこなんだよ?」ロベルトが言った。

「ホリングスワース家の息子のひとりが陽気な舞踏会《ファンダンゴ》を開いているってことは、確かな筋から聞いたんだ。だから、ここがホリングスワース家の屋敷だってことは間違いないし、これは紛れもなくファンダンゴだよ」

「だが?」

「……どの息子の主催かってことは尋ねるべきだったかもしれないな」

「スカイラーはヨーロッパにいるのよ、でしょ?」そう訊いたのはヘレンで、自分の知性に自信のない彼女はいつも現実的なことしか言わなかった。

「そう、そうだよな」ディッキーは言った。「これで決まりだ。スカイが我々を招待するのを怠ったのは、彼が現在海外にいるからだよ」

ディッキーはジントニックをみんなに配った。

「さてと、それじゃ、バンドの方へ行こう」

テラスに隣接した芝生からまたロケット花火が打ち上げられて、頭上でちいさな花火を撒き散らした。わたしはわざと少し遅れをとり、向きを変えて人ごみから抜けだした。

キングコール・バーで最初にディッキーに会ったときから、わたしはディッキーが率いる旅回りのサーカスにくっついて幾晩か過ごしていた。この国最高の学校を出たばかりのグループにしては、彼らはびっくりするほど無目的だったが、だからといって一緒にいて楽しくないわけではなかった。彼らは湯水のように使えるお金があるわけではなく、社会的地位も大したことはなかったが、その両方を手に入れるのは時間の問題だった。今後五年間を、海で溺れたり、刑務所に入れられたりせずに乗り切れば、山はおのずとムハンマドの元へやってくる〔ムハンマドが山を呼び寄せると公言し、山が動かないのを見て自分の方から行こうとした故事にちなむ〕。有望株の共有やラケットクラブの会員権。オペラのボックスシートやそれを利用するゆとり。多くの人びとにとってニューヨークは突き詰めれば、獲得できないものの総合計だが、このグループにとってはありそうにないことを実現させ、本当らしくないことを本当にし、不可能を可能にする街だった。だから事実を直視して真剣に取り組みたいのなら、ときどきは積極的にちょっと距離を置く必要があったのだ。

ウェイターが通ったので、わたしはジンをシャンパンのグラスと取り替えた。

ホリングスワース家の広々とした部屋に通じるフランスドアはすべてあけ放たれており、客たちが絶えず出たり入ったりしてテラスと家の人口密度のバランスを本能的に保っていた。メイソン・テイトを真似て招待客の品定めをしようと、わたしはぶらりと中に入った。ソファの端に四人のブロンドが一列に座って、電線に止まって企み事をするカラスみたいに、情報交換していた。クローブを突き刺した豚肉の燻製二本が載ったテーブルのそばで、肩幅の広い青年がデートの相手を無視していた。ピラミッド状に積まれたオレンジ、レモン、ライムの山の前で、フラメンコの衣装でバッチリ決めた女の子が、ジンがこぼれるほどふたりの男性を笑わせていた。慣れない目には、誰も彼もが富と地位の錬金術によってもたらされた身ごなしを見せびらかしているように見えた。けれども、願望と羨望、裏切りと欲望もまた、見るべきところを知ってさえいれば、たぶん丸見えだったのだろう。

舞踏室でバンドがテンポをあげはじめていた。トランペットから一、二メートルの所でディッキーが年配の女性とゆっくりしたペースでジルバを踊っていた。彼は上着を脱いでいて、シャツの裾がはみ出ていた。胸ポケットにあった花のひとつが、今は耳の後ろにはさまれていた。眺めているうちに、わたしは誰かが躾の行き届いた召使のように、静かに傍に立っているのに気づいた。わたしはグラスを干し、腕を伸ばして振り向いた。

「……ケイティ？」

間。

「ウォレス！」

わたしが彼の顔を認めたことに、ウォレスはほっとしたように見えた。ベレスフォードで彼が上の空だったことを思い出すと、ウォレスがわたしに気づいたことのほうが驚きだった。

「元気……だった？」彼は尋ねた。

「まあまあね。便りのないのは元気な証拠って言うじゃない」

「よかったよ……こんな風にばったり会えて。ずっと……電話しようと思っていたんだ」

曲が終わりに近づき、ディッキーが大げさな締めくくりに入ろうとしているのが見えた。彼はティーポットみたいに老婦人を傾けていた。

「ここはちょっとうるさいわね」わたしは言った。「外に出ましょう」

パティオに出ると、ウォレスはシャンパンのグラスをふたつ確保し、ひとつをよこした。ぎごちない沈黙のなかで、わたしたちはパーティの様子を眺めた。

「すごく賑やかな集まりね」間がもてなくなって、わたしは言った。

「ああ、これ……はどうってことはないよ。ホリングスワース家には息子が四人いるんだ。夏の間、それぞれが自分……のパーティを開く。だがレイバーデイ〔労働者の日。九月の第一月曜日〕の週末は四人が勢ぞろいさ……誰も彼もが招待される」

「わたしがそのなかに入っているとは思えないわ。どこにも入っていないというべきかしら」

ウォレスはわたしの主張を信じないというような笑みを浮かべた。

「立場……を交換したいと思ったら知らせて」

最初にちらりと見たところでは、タキシード姿のウォレスは借り物を着ているみたいに少し心地が悪そうに見えた。ところが、よくよく見てみると、タキシードは注文仕立てで、シャツの黒真珠のカフスボタンは代々伝わるもののようだった。

また沈黙。

「わたしに電話をかけるつもりだったとか言ってたわよね?」わたしは水を向けた。

「そうそう! 三月に約束しただろう。それ……を守るつもりだったんだよ」

「ウォレス、そんな古い約束を守りたかったのなら、うんと思い切ったことをしたほうが身のためよ」

「ウォリー・ウォルコット！」

やはり製紙業に携わっているウォレスのビジネススクール時代のクラスメイトが声をかけてきた。話題が共通の友人たちから、合併とそれがパルプの価格に及ぼす効果に及ぶと、わたしはちょっと席を外して化粧室へ行くことにした。十分以上はかからなかったはずだが、戻ってみると製紙業者はいなくなって、ソファにいたブロンドのひとりが彼のいた場所を占めていた。

これは当然、予想されたことだった。ウォレス・ウォルコットが、薬指に指輪をしていないすべての年頃のお嬢様たちの視界に入っていないわけがなかった。街中の健康な女の子の大部分が、彼の純資産や妹たちの名前を知っているのだろう。熱心な女の子ともなると、ウォレスの狩猟犬の名前まで知っていた。

若い女性の社交界デビューの舞踏会をひとつかふたつは経験していそうなそのブロンドは、季節を数カ月先取りした白のアーミンの毛皮を着て、肘まで来るぴったりした手袋をはめていた。近寄って見て、彼女の言葉遣いは容姿と同じぐらい優れているのがわかったけれど、だからと言ってレディらしいたしなみを身につけているわけではなかった。ウォレスがしゃべっている間、彼女は現にウォレスのグラスから飲み物を飲み、それをまた彼に返していた。

でも彼女は宿題もやっていた。

「あなたの農園のコックはハッシュパピー〔トウモロコシ粉で作る揚げパン。南部の代表的料理〕の女王なんですってね」

「そうなんだ」ウォレスが熱っぽく答えた。「彼女のレシピ……は門外不出でね。厳重……に管理されてる」

ウォレスが途中でつかえるたびに、彼女は、かわいくてたまらないといったように、鼻に皺を寄せて目をきらきらさせた。なるほど、かわいかった。でも、そこまでオーバーな反応をすることもなかった。だからわたしは彼女の内緒話に割り込んだ。

「お邪魔したくないんだけど」と言いながら、ウォレスの腕の下に腕を滑り込ませた。「わたしに図書室を案内してくれるんじゃなかった？」

彼女はまばたきひとつしなかった。

「図書室はそりゃすばらしいわよ」とホリングスワースの屋敷のことなら何でも知っていると言わんばかりの優越感を漂わせて言った。「でも今、中に入る手はないわ。すぐにでも花火がはじまるもの」

反論する間もなく、水辺に向かって人びとが移動しはじめた。わたしたちが桟橋に着いたときには、きっと百人ほどがいただろう。酔ったカップルが何組か、ホリングスワース家の小型ボートに乗ってゆらゆら揺れていた。後方からさらに人びとがやってきて、飛びこみ板の方へわたしたちを押した。

大きなひゅーっという音をたてて、岸から離れた筏《いかだ》から最初の打ち上げ花火があがった。それは近所の庭でロケット花火を打ち上げる十代の子供たちが立てるような、おもちゃの笛のような音ではなかった。むしろ大砲みたいに聞こえた。花火は長い煙のリボンを引いて上昇し、そのまま消えるかと思わせていきなり爆発し、膨らんだ白い球体を吐き出した。火花が散ってゆっくりと地上に落ちてくる様は、タンポポから吹き飛ばされた種のようだった。誰もかれもが喝采した。続いて四つの打ち上げ花火が立て続けに上がって、びっくりするようなパンパンという音を立てて鎖状につながった赤い星を作り出した。桟橋が人で溢れかえり、わたしはどうやら隣の女性のヒップをちょっと押してしまったらしい。彼女は毛皮ごと水中に転落した。また次の打ち上げ花火が頭上で炸裂した。バシャバシャと水しぶきが上がり、喘ぎ声がして、彼女が水中から顔を出した。もつれた髪と青い紫陽花《あじさい》色の光の中で、コンブ公爵夫人《ケルプ》みたいに見えた。

人びとが花火見物から引きあげていくなか、ディッキーがテラスにいたわたしを見つけた。もちろん、彼はウォレスを知っていた――ウォレスの一番末の妹を通じて、間接的に。年齢の差がディッキーを落ち着かせたようだった。ウォレスが今後の野心について尋ねると、ディッキーは声を一オクターブ落として、ロースクールに願書を出すと、ありそうもないことを言った。ウォレスが礼儀正しくその場を辞すと、ディッキーはみんなが待つバーへわたしを連れて行った。ディッキーのいない間にロベルトがもどしたらしく、ヘレンはそろそろ帰る頃合いではないかと思っていた。

マンハッタンを出るときはウィリアムズバーグ・ブリッジを通ったが、ディッキーは帰路にトライボロ・ブリッジを選んだ。それがわたしより先に他のみんなをおろす最も効率的なルートだからだろう。ダウンタウンへ向かうのはあっという間にわたしたちふたりだけになった。

「おーい、陸地だぞ」プラザが近づいてくると、ディッキーは言った。「ナイトキャップをどう?」

「もうくたくたよ、ディッキー」

彼の失望を見て、明日は仕事があるのだとわたしは付け加えた。

「だって土曜だよ」

「うちのオフィスは土曜も何もないの」

十一丁目で車からおりたとき、彼はむっつりしていた。

「一度も踊るチャンスがなかった」とディッキーは言った。

その口調にはある種の諦めがにじんでいて、まるで不注意とささやかな不運によって二度とないチャンスをフイにしてしまったかのようだった。わたしは彼の子供じみた不満をほほえましく思わずにいられなかった。でも、言うまでもなく彼はわたしが思ったよりもずるくて、予知能力に長けていた。

わたしはなだめるようにディッキーの二の腕をぎゅっと握った。

「おやすみ、ディッキー」

車からおりようとすると、彼がわたしの手首をつかんだ。

「〝いつにする、もう一度会うのは？　雷、稲妻、土砂降りの中？〟」

わたしは車内に上体を倒して、彼の耳元にくちびるを寄せた。

「〝騒ぎが終わって、戦いが負けて勝って、そのあとで〟」

十四章　ハネムーン・ブリッジ

日曜の午後、ウォレスとわたしは深緑色のコンヴァーチブルでロングアイランドのノースフォークへ向かった。

彼が守りたかった約束というのは、わたしを狩りへ連れて行くことだった――それはかなり思い切った行動だったから、実行までに手間取ったのも当然だった。どんな格好をしたらいいのかと尋ねると、動きやすい服装、とのことだった。そこでわたしはアン・グランディンを真似ることにした。カーキ色のパンツに、白いボタンダウンのシャツを着て、袖をまくりあげた。猟銃を使う出で立ちとしてはちぐはぐでも、太平洋上で行方不明になってそれきり消息がわからない女性飛行士、アメリア・イアハート風の服装としてなら通用するだろう。ウォレスは黄色のトリミングがある青のVネックセーターで、袖にはいくつか穴があいていた。

「その髪……すごいね」

「すごい⁉」

「すまない。褒め言葉……になってなかったかな？」

「すごいも悪くないけど、目が覚めるようだ、とか魅力的、もいいわね」

「じゃ、目……が覚めるようだ、でどう？」

「オーケーよ」

眩しいほどの夏の日で、わたしはウォレスの勧めでグラブコンパートメントからサングラスを取り出した。シートに背中を預けて、緑地帯のあるよく整備された道路に落ちる木漏れ日を見つめていると、エジプトの女王にハリウッドの若手女優を足して二で割ったような気分だった。

「ティンカーとイヴ……から連絡はあった？」ウォレスが訊いた。

それは沈黙をまぎらわすための心得として使われる、平凡な基礎訓練のような問いかけだった。

「ねえ、ウォレス。あなたがティンカーとイヴのことを話す必要性を感じていないなら、わたしだって同じだわ」

ウォレスは笑った。

「じゃ、我々が知り合いであること……はどう説明すればいい？」

「エンパイアステート・ビルディングの展望台であなたの財布をすろうとしているわたしを捕まえたのが知り合ったきっかけ、と話せばいいのよ」

「なるほど。だが、それを使うなら、きみがぼくを捕まえた……ということにしよう」

ウォレスの狩猟クラブは、意外にも荒れ果てているように見えた。外にある低いポーチと細くて白い柱のせいで南部の邸宅のなれの果てのようだった。中に入ると、松材の床はでこぼこで、ラグは擦り切れ、オーデュボン〔ジョン・ジェイムズ・オーデュボン。博物学者。鳥の絵が有名〕の複製画は遠くで発生した地震の被害者みたいにわずかにかしいでいた。でも、蛾に食われたセーターと同じで、クラブのこうしたくたびれた雰囲気がかえってウォレスをくつろがせているようだった。

狩猟の戦利品が飾られたかなり大きなケースの脇にちっぽけな机があって、ポロシャツにズボン姿の身だしなみのいい案内係が座っていた。

「こんにちは、ミスター・ウォルコット。階下に全部ご用意してあります。レミントン、コルト、ルガーを揃えました。昨日ブローニング・オートマティックが入ったので、それもご覧になりたいだろうと思いまして」

「言うことなしだよ、ジョン。ありがとう」

ウォレスは先に立って地下室へおりた。白い下見板の壁で仕切られた狭いレーンが何本もあった。それぞれのレーンの突き当たりに干し草の俵があって、紙の標的が留めてある。小テーブルの横で若い男が銃に弾を込めていた。

「それでいいよ、トニー。あと……はぼくがやろう。鱒池……で落ち合おう」

「わかりました、ミスター・ウォルコット」

わたしは遠慮して少し離れて立っていた。ウォレスが振り返って、ほほえんだ。

「もうちょっと近く……にきたら」

トニーが並べておいた銃器は銃口がすべて同じ方向を向いていた。つや出しでピカピカになった銀の部分と骨の握りを持つリヴォルヴァーはすごくおしゃれな武器に見えたが、他の銃は実用本位の灰色だった。ウォレスが二挺《ちょう》のライフルのうちちいさいほうを指差した。

「これ……がレミントン・モデル8。命中率のいいライフルだ。これ……がコルト45。で、これ……がルガー。ドイツ人将校のピストルだ。ぼくの父が戦争……から持ち帰ったものだ」

「これは?」

わたしは大きな銃を持ちあげた。かなり重量があり、宙でバランスを取るだけで手首が痛くなった。

「ブローニングだよ。それ……はマシンガンなんだ。ボニーとクライド……が使用したのと同じだ」

「本当？」

「彼らを殺した銃……でもある」

わたしはそっとそれを下に置いた。

「レミントンからはじめようか？」とウォレスが言った。

「承知しました、ミスター・ウォルコット」

わたしたちはレーンのひとつに近づいた。彼はライフルの銃尾を折りあけて弾を装塡《そうてん》した。次に、様々なパーツをわたしに説明した。ボルトアクション、銃口、照準装置のフロントサイトとリアサイト。さぞかしわたしはうろたえた顔をしていたのだろう。

「実際以上に……複雑に聞こえるな。レミントンには十四のパーツしかない」

「泡立て器には四つしかないわ。でもそれだってどう働くのか、わたしにはさっぱりわからない」

「よし」ウォレスはほほえんで言った。「それじゃ、まずぼくを見て。銃床……を肩に載せる。バイオリン……のように。銃身を左手で持つ。握ってはいけない。ただ……バランスをとる。足を開く。狙いをつける。息を吸う。吐き出す」

バーン！

わたしは飛びあがった。叫んだかもしれない。

「ごめん」ウォレスは謝った。「驚かすつもり……はなかったんだ」

「まだ説明の段階だと思ってたわ」

彼は笑った。

「いや。説明の段階……はもう終わりだよ」

ウォレスはわたしにライフルを渡した。的が遠のいたかのように、突然レーンが前より長く見えた。〝わたしを飲んで〟だったか、〝わたしを食べて〟だったか、とにかく身体をちいさくするものを口に入れたあとのアリスになった気分だった。わたしは鮭でも担ぐようにライフルを持ちあげて、スイカみたいに肩に載せた。ウォレスがそばに来てコーチを試みたが、うまくいかなかった。

「ごめん。なんだか人に蝶ネクタイの結び方……を教えてるみたいだ。もっと楽な……教え方があるんだが。それをやっても？」

「お願い！」

彼はセーターの袖をまくりあげ、わたしの背後に立った。右腕をわたしの右腕に沿わせ、左腕をわたしの左腕に沿わせた。安定したリズミカルな彼の息遣いを、耳のうしろに感じた。獲物がレーンの突き当たりで草を食《は》んでいるかのように、静かな声で彼はわたしに二、三の指示と二、三の励ましを与えた。わたしたちは銃口を安定させた。わたしたちは的に狙いを定めた。わたしたちは息を吸い、吐いた。引き金を引いたとき、彼の肩が反動の衝撃を和らげてくれるのを感じた。

ウォレスは十五発わたしに撃たせた。次にコルトを。次にルガーを。それからわたしたちは数回代わるがわるブローニング・オートマティックを撃ち、わたしはボニーとクライドを殺したろくでなしどもに考える材料を与えておいた。

四時ごろ、わたしたちはクラブの裏手の松林の中を歩いていた。池のほとりの空き地にさしかかったとき、わたしと同じ年頃の女性が威勢よくこちらへ歩いてきた。ジョッパーズに乗馬用のブーツを履き、砂色の髪をバレッタでうしろにまとめていた。彼女はショットガンを銃尾のところで折って腕に引っかけていた。

「あら、こんにちは、ホークアイ」スキャンダルを暴露するような笑みを浮かべて、彼女は言った。「あなたがデートしているところ、はじめて見たわ」

ウォレスはちょっと赤くなった。

「ビッツィ・ホートン」手を伸ばしながら、彼女はわたしに言った――名前を明らかにするというより、自分の存在を主張するニュアンスが感じられた。

「ケイティ・コンテント」わたしは姿勢を正した。

「ジャック……はきているの？」ウォレスはぎくしゃくと彼女にキスしてから、尋ねた。

「いいえ。彼は街にいるわ。わたしはザ・ステーブルズで馬を走らせてたんだけど、いいチャンスだからこっちに寄ってちょっと練習しようかと思ったのよ。腕が落ちないようにね。誰もがあなたみたいに生まれつきすごいわけじゃないから」

ウォレスはまた赤くなったが、ビッツィは気づかないようだった。彼女はわたしに向き直った。

「初心者みたいね」

「そんなにすぐわかる？」

「もちろん。でもこのインディアンくんと一緒なら大丈夫よ。それに今日は射撃にはもってこいの日だわ。いずれにしろ。わたしはこれで。会えてよかったわ、ケイト。またね、ウォリー」

彼女はウォレスにからかうようなウインクをしてから、また早足で行ってしまった。

「びっくり」

「まったく」ウォレスは彼女の後ろ姿を見ながら言った。

「古い友達なの？」

「彼女のお兄さんとは……子供の頃からの友達なんだ。彼女はいつも……つきまとっていたっていうか」

「もう違うみたい」

「そうだな」ウォレスは笑いを含んだ声で言った。「だいぶ前から……変わってきているよ」

池は街の一ブロックの半分ほどの大きさで、木々に囲まれていた。所々に漂う藻《も》が地球の表面に浮かぶ大陸のようだった。手漕ぎのボートがもやってあるちいさな桟橋を通り過ぎて、わたしたちは小道をたどって木々に隠れたちいさな射撃台に近づいた。トニーが迎えてくれ、ウォレスと言葉を交わしてから森の中に姿を消した。ベンチに粗布のケースに収まった新しい銃が一挺置かれていた。

「これはショットガンだ」とウォレスが言った。「猟銃だよ。弾薬が大きいんだ。撃ってみれば実感……するよ」

その銃のヴィクトリア朝の銀器を思わせる銃身には、凝った飾り細工が施されていた。銃床はチッペンデールの椅子の脚みたいにすんなりしている。ウォレスがそのショットガンをつかんで、陶製のハトがあらわれる場所を説明し、銃床の先端の照星でそれを追跡してハトの軌跡のすぐ先に狙いを定めることを解説した。そのあと彼は銃を肩の高さまで持ち上げた。

「そして引き金を引くんだ」

ハトが突然茂みからあらわれて、池の水面上空で一瞬停止した。

バーン！

陶製のハトが粉々になって、〈ホワイルアウェイ〉での花火のように、破片が水面に降り注いだ。

わたしは最初のハト三羽を撃ち損ねたけれど、次第にコツを飲み込みはじめ、次の六羽のうち四羽を仕留めた。

室内の射撃場で聞くレミントンの銃声はなんだか窮屈で、そっけなくて、息苦しい感じがして、誰かがナイフの刃を噛んだ音のように、ちょっと神経に障った。でもこの鱒池では、ショットガンは深く鳴り響いた。船の大砲みたいに豊かに轟き、たっぷり一秒は余韻が残った。空中に何かの形があらわれるような、言い換えれば、ずっとそこにあってスズメやトンボは知っているのに、人間の目には見えない秘密の建築物、たとえば、丸天井の聖堂が、池の水面の向こうからあらわれてくるようだった。

　ライフルと比べると、ショットガンは自分の延長みたいでもあった。レミントンから飛び出した弾が射撃場の向こう端の標的を貫通したときの音は、引き金を引いた自分の指とは無関係に思えた。それなのに、陶製のハトが砕け散ると、紛れもなくそれが自分の手柄になる。射撃台の上に立ち、銃身を広々とした空中に向けると、にわかにゴルゴンの力——視線を合わせるだけで遠くのものに影響を及ぼすことのできる能力——が体内に宿るのだ。そしてその感覚は、銃声が消えてもなくならなかった。いつまでも残った。手足に浸透して五感を鋭敏にした——そして、得意な気分に冷静さをもたらした。あるいは冷静さに得意な気分をもたらした。どちらにしても、一分間かそこら、わたしはビッツィ・ホートンの気分を味わうことができた。

　自信を高める銃の性質を教えられていたら、わたしはずっと銃を撃っていたことだろう。

　六時に塩湿地《えんしっち》を見渡す青石敷きのパティオでとった夕食は、クラブサンドイッチだった。鋳鉄製のテーブルに数人が座っているのを除けば、パティオは無人だった。豪華とは言い難いけれど、それなりの魅力はあった。

「何かお飲みになりますか、ミスター・ウォルコット？」若いウェイターが尋ねた。

「ぼくはアイスティーでいいよ、ウィルバー。でも遠慮しないで……カクテルを頼んだらいい、ケイティ」

「アイスティーで申し分ないわ」

ウェイターはごたごたと置かれたテーブルの間を縫うようにクラブハウスへ向かった。

「じゃ、全員のファーストネームを知っているの？」

「全員のファーストネーム？」

「受付に、銃の係に、ウェイター」

「珍しいかな？」

「わたしの郵便配達人は一日に二度来るけど、わたしは彼の名前を知らないわ」

ウォレスは照れ臭そうな顔をした。

「ぼくの郵便配達人は……トーマスだ」

「わたしはもっと注意を払わなくちゃいけないわね」

「きみは充分やっていると思うよ」

ウォレスは上の空でスプーンをナプキンで磨きながら、パティオを見回した。その目は穏やかだった。彼はスプーンをあるべき場所に戻した。

「気にしてはいないよね？　ディナーを……ここでとることを？」

「ちっとも」

「ぼくにとってはこれも楽しみのひとつなんだ。子供の頃、アディロンダックでキャンプをして……クリスマスを過ごしたんだけど、こんな感じだった。湖が凍ると、午後は暗くなるまでスケートをした。管理人のダブリン出身の老人がブリキ缶に入った粉でぼくたちにココアを作ってくれたよ。妹たちはメインルームに座って暖炉で足を温めていた。だが祖父とぼくはポーチで大きな緑色の揺り椅子に腰を下ろして、日が暮れるのを眺めたものだった」

彼は言葉を切って、塩湿地を眺め、詳細な記憶を口にした。

「ココアがそりゃ熱々で、寒い空気の中へ出ると、表面に膜が張るんだ。ココアよりもちょっと濃い色でカップの中に漂っているんだが、指で触れると一枚の布みたいにくっついてくる……」

ウォレスはパティオ全体を身振りで示した。

「ココアはなんだかこんな感じだった」

「自分へのささやかなご褒美？」

「ああ。くだらないだろう？」

「そうは思わないわ」

サンドイッチが運ばれてきて、わたしたちは黙って食べた。ウォレスに関してはぎごちない沈黙など存在しないということがわかってきた。彼は人と違って、何も言わなくていいと気分が楽なのだ。ときおりカモたちが梢から飛んで、羽をばたつかせ、足を伸ばして湿地に降り立った。

たぶんウォレスは寂れたようなクラブの環境に身を置くことにくつろぎを感じていたのだろう――銃器の達人であることを示し、アイスティーを飲むことで。あるいは、祖父やアディロンダックの夕暮の思い出が彼をリラックスさせていたのかもしれない。わたしといることに快適さを覚えていたのかもしれない。理由はともあれ、過去を懐かしむうちに、話の途中でつかえる癖は跡形もなく消えていた。

マンハッタンに戻り、ウォレスのガレージを出て、すてきな午後へのお礼を言ったとき、彼はためらった。アパートメントへ寄っていかないかと言おうか言うまいか迷っていたのだと思うが、彼は何も言わなかった。その質問で一日をだいなしにするのではないかと気遣ったのかもしれない。ウォレスは友達の友達のようなキスをわたしの頬にした。さよならを言い合い、彼は歩き去ろうとした。

「ねえ、ウォレス」わたしは呼びかけた。

彼は立ち止まって振り返った。

「その年寄りのアイルランド人の名前はなんだったの？　ホットチョコレートを注いでくれた人」

「ファロンだ」ウォレスは笑みを浮かべた。「ミスター・ファロン」


翌日、ブリーカー・ストリートのちいさな店で、わたしはアニー・オークリー〔『アニーよ銃を取れ』のモデルとなった女性。射撃の名手だった〕の絵葉書を買った。彼女は西部劇スタイルで全身を固めていた——鹿革のシャツに白いフリンジ付きのブーツ、グリップに真珠をあしらった六連発拳銃二挺。裏にわたしはこう書いた。〝ありがとよ、相棒〟木曜日の午後四時の郵便で、こう書かれた手紙を受け取った。〝明日の真昼《ハイヌーン》、メトロポリタン美術館の階段で待つ〟サインは〝ワイアット・アープ〟だった。

◆◆◆

淡いグレーのスーツに、白い木綿のハンカチを胸ポケットにきちんとのぞかせたウォレスが、美術館の階段を駆けあがってきた。

「絵画鑑賞に連れ出すことで、わたしを口説こうとしているんじゃないといいけど」とわたしは言った。

「まさか！　絵画なんてどこからはじめたらいいのかも……わからないよ」

代わりに彼はわたしを美術館の銃のコレクション室へ連れて行った。

薄暗い照明のなか、わたしたちはケースからケースへと肩を並べてゆっくり移動した。当然ながら、展示されている銃が有名なのは火力によってではなく、そのデザインや来歴によってだった。多くが凝った彫刻を持ち、貴金属で作られていた。人を殺すためにデザインされていることをうっかり忘れてしまいそうだった。ウォレスは銃について知らないことはひとつもなかっただろうが、知識をひけらかすことはなかった。興味深い専門知識や言い伝えを教えてくれた。やがて、その目新しい経験が退屈になりだすきっかり五分前に、ランチに行くことを提案した。

美術館から出てくると、茶のベントレーが階段の下で待っていた。

「こんにちは、マイケル」自分の記憶力を褒めながら、わたしは言った。

「こんにちは、ミス・コンテント」

車に乗ると、ウォレスがどこでランチにしたいか、と尋ねた。わたしを田舎から出てきた相手と思って、彼のお気に入りの店へ連れて行くのはどうか、と言ってみた。というわけで、わたしたちはセントラルパークへ行き、ミッドタウンの有名な高層オフィスビルの一階にあるレストランへ向かった。高い天井と、一切装飾のない壁を持つ、モダンな店だった。テーブルのほとんどを占めているのは、スーツ姿の男たちだった。

「あなたのオフィスはこの近くなの？」わたしは無邪気に尋ねた。

ウォレスはきまりが悪そうだった。

「このビルの中にあるんだ」

「ラッキーね！　お気に入りのレストランがオフィスと同じビルの中にあるなんて！」

わたしたちはミッチェルという名のウェイターにマティーニを注文し、メニューを見た。

はじめにウォレスは、よりによってアスピック〔魚やエビをゼリーで固めたもの〕を注文し、わたしはハウスサラダ——緑のアイスバーグレタス、冷たいブルーチーズ、温かな赤のベーコンという素敵な取り合わせ——を頼んだ。わたしが国だったら、それをみずからの旗にしただろう。

ドーヴァーソールを待つ間、ウォレスがデザートスプーンでテーブルクロスに輪を描きはじめ、このときはじめてわたしは彼の腕時計に注目した。普通のデザインの裏返しだった。文字盤が黒で数字が白い。

「ごめん」彼はスプーンを置きながら言った。「古い癖が抜けなくて」

「実は、あなたの時計をうっとり眺めていたところよ」

「ああ、これ。将校の……時計なんだ。文字盤が黒いから、夜は射撃の的に……なりにくい。父の形見だよ」

ウォレスはしばらく黙っていた。お父さんのことをもうちょっと訊こうとしたとき、背の高い額の後退した紳士がわたしたちのテーブルにやってきた。ウォレスが椅子を引いて、立ちあがった。

「エイヴリー！」

「ウォレス」紳士は暖かく言った。

わたしに紹介された後、紳士がウォレスをちょっとお借りしていいかと尋ね、別の年配の男性が待っているテーブルへウォレスを連れて行った。彼らの態度から、ウォレスの助言を求めているのは明らかだった。彼らが話し終わると、ウォレスは幾つか質問をし、意見を述べはじめた。今回も、ウォレスの話し方によどみはなかった。

ウォレスの腕時計を見たとき、そろそろ二時になろうとしていた。アリーがミスター・テイトとのいつもの三時の打ち合わせまでは、わたしの留守をごまかしてくれることになっていた。デザートを省略すれば、タクシーに飛び乗って、もっと長いスカートに履き替える時間はまだあった。

「すごく親密そうじゃない」

ウォレスの椅子に滑り込んできたのは、乗馬と射撃が得意なビッツィ・ホートンだった。

「一分ぐらいしか話せないの、ケイト」彼女は陰謀めかして言った。「だから要点を言った方がいいわね。どうやってウォリーと知り合いになったの？」

「ティンカー・グレイを通して会ったのよ」

「あのハンサムな銀行員の？　彼、恋人と一緒に乗ってた車で事故を起こしたんでしょう？」

「ええ。彼女はわたしの古くからの友達なの。実はわたしたち三人ともその車に乗っていたのよ」

ビッツィは感心したようだった。

「わたしは自動車事故にはあったことないわ」

その言い方からは、別の種類の事故にあったことがあるような印象を受けた——飛行機とかオートバイとか潜水艦とかの。

「それで」と彼女は続けた、「あなたの友達は女の子たちが言い張ってる通りの野心家なの？」

(女の子たちが言い張ってる通りの野心家？)

「そうでもないわ」とわたしは言った。「でも、彼女には勇気があるのよ」

「あら、それで女に嫌われるんだわ。いずれにしろ。わたしはお節介屋は猫より嫌い。でも、耳寄りな情報、知りたい？」

「ええ」

「ウォリーはラシュモア山より偉大だけど、すごく内気なの。彼からの熱いキスをただ待ってちゃダメよ」

わたしが口もきけないうちに、彼女は部屋の半ばまで遠ざかっていた。

◆◆◆

次の夜、ハートの4でビッドを倍にしていたら、ドアにノックがあった。片手にワインのボトル、片手にブリーフケースを持ったウォレスだった。近所に住む弁護士と夕食を済ませてきたところだと言った——〝近所〟とは大まかにどのあたりまでを指すのだろう。ドアを閉めて、わたしたちはウォレスのぎごちないわけではない沈黙を共有した。

「ずいぶんたくさん……本がある」ウォレスはようやくそう言った。

「これは一種の病気よ」

「治療を……受けている？」

「残念ながら、治療不可能なの」

彼はブリーフケースとワインをわたしの父の安楽椅子に置いて、首をかしげて部屋を回りはじめた。

「デューイの図書……十進法に従ってるのかな？〔メルヴィル・デューイ。アメリカの図書館学者〕」

「ううん。でも、似たような法則に基づいているわ。そこは英国の小説家たち。フランスのはキッチンにあるの。ホメロス、ウェルギリウスその他の大作はバスタブのそば」

ウォレスは窓台のひとつへぶらぶらと近づくと、ぐらついている山から『草の葉』を抜き取った。

「どうやら……空想的理想主義者は日差しを浴びると元気になるらしい」

「まったくだわ」

「もっと水が必要なのかな？」

「あなたが思うほどじゃないわ。でも、余分なものをいっぱい刈り込まないと」

ウォレスはわたしのベッドの下に積まれた本の山を指差した。

「で、あの……キノコたちは？」

「ロシアの本」

「なるほど」

ウォレスはホイットマンを元の場所にそっと戻した。カードテーブルに近づき、建築物の模型を四方八方から眺めるように、テーブルの周りを一巡した。

「誰が勝ってる？」

「わたしじゃないわ」

ウォレスはダミーと向き合った椅子に座った。わたしはボトルを持ち上げた。

「飲んで行ける？」

「是非そう……したい」

ワインはわたしより年を取っていた。テーブルに戻ってみると、彼は南のハンド〔配られた十三枚のカードのこと〕を手に取って、並べ替えていた。

「ビッドしたのは……どこ？」

「わたしがハートの4でビッドしたところ」

「ダブルをかけたの？」

わたしは彼の手からカードを取り上げて、扇形に広げた。しばらくの間ふたりとも無言で、ウォレスはグラスを干した。彼が帰ろうとしているのを感じた。わたしはウォレスの心をとらえるセリフを思いつこうとした。

「ところで、ハネムーン・ブリッジ〔ふたり用のブリッジ〕のやり方を知ってる?」ウォレスが訊いた。

それは工夫に富んだゲームだった。ウォレスはアディロンダックで雨降りの日になると、おじいさんとそれをやった。やり方はこうだ。切ったカードをテーブルに置く。相手が一番上のカードを引き、選択をする。引いたばかりのカードを手元に残し、二枚めを見てから伏せて捨てるか、もしくは、一枚めのカードを捨て、二枚めを手元に残すか。次はあなたの番だ。あなたがたふたりはカードがなくなるまで、手元のカードが十三枚、捨てたカードが十三枚ずつになるまでこれを続ける――これがゲームにもくろみと運のあいだの、珍しいほどエレガントなバランスを与える。

プレイしながら、わたしたちはクラーク・ゲーブルとクローデット・コルベールや、ドジャースとヤンキースを話題にした。たくさん笑いもした。スペードのスモールスラム〔一回を除いてすべての有力な札で勝つこと〕で勝ったあと、わたしはビッツィの忠告に従って彼の口にキスしようと身を乗り出したが、ちょうどそのときウォレスが何か言おうとしたため、歯と歯がぶつかるはめになった。わたしが身を引くと、彼はわたしの肩に腕を回そうとして、椅子から転げ落ちそうになった。

わたしたちは椅子に座り直し、笑った。笑ったのは、急に自分たちの気持ちが正確にわかったからだった。狩猟クラブへ出かけて以来、わたしたちの仲はなんだか不確かだった。とらえどころがなくて、曖昧だった。今、そのモヤモヤが晴れたのだ。

一緒にいてとても気が楽だったせいかもしれない。ウォレスが子供の頃からビッツィ・ホートンに心を惹かれていた事実（実らないロマンスはいつまでも尾をひくから）と関係があったのかもしれない。いずれにしても、自分たちの相手に対する感情が、がむしゃらでも熱烈でも猫かぶりでもないことに、わたしたちは気がついた。それは友好的で、優しく、誠実な気持ちだった。

それはハネムーン・ブリッジに似ていた。

わたしたちの互いに対するロマンティックな感情は真剣勝負ではなかった――それは疑似恋愛のようなものだった。友達同士で電車の到着を駅で待つ間、退屈しないようにと考案されたゲームだった。

十五章　完璧を求めて

八月二十六日、三十六・七度。メイソン・テイトのオフィスのガラスは、もくろんだかのように、彼が声を張り上げたら外にも聞こえる厚みだった――細かいところまでは聞き取れないとしても。他ならぬそのとき、彼はスタッフのカメラマンであるヴィターズに不満をはっきりと伝えながら、有無を言わさぬ指でニュージャージーの方角を示していた。

さほど親しくない大半の人はメイソン・テイトを鼻持ちならない人間だと思ったことだろう。確かに、今度の豪華雑誌のことでは彼は理不尽なほど細かかった。〝あの噂は根拠がありすぎる。このブルーは空色すぎる。あの句読点は早すぎる。このコロンは打つのが遅すぎる〟でもわたしたち全員に目的意識を与えているのは、まさに彼のこの重箱の隅をつつく性癖なのだった。

テイトが舵取りをする『ゴッサム』の仕事は、努力の結果が季節や気温にふりまわされる農家の不確かな戦いとは違う。火事になったら命が危ない建物の中で、頭がおかしくなるまで同じ輪飾りをえんえんと縫わなければならないお針子の苦行とは違う。オデュッセウスみたいに、いっぺんに数年分の嵐にさらされてすっかり老け込み、身体も衰え、故国に帰っても、ほとんど忘れられて、飼い犬以外誰にもわかってもらえない船員の人生とも違う。わたしたちの仕事はプロの解体屋のそれだった。建物の構造を慎重に研究し、建物がそれ自体の重みで崩壊するように、入念に計画して基礎の周囲に大量の爆薬を埋め込んで爆発させ、同時に、興味本位の連中に畏怖の念を掻き立て、新しいもののために道を開く——そういう仕事をしていた。

でも、この高邁《こうまい》な目的意識のためには、舵輪から手を離してはならなかった。さもないと、物差しで手をひっぱたかれる。


ヴィターズが暗室という安全圏に逃げ込むと、テイトが立て続けにせわしなく三回ブザーを鳴らしてわたしを招集した。〝こっちへきたまえ〟という合図だ。わたしはスカートの皺を伸ばし、速記帳を取り上げた。製図台から振り返ったテイトはことのほか横柄に見えた。

「わたしのネクタイの色は普段より寛容に見えるか？」

「いいえ、ミスター・テイト」

「わたしの新しい髪型はどうだ？　普段より楽観的に見えるか？」

「いいえ」

「今日のわたしには、昨日にくらべておせっかいな意見を求めているようなところがあるか？」

「ありません」

「そうか、ひと安心だ」

テイトは製図台に向き直り、両腕をついてそこに寄りかかった。ベット・デイヴィス〔ハリウッド女優のベティ・デイヴィス〕の十枚の異なるスナップ写真が載っていた。レストランにいるベット。ヤンキースの試合を見ているベット。五番街を散歩しながら、ウィンドウの中のマネキンたちを恥じいらせているベット。

テイトは立て続けに撮影された四枚を抜き出した。ベットと彼女の夫、それに若めのカップルがサパークラブのブースに座っている写真だった。テーブルには煙草で溢れた灰皿と、空のグラスが数個載っている。唯一残っている食べ物は、ハリウッド女優の前に置かれた、蠟燭が灯された一切れのケーキだった。

テイトはその四枚に手を振った。

「きみがいいと思うのはどれだ？」

そのうちの一枚はトリミングの指定がヴィターズの鉛筆で記されていた。そこでは蠟燭が灯されたばかりで、ふた組のカップルが広告板に描かれた愛煙家のようにカメラに向かってほほえんでいた。けれども、同じ夜の少しあとに撮られた一枚では、ベットが隣の若い男にケーキの最後のひと口を差し出しており、男の妻が飢えた怪物ハルピュイアみたいに目を細くして睨んでいた。

わたしはそれを抜き出した。

ミスター・テイトは共感をこめてうなずいた。

「これが写真の面白いところだな。カメラは一瞬の表現だ。数秒でもシャッターをあけてしまったら、画像は黒くなる。連続する行動、成果の積み重ね、スタイルと意見の流動的で明確な表現、我々はこういうものを人生だと考えている。ところが、一秒の十六分の一で写真はこういう大混乱を引き起こすことができる」

テイトは腕時計に目をやり、身振りでわたしを椅子に座らせた。

「あと十分ある。手紙を口述筆記してくれ」

宛先はデイヴィスのエージェントだった。ミスター・テイトの女優への敬意と、彼女の夫、および、エル・モロッコと思しき店でのすてきな誕生日のディナーへの好意を述べ、きたるワーナー・ブラザーズとの契約交渉や、シーズンオフに海辺のちいさな街でデイヴィスを見かけた気がすることについて触れた後、女優にインタビューを求める内容だった。彼はわたしに手紙をタイプし終えたら、机に置いておくよう指示し、ブリーフケースをつかみ、彼だけが楽しむに値する休暇に向けて帰宅した。ミスター・テイトは未だにヴィターズに腹を立てていたのかもしれない。それとも立腹の相手は欠陥品のエアコンディショナーだったのかもしれない。どちらにしても、手紙は一段落が長すぎたし、動詞がしつこすぎたし、形容詞が露骨すぎた。

十五分後にアリーとわたしがビルの外へ出たときは、彼女ですらケーキへの欲求が失せるほど暑かった。わたしたちは互いをねぎらいあって、角で別れた。そのあとわたしはセルフサービスの店の化粧室へ行き、今回は黒のベルベットのドレスに着替えて、髪に真っ赤なリボンをつけた。

◆◆◆

わたしのアパートメントでウォレスとふたりでカードをしたあの最初の夜、弁護士と会っていたのは資産を委託するためだったと、彼は打ち明けた。なぜか？　八月の二十七日にウォレスはスペインへ赴いて共和主義勢力に加わるつもりだったからだ。

彼は本気だった。

あんなに驚くべきではなかった、と今は思う。ありとあらゆる類の好奇心旺盛な若者たちがあのスペイン内戦に参加していた——時代の流れに乗っかった者や危険に憧れた者もいたが、大多数は見当違いの理想主義という健全な意欲に駆られていた。ウォレスの場合、あまりに多くを与えられすぎたというちょっとした負い目もあっただろう。

アッパー・イーストサイドの高級住宅に生まれ、アディロンダックの夏の別荘と狩猟用の植林地のある環境で、ウォレスは父親と同じプレップスクールとカレッジに通い、父親が亡くなると家業を継いでいた——父親のデスクや車のみならず、秘書、運転手も付いてきた。彼のために言っておくと、ウォレスは事業を二倍にし、祖父の名で奨学基金を設立し、同様の地位にある人たちの尊敬を勝ち得ていた。でもその間ずっと彼は自分が多くの信頼のもとに送っている人生は、自分のものではないと感じていた。製紙産業の指導者となり、教会の執事となって過ごしたその七年間は、父親の五十代の頃と同じだった。むこうみずな二十代はウォレスから完全に逃げてしまっていた。

だが今からでも遅くはない。

彼は堅実で安全で慣れ親しんだ人生を、丸ごとひと思いに捨て去るつもりだった。そして出発に先立つ一カ月を、彼の決断が引き起こす友人や家族との確執を調整するより、感じのいい第三者と過ごすことを選んだのだ。

ウォレスもわたしも残業が多かったので、週の中頃になるとビッツィやジャックと会って遅めの軽い食事をし、ブリッジを数回やった。ネイ・ヴァン・ヒューイズ家の流れをひくビッツィはペンシルヴェニアの裕福な有産階級の出身で、容貌を考えればその必要はないのに、とてもタフで抜け目がなかった。わたしたちの関係を固めたのは、わたしにはカードの才能があると彼女が発見したことが大きく関わっていた。二度めのダブルデートのときには、わたしたちは男性陣にお金を賭けさせ、彼らをダシにしてポイントを稼いだ。おひらきになると、ウォレスは縁石でわたしに友人らしいキスをしてタクシーに乗せ、わたしたちは一夜の熟睡のためにそれぞれのアパートメントへ帰った。でも週末はウォレスとふたりで何事も起きないマンハッタンの無風状態を祝って過ごした。

土曜日にウェストポートやオイスター・ベイで水上パーティがあれば、ウォレス・ウォルコットは必ず招待された。けれども、はじめて彼がテーブルに何通もの招待状を広げてみせたとき、内心気が進まないらしいことは一目でわかった。理由を尋ねると、こういう盛大なパーティは場違いな気がしてならないのだ、とウォレスは認めた。彼が場違いな気分になるのなら、わたしが助けになるとは到底思えなかった。そこで、わたしたちは断わり状を出すことにして、ハムリン家とカークランド家、ギブソン家に欠席の旨を伝えた。

パーティに行かない代わりに、土曜の午後はベントレーでウォレスの用足しに出かけた。ブルックスブラザーズやマイケルへ新しいカーキ色のシャツを買いに行った。二十三丁目へ、数挺のピストルの掃除を頼みに行き、次にブレンターノ書店へスペイン語の表現集を買いに行った。

ブラボー《オレ》！

メイソン・テイトに感化されたのかもしれないが、こうした単純な用事をこなすうちに、いつしかわたしのなかに完全無欠を好む傾向が芽生えはじめた。ほんの二、三週間前までは、こまごました生活の些事にわたしはほとんど注意を払わなかった。中国人の洗濯女がスカートの穴を繕ってくれたら、わずかな手間賃を払って礼を言い、教会の集まりに平気でそのスカートを履いていっただろう。なんといってもわたしの育ちでは盗みこそしないが、とにかく極力お金を使わないのが一番だったから、家に帰ったときにどこも傷んでいないメロンがあったりしたら、それは自分のものではありえないと思うのが当たり前だった。

そこへいくとウォレスの場合、どこも傷んでいないメロンはあって当然のものだった。少なくとも、わたしに言わせれば。

そんなわけで、新しいセーターの色が彼の瞳の色と合わなかったら、わたしはそれを送りかえした。最初の四つの髭剃り用石鹸の花の匂いがきつすぎたら、わたしはバーグドーフの女性店員に別の四つを持ってくるよう言いつけた。最上のサーロインステーキの厚みが充分でなかったら、カウンターのその場に立ったまま、ミスター・オットマネッリが気づくまで、肉切包丁をふるう彼に視線を送り続けた。他の誰かの生活の世話を焼くこと――ウォレス・ウォルコットが逃げ出したのは、まさにそんなことからだったのかもしれないが――が、自分に合っているのに気づいた。用事を片付けると（その見返りの信用を得て）、わたしたちは人気のないホテルのバーでカクテルを飲み、予約なしで高級レストランで食事をし、五番街をのんびり歩いてウォレスのアパートメントへ行き、小説を交換し、ハーシーのチョコレートをふたりで食べた。

八月初旬のある夜、観葉植物の鉢がちいさな白い蠟燭と共に壁に飾られたグローヴの店で遅い夕食をとっていると、ウォレスがクリスマスにはニューヨークにいないだろうと残念そうに切りだした。

クリスマスは明らかにウォルコット一族にとって大切な祝日だった。クリスマスイヴには三世代がアディロンダックの山荘で過ごし、みんなが真夜中のミサに参列している間に、ミセス・ウォルコットが全員の枕の上にそれぞれに合わせたパジャマを置くことになっていた。そして朝になったら、みんなが紅白のストライプやタータンチェックのパジャマ姿で、伐《き》ったばかりのトウヒの周りに集まるのだ。ウォレスは自分用の買い物はともかく、甥や姪たち、なかでも彼と同じ名前を持つ幼いウォレス・マーティンにうってつけの贈り物を見つけるのが得意だった。けれどもどうやら今年はクリスマスまでに帰国できそうになかった。

「今、彼らのために買い物しない？」わたしは言ってみた。「贈り物を包んで、〝クリスマスまであけてはいけない〟という名札をつけて、あなたのお母さんのところへ持っていくのよ」

「もっといいのは、ぼくの弁護士に……預けておくことだな。クリスマスイヴに渡してほしいという指示をつけて」

「そのほうがいいわね」

というわけで、わたしたちは皿を押しのけて、それぞれの受取人の個性をはっきりさせるために、ウォレスとの関係、年齢、性格、そして喜ばれそうな贈り物をリストにしはじめた。ウォレスの妹たち、義理の弟たち、姪、甥に加えて、ウォレスの秘書、運転手のマイケル、その他、彼が世話になっていると思う数人をリストアップした。さながらそれはウォレス一族の早見表だった。オイスター・ベイの女の子たちだったら、お金を払ってでもそれをひと目見ようとしただろう。

わたしたちは週末をかけてショッピングに精を出し、ウォレスの出港の一日前の夜はプレゼントを包むため、彼のアパートメントでふたりで夕食をとることにした。その朝、クロゼットをのぞいたとき、真っ先に頭に浮かんだのは水玉のワンピースだった。でもなんとなく合わない気がした。クロゼットの奥を漁《あさ》り、一世紀ぐらい着ていなかった黒のベルベットのドレスを見つけ出した。次にわたしは裁縫箱をひっかきまわして、ポインセチアのように赤いリボンを取り出した。

◆◆◆

ウォレスがアパートメントのドアをあけたとき、わたしは膝を曲げてお辞儀した。

「ホウホウ……ホウ」とウォレスはサンタクロースの笑い声を真似た。

居間の蓄音機からキャロルが流れていて、シャンパンのボトルには常緑樹の枝のリースがかけられていた。わたしたちは聖ニコラスとジャック・フロスト〔聖ニコラスはサンタクロース、ジャック・フロストは霜の妖精〕と、勇敢な冒険からの迅速な帰還に乾杯した。それからハサミと粘着テープを持って絨毯に座り、作業を開始した。

ウォルコット一族は製紙業に従事しているので、この世のありとあらゆる包み紙を入手することができた。ステッキの形のキャンディ模様が入った深緑色。ソリに乗ってパイプをくゆらすサンタの絵がついた深い赤。しかし、どんなものも厚みのある白い紙――ロール状のまま各家に配られる――で包むのが一族の伝統だった。そのあとで、めいめいに似つかわしい異なる色のリボンがかけられるのだ。

十歳のジョエルのためにわたしが包んだのはミニチュアの野球場で、ベース周辺のボールベアリングを叩くバネ仕掛けのバットがついていた。リボンは青にした。十四歳のペネロピー――キャンディを筆頭に大半の楽しみごとに眉をしかめる修行中のキュリー夫人みたいな――には、二匹のトカゲのぬいぐるみを包んで黄色のリボンをかけた。プレゼントの山が減っていく間、わたしはちいさなウォレスのプレゼントに目を光らせていた。ショッピングに行ったとき、大きなウォレスは、名付け子には特別に考えているものがあると言っていたが、プレゼントの山に素早く目を走らせた限りでは、どれなのかわからなかった。謎が解けたのは、最後のプレゼントが包まれたときだった。ウォレスが紙をちいさな四角形に切ってから、父親の文字盤の黒い腕時計を腕から外したのだ。

仕事が完了し、キッチンに移動すると、ゆっくりとローストされるジャガイモの匂いが漂っていた。オーヴンの様子を点検したあと、ウォレスがエプロンをして、わたしが前日慎重に選んでおいたラムチョップを焼いた。次にチョップを移し、フライパンにミントジェリーとコニャックを注いで焦げ目を煮溶かした。

「ウォレス」とわたしは彼が皿を渡してくれたついでに尋ねた。「もしもわたしがアメリカに宣戦布告したら、とどまってわたしと一緒に戦ってくれる?」

食事が終わると、ウォレスを手伝って、贈り物を奥の食糧庫へ運んだ。廊下にずらりと並ぶのは、羨望をかきたてる場所を背景にほほえむ一族の写真だった。桟橋に立つ祖父母たち、スキー場のおじ、馬に横乗りする姉妹たち。はじめは、この奥廊下のギャラリーがなんだか奇妙に思えたが、その後数年にわたって同様の廊下で同様の配置に遭遇するにつれ、最終的にわたしはそれをほほえましいWASPっぽさとして見るようになった。彼らなりの生き方に静かに浸透している（親族同様、場所への）控えめな感傷のこもった、よそゆきの写真だからだ。労働者階級の多いブライトンビーチやロウワー・イーストサイドでよく目にするのは、マントルピースの上のドライフラワーと燃える蠟燭のうしろにあるたった一枚の写真であり、代々家族はそこでこうべを垂れて祈りを捧げてきた。わたしたちの家庭では郷愁は、子や孫のために先祖が払った犠牲を知らせるかすかなバイオリンの音だった。

写真の一枚は上着にネクタイ姿の数百人の少年たちを写したものだった。

「セントジョージ校の写真？」

「そうだ。ぼくが上級生……だったときの写真だよ」

わたしはもう少し近づいて、ウォレスを見つけようとした。彼は優しげで目立たないひとつの顔を指差した。わたしの目はすでにそこを通過してしまっていた。ウォレスは学校の集合写真（や、正式な舞踏会のデビュタントを迎える一列に並んだ男性陣の中）ではどこにいるのかわからないタイプだったが、長ずるにつれて、まわりの個性が薄れるのと逆に目立つようになっていた。

「これは全校生徒なの？」少年たちの顔をもう一度よく見たあと、わたしは訊いた。

「きみが探しているの……はティンカーか？」

「ええ」

「彼ならここにいるよ」

ウォレスが指差す写真の左側に、わたしたちの共通の友人が全員から少し離れてぽつんと立っていた。あと一分あったら、わたしはきっとティンカーを見つけていただろう。十四歳のティンカーは、想像通りの顔をしていた――頭はくしゃくしゃで、上着にはちょっと皺がより、目は今にもこちらへ飛び出してきそうにカメラを見ていた。

するとウォレスがにやりとして、写真の反対側の端へ指を移動させた。

「そしてここにもいる」

確かに全員のずっと右のほうに、ちょっとぼやけているがまぎれもないティンカーがもうひとりいた。

ウォレスの説明によれば、全校生徒に焦点を合わせるために撮影者は三脚付きの古い箱型カメラを使ったのだが、大判のネガフィルムの上をレンズの口径がゆっくり移動して、集合体の一部を瞬間的に感光させる。このため、端っこにいる誰かが生徒の集合体の背後を全力疾走すれば写真に二度あらわれることができるのだ――ただし、タイミングをうまくはかって猛スピードで走ればの話。毎年、何人かの新入生がその離れ業に挑んだが、ウォレスの記憶にある限り、成功したのはティンカーだけだった。ふたりめのティンカーの満面の笑みからも、彼が成功を知っていたのが見て取れる。

ウォレスとわたしはティンカーとイヴを話題にしないという暗黙の了解を守ってきた。でも、妖精パックを地でいくようなティンカーを見たことで、わたしたちはそろって気分が良くなった。しばらく写真の前にとどまって、わたしたちはその離れ業を称えた。

「訊いてもいいかしら？」少ししてから、わたしは言った。

「もちろん」

「ベレスフォードでみんなでディナーを食べたあの夜ね、エレベーターで階下へ降りていく途中でバッキーがティンカーのことを灰からよみがえった不死鳥みたいだと言ったでしょう」

「バッキーは……ガサツなところがあるんだ」

「そうだとしてもよ。あれは何のことなの？」

ウォレスは黙りこんだ。

「そんなに悪いこと？」わたしは返事を促した。

ウォレスは穏やかな笑みを浮かべた。

「いや。それ自体は悪くない。ティンカーはフォール・リバー〔マサチューセッツ州の都市〕の由緒ある家の生まれだった。ところが彼の父親が……立て続けの不運に見舞われた。ほとんどすべてを……失ったんじゃないかな」

「大恐慌で？」

「いや」

ウォレスは写真を指差した。

「ティンカーが新入生だったこの頃のことだ。記憶に残っているのはぼくが……監督生だったからだよ。理事たちが集まって、彼の環境の変化を考慮して……どうするべきか話し合った」

「奨学金を与えたの？」

ウォレスはゆっくり首を横に振った。

「彼らはティンカーに退学を勧告したんだ。結局ティンカーはフォール・リバーのハイスクールを出て……プロヴィデンス・カレッジを卒業した。卒業後……信託会社の事務員になり、再出発をめざして必死に働きはじめた」

〝バック・ベイに生まれ、ブラウン大学に通い、祖父が創設した銀行で働いている〟それが会って十分後、わたしが勝手に想像して悦に入っていたティンカーの経歴だった。

人懐っこい笑顔の巻き毛の少年の写真を改めて見て、わたしは数カ月ぶりに彼に会いたくなった。何かをやり直すためではない。イヴのことや、起きたこと、起きなかったこと、起きたかもしれないことを話す必要はなかった。ただ、第一印象に新しい光を当てて、ホットスポットに入ってきて隣のテーブルに座り、バンドを見物し、独奏者の耳障りな演奏にティンカーが困ったような微笑をわたしに向けたときに、白紙の状態で彼を受け入れたかったと思った。ウォレスからのこのささやかな情報のおかげで、本当なら以前からわかっていたはずのことが明らかになった――成年に達したとき、ティンカーとわたしは敷居を挟んで対峙していたのではなく、同じ側に並んで立っていたのだ。

ウォレスは探るような目で写真を右から左へと見ていた――それが撮影された瞬間にミスター・グレイが家族の資産を丸ごと失ったかのように――そして生徒たちの両端にいるふたりのティンカーが、ひとつの人生の終わりともうひとつの人生のはじまりを象徴しているかのように。

「不死鳥が灰から生まれたことは大抵の人間が覚えている」とウォレスは言った。「だが、もうひとつの特徴は忘れているんだ」

「それは何なの？」わたしは尋ねた。

「不死鳥は五百年生きるということだよ」

◆◆◆

翌日、ウォレスは船出した。

いや、ちょっと違う。

一九一七年なら、〝船出した〟と表現して構わないだろう〔一九一七年はアメリカが第一次世界大戦に参戦した年〕。ぱりっとした軍服に身を包んだ、金髪で薔薇色の頬の若者たちの大隊は、ブルックリン造船所の桟橋に集結していた。雑嚢《ざつのう》を肩に担いで陽気に〝いざゆかん〟と声を合わせて歌いながら、灰色の巨大巡洋艦のタラップを渡った。ついに号笛が鳴り響くと、彼らは恋人に投げキスをし、あるいは悲運を予知して下方で泣いている母親に手を振ろうと、我先に手すりに陣取った。

けれども、一九三八年、スペイン内戦で戦うために国を離れる裕福な若者の場合は、熱狂はなかった。クイーン・メアリ号の一等切符を買い、のんびりとランチを済ませて桟橋にあらわれた。早くも外国語表現集をめくっている旅行客に混じって礼儀正しくタラップを上り、上甲板にある船室へ向かうと、先に届いていた荷物は乗客係によって丁寧に荷ほどきされていた。

国際連盟がスペイン内戦における外国人義勇兵の参加を禁じて以来、船長のテーブルで（フィラデルフィアのモルガン家と、おばにつきそうブリーズウッド姉妹の間に座って）夕食をとりながら、スペイン行きを論じるのは顰蹙《ひんしゅく》を買った。サウサンプトンに着いて入国管理職員に本当の目的を言うのはもってのほかだった。代わりに、学生時代の友人に会って、絵画を一、二点買うためにパリへ行く途中であると言うのが無難だった。これから列車でドーヴァーまで行って船でカレーに渡り、車で南フランスへ行って、ピレネー山脈をハイキングする、もしくは、釣り船を雇って沿岸を走ると。

「それじゃ、マイク」とウォレスがタラップに立って言った。

「お気をつけて、ミスター・ウォルコット」

ウォレスがわたしの方を向いたとき、これからの土曜日をどう過ごせばいいのかわからないことに気づいた。

「あなたのお母さんのおつかいがわたしにできるかしら?」と訊いてみた。

「ケイト、きみは人の使い走りなど……すべきじゃない。ぼくのも。母のも。メイソン・テイトのも」

マイケルとわたしが桟橋をあとにしたとき、車内には沈痛なムードが漂っていた――わたしたちはどちらも同じ気分だった。車がマンハッタンへの橋を渡り出したとき、わたしは沈黙を破った。

「彼は用心深く行動すると思う、マイケル？」

「戦争ですから、ミス、用心深くては目的を遂げられないかと」

「そうね、そうでしょうね」

車の窓から市庁舎が漂うように過ぎていくのが見えた。チャイナタウンではちいさな老女たちがろくでもない魚を積んだ手押し車の周りに群がっていた。

「自宅へお帰りになりますか、ミス？」

「ええ、マイケル」

「十一丁目でしたね？」

聞いてくれたのはマイケルの思いやりだった。もしウォレスの住所を伝えていたら、彼はわたしをそこへ送り届けただろう。縁石に車を止め、バックシートのドアを開けただろうし、ビリーが建物のドアをあけ、ジャクソンがわたしをエレベーターで十一階へ乗せて行っただろう。わたしはそこでさらに数週間、自分の今後を考えまいとしただろう。けれども、プレゼントの山を法律事務所のファイル室へ届けたら、マイケルはすぐに茶のベントレーを防水布で覆うだろうし、ジョンとトニーはレミントンとコルトを分解してロッカーに片付けるだろう。短かった完全無欠とわたしの出会いもそろそろバラバラにされて片付けられる頃合いだった。

ウォレスが出発したあとの木曜、わたしは仕事のあと、バーグドーフのウィンドウを見ようと五番街へ歩いて行った。新たなディスプレイに備えて、数日前にウィンドウに幕がおろされているのに気づいていたのだ。

春夏秋冬、いつもわたしはバーグドーフの新しい季節のディスプレイを眺めるのを心待ちにしてきた。ウィンドウの前に立つと、宝石をちりばめたあの卵〔インペリアル・イースター・エッグと呼ばれ、ロマノフ朝の皇帝に納められた。製作者は金細工師のファベルジェ〕のひとつを受け取るロシアの皇女の気分になった。細密画で凝った場面が再現され、苦労して組み立てられたあの卵。片目を閉じて内部を覗き込めば、惚れ惚れするような細部に見とれるうちに時間を忘れる。

〝惚れ惚れする〟という表現がまさにぴったりだった。バーグドーフのウィンドウが宣伝するのは、三十パーセント引きの売れ残り商品ではなかったから。五番街を行き過ぎる女性たちの生活を一変させるような企画がいつもお目見えした——ある人には羨望を、またある人には自己満足を差し出すが、あらゆる女性にとっての可能性を垣間見せてくれる。そして一九三八年の秋を、我が五番街のファベルジェは失望させなかった。

ショーウィンドウのテーマは、グリム兄弟やハンス・クリスチャン・アンデルセンの有名な作品をヒントにしたおとぎ話だった。ただし、〝お姫様〟は男性に、〝王子様〟は女性に変えてあった。

最初のウィンドウの中では、漆黒の髪と陶器のような肌をした若い貴族がほっそりした両手を胸の上で組んで、花でいっぱいのあずまやに横たわっていた。そして彼の傍に立つのは颯爽たる若い女性（スキャパレリのデザインによる赤いボレロ風の上着を着た）で、戦《いくさ》のために髪は短くカットされ、剣をベルトにきちんとはさんで手には忠実な馬の手綱を握っていた。世知に長けたと同時に思いやりのある表情で、彼女は急いでキスによって若者を起こそうという風もなく、悠然と王子を見おろしていた。

　次のウィンドウにはルネサンスもどきのオペラの舞台が設えてあり、大理石の百段の階段が宮殿の扉から石畳の中庭へと続いていて、そこでは四匹のネズミがかぼちゃの陰に隠れていた。そのあたりに、大急ぎで角を曲がってちいさくなっていく金髪の継息子《ままむすこ》の姿があり、一方、前面の中央にはお姫様（身体にぴったりしたシャネルの黒のドレス姿の）がガラスでできたオーソドックスな靴の片方を決然たる表情で見ていた。その表情からは、彼女が王国中に——従者から家令に至るまで——今にもお触れを出して、夜明けから日暮まで、その靴の持ち主である若者を捜索させようとしていることがうかがえた。

「ケイティよね？」

　振り返ると、すぐ隣に取り澄ましたブルネットがいた——小さなコネチカット州出身のウィスだった。八月の午後のウィステリアの服装を想像するよう求められていたら、ガーデンクラブ・オブ・アメリカを思い浮かべたことだろうが、それは間違いだったようだ。コバルトブルーの半袖のドレスとそれにマッチした非対称の帽子という装いは、優雅そのものだった。

　ティンカーとイヴの夕食会では、あまり馬が合わなかったから、ウィスがわざわざ声をかけてきたのは少し意外だった。他愛のない言葉を交わしている間も、彼女の態度は友好的で、目はきらめいているとさえ言えた。当然、会話はすぐに彼らのヨーロッパでの休暇のことになった。いかがでしたか、とわたしは尋ねた。

「すてきだったわ」ウィスは言った。「申し分なく、すてきだったわよ。ヨーロッパにいらしたことは？　ないの？　そう、七月の南フランスのお天気はうっとり《ラヴィサン》するほどだし、食べ物は信じられないぐらい美味しいの。でも、ティンカーとイヴリンが一緒だったから、楽しみが倍増したわ。ティンカーはそれはきれいなフランス語を話すのよ。それに四人でいると一時間ごとに特別な活気が加わるの。浜で朝早く泳いだり……海を眺めながら長いランチを楽しんだり……夜遅く街へ遠出したり……だけどもちろん（軽い笑い）早朝の水泳を活気づけるのはティンカーで、深夜のお出かけの方はイヴだけど」

ようやく、彼女が声をかけてきた理由がわかってきた。

ベレスフォードでのあの夜、ウィステリアは仲間はずれだった。でも、早口のおしゃべりと時々の皮肉にじっと耐えていた彼女は、年季の入った福音伝道者みたいに、いつか主が自分の忍耐に報いてくださると信じていたのだろう。そしてこれがそうなのだ。溜飲を下げる日、歓喜の日。反撃に出る思いがけないチャンス。南フランスとなると、仲間はずれになるのが誰か、わたしたちはどちらも正確に知っていた。

「なるほど」わたしは会話を終わらせようとしながら言った。「あなたたちが全員帰ってきて、よかったわ」

「あら、一緒に帰ってきたわけじゃないのよ……」

ウィスはわたしの腕に指を二本そっと触れて、引き止めた。

指先のマニキュアの色が、口紅の色とまったく同じなのがわかった。

「もちろん、そのつもりだったのよ。そうしたら、出港直前になって、ティンカーが仕事でパリに寄らなくちゃならないと言ったの。イヴはもう帰りたいと言ったわ。だから彼が（陰謀めかした笑み）エッフェル塔でのディナーをご馳走すると約束してイヴを引きとめたのよ」

（またしても陰謀めかした笑み）

「だけど、わかるでしょ」ウィスは続けた。「ティンカーは仕事でパリに行くつもりなどなかったの」

？

「カルティエに行くつもりだったのよ！」

ウィスも大したものだ。わたしは頬がかっと熱くなるのを意識した。

「ふたりでパリへ出発する前に、ティンカーがわたしをこっそり呼んでね。彼、絶望的な状態だったわ。そういうことになると、からきし役に立たない男性っているのよ。ルビーのブレスレットか、サファイアのブローチか、真珠の長いネックレス《ソトワール・ドゥ・ペルル》か。どれにしたらいいのか、途方に暮れていたの」

もちろんわたしに訊く気はなかった。でも、訊いても訊かなくても同じことだった。ウィスはすでに手を物憂げに伸ばして、ブドウ一粒大のダイヤモンドを見せたから。

「こういうのをイヴに買いなさい、とティンカーに言ったわ」

ダウンタウンに戻り、ウィスとの遭遇でまだちょっとぼうっとしたまま、やっとのことで食糧棚に食糧を補充するという雑用を果たすべく店に入った。新しいカード一組、ピーナツバターひと瓶、二級品のジンひと瓶。とぼとぼと階段をのぼっていくと、3Bの花嫁が母親のボロネーズソースをすでに完成させ、改良すらしたような匂いが漂ってきて、ちょっとびっくりした。食品袋を落とさないように腕に抱えて鍵を回し、敷居をまたぎかけて、ドアの下から差し込まれていた手紙をすんでに踏みつけそうになった。テーブルに食品袋をおろし、手紙を拾いあげた。

ホタテ貝をエンボス加工したアイボリー色の封筒だった。表に切手は貼られていなかったが、非の打ち所のない筆跡で住所が書かれていた。これほど美しく書かれた自分の名前を見たのははじめてだったように思う。Kのひとつひとつが二・五センチの高さに直立し、脚はその他の文字の下に優雅な曲線を描いて、アラビア人の靴の爪先みたいにくるんと丸まっていた。

封筒の中には金で縁取りしたカードが一枚入っていた。かなり分厚かったので、抜き出すために封筒を引き裂かなくてはならなかった。一番上にはやはりホタテ貝があしらわれており、下の方に時間と日付けと、わたしの臨席を賜りたいとの要請がしたためられていた。それはホリングスワース家がレイバーデイに催す盛大なパーティへの招待状だった。数百マイル彼方の海から、ウォレス・ウォルコットが思いやってくれた、これもまた特別の計らいだった。

十六章　諍いのもと

今回〈ホワイルアウェイ〉に着いたときは、庭を通る回り道はしないですんだ――わたしは招待客たちに混じって玄関から邸内に入った。でも、フランに説得されてメーシーのバーゲンセールで買った服は、わたしよりフランに似合っていた。生垣を通り抜けてこっそり入り込むべきだったという気分が拭《ぬぐ》いきれなかった。その正当性を強調するかのように、ふたりの男子大学生が玄関ドアのところでわたしの横をさっとすり抜けた。彼らは無造作に脱いだ上着を召使の手に突っ込み、ウェイターからシャンパンのグラスを取った――どちらとも目を合わせることなく。まだ何の功績も残していなくても、第二次大戦末期のパイロットと同じように、彼らはすでに自信満々だった。

居間の入り口、避けることのできないまさにその場所に、ホリングスワース家の人たちが出迎えの列を作っていた。夫妻、息子のふたり、妻のひとり。わたしが名前を言うと、ミスター・ホリングスワースは、子供たちの知人の詳細を把握する努力はとっくの昔に断念した父親らしく、儀礼的な笑顔でわたしを歓迎した。ところが年上の息子のひとりが耳打ちした。

「彼女はウォレスの友達だよ、パパ」

「彼が電話で知らせてきた例のレディかね？　うん、そうか」ミスター・ホリングスワースはなにやら打ち明けるような口調になって、付け加えた。「あの電話は大騒ぎを引き起こしましてな、お嬢さん」

「デヴリン」とミセス・ホリングスワースがたしなめた。

「うん、わかっとる。いや、ウォレスのことは生まれた日から知っているんだよ。だから、ウォレスの言わなかった、あんたの知りたいことが何かあったら、わたしに会いにいらっしゃい。それじゃ、くつろいでゆっくりしていってください」

外のテラスに吹く風はほどほどに激しかった。太陽はまだ沈んでいなかったが屋敷全体には明かりが煌々とついていて、天候が急変したらひと晩中室内にいればいいと、客たちを安心させているかのようだった。タキシードの男性たちがルビーやサファイヤや真珠の長いネックレス《ソトワール・ドゥ・ペルレ》をつけた女性たちとさりげなく語らっていた。七月にわたしが見たあの打ち解けた優雅さと同じだったが、今日はそれが三世代にわたっていた。ゴージャスな名付け子たちの頬にキスしている銀髪の大物と一緒にいるのは、叔母たちを皮肉たっぷりの発言――声をひそめた――で呆れさせている遊び人の若者たちだった。タオルを肩に引っ掛けてビーチから遅れてあがってきた数人が、遅刻を悪びれる風もなく、元気いっぱいで楽しそうに屋敷に向かっていった。彼らの影が芝生に長くストライプ状に延びていた。

テラスの端のテーブルに例のピラミッドが載っていた。最上部のグラスからあふれたシャンパンが滝のようにステムを伝ってすべてのグラスを満たしている。その見事な眺めをだいなしにしないように、この千ドル級の景観の担当者がテーブルの下から新しいグラスを取り出して、わたしにシャンパンを注いでくれた。

ミスター・ホリングスワースはああ言って励ましてくれたけれど、くつろいでゆっくりしていくのは無理そうだった。でもウォレスがせっかく骨を折ってくれたのだ。わたしは顔を少し冷やして、シャンパンをジンと取り替え、招待客の渦に身を投じることにした。

化粧室の場所を尋ねると、正面階段をのぼって馬の肖像画の前を通過し、羽目板張りの廊下を東翼の突き当たりまでいくとある、と指示された。女性用の化粧室は薔薇園が見えるクリーム色の部屋だった。壁紙もクリーム色、椅子数脚もクリーム色、長椅子もクリーム色だった。

先客がふたりいた。わたしは鏡の前に座って、イヤリングをつけ直すふりをしながら、鏡に映る彼女たちを観察した。ひとりめは冷たい顔つきの、長身でショートヘアのブルネットで、桟橋からあがってきたばかりだった。水着が足元に脱ぎ捨てられており、人目をはばからずに裸体を拭いていた。緑がかった青のタフタのドレスを着たもうひとりは照明付きの化粧台に向かって涙で流れたマスカラをつけなおそうとしていた。ざっと三十秒おきに彼女はすすり泣きを漏らした。スイマーの女性はあまり同情を示していなかった。わたしも女性にならった。慰めを得られないまま、彼女は鼻を一度すすって、出て行った。

「せいせいしたわ」スイマーがそっけなく言った。

彼女はタオルで最後に一度髪をごしごし拭いてから、それを投げ落とした。アスリートの肉体には、今から着ようとしている背中が大きくあいたドレスがよく映えそうだった。彼女が両腕を動かすと、肩甲骨まわりの筋肉が盛り上がるのがわかった。靴を履くのに彼女はわざわざ腰掛けたりしなかった。足を靴に滑り込ませ、踵を左右に動かして足全体をきちんと押しこんだ。次に長くて細い腕を肩越しに伸ばして、ドレスのジッパーを上げた。

鏡を見ていたわたしは、彼女の靴が載っていたソファの下の絨毯に、輝くものを見つけた。部屋を横切って四つん這いになり、その物体に手を伸ばした。ダイヤモンドのイヤリングだった。

ブルネットが今、こちらを見ていた。

「あなたの？」そうでないことを知った上で、わたしは尋ねた。

彼女はイヤリングを手に取った。

「いいえ。でもこれはかなりの品よ」

彼女はどうでもよさそうに室内を見回した。

「普通は対になっているものだわ」

わたしがソファの下を調べる間、彼女は濡れたタオルを振った。一分あまり探したあと、彼女はイヤリングをわたしに返した。

「諍いのもとね」と彼女は言った。

スイマーは自覚している以上に正しかった。なぜならわたしは他ならぬこのイヤリング——ホワイトゴールドの留金付きの長方形カット《バゲット》のダイヤモンド——が、ティンカーのベッドサイドテーブルにイヴが見つけた、あの一対の片割れであることを確信していたからだ。

曲線を描く正面階段をおりながら、グラス一杯のシャンパンが回ったかのように、わたしはふらついていた。ティンカーとイヴがパリからどんなニュースを持ち帰ったにせよ、それを聞く準備はできていなかった——このような環境では。わたしは歩調を落として、階段の幅が最も広くて手すりがすぐそばにある、階段の外側の端に移動した。
ロビーは新たな到着客たち——さらなるパイロットと自分でジッパーをあげるブルネットたち——でごった返していた。互いを見て陽気に喜んでいる彼らは、流行りの遅刻癖で出口を塞いでいた。でもティンカーとイヴがこの〈ホワイルアウェイ〉にいるのなら、ロビーで立ち往生してはいないだろう。仲良し四人組を作ってこのひとときに活気を与えているだろう。階段の下に着いたとき、ドアまで二十歩、電車まで半マイルの辛抱だ、とわたしは思った。

「ケイティ！」

居間からつかつかと出てきた女性が、わたしの不意をついた。もっとも、彼女の接近法からそれが誰か気づくべきだった。

「ビッツィ……」

「ウォリーが急いでスペインへ行っちゃって、ジャックもわたしも本当にがっかりだわ」

彼女は持っていたふたつのシャンパンのグラスのひとつをわたしに突き出した。

「内戦に加わるつもりだって何カ月も彼が言ってたのは知ってるけど、実行するなんて誰も思わなかったのよ。特にあなたがあらわれてからは。心配してる？」

「わたしなら元気よ」

「もちろんよね。ウォリーから便りはあった？」

「まだ」

「じゃ、誰も知らないのね。ランチの日取りを決めましょうよ。あなたとわたしはこの秋、急速に親しくなりそうだもの。そんな気がする。でもジャックに挨拶してって」

居間の入り口でジャックがジェネラス〔寛大の意味〕という名の女性と一緒に大笑いしていた。彼女は名前とは正反対の性格で、三メートル離れていても、彼女が友達をダシにして長話をしていることは明らかだった。ジャックがわたしを彼女に紹介している間、行儀よくここから消えるまであとどのくらいつまらないおしゃべりをしなくてはならないのだろうと憂鬱になった。

「最初から話してくれよ」ジャックがジェネラスに言った。「実に面白い話だ！」

「いいわよ」ジェネラスはいかにも退屈そうに言った——自分が生まれた日に退屈が発明されたかの

ように。「あなたはティンカーとイヴリンを知ってる?」

「彼女は、彼らと一緒に自動車事故にあったのよ」ビッツィが口をはさんだ。

「だったら、絶対に聞きたくなる話よ」

ヨーロッパから戻ったばかりのティンカーとイヴは、〈ホワイルアウェイ〉のゲストハウスのひとつで週末を過ごしていた、とジェネラスは説明した。そして今朝、みんながひと泳ぎしている間、ティンカーはスプレンディド号に見とれていた。

「スプレンディド号ってのはホリーの小帆船なんだ」とジャックが説明した。

「彼の大事なベイビーよ」とジェネラスが訂正した。「ホリーはその船をブイにつないでいるの。そうすれば、上下に揺れるたびに、みんながおおっとかわあっとか歓声をあげるじゃない。ま、そういうことなの。あなたのお友達のティンカーがその小帆船のことをあんまり褒めるもんだから、ホリーが言ったわけ。〝きみとイヴのふたりでちょっと走らせてみたらいい〟ってね。その一言は、アトランタみたいにわたしたちをノックアウトしかねなかったわよ〔南北戦争で、ジョージア州アトランタは灰燼に帰した〕——だってホリーが大事な船を人に貸すなんて! でもホリーとティンカーはすべてをあらかじめ計画していたの。桟橋での水泳とか、延々続いたおしゃべりとか、褒めちぎることとか。それが証拠に小帆船にはシャンパンや詰め物をしたチキンが積み込まれていたんだもの」

「要するにどういうことだ?」ジャックが訊いた。

「誰かさんが根負けしたってことね」ビッツィが言った。

またあれがはじまった。頬がかすかにチクチクするような感覚。それはわたしたちに決まりの悪い思いをさせる世間に対する、身体の光速級の反応だ。そして、人生で最も不快な感覚のひとつだ——それが役に立つようなどんな進化の目的があるのかといぶかしみたくなるような。

ジャックが想像上のトランペットを持ち上げて、みんなが笑うなか、ラッパッパーと吹き鳴らすふりをした。

「だがここからが最高なんだ」ジャックがそう言ってジェネラスに続けるようせきたてた。

「ホリーは一、二時間も経ったら、ティンカーとイヴは帰ってくるだろうと思っていたの。でも、六時間経ってもまだ戻ってこなかった。ホリーはふたりがメキシコへ逃走したんじゃないかと心配しはじめた。そこに、ボートに乗った子供がふたり、栈橋に乗りつけて、スプレンディド号を見たよと教えてくれたの——砂州に乗り上げてたよ。そして乗っている男の人が、引き船を見つけてきてくれたら二十ドルくれるって言ったんだ」

「ロマンティックな状況がだいなしだわ」ビッツィが言った。

誰かが笑いすぎて息も絶え絶えに、目を見開いて走って行った。

「彼らが帰ってくるんだわ。ロブスター船に曳航《えいこう》されて！」

「これを見ない手はないぞ」ジャックが言った。

誰もかれもがテラスを目指していた。わたしは玄関を目指した。

軽いショック状態だったのだと思う。理由は神だけがごぞんじだ。アンは何カ月も前からこうなることを予見していた。ウィスも。〈ホワイルアウェイ〉の群衆全体がにわかごしらえの祝賀会のために栈橋に集まる準備をしているようだった。

上着が持ってこられるのを待ちながら、わたしは居間を振り返った。最後の見物人がフランスドアから出て行こうとしており、部屋はほぼ無人になっていた。白いディナージャケットを着た、わたしより少し年上の男性がバーの前に立っていた。両手をポケットに突っ込み、真剣に何事か考えているようだった。男性の前に割り込んできた祝賀会の参加者がマグナム瓶〔ワインなどを入れる一・五リットルの酒瓶〕をつかみ外へ出て行く途中で紫陽花を活けた壺をひっくり返した。ディナージャケットの男性は道義的失望の表情でそれを見た。

召使が上着を持って戻ってくると、わたしは礼を言い、遅まきながら夜のはじまりに見かけた男子大学生たちを意識して、召使と目を合わせなかった。

「こんなに早くお帰りじゃないでしょうな!」

それは車回しから入ってきたミスター・ホリングスワースだった。

「すてきなパーティですね、ミスター・ホリングスワース。お招きいただいてありがとうございました。でも少し気分がよくないんです」

「ああ、それは残念だ。近くにお泊まりかね?」

「街から電車できました。どなたかにタクシーを呼んでもらおうかと思っていたところです」

「いや、それはいけない」

彼は居間の方を振り返った。

「ヴァレンタイン!」

白のディナージャケットの若者がこちらを向いた。金髪に端整な顔立ち、生真面目な物腰は飛行家と判事を足して二で割ったような感じだった。両手をポケットから出すと、彼は足早にロビーを横切ってきた。

「はい、お父さん」

「ミス・コンテントを覚えているな。ウォレスのお友達だ。気分が優れないので、街へお帰りになる。駅まで送って差し上げられるな?」

「もちろん」

「スパイダーを使うといい」
外に出ると、レイバーデイの風が葉を地面に散らしていた。雨になりそうな気配だった。週末の残りはがたつく網戸の音を聞きながら、クリベッジ〔トランプ・ゲームの一種〕とお茶で過ごす羽目になるだろう。カジノは休業し、テニスのネットははずされ、小型ヨットは十代の少女たちの夢みたいに岸に引き上げられるだろう。

わたしたちは敷地内の白い砂利敷きの車道を横切って、六台分のガレージへ向かった。スパイダーはふたり乗りの鮮やかな赤い車だった。ヴァレンタインはその前を通り過ぎて、大きな黒の一九三六年型のキャデラックを選んだ。

車道沿いに広がる芝地に停まっている車は百台はあったに違いない。一台のライトが付いていて、ドアはあけっぱなしで、ラジオが鳴っていた。ボンネットに男女が仰向けに並んで煙草をふかしていた。ヴァレンタインはマグナム瓶をつかんだ男を見たときと同じ、道義的失望の表情で男女を見た。車道が途切れたところで、彼は右へハンドルを切り、ポストロードへ向かった。

「駅は反対方向じゃありません?」
「街まで送りますよ」
「そこまでしていただかなくても大丈夫です」
「どうせぼくも戻らなくちゃならないんです。朝一番で会議があるので」

実際に会議があるのかどうかは疑わしかったけれども、わたしとの時間を過ごすための口実でないことは確かだった。運転しているあいだ、彼はこちらを見ようとも、会話をしようともしなかった。わたしにとっても好都合だった。あのパーティから抜け出すためなら、わたしたちはどちらも獰猛な犬の散歩だって買って出ただろう。

数キロ走ったあたりで、グラブコンパートメントからメモ帳とペンをとってほしいと頼まれた。ヴァレンタインはダッシュボードの上にメモ帳を載せて、何事か書きとめた。その一番上の紙を破りとって上着のポケットに突っ込んだ。

「ありがとう」と言いながらメモ帳をわたしに戻した。

つまらないおしゃべりをしなくてすむように、彼はラジオをつけた。スウィングジャズが聞こえてきた。彼はダイヤルを回した。バラードが流れたが、それを素通りして、ルーズヴェルトの演説でちょっと手を止め、結局バラードに戻した。ビリー・ホリデイが『ニューヨークの秋』を歌っていた。

〝ニューヨークの秋
なぜこんなに魅力的なの？
ニューヨークの秋
公演初日の胸躍る気持ち〟

ベラルーシからの移民ヴァーノン・デュークが書いた『ニューヨークの秋』は、事実上ジャズのスタンダードナンバーとして世に送り出された。初演から十五年でチャーリー・パーカー、サラ・ヴォーン、ルイ・アームストロング、エラ・フィッツジェラルドがそのセンチメンタルな世界を探検した。二十五年もしないうちに、チェット・ベイカー、ソニー・スティット、フランク・シナトラ、バド・パウエル、オスカー・ピーターソン等による解釈のそのまた解釈が出てきた。この曲が秋についてわたしたちに尋ねているまさにその問いを、わたしたちはその曲に投げかけることができる。〝なぜこんなに魅力的なの〟

たぶん、その要因のひとつは、どの都市にも独自のロマンティックな季節があるということだろう。年に一度、都市の建築、文化、園芸の変化が、街でふとすれ違った男女が感じる恋の予感のように、太陽の歩みと並ぶ。ウィーンのクリスマスやパリの四月のように。

わたしたちニューヨーカーの秋に対する特別な気持ちはそれに似ている。九月よ、早くおいで。日は短くなり、木々の葉は灰色の秋の雨にうなだれても、夏の長い日々がようやく終わったという安堵感。そして、大気に漂う若返ったような不思議な雰囲気。

〝鋼鉄の谷には
きらびやかな群衆と
きらめく雲
それが感じさせてくれる
我が家に戻ってきたと

ニューヨークの秋は
新しい恋の予感を連れてくる〟

そう、一九三八年の秋は何万ものニューヨーカーたちがその歌の魔力のとりこになった。ジャズバーやサパークラブに腰をおろし、生活に疲れた者も金持ちも、ベラルーシの移民の理解の正しさにうなずいた。冬は来るけれど、ニューヨークの秋は沸き立つようなロマンスを約束し、新たな目をマンハッタンのスカイラインに向けさせ、そして感じさせてくれるのだ。〝もう一度秋を迎えるのってすてき〟と。

でも、やっぱり自問しなくてはならない。そんなに気分を高めてくれる歌なら、どうしてビリー・ホリデイはあんなに上手に歌ったのだろう？

◆◆◆

火曜日の早朝エレベーターに乗ったとき、それがメイソン・テイトの机みたいにガラスでできていることに気づいた。わたしのフロアの一階下でスチールのギアが跳ね橋の仕組みみたいに回転し、頭上三十階は澄んだ四角い青空だった。目の前のパネルには銀色のボタンがふたつあった。ひとつは〝今が〟で、もうひとつは〝チャンス〟だった。

朝七時の大部屋のオフィスはがらんとしていた。わたしの机の上には欠点が正確に書き直され、注意深く校正されたベット・デイヴィスのエージェントあての手紙が載っていた。わたしはそれを改めて読み、タイプライターに新しく紙をはさんで打ち直した。直していない最初の手紙と直した手紙のふたつをミスター・テイトの机に置き、ご多忙を考慮して勝手に二通めも用意しました、というメモを付けた。

終業時間が来るまでミスター・テイトはブザーを鳴らさなかった。ようやく合図があって中に入ると、机の上にふたつの手紙が並んでおり、どちらもサインが入っていなかった。テイトはわたしに座れと言わなかった。門限が過ぎてから寮を抜け出したところを見つかった優等生を見るようにわたしを見た。ある意味、その通りだった。

「きみの個人的なことについて教えてくれ、コンテント」ついにミスター・テイトが口を開いた。

「失礼ですが、ミスター・テイト、どういったことをお知りになりたいのですか？」

彼は椅子に寄りかかった。

「きみが未婚なのはわかっている。だが、きみは男が好きか？　隠し子はいるか？　弟や妹を育てているか？」

「はい、いいえ、いいえ、です」

ミスター・テイトは冷静な笑みを浮かべた。

「自分の野心をどう説明する？」

「進化し続けています」

彼はうなずいた。そして机の上のある記事の原稿を指差した。

「これはミスター・キャボットによるちょっとした紹介記事だ。彼の書いたものを読んだことは？」

「いくつかあります」

「感想は？」文体的に、という意味だ。

まわりくどいその言い回しにもかかわらず、ミスター・テイトがキャボットの書くものをおおむね評価しているのをわたしは知っていた。キャボットはゴシップと経歴の接点をとらえる直感力に優れており、稀に見る有能なインタビュアーだった——相手を魅了し、答えない方がいい質問にまで答えさせてしまう。

「彼はヘンリー・ジェイムズを読みすぎだと思います」とわたしは言った。

テイトは一度だけうなずいた。それからわたしに原稿をわたした。

「もう少しヘミングウェイ風になるよう、やってみてくれ」

十七章　全部書いてある

二日後の夜、夢の中で季節外れの雪が降った。灰のような静かな雪が安アパートの立ち並ぶ街の一角や、コニーアイランドの遊具や、わたしの祖父母が結婚式を挙げた教会の色あざやかな尖塔に降り積もった。教会の階段に立って、わたしは扉――天国の板でこしらえたかのように青い――に触れようと手を伸ばした。どこかその近くで、髪をバレッタでまとめ、金庫破りの鞄を手に持った、二十二歳の母が左右を見てから全速力で角を曲がって見えなくなった。わたしは手を伸ばして扉をノックしようとしたが、先にノックされた。

……

「警察です」くたびれた声が呼びかけた。「あけてください」

時計を見ると、夜中の二時だった。わたしはローブをはおってドアを細めにあけた。階段に茶色の地味なスーツを着た頭でっかちの警官が立っていた。

「起こしてしまってすみません」すまながっているようには聞こえない口調で警官が言った。「フィネラン巡査部長です。こっちはティルソン刑事」

ティルソンが階段に座って爪をいじっていることからすると、ノックが聞こえるまで少々時間がかかったに違いない。

「入ってもかまいませんか？」

「どうぞ」

「キャサリン・コンテントを知っていますか？」

「ええ」

「ここに住んでいる？」

わたしはローブをかき合わせた。

「そうです」

「あなたのルームメイトですか？」

「いえ……わたしがそうなんです」

フィネランがティルソンを振り返ると、刑事はやっと興味を惹かれたかのように爪から顔を上げた。

「あの、いったいどういうことですか？」わたしは言った。


警察署はしんとしていた。ティルソンとフィネランはわたしを裏階段から狭い通路へ先導した。若い巡査がスチールのドアをあけると、カビとアンモニアが臭う留置部屋が並んでいた。イヴが毛布もない簡易寝台の上にボロ人形のように横たわっていた。シンプルな黒のワンピースの上にわたしのフラッパージャケットをはおっていた。事故の夜に着ていたあのジャケットだ。

ティルソンによれば、イヴはブリーカー・ストリートの路地で酔っ払って意識を失っていたらしい。パトロール警官のひとりが彼女を見つけたとき、財布もバッグも持っていなかったが、上着のポケットに——嘘かまことか——わたしの図書カードが入っていた。

「間違いありませんか？」ティルソンが訊いた。

「はい」

「友達はアップタウンに住んでいると言いましたね。ブリーカー・ストリートあたりで何をしていたんだと思いますか？」

「彼女はジャズが好きなんです」

「誰だってそうだよ」フィネランが言った。

わたしはドアのそばで、ティルソンが部屋の鍵をあけるのを待った。

「巡査部長、婦人警官に言って、彼女にシャワーを浴びさせてくれ。ミス・コンテント、わたしと一緒に来てもらいましょうか」

ティルソンはわたしを二階にある、テーブルと椅子があって窓のない小部屋へ連れて行った。どう見ても取調室だった。紙コップのコーヒーがわたしたちふたりの前に置かれると、ティルソンは椅子に背中を預けた。

「それじゃ、いきさつを教えてください、あなたがこの……」

「イヴです」

「そう。イヴリン・ロス」

「わたしたちはルームメイトだったんです」

「そうでしたか。いつのことです、それは？」

「この一月まで」

フィネランが入ってきた。彼はティルソンに会釈して、壁に寄りかかった。

「マッケイ巡査があなたの友達を路地で起こしたときですがね」とティルソンは続けた。「彼女は名前を言おうとしなかった。なぜだと思います？」

「巡査の訊き方が丁寧じゃなかったのかもしれません」

ティルソンは苦笑した。

「お友達は何をしているんですか？」

「今は働いていません」

「あなたは？」

「秘書です」

ティルソンは指を宙に浮かせてタイプを打つふりをした。

「それです」

「では、彼女に何が起きたんですか？」

「起きた？」

「ほら。傷跡ですよ」

「自動車事故にあったんです」

「相当なスピードを出していたんですな」

「わたしたち、うしろから追突されたんです。彼女はフロントガラスを突き破って外に投げ出されました」

「あなたも事故にあったんですか！」

「そうです」

「ビリー・バワーズという名前に聞き覚えは？」

「ありません。あるはずなんですか？」

「ジェロニモ・シャファーはどうです?」

「ありません」

「いいでしょう、キャシー。キャシーと呼んでも?」

「キャシーだけはダメです」

「いいでしょう、ケイト。あなたは頭が良さそうだ」

「どうも」

「あなたの友達みたいになった女性を見たのはこれがはじめてじゃないんでね」

「酔っ払ったということですか?」

「こっぴどく殴られたりするんですよ。鼻を折られる場合もある。ときには……」

彼は強調するために途中で言葉を切った。わたしはほほえんだ。

「この場合は違います、刑事さん」

「そうかもしれない。だが若い女性は深みにはまりやすい。そういうことです。暮らしを立てたい一心なんですよ。我々のようにね。どういうことになるか考えていない。とはいうものの、彼女らが思い描いたような結末には誰もたどり着かない。だから、彼女らはそれを夢と呼んでいるんですよ、そうでしょう?」

フィネランがティルソンの表現に感心して唸った。

刑事らに付き添われて警察署の正面に戻ってみると、イヴがベンチにだらしなく座りこんでいた。その横にびしっと制服を着た婦人警官が立っていた。彼女の助けを借りて、ティルソンとフィネランが両手をポケットにつっこんで見守るなか、わたしはイヴをタクシーの後部シートに乗せた。車が走り出すと、イヴは目をつぶって、トランペットの音を物真似しはじめた。

「イヴィ、何があったの？」

彼女は少女っぽい笑い声をあげた。

「号外だよ！　号外だよ！　全部書いてあるよ！」

それからわたしの肩によりかかって、満足げに眠りについた。

イヴは確かに疲れきっているように見えた。わたしはちいさな子供にするように彼女の髪をなでた。警察署でシャワーを浴びたせいで、まだ濡れていた。

十一丁目に着くと、運転手に料金を余分に払い、イヴを上の階まで連れて行くのを手伝ってもらった。両脚がマットレスからだらんと垂れ下がった状態で、ベッドにイヴをどさりと寝かせた。ベレスフォードのアパートメントに電話をかけたが、誰も出なかった。わたしはキッチンから熱いお湯の鍋を持ってきて、彼女の足を洗った。次にドレスを脱がせて、靴も含めてわたしが身につけているもの全部よりも値がはりそうなキャミソールの上から布団をかけた。

警察署にいたとき、内勤の巡査部長はイヴの所持品を引き渡すサインをわたしに求めたあと、大きなマニラ封筒から中身を振りだした。かすかなちりりんという音とともに机に転がりでてきたのは、その上でスケートができそうに大きなダイヤモンドがついた婚約指輪だった。それをつまみあげたとたん、手のひらが汗ばみはじめた。だから今、それをポケットから取り出して、キッチンテーブルの上に載せた。フラッパージャケットはゴミ箱に放り込んだ。

眠っているイヴを見ながら、いったい何が起きているのかといぶかしんだ。どうして路地で酔っ払うようなことをしたのだろう？　靴はどうしたのか？　ティンカーはどこにいるのだろう？　いきさつはどうであれ、イヴは今、安らかな寝息を立てていた——さしあたっては、すべてを忘れ、傷つきつつも、心穏やかに。

わたしたちがそういう状態の自分を見ることがないのは、人生の意図的な皮肉だと思う。わたしたちは目覚めている自分しか見ることができないし、起きている自分は程度の差こそあれ、常に苛立っているか恐れているかだ。だから、若い両親はぐっすり眠っている我が子をこっそりのぞいて喜ぶのかもしれない。

――

朝、コーヒーを飲み、目玉焼きにタバスコをかけて食べたときには、イヴは元気な彼女に戻っていた――カビ臭い建物や、混雑したビーチや、貴族のフォン誰それを見るたびに大騒ぎするウィスがいて、南フランスは退屈でたまらなかったと話した。クロワッサンとカジノがなかったら、歩いてでも帰ってきたわよ、とイヴは言った。

わたしはひとしきり彼女にしゃべらせていたが、仕事はどんな調子、とイヴが尋ねたのをしおに、例の指輪をテーブル越しに押しやった。

「あら、その話をしようと思ってたの」とイヴは言った。

「そうでしょうとも」

一瞬うなずいてから、イヴは肩をすくめた。

「ティンカーがプロポーズしたのよ」

「よかったじゃない、イヴ。おめでとう」

イヴは驚いた顔をした。

「冗談でしょ？　もうやめてよ、ケイティ。あたし、断わったわ」

そのあとイヴは昨日までの経緯を話した。ジェネラスが言ったのと似たり寄ったりの内容だった。ティンカーはシャンパンとチキンを積んだ小型帆船でイヴを連れ出した。ランチのあと、ふたりは泳ぎ、タオルで身体を拭いた。すると彼が片膝をついて、塩入れから指輪を取り出した。彼女はその場ではねつけた。正確な言葉はこうだった。〝もう一回、街灯にあたしを突っ込ませたらいいんじゃない？〟

ティンカーが指輪を差しだしても、イヴは触れようとすらしなかった。彼はイヴの手のひらに指輪を握らせて、よく考えてくれと言わなくてはならなかった。でもイヴにその気はなかった。彼女は赤ん坊のように眠り、夜明けに起きて、小型鞄に身の回りのものを詰め、ティンカーが熟睡している隙に裏口からこっそり外に出た。

野心的、タフ、きまじめ、どう呼ぼうとかまわないが、イヴが人をびっくりさせることに変わりはなかった。わたしは半年前のイヴを思った。ティンカーのアパートメントのソファに優雅な襞の入った白のドレスを着て寝そべり、薄いマティーニでバルビツール剤〔催眠鎮静剤〕を飲んでいたイヴ。あの夢見心地のまどろみから覚醒した彼女はわたしたちがそれぞれの感嘆と羨望と軽蔑をこめて傍観し、狙いはプロポーズだと臆測しているのをよそに、街をひっかきまわしていたのだ。そしてみんながひとりよがりの評価を下すのを、中庭の草むらの猫みたいに隠れて待っていた。

「あなたがあそこにいたらよかったのに」イヴは懐かしむような笑みを浮かべて言った。「きっとおもしろすぎて、パンツにおしっこを漏らしてたわよ。だってティンカーは一週間かけてあれこれ計画して、あたしがノーと言ったとたんに友達の帆船を陸地に乗り上げちゃったんだもの。完全に途方に暮れてたわ。信号弾を探して、きっと百回はキャビンを出たり入ったりしたわよ。帆を調整した。マストによじ登った。帆船から降りて押すことまでしたの」

「あなたは何をしていたの？」

「残りのシャンパンと一緒にデッキに寝そべってた。風の音や、帆がバタバタいう音、波の音を聴いていたの」

思い返しながら、イヴはトーストにバターを塗った。夢見るような表情だった。

「あんな平和な三時間は半年ぶりだったわ」と彼女は言った。

次の瞬間、雄牛の背中に槍を突き刺すように、イヴはバターにナイフを突き立てた。

「言うまでもないけど、皮肉よね、だってあたしたちお互いを好きでさえないんだもの」

「何言ってるの」

「あたしの言いたいことわかるでしょ。そりゃ楽しいこともあったわ。だけどたいてい、彼はポーテイートウと言い、あたしはポータアートウと言うってことなのよ〔うまくいきっこないという意味から根っこは同じという意味へと進化した表現。ここでは前者。元ネタはフレッド・アステアとジンジャー・ロジャースの映画『踊らん哉』に出てくる歌〕」

「ティンカーがそんなことにこだわっていたと思うの？」

「こだわってたどころじゃないわ」

「じゃ、どうして彼はプロポーズしたの？」

イヴはコーヒーをひと口飲んで、カップに向かって顔をしかめた。

「これ、もっと美味しくしない？」

「勝手にどうぞ。だけど、あと三十分でわたしは仕事よ」

イヴは食器棚にウイスキーが五分の一残っているのを見つけて、カップに垂らした。再び腰をおろすと、彼女は話題を変えようとした。

「これだけの本、いったいどこから来たの？」

「そんなに急ぎなさんなって。わたしは真面目に言ってるのよ。あなたたちふたりがポーテイートゥとポータアートゥだったら、どうして彼はプロポーズしたの？」

イヴは肩をすくめてコーヒーをおろした。

「あたしがヘマしたのよ。妊娠したの。英国に到着したときに彼にそう言っちゃったのよ。黙っておけばよかったのに。あたしが退院したときの彼が面倒な人だったとしたら、その後の彼がどんな風だったか推して知るべしでしょ」

イヴは煙草に火をつけた。頭をのけぞらせ、天井に向かって煙を吐いた。それから首を振った。

「女に負い目があると思っている男性には注意することね。そういうやつらって、本当頭にくるんだから」

「で、どうするつもり？」

「あたしの人生をってこと？」

「違う。赤ちゃんよ」

「ああ。それならパリで処置したわ。ティンカーには話す暇がなかった。ショックを和らげる方法を見つけるつもりではいたのよ。だけど結局、慰めなくちゃならなかった」

わたしたちはしばらく黙っていた。わたしは立ちあがって皿を片付けた。

「仕方がなかったのよ」とイヴが説明した。「ティンカーはあたしを追い詰めたの。あたしたちは岸から二キロ近く離れていた」

わたしは蛇口をひねった。

「ケイティ。あなたが母親みたいにそのお皿を洗いはじめたりしたら、あたし、窓から身投げするから」

　わたしは椅子に戻った。彼女はテーブル越しに手を伸ばして、わたしの手をぎゅっと握りしめた。

「そんな顔しないでよ。耐えられない――あなたに軽蔑されるのなんて」

「びっくりさせられただけよ」

「そうよね。だけどわかってくれなくちゃ。あたしは子供や豚やトウモロコシを育て、恵まれた環境を神に感謝するようしつけられた。だけど、事故にあってから、ひとつかふたつ学んだことがあるの。フロントガラスのこっち側にいたことを後悔はしてないわ」

　それは彼女がずっと言っていたことに似ていた。他人の言いなりになるのでないかぎり、イヴはなんだってやってきたから。

　彼女は小首をかしげて、さらに注意深くわたしの表情を観察した。

「こんな話聞かされて大丈夫？」

「もちろん」

「あたしはしょうがないカトリックだものね？」

　わたしは笑った。

「ほんと。しょうがないカトリックね」

　イヴは煙草を揉み消して、パックの蓋をあけた。もう一本残っていた。火をつけ、マッチを肩越しに投げ捨てた。それからインディアンの酋長みたいにわたしに差し出した。わたしは大きく吸ってから、返した。わたしたちは無言で煙草をかわりばんこに吸った。

「この先どうするつもり？」ようやくわたしは尋ねた。

「わからない。しばらくベレスフォードを独り占めしてたけど、あそこにとどまる気はないわ。両親が帰ってこいってうるさいから、訪ねてみようかな」

「ティンカーはどうするつもりかしら?」

「ヨーロッパに戻るかもしれないと言ってた」

「スペインでファシストと戦うために?」

イヴは気は確かというようにわたしを見てから、笑い出した。

「そんなわけないでしょ、シス。彼が戦うのはコートダジュールの波よ」

◆◆◆

三日後の夜、ベッドに入ろうと服を脱ぎかけたとき、電話が鳴った。

イヴに会ってから、わたしは期待していた――ニューヨークが闇に沈んだ深夜、コバルトブルーの海の上に朝日が昇っている六百キロ彼方から電話がかかってくることを。パーク・アヴェニューに氷が張っていなかったら、半年前にかかってきたはずの、一生といっていいほど待ちわびていた電話だった。心臓の鼓動が速まるのを覚えた。わたしは脱ぎかけていたシャツを着直して、電話に出た。

「もしもし?」

でも聞こえてきたのはくたびれた裕福な男性の声だった。

「キャサリンかね?」

「……ミスター・ロス?」

「こんな遅くに申し訳ない、キャサリン。知りたかったんだよ、その、ひょっとして……」

電話の向こう側に沈黙がおりた。数百マイル彼方のインディアナで二十数年娘を育ててきた人が、懸命に感情をこらえている気配が伝わってきた。

「ミスター・ロス?」

「申し訳ない。説明せんとな。あのティンカーという男性とイヴの関係は終わったようだ」

「はい。先日イヴに会って、彼女から聞きました」

「ああ、なるほど。それで……いやつまり、サラとわたしは……うちに帰るというイヴからの電報を受け取ったんだ。ところが駅へ迎えに行ってみると、イヴはいなかった。はじめはプラットフォームであの子を見つけられなかっただけだと思った。だが、レストランにも、待合室にもいなかった。それで、イヴが乗客名簿に乗っていたかどうか確かめようと駅長に会いに行ったんだよ。駅長は言いたがらなかった。会社の方針に反するとか何かでね。だがついに根負けして、イヴがニューヨークで乗車したことは教えてくれた。だからね、電車に乗っていなかったわけではなかったんだ。ただ降りなかっただけなんだ。わたしたちは数日がかりで車掌と電話で話すことができた。そのとき車掌はデンヴァーにいて、東へ戻って来るところだったんだが、イヴのことを覚えていたよ――傷のせいで。車掌の話では、そろそろシカゴだというときにイヴは切符の延長料金を払っていた。ロサンジェルスまでの」

ミスター・ロスは心を落ち着けるために、しばらく黙っていた。

「だからね、キャサリン、わたしたちはわけがわからないんだ。ティンカーに連絡を取ろうとしたが、彼は海外にいるらしい」

「ミスター・ロス、なんと言ったらいいかわかりません」

「キャサリン、約束を破ってくれとは言わない。もしイヴがわたしたちに居所を知られたくないなら、わたしはそれを受け入れる。あの子はもう一人前の大人だ。自分の今後をどう計画しようがあの子の自由だ。だがわたしたちも親なんだよ。あんたもいつかわかってくれるだろう。わたしたちは余計な手出しをしたいわけじゃない。イヴが無事だということを確かめたいだけなんだ」

「ミスター・ロス、イヴがどこにいるのか知っていたら、言います——たとえイヴから言うなと固く口止めされていても」

ミスター・ロスが漏らした短いため息は、その短さゆえにいっそう悲痛だった。

さぞかし大騒ぎになったことだろう。ロス夫妻はシカゴへ行くのに夜明け前に起きて、車を走らせたに相違ない。ラジオもつけず、時どき短い言葉をかわすだけだったのは、中年夫婦によくある他人行儀な関係のせいではなく、ニューヨークで傷を負った独立独歩の一人娘がついに帰ってくることへの団結にも似た甘い感情のせいだった。ミサのための服を着て回転ドアをくぐり、一抹の不安と、親であることのみならず人としての基本的使命を果たそうとしているとの高揚感を胸に、到着と出発で等しくごった返す人ごみを縫うように進んでいった。どれほどの衝撃だったことだろう——結局、娘がいないことを最初に察したとき。

一方イヴは、二千キロ近く離れた別の鉄道駅——アメリカの偉大な十九世紀の陰鬱な工業を象徴する駅ではなく、色彩と光に溢れ、西部の楽天的でモダンなスタイルを反映する建築物である駅に、おり立ったのだ。ポーターから受け取るトランクもなく、これといった目的地もないまま、もっと過酷で息苦しい地から来た女優の卵のように、足を引きずってヤシの並木道へ出て行ったのだろう。

わたしはミスター・ロスに深い同情を覚えた。

「ピンカートン社の探偵を雇ってイヴを探させることを考えているんだよ」それがふさわしい手段なのかどうか自信なさそうにミスター・ロスは言った。「イヴはロサンジェルスに知り合いがいるんだろうか?」

「いいえ、ミスター・ロス。カリフォルニアに知り合いはいないと思います」
でも、もしもミスター・ロスが探偵を雇うつもりなら、助言できることはあるとわたしは心の中で考えた。列車駅から十ブロック以内にある質屋を残らずあたり、スケートができそうな婚約指輪と、シャンデリアの輝きを放つイヤリングの片割れを探すよう言うのだ——そこがイヴリン・ロスの未来の起点だから。

次の晩、再びミスター・ロスから電話があった。今回、彼は何も訊かなかった。わたしに最新情報を与えるためにかけてきたのだ。その日早く、ミスター・ロスはミセス・マーティンゲールの下宿屋にいる数人の女の子たちと話をしていた——誰もイヴの消息を知らなかった。彼はロサンジェルスの行方不明者捜索機関に連絡を取っていたが、イヴが成人で、切符を買っていたことを知るや否や、法的な行方不明者の定義に当てはまらないと説明された。妻を慰めるために、彼は病院や緊急治療室を調べもしていた。

ミセス・ロスはどのように持ちこたえているのか？　彼女は喪に服すよりもひどい心境だった。娘に死なれた母親なら、永遠に失われた娘の未来を思って苦悩こそすれ、密接に結びついていた日々の思い出に慰めを見いだすことができる。だが、行方をくらませたとなると、情愛に満ちた記憶はプッンと途切れ、娘の未来はまだ残っているのに引き潮のように母親から遠ざかっていく。

三度めにかけてきたとき、ミスター・ロスは最新情報らしい情報を持っていなかった。イヴの手紙を読み返すうちに（助けになりそうな友達の名が出てこないか探して）彼は、イヴがはじめてわたしと会ったときのことを記した手紙を見つけたと言った。〝昨夜、わたしは女の子のひとりにヌードルのお皿をぶちまけてしまいました。そしたら、彼女はすばらしい人だとわかったの〟ミスター・ロスとわたしはその文面に大笑いした。

「イヴが引っ越した当初は個室だったことを、わたしは忘れていたんだ」と彼は言った。「いつからあんたたちふたりはルームメイトになったんだね？」

わたしは自分が困った立場に立たされていることに気づいた。

悲しんでいるのは同じでも、ミスター・ロスは妻のために強くあらねばならなかった。だから彼は一緒に思い出にふけってくれる相手、イヴをよく知っているが遠くの安全圏にいる相手を探していたのだ。わたしはうってつけだった。

そっけない態度は取りたくなかったし、このちょっとしたおしゃべりが鬱陶しいわけでもなかったけれど、あと何回、おしゃべりが続くのだろう？　たぶんミスター・ロスは立ち直りの遅い人だったのだろう。あるいは悪くすると、苦悩を手放すのではなくじっくり味わうタイプだったのかもしれない。いつまでも電話が続くようなら、どうやって抜け出そう？　電話に出るのをやめるつもりはなかった。いずれはミスター・ロスが気づいてくれるのを願って、やんわり無礼な口を利くようにしようか？


数日後の夜遅く電話が鳴ったとき、わたしは片手にキーホルダーを持ち、片手を上着の袖に通しかけた女性をまねて、せかせかした声を出した。

「もしもし！」

「ケイティ？」

……

「ティンカー？」

「一瞬番号を間違えたかと思ったよ」と彼は言った。「きみの声が聞けてよかった」

……

「イヴに会ったわ」

……

「そうじゃないかと思った」

ティンカーは投げやりな笑い声をあげた。

「一九三八年は大いにしくじったよ」

「あなただけじゃないわ」

「いや。ぼくだけの大失態だ。一月の第一週以降、決めたことがかたっぱしから裏目に出た。イヴは何カ月も前からぼくにあきあきしていたんだと思う」

悲しい一例として、ティンカーはフランスで彼が早寝をして、日の出とともに泳ぎに行くのが好きになった話をした。夜明けは実に美しいんだ、と彼は言った。それに日没とはまったく違う美しさがあるから、一緒に眺めないかとイヴを誘った。返事の代わりに彼女はアイマスクをつけ、毎日昼どきまで眠った。そして最後の夜ティンカーがベッドに入ると、彼女はひとりでカジノに出かけ、朝の五時までルーレットに興じ、夜明けに靴を片手に持って私道を歩いてきて、ビーチにいる彼に合流した。

ティンカーはまるでそのことが彼らふたりにとって恥ずべきことであるかのように話したけれど、わたしはそうは思わなかった。ティンカーとイヴの関係の限界がどうであるにせよ、それがいかにご都合主義で不完全で薄っぺらなものだったにせよ、その他愛のない話を恥ずべきだと考える理由などなかった。わたしに言わせれば、日の出を一緒に眺めたかったのにひとりで起きたという話、イヴが明け方になってもうひとつの夜から帰ってきたという話は、ふたりの一番の個性を物語っていた。

わたしはこれまでティンカーと電話で話すことを何度も想像していた。そしてその都度、想像の中の彼の口調は違っていた。あるときは打ちひしがれていた。またあるときは狼狽していた。深く悔いているときもあった。すべてに共通していたのは、自分で作った輪投げの輪を大急ぎでくぐってきたみたいにそわそわしていることだった。でも今、実際に電話で聞くティンカーの声は落ち着いていた。しょげてはいたが、ゆったりと安定していた。言葉では言いあらわせない、羨ましいほどの口調が安堵のなせる技であることに、少しして思いあたった。命以外のほぼすべてを失って、ホテル火災の余波のなか、見知らぬ都市で縁石にすわりこんでいる人を思わせる声だった。

けれども、打ちひしがれているにせよ、狼狽しているにせよ、安堵しているにせよ、彼の声は海の彼方から聞こえてくるのではなかった。ラジオ放送のようにはっきりと聞こえた。

「ティンカー、あなたどこにいるの？」

彼はアディロンダックのウォルコット家の山荘に独りでいるのだった。森の中を歩いたり、湖でボートを漕いだりして、この半年を振り返りながら一週間を過ごしたという。誰かとしゃべらないと気がおかしくなりそうだと思い、わたしに電話をかけたのだ。こちらへくる気がないかどうか、具体的には、金曜日に仕事が終わったら電車に乗って、週末を過ごせるかどうかと。家はすごいし、湖はきれいだし、それに

「ティンカー、理由は不要よ」とわたしは言った。

電話を切ったあと、わたしはしばらく立ったまま窓の外を見つめて、断わるべきだったかと考えた。わたしの部屋の背後の侘しい中庭にはパッチワークのような窓だけが、謎や脅威や魔法とは無縁に過ぎていく多数の押し黙った生活と、わたしとの間を隔てていた。実のところ、わたしはそれらの生活

以上にティンカー・グレイのことをよく知らなかったのに、なぜか、生まれてからずっと彼を知っていたような気がした。

わたしは部屋を横切った。

英国作家の山から、『大いなる遺産』を抜き出した。あった、二十章のページの間にティンカーの手紙がはさまっていた。海の向こうのこぢんまりした教会、船員の未亡人、ベリーを持ったレスラーのような男、カモメのように騒々しく笑う女生徒たち――そしてありふれた場所への強い讃美。ティシューのように薄い紙の皺をわたしは伸ばそうとした。それから座りこんで、何度めになるかわからないほど、それをまた読んだ。

十八章　今、ここで

ウォルコット家の〝山荘〟はアーツ&クラフツ〔二十世紀初頭ウィリアム・モリスが提唱した工芸デザイン。手仕事の尊重を主張した〕風の二階建ての邸宅だった。夜中の一時に暗がりからぼうっとあらわれたそれは、水際に水を飲みにきた優雅な獣を連想させた。

わたしたちは緩やかなポーチの木の階段をあがって広々とした居間《ファミリールーム》に足を踏みいれた。立って中に入れるほど大きな石造りの暖炉があった。節の目立つ松材の床には想像できる限りの多様な赤で織られたナバホのラグが敷かれていた。頑丈な木製の椅子が二脚、四脚とまとまって配置されているのは、シーズン真っ盛りともなると、異なる世代のウォルコットたちがときに内々で、ときに家族で、カードをやったり、読書をしたり、ジグソーパズルをやったりするためだろう。雲母の笠のランプの温かな黄色の明かりにすべてが浸されていた。アディロンダックでは年に数週間過ごすだけだが、いつも我が家にいるような気持ちを味わえる、とウォレスが言っていたことを思い出した——もっともだと思った。十二月にクリスマスツリーが運びこまれる場所まで想像できた。

ティンカーがこの場所の歴史について熱弁をふるいはじめた。この地域に住んでいたインディアンやここを建てた建築家が通っていた美術学校についてとうとうしゃべった。でもわたしは、その日六時に起きて、『ゴッサム』編集室で十時間働いたあとだったから、空気に混じる煙の匂いや遠くで鳴っている雷を意識しながらも、舫《もや》ってある小舟の舳先みたいに、まぶたがもちあがっては下がった。「ごめん」ティンカーは微笑して言った。「きみに会って興奮してしまったよ。続きは明日の朝にしよう」

彼はわたしの鞄をつかみ、階段をあがって二階へわたしを案内した。廊下の両側には幾つものドアがあった。山荘は二十年以上は眠っていたに違いなかった。

「ここを使うといい」ティンカーが入った小部屋にはツインベッドが二台置かれていた。磁器の洗面台横の整理簞笥に彼は鞄を置いた。壁に取り付けられた古いランプに電気の明かりが輝いていたが、ティンカーはベッドサイドテーブルの上のケロシンランプに火を灯した。

「ピッチャーには新鮮な水が入ってる。ぼくは廊下の反対側にいるから、何か必要なものがあったら呼べばいい」

わたしの両手をぎゅっと握り、きてくれて嬉しいと言ったあと、彼は廊下へ出ていった。

荷ほどきをしながら、ティンカーが階段をおりてファミリールームへ戻り、玄関ドアに鍵をかけ、燃えさしを炉床に散らし、明かりを消す気配に耳を傾けた。やがて家の向こうのほうからスイッチが切られるズンという音がした。てっきり雷だと思っていたゴロゴロというかすかな音がやみ、家中の明かりが消えた。ティンカーの足音が階段をあがってきて、廊下の反対側へ向かった。

わたしは十九世紀のランプの明かりの中で服を脱いだ。壁に映るわたしの影が、ブラウスを畳み、髪をとかす動作をした。読むつもりはなかったが、一応本をベッドサイドテーブルに載せて、布団の下にもぐりこんだ。足がフットボードにぶつかったところからすると、ベッドはアメリカ人が今より小柄だった頃に作られたに相違なかった。驚くほど寒かったので、ベッドの足元を飾っていたパッチワークのキルトを広げて首までたくしあげた。それから、結局、本を開いた。

夕方ペンシルヴェニア駅に入っていったとき、読むものがないことに気づいた。ニューススタンドに並ぶペーパーバック（ロマンス小説、ウエスタン物、冒険小説）をじっくり眺めた後、アガサ・クリスティーに落ち着いた。このころ、わたしはミステリ小説をあまり読まなかった。お高くとまっている、と言われても仕方がない。でも、乗車して、飽きるまで窓の外を眺めたあとミセス・クリスティーの世界に分け入ったわたしは、その楽しさに快い驚きを覚えた。発生する犯罪の舞台は英国のお屋敷で、四十五ページですでに二度の災厄に見舞われている狐狩りが好きな女相続人がヒロインだった。

八章を開いた。なんとなく疑わしい数人が客間でお茶を飲んでいた。話題にしているのは、ボーア戦争に行ったきり帰ってこない地元の若者のことだ。謎の讃美者から届いたワスレグサがピアノの上の花瓶に生けてある。場面全体が時代も場所も遠い昔のことなので、なかなか頭に入っていかず、七段落の冒頭まで二度も三度も逆戻りする羽目になった。四度めのあと、ケロシンランプの芯を引っ込めると、部屋が暗くなった。

キルトの重みが胸を圧迫し、鼓動のひとつひとつを意識した――細かい目盛り付きの物差しで忍耐と平静のあいだのどこかに設置されたメトロノームみたいに、鼓動が時間を測り、日数を調整しているかのようだった。しばらくの間、わたしは家や戸外の風やフクロウにちがいない鳴き声に耳を澄ましていた。やがて、聞こえてこない足音に耳を澄ましたまま、ついに眠りに落ちた。

◆◆◆

「さあ、起きて」

ティンカーがドアの前に立っていた。

「今何時？」わたしは訊いた。

「八時だ」

「家が火事にでもなったの？」

「山荘の暮らしだとこれでも遅いぐらいだよ」

彼はわたしにタオルを投げてよこした。

「朝食を作ってるんだ。用意ができたらおりてきて」

わたしはベッドを出て顔を洗った。窓の外を見ただけで、気温は低いが晴れて明るい初秋らしい一日になりそうだとわかった。なるべく狐狩りに出かける女相続人みたいな服を着て、本を手に取った。午前中は暖炉の前で過ごすのだろうと推測して。

廊下の壁はウォレスのアパートメントと同じように、床から天井まで家族の写真で埋め尽くされていた。ちょっと手間取ったが、やっと子供の頃のウォレスの写真を発見した。最初の一枚はフランスの船乗りみたいなスーツを着た、六歳当時の不出来なスナップ写真だった。でも二枚めは十歳か十一歳のウォレスが樺の木のカヌーにお祖父さんと座って、その日の釣果《ちょうか》を見せている写真だった。ふたりの表情は、エラで世界を持ちあげているみたいに誇らしげだった。

他の写真に引き寄せられて階段を通り過ぎ、廊下の西の突き当たりまで行った。最後の部屋が、ティンカーが寝泊まりしている部屋だった。なんと彼は二段ベッドの下段で眠っていた！　彼のベッドサイドテーブルにも本が載っていた。エルキュール・ポアロに耳元でささやかれ、わたしは足音を忍ばせ、思い切って中に入って本を手に取った。『ウォールデン　森の生活』だった。クラブの5が栞《しおり》がわりにはさまれていた――引いてある傍線の色具合からして、少なくとも読まれているのは二度めだとわかった。

簡素に、簡素に、簡素に生きましょう！　私はあなたに、あなたが関わる事柄が何であれ、二つか三つにとどめておきなさい、と勧めます。決して一〇〇とか一〇〇〇ではいけません。一〇〇万を数える面倒は絶対に御免こうむり、お金や暮らしの細かなメモなら、親指の爪にかけるくらいにとどめます。私たちは、文明化された暮らしの、大荒れの大海原の真っ只中を生きています。私たちは凄まじい波浪や嵐、流砂など、さまざまな困難に遭遇しています。この難事に満ちた大海原を、船を沈めずに生き抜き、いずことも知れぬ港に行き着くために推測航法しかないとしたら、人にはほとんど不可能なとてつもない計算をしなければなりません……

ヘンリー・デイヴィッド・ソローの幽霊がわたしを睨みつけた。無理もない。わたしは本を戻し、抜き足差し足で踊り場に近づいて階段をおりた。

ティンカーが大きな黒のスキレットでハムエッグを作っていた。トップが白い琺瑯《ほうろう》びきのちいさなキッチンテーブルに席がふたつ用意されていた。家のどこかに十二人用のオークのテーブルがあるに違いなかった。このちいさなテーブルでは、料理人と住み込みの女性家庭教師とウォルコット家の孫三人しか座れないだろうから。

ティンカーの服装はきまりが悪いほどわたしの格好――カーキ色のパンツに白いシャツ――に似ていたが、足にはがっちりした革のブーツを履いていた。皿に料理を盛ると、彼はコーヒーを注いでわたしの向かい側に腰をおろした。元気そうだった。地中海の日差しによる贅沢な日焼けは渋い色に落ち着き、髪は湿気のせいでくるくると縮れていた。一週間分のひげは彼にプラスに働いていた――気が抜けたような表情は消えていたが、まだハットフィールドとかマッコイのようにはなっていなかった〔ハットフィールドとマッコイはアパラチアで敵対関係にある由緒ある一族で、男たちは多くが髭を蓄えていた〕。電話で聞いたのと同じ落ち着きのある状態が、物腰に反映していた。わたしが食べはじめると、彼はにやにやした。

「何?」と訊いた。

「赤毛のきみを思い描こうとしていただけさ」

「あら、赤毛の日々はとっくに過ぎ去ったわ」

「残念だな。どんな感じだったの?」

「わたしの中のマタ・ハリを引っ張りだしたみたい」

「ぼくたちで彼女を呼び戻さないと」

食事を終えて皿を片付け、洗ってしまうと、ティンカーは両手を打ち鳴らした。

「ハイキングに行くのはどうかな?」

「ハイキングって柄じゃないわ」

「いや、きみにぴったりだと思うよ。まだ知らないだけさ。それにピニョン・ピークからの眺めは息が止まるほど見事なんだ」

「あなたのその癪にさわる陽気さが週末ずっと続くんじゃないといいけど」

ティンカーは笑った。

「その危険はあるな」

「どっちみち、ブーツを持ってきていないし」

「ああ!　じゃ、問題はそこなんだね?」

彼は居間の反対側の廊下を行って、ビリヤード室を通過すると、大げさな身振りでドアをぱっとあけ放った。中は道具部屋になっていて、釘にはレインコート、棚には帽子がずらりと並び、幅木に沿ってあらゆる形とサイズのブーツが勢ぞろいしていた。ティンカーの顔つきを見たら、四十人の盗賊の財宝を見せびらかしているアリババかと思ったことだろう。

◆◆◆

家の裏を一本の山道が走っていた。道は松の木立を抜けてオークや楡などアメリカ原産の大木がそびえる森の奥へと続いていた。最初の一時間は緩やかな勾配で、わたしたちは楽なペースで肩を並べて歩き、時間の経過に関係なくたちまち現在の話ができる旧友同士のように他愛のないおしゃべりをした。

ウォレスについてしゃべり、彼に対する互いの愛情に同意を表明した。イヴの話もした。彼女のカリフォルニアへの出奔《しゅっぽん》を話すと、ティンカーは好意的な笑い声をあげて、言った。そうと知っても驚かないよ。ハリウッドにとっては思わぬ幸運が転がりこんできたようなものだし、一年もしたらイヴは映画スターか映画監督になっていそうだ。

イヴの将来について彼がしゃべるのを聞くと、何も知らない人だったら、ふたりのあいだに何があったのか見当もつくまい。損なわれることのない友情に支えられた古い親友同士かと推測しただろう。確かにそうなのかもしれない。ティンカーにとって、イヴとの関係は一月三日に戻っていたのかもしれない。この半年間は、映画の中のお粗末なシーンのように、一連の出来事からカットされていたのかもしれない。

さらに歩き続けるうちに、わたしたちの会話は森に差し込む日差しのように途切れがちになってきた。前方の木々の間をリスたちが逃げていき、尾の黄色い鳥が枝から枝へと飛びまわった。スマックやサッサフラスや耳に快いその他の名を持つ植物の香りが漂っていた。ティンカーは正しかったのかもしれない、とわたしは思いはじめた。ひょっとしたら、わたしはハイカーなのかも。

けれども緩やかだった斜面はどんどん急になり、しまいに階段ほどの勾配になった。わたしたちはおしゃべりをやめ、縦一列になって登っていった。一時間が過ぎた。四時間かもしれない。ブーツが窮屈になり、左の踵が熱したフライパンを踏んだようにヒリヒリしてきた。わたしは二度転び、狐狩りのカーキのズボンが擦り切れ、女相続人のシャツはすでに汗まみれだった。気がつくと、〝あとどのくらい?〟とさりげなく、どうでもよさそうに、さらりと尋ねるだけの自己抑制があるかどうか疑わしくなっていた。だが、そうこうするうちに木々がまばらになり、勾配が緩み、いきなりゴツゴツした頂上に出た。三百六十度開けた空の下、人間に汚されていない地平線が見渡せた。

はるか眼下に広がる幅一・六キロメートル、長さ八キロメートルの湖が、ニューヨーク州の荒野を這ってきた巨大な黒い爬虫類のように見えた。

「ほら」ティンカーが言った。「どう?」

わたしは納得した。秩序を失った自分の人生を持て余したティンカーが、ここに来ようと考えたことに納得した。

「ナッティ・バンポの目に映ったような景色ね」わたしは硬い岩に腰を下ろして言った。

ティンカーは、一日だけなりたい別人をわたしが覚えていたことに微笑した。

「当たらずとも遠からずだね」と同意して、ナップサックからサンドイッチと水筒を取り出した。

そして彼は一メートルほど離れて座った——紳士の距離を置いて。

食べながらティンカーが語った思い出は、毎年七月になると家族で出かけたメイン州のこと、兄とふたりで数日かけてアパラチア山脈の山道をハイキングしたことだった──テントとコンパスと、母親がクリスマスにプレゼントしてくれたあと、半年間も使ってもらえるのをずっと待っていたジャックナイフを持って。

わたしたちはまだセントジョージ校や、ティンカーの少年時代の環境の変化については話していなかった。それを持ち出すつもりは、わたしには全然なかった。でも、メイン州で兄とハイキングをした話のさい、それが不運な時代に先立つ最後の平穏な日々であったことを、彼は彼なりのやり方で明らかにしていた。

ランチを終えると、わたしはティンカーのナップサックを枕代わりにして寝そべり、彼は小枝を折って六メートル余り向こうのちいさな苔のベッドめがけて投げようとした。世界チャンピオンになれなければ家に帰れないと思っている小学生みたいな態度だった。まくりあげた袖から覗く二の腕は、夏の太陽にさらしていたせいでソバカスができていた。

「じゃ、フェニモア・クーパーのファンだった?」わたしは訊いた。

「そうだね、『モヒカン族の最後』や『鹿狩り人』はきっと三回は読んだな。だが、冒険小説は全部大好きだった。『宝島』……『海底二万里』……『野生の呼び声』……」

「『ロビンソン・クルーソー』」

ティンカーは微笑した。

「そういえば、きみが島流しにされるのなら持っていきたいと言った『ウォールデン　森の生活』を、実はあのあと買ったんだ」

「どう思った?」

「うん、最初は読み通せる自信がなかった。山小屋にひとりで暮らして人間の歴史を哲学的に思索し、余分なものをギリギリまで削《そ》ぎ落とそうとする話が四百ページも続くんだからね……」

「でも最後にはどう思った？」

ティンカーは小枝を折る手を止めて、遠くを見つめた。

「最後には——それこそ最高の冒険じゃないかと思ったよ」


三時頃になると、遠くに青灰色の層雲があらわれ、気温が下がりはじめた。ティンカーがナップサックから出してくれたアランセーターを着て、雨雲に追いつかれないよう山道を下った。木立に着いたとき、雨が降り出し、わたしたちは最初の雷鳴とともに家の階段を駆けあがった。

ティンカーが大きな暖炉に火を焚き、わたしたちは暖炉のそばのナバホのラグに落ち着いた。ぽかぽかしてくると、彼の頰に星形の赤みがさし、彼は薪の上でポークビーンズを作り、コーヒーを淹れた。ティンカーのセーターを頭からすっぽり脱ぐと、濡れたウールが温かな土の匂いを放ち、別の時間を思い出させた。キャピトル劇場へ潜り込んだあの雪の夜、ティンカーの仔羊革のコートにくるまったときの匂いだった。

わたしが二杯めのコーヒーを飲んでいる間に、ティンカーは棒で火をつついて火花を消した。

「あなたについて、誰も知らない話をして」とわたしは言った。

わたしが冗談を飛ばしたみたいに彼は笑ったが、すぐに考えこむ顔になった。

「いいよ」と少しわたしの方へ顔を向けた。「トリニティ教会の向かい側の簡易食堂で偶然会ったあの日のことだけど？」

「ええ……」

「ぼくがあそこへきみをつけていったんだ」

フランみたいに、わたしはティンカーの肩を叩いた。

「やだ！」

「まったくだ。どうかしてるよ。だが、本当なんだ！　きみの事務所の名前をイヴが口にしていたから、正午になる直前に建物の向こう側のニューススタンドの後ろに隠れて、きみがランチに出てくるのを見張っていたんだ。四十分ぐらい待っていた。凍えそうだったよ」

彼の耳の先が真っ赤になっていたのを思い出して、わたしは笑った。

「どうしてそんなことしたの？」

「きみのことが頭から離れなかったんだ」

「冗談ばっかり」

「いや本気だ」

ティンカーは穏やかな微笑を浮かべてわたしを見た。

「最初に会ったときから、ぼくはきみが内に冷静さを秘めていることに気づいた──本にはよく出てくるが、実際には誰も持っていそうにない精神的な静穏さだ。どうすればあんな風になれるのかと不思議だった。そして思ったんだよ、あれは後悔しないことによってのみ生じうるものだと──自制心と目的を持って選択をすることによって、得られる資質だと思った。はっとしたよ。もう一度、それを見るのが待ちきれなかった」

明かりを消し、燃えさしを散らして、二階へ引き取る頃には、ふたりともぐっすり眠れそうだった。階段をのぼりながら、手の中のランタンの動きにつれてふたつの影が前後に揺らいだ。踊り場に着いた拍子に互いにぶつかり、ティンカーが謝った。一瞬、ぎごちなく立ち止まったあと、彼は友人らしいキスをして西へ行き、わたしは東へ行った。わたしたちはそれぞれのドアを閉め、服を脱いだ。それぞれのちいさなベッドに潜り込み、あてもなく数ページを読んでから、それぞれの明かりを消した。

暗闇の中で、わたしはキルトを引っ張りあげながら、風の音を意識した。ピニョン・ピークから吹き下ろす風までが、意志を固められずに、ふらふらと木々を揺さぶり、窓ガラスを叩いているようだった。

『ウォールデン　森の生活』にはよく引用される一節があり、ソローはそこで、あなたがたの北極星を見つけて、船乗りや逃亡奴隷のように、一途《いちず》にそれを追いかけなさい、と熱心に説いている。それは心を震わす考えだ——わたしたちの野望を鼓舞する考え。でも、現実問題としていつも思うのだが、真実の道を踏みはずさない克己心をたとえ持っていても、自分の星が空のどのあたりにあるのかどうしたらわかるのだろう。

『ウォールデン　森の生活』には、同じように心に残るこんな一節もある。ソローがそこで語るのは、真実は遠くにあると考えるのは誤りだ、ということだ。真実は一番遠い星のうしろにあるわけでもないし、アダム以前や失楽園以後にあるのでもない。それどころか、〝真実を見出す時と場所と機会は今ここにある〟ある意味、今ここにあるというこの祝福は、自分の星を追いかけなさいという忠告と矛盾しているように思えないでもない。でも、こちらも説得力がある。そして、北極星を見つけるよりずっと簡単だ。

わたしはティンカーのセーターを頭からかぶると、忍び足で廊下を進み、彼の部屋の前で立ち止まった。

家鳴りに耳をすませ、屋根を叩く雨音やドアの向こう側の寝息に耳をすませた。音を立てないように慎重にノブに手をかけた。あと六十秒で、はじまりと終わりの中間地点に行き着く。その瞬間に、〝今〟を目撃し、〝今〟に参加し、〝今〟に屈服するチャンスが生まれる。
きっかり六十秒で。
五十。四十。三十。
位置について
よーい
どん

◆◆◆

日曜の午後、ティンカーが駅まで送ってくれたとき、いつまた彼に会えるのかわからなかった。朝食の席で彼は片付けることがあるから、もうしばらく自分はウォルコット家の山荘に滞在すると言った。どのくらいになるのかは言わなかったし、わたしも訊かなかった。女学生ではないのだから。

列車に乗ったあと、手を振り合うような真似をしなくていいように、数両先へ歩いて行って森の広がる側に腰を下ろした。列車が動き出すと煙草に火をつけ、アガサ・クリスティーを求めてバッグに手を突っ込んだ。八章の第七段落から先へはあまり進んでいなかったので、早く先が読みたかった。ところが本をバッグから出したとき、何かがページの間から飛び出しているのに気づいた。それは真っ二つに裂かれた一枚のカードだった——ハートのエース。カードに文字が書かれていた。〝マタヘ——二十六日の月曜午後九時ストーク・クラブで待っている。ひとりでこい〟

内容を記憶したあと、カードを灰皿の上にかざして火をつけた。

十九章　ケントへの道

九月二十六日月曜日、わたしは病欠の電話を入れた。その前の一週間は無慈悲なくらい忙しかった。二十一日には『ゴッサム』創刊号のために競合する目玉記事の原稿が四つ届き、メイソン・テイトはそのすべてが気に入らなかった。ロシア人が侵入者のバラバラ死体をクレムリンの大砲で侵入者の母国の方角へぶっ放すように、テイトは原稿をオフィスの大部屋に投げつけた。不満をもっと端的にあらわすべく、次の三日間、彼はスタッフ全員を夜の十時過ぎまで働かせた。アリーとわたしは安息日の半分を原稿を突き返すことに費やした。

というわけで、病欠の電話を入れたあと、賢明な若い女ならベッドに戻ったことだろう。だが空は晴れて空気は爽快、しかもとりわけこの九月の一日は長い日になりそうだったから、わたしは最後の一分まで徹底的に使いつくす気でいた。

シャワーを浴びて着替えると、ヴィレッジのカフェで、泡立てたミルクと削ったチョコレート片がトッピングされたイタリアンコーヒーを三杯飲んだ。タルトひとつを四つ割にし、それを食べながら新聞を表から裏まで読んだ。クロスワードパズルの桝目を全部埋めた。

クロスワードほど桁外れの気晴らしはない。独唱という意味で、はじまりと終わりがAの四文字語。

剣という意味で、はじまりと終わりがEの四文字語。寄せ集めという意味で、はじまりと終わりがOの四文字語。ARIA《アリア》、EPEE《エペ》、OLIO《オウリオ》――これらの単語は今や一般の英語では死語だが、パズルの構造に鮮やかにはまったときの気持ちは、人の骨を組み立てたときの考古学者の気持ち――大腿骨の先端が腰骨の関節部の凹みにピタリとはまると、神の意図ではないにせよ、秩序ある宇宙の存在が裏付けられたと思うだろう――にまさるとも劣らない。

パズルの最後の枡目に入った単語はECRAT《エイクラー》だった――すばらしい成功とかこれみよがしという意味の五文字語だ。それを幸先良しと見て、カフェを出たあと、角を曲がってイザベラのヘアサロンに向かった。

「どんな感じになさいます？」新顔の美容師ルエラが尋ねた。

「映画スターみたいにして」

「ラナ・ターナー、それともグレタ・ガルボ？」

「あなたが好きなら誰でもいいわ。赤毛である限りは」

従来わたしは美容院に行くと、会話をしないですませるために、しかめっ面をしたり、たぬき寝入りをしたり、鏡を無表情に見つめたりと何でもやってきた。英語がわからないふりをしたことさえある。世間話が得意でないのだ。でも今日はルエラがハリウッドの恋愛事情について不正確な噂話をしゃべりだすと、それを正している自分に気づいた。キャロル・ロンバードはウィリアム・パウエルとよりを戻していなかった。彼女はまだクラーク・ゲーブルと続いていた。それにマレーネ・ディートリッヒはグロリア・スワンソンを落ち目呼ばわりしていなかった。落ち目呼ばわりしたのはグロリア・スワンソンの方だった。わたしの知識の深さにルエラはびっくりしたが、それはわたしも同様だった。きっと長年のゴシップ雑誌のファンみたいに見えたことだろう。でも毎日仕事をしているうちに無意識に吸収した情報にすぎなかった。原稿を読んでいると、ベルトコンベヤーみたいなハリウッドの世界の仕組みは大して快い刺激には思えない。でもルエラにとっては快い刺激だった。途中で彼女は、キャサリン・ヘプバーンとハワード・ヒューズについてのわたしの話を聞かせようと同僚のふたりを呼んだ――確かな筋から直接聞かなければ、信じないだろうからと言って。確かな筋、と呼ばれたのは人生初の経験だったが、まんざらでもなかった。結局自分は世間話が得意なのかもしれない、とわたしは思いはじめた。ハイカーでトーカー（おしゃべり）だったとは！　秋は自己発見の季節だった。

ドライヤーの下に入ると、バッグからアガサ・クリスティーを取り出して、大団円へ向かってゆっくりと読み進めていった。

ポアロはいつになく早起きをしていた。彼は館の三階へ行き、昔の子供部屋に足を踏み入れた。手袋をはめた指先で窓の下枠をなぞり、最西の窓をあけて、上着から真鍮のペーパーウェイト（十四章で図書室にいたときにポケットに入れておいた）を取り出すと、隣接する屋根窓の方へスレート葺きの屋根ごしに放り投げた。富くじに使われるボールのようにペーパーウェイトは屋根窓の端にぶつかって跳ね返り、ころころと転がって主寝室の屋根窓に当たって居間の方へ向きを変え、温室の軒を伝って庭に見えなくなった。

ポアロがそのような実験をする理由はひとつしか思いつかない。

ひょっとして……

ひょっとして、女相続人のフィアンセを撃った何者かが、階段を駆けあがって子供部屋に入り、銃を窓から隣接する屋根窓の方へ投げたのではないか、とポアロが疑っていない限りは。だとしたら、銃は西翼を横切って庭に落下し、犯人は逃走中に庭に銃を落としたのだと全員に思わせることができる。そうしておいて、殺人者は家の反対側から階段を降りてきて、この騒ぎは何ですかと遠慮がちに尋ねることができる。

しかしこれを証明するには、屋根の角度を調べなくてはならなかった――子供がボールでやるように。そして銃撃のあと、階段を降りてきた唯一の人間は……我らがヒロイン、女相続人だったのでは？

ふーむ。

「ちょっと様子を見てみましょうか」ルエラが言った。

イザベラのヘアサロンを出たあと、仲良しになれそうと言ったビッツィの言葉を思い出して、彼女に電話をかけることにした。

「ランチに出てこられる？」

「どこからかけてるの？」ビッツィはとっさにささやいた。

「ヴィレッジの公衆電話から」

「ずる休みしてるの？」

「まあね」

「だったら、もちろん行くわ」

わたしの浮き浮きした気分が伝播したらしく、彼女はチャイナタウンのシノワズリで会おうと提案した。

「二十分で行けるわ」とアッパー・イーストサイドから勇敢に断言した。

ビッツィは三十分、こっちは十分で着くだろうと思った。彼女を勝たせてあげようと、ヘアサロンから数軒めの古本屋に入った。

店の名前はカリプソだった。日当たりのいいこぢんまりした店で、狭い通路とたわんだ本棚とマクドゥガル・ストリートに五十年間置き去りにされたみたいな落ち着きのない店主がいた。彼はわたしの挨拶に不承不承応え、イライラと手を振った。気がすむまで見るがいい、というように。

通路のひとつを適当に選んで、店主から見えない奥の方までずっと歩いて行った。背が破れていたり、表紙がぼろぼろだったりのご大層な本が棚に入っていた——よくある中古の自由奔放な品揃えだ。この通路にあるのは、自伝、書簡集、歴史的なノンフィクション物だった。最初、手当たり次第に棚に詰め込んだように見えたのは、著者もテーマもアルファベットを無視した順番のように思えたからだが、やがてそれらが時代順に並べられている(もちろんそうなのだ)ことに気づいた。左にはローマ帝国の元老院議員と初期の聖人たちがいた。右には南北戦争の将軍たちや近代のナポレオンたちがいた。すぐ前に目をやると、啓蒙主義の真っ只中を見ていた。ヴォルテール、ルソー、ロック、ヒューム。わたしは首を傾けて彼らの理性的な背を読んだ。こちらは論説。あちらは演説。審査に審問。

ときに、あなたは運命を信じる？　わたしは信じない。ヴォルテール、ルソー、ロック、ヒュームが信じていなかったことは神だけが知っている。でも、すぐ隣の棚の目の高さにあったのは、十八世紀半ばから後半にかけての、赤い革綴じで背に金の星がエンボス加工されたちいさな本だった。ひょっとすると、これがわたしの北極星かもと思いながらそれを引き抜くと——おお、なんと、それは〝我らが共和国の創設者による作品集〟だった。タイトルページをめくると、項目のすぐあとに彼ジョージ・ワシントンの青年期の処世訓が全部で百十あった。わたしは十五セントで老店主からそれを買ったが、手に入れて喜んでいるわたしとは裏腹に彼は手放すのが辛そうに見えた。

◆◆◆

シノワズリは最近人気のチャイナタウンにあるレストランだった。内装はじきに定番になりそうな東洋趣味に溢れていた。大きな磁器の甕、真鍮の仏像、赤いランタン、そして棒を呑んだみたいに背筋の伸びた、うやうやしくて寡黙な東洋人の接客係（アメリカ十九世紀の移民階級のなかで最後の従順な民族）。ダイニングルームの奥にブリキのスウィングドアが二枚あって、客はキッチンの様子を直接見ることができる。そこは上を下への混乱状態で、厨房というより村の市場のようだった――コメの麻袋が床に積まれ、肉切包丁をふるう料理人たちが生きた鶏の首をつかんでいる。ニューヨークの裕福な人びとはこの店に夢中だった。

レストランの正面側はドラゴンが渦巻く大きな真紅の衝立《ついたて》によって、ダイニングルームから一部が仕切られていた。わたしの前に肩幅の広い、産油州出身らしき鼻にかかる訛りの男性がいて、タキシードを一分のすきもなく着こなした中国人支配人と意志の疎通をはかっていた。教養のあるニューヨーカーの中立的な耳には、彼らのアクセントはどちらも訛っていたが、当人たちはそれぞれの母国の隔たりを埋めがたいと思っているようだった。

支配人は礼儀正しく、予約がないと特別席には座れないと説明していた。テキサス人はどんなテーブルでも構わないのだ、と伝えんとしていた。支配人が今週後半ならよい席に案内できるとほのめかすと、テキサス人は厨房に近すぎるテーブルなどないじゃないかと答えた。中国人は例によってあの謎めいた表情で、一瞬テキサス人を凝視した。するとテキサス人は前にずいと出て、支配人の手に例によって十ドル札を握らせた。

ことさ」

「孔子曰く」とテキサス人は言った。「そっちが便宜を図ってくれるなら、こっちも便宜を図るって

支配人はその発言の趣旨をのみこんだと見えた。眉があったら、片方をつりあげていただろうが、代わりに、我々が紙を発明したのは千年もの昔なのだと言わんばかりの険しい諦めの表情になり、ギクシャクとダイニングルームを身振りで示し、テキサス人を案内していった。

支配人が戻ってくるのを待っていると、ビッツィがクローク係にコートを渡しているのが見えた。こんなに早く着いたところを見ると、歩いてきたに違いなかった。わたしたちは挨拶を交わして、ダイニングルームの方を向いた。

そのとき、アン・グランディンの姿が目に入った。ひとりでブースに座っており、テーブルには空になった皿が散らばっていた。いつものように、くつろいで見えた。髪は短く、装いはきりりとしていた。あのエメラルドのイヤリングをつけていた。目は通路の先のお手洗いの方に向けられていて、彼女はわたしに気づかなかった。するとそこからティンカーがあらわれた。

彼は美しく見えた。注文仕立てのスーツ――襟の細い、黄褐色の――に戻っていた。糊のきいた白いワイシャツにヤグルマソウの色のネクタイを締め、オープンカラーのシャツの日々は(ありがたいことに)過ぎ去っていた。髭は剃り落とされ、上品で控えめなマンハッタンのサクセスストーリーを今一度体現しているように見えた。

わたしは衝立のうしろに引っ込んだ。

ティンカーとの逢いびきは今夜の九時、ストーク・クラブでだった。八時半にそこへ着き、サングラスと新しい赤毛を隠れ蓑に様子を窺う、というのがわたしの思惑だった。その楽しみをだいなしにしたくなかった。ビッツィはまだダイニングルームの前に立っていた。もしティンカーが彼女に気づ

いたら、わたしのプランは水の泡になる。

「ねえ、ちょっと」

「え、なに？」ビッツィが小声で尋ねた。

わたしはブースの方を指差した。

「ティンカーが彼の名付け親とあそこにいるのよ。彼らに見られたくないの」

ビッツィはわけがわからないといった顔をした。だからわたしは彼女の腕をつかんで衝立のうしろへ引っ張った。

「アン・グランディンのことを言ってるの？」

「そうよ！」

「ティンカーは彼女担当の銀行員なんでしょ？」

一瞬、わたしはビッツィをまじまじと見た。それから彼女を衝立のもっと奥へ押しやってから、こっそりダイニングルームを覗きこんだ。ティンカーが座れるように、ウェイターがテーブルをうしろへ引いているところだった。ティンカーはブースのアンの隣に腰を下ろした。そしてウェイターがテーブルを元の位置に戻す直前に、アンの片手がそっとティンカーの腿をなでるのが見えた。

ティンカーはそばに立っていた支配人にうなずいて、勘定を頼むという合図をした。ところが、支配人がちいさな赤い漆塗りのトレイをテーブルに載せたとき、それを片手で引き寄せたのはアンだった。ティンカーは涼しい顔をしていた。

アンが勘定書にちらりと目を走らせ、ティンカーは飲み物を最後の一滴まで飲み干した。次に彼女がバッグから新札をはさんだマネークリップを取り出した。純銀のクリップはハイヒールの形をしていた——明らかに、風変わりなマティーニのシェイカーや煙草入れやその他の装飾品と同じ職人の手によるものだ。テキサス人が言ったように、そっちが便宜を図ってくれるなら、こっちも便宜を図るというわけだ。

アンは全額支払うと、ふと顔を上げてレストランの正面側に立っているわたしを見た。いつも通り臆することなく彼女は手を振った。東洋風の衝立やヤシの鉢植えのうしろに隠れたりしなかった。

ティンカーはアンの視線の先をたどってレストランの正面側へ目を向けた。わたしを見たとたん、彼の魅力は内側から崩壊した。顔が土気色になった。筋肉がたるんだ。誰かさんの正体が自然に、多少はっきりと見えた。


屈辱的立場に陥ったさいの唯一の慰めは、ただちに立ち去る心の平静を失わないことだ。わたしはビッツィにひと言断わることもせず、ロビーを抜けて真紅のドアから秋の空気の中へ出た。通りの向こうで雲がひとつ、貯蓄貸付会社のてっぺんにツェッペリンみたいに停泊していた。それが動き出さないうちに、ティンカーがわたしに追いついてきた。

「ケイティ……」

「この変態」

彼はわたしの肘に手を伸ばした。振り払った拍子に、バッグが地面に落ちて中身が散らばった。ティンカーがもう一度わたしの名前を言った。わたしはばらまかれた中身を拾おうとひざまずいた。彼がしゃがんで手伝おうとした。

「やめて！」

わたしたちは立ちあがった。

「ケイティ……」

「これがわたしの待っていたもの?」

そう言ったつもりだが、叫んだのかもしれない。

何かが顎から手の甲に落ちた。全部の感情を閉じ込めた一滴の涙だった。だからわたしはティンカーに平手打ちを食わせた。

効きめがあった。わたしは落ち着きを取り戻し、彼は落ち着きを失った。

「ケイティ」彼がもう一度薄っぺらに懇願した。

「首をちょん切られればいい」わたしは言った。


ブロックを半分歩いた辺りで、ビッツィがあとを追ってきた。彼女らしくもなく、息を切らしていた。

「いったいどうしちゃったのよ?」

「ごめん。ちょっと頭がクラクラしたもんだから」

「それを言うなら、ティンカーのほうよ」

「へえ。見てたの?」

「ううん。でも彼の頬にあなたの手のサイズに見合った手形がついてるのを見たわ。何があったの?」

「くだらないこと。何でもないわ。ただの誤解よ」

「南北戦争は誤解だった。あれだって恋人同士の喧嘩みたいなものだったわ」

ビッツィの服はノースリーブで、両腕に鳥肌が立っているのが見えた。

「コートは?」わたしは訊いた。

「あなたがすごい速さで走り去ったから、レストランに置きっぱなしにするしかなかったのよ」

「戻ればいいわ」

「いいの」

「取りに行かなくちゃ」

「コートのことは心配しないで。向こうがわたしを見つけるわ。そのためにポケットに財布を入れてあるんだから。さあ、あの騒ぎは何なの？」

「話せば長くなるわ」

「レビ記並み？　それとも申命記《しんめいき》？」

「旧約聖書全部」

「それ以上しゃべっちゃだめ」

ビッツィは通りに顔を向け、片手をあげた。彼女がタクシー業界を牛耳っているかのように、たちどころに一台のタクシーが出現した。

ビッツィは命令した。「マディソン・アヴェニューへ出て北上してちょうだい」

彼女は座席に背中をもたれさせて、無言だった。わたしもそれにならった。ワトソン博士が、推論するシャーロック・ホームズのそばで静かにしているのに似ていた。五十二丁目で彼女は運転手に停止を命じた。

「筋肉ひとつ動かしちゃだめよ」と彼女はわたしに言った。

跳ねるように車を降りるとチェース・ナショナル銀行に駆け込んで行った。十分後、ビッツィは肩にセーターを引っ掛け、両手に封筒をつかんで出てきた。封筒には現金がぎっしり詰まっていた。

「そのセーター、どうしたの？」

「チェースでは何でもしてくれるのよ」

彼女は身を乗り出した。

「リッツへやって」


ほぼ無人のリッツのダイニングルームは、ベルサイユ宮殿のまぬけの間のようだった。わたしたちはロビーに引き返してバーへ向かった。バーは暗めで、比較的ちいさく、ルイ十四世っぽさが希薄だった。ビッツィはうなずいた。

「こっちのほうがいいわ」

彼女はさっさと奥のブースに向かい、ハンバーガーとフライドポテトとバーボンをふたり分注文した。それから期待を込めてわたしを見た。

「この話はすべきじゃないんじゃないかしら」わたしは言った。

「ケイ－ケイ《Kay・Kay》、英語の中でわたしが好きな六文字言葉、あなたの愛称よ」

そう言われては話さないわけにはいかなかった。

イヴィとわたしが去年の大晦日にホットスポットではじめてティンカーと会ったこと、三人で出歩いて、キャピトル劇場やシェアノフの店へ行ったこと。アン・グランディンのことや、21クラブで彼女がティンカーの名付け親と自己紹介したことを話した。自動車事故のこと、イヴの回復、〝クローズドキッチン・エッグ〟を作った夜について、エレベーターのドアの前でのつかの間のキスについて話した。ヨーロッパへの蒸気船の旅、ブリクサムからの手紙。わたしが転職したこと、ディッキー・ヴァンダーホワイルやウォレス・ウォルコットや、ビッツィ・ホートン・ネイ・ヴァン・ヒューイズのきらびやかな生活に入り込んだことを話した。

そしてようやく、イヴが消えたあと、深夜の電話を受けて、小型の旅行鞄を持って女学生みたいにペンシルヴェニア駅へスキップしていき、モントリオーラー〔当時ワシントンD.C.からカナダのモントリオールまで走っていた客車〕に乗り、フクロウのホーホーという鳴き声や暖炉やポークビーンズの缶詰に至ったことを話した。

ビッツィがグラスを空けた。

「グランドキャニオン級の話ね」とビッツィは言った。「あそこは深さ一・六キロ、幅三・二キロもあるの」

ぴったりのたとえだった。百万年分の社会的生活によってできた深い裂け目の底までたどりつくには、ラバに荷物を運ばせなくてはならない。

わたしは姉妹のような共感を得られるか、そうでなくても、せめて怒りの表情を期待していたように思う。でも、ビッツィはどちらも見せなかった。ベテラン講師のように、彼女はわたしたちが一日の必要な仕事を終わらせたみたいに満足げだった。ビッツィはウェイターに合図し、勘定を払った。外に出て別れ際に、わたしは訊かずにいられなかった。

「それで……?」

「それでって?」

「だから、わたしはどうしたらいいと思う?」

彼女はちょっと驚いた顔をした。

「どうするですって?　そりゃ頑張り続けるのよ!」

◆◆◆

家に戻ったのは五時過ぎだった。アパートメントの隣人であるジマー一家がいつもの辛辣なやり取りを先鋭化させているのが聞こえた。早めの夕食をしながら、彼らは三流のミケランジェロみたいに鑿《のみ》を振るいあい、配慮と愛情を込めて木槌《きづち》を振りおろしていた。

わたしは冷蔵庫を蹴りあけてグラスにジンを注ぎ、椅子にがっくり座りこんだ。ティンカーをひっぱたいたのはもちろんのこと、これまでのいきさつをビッツィに話したおかげで広い視野が戻ってきた。科学的、というのか、自分の皮膚の表面にできたウイルス性の炎症を見つめる病理学者みたいに、病的な分析熱に取り憑かれていた。

ケントへの道、と呼ばれる室内ゲームがある。旅人がケントへの道中で目撃したことをひとつ残らず挙げていくゲームだ。様々な商人、荷馬車に馬車、荒れ地やヒース、ヨタカに風車、修道院長がドブに落としたソヴリン金貨。話を終えると、旅人はもう一度旅の様子を説明しながら、幾つかの項目を省いたり、他の項目を加えたり、順番を少し変えたりし、聞いている方は、一回めとの違いをできるだけたくさん言い当てるという趣向である。アパートメントに腰をおろして、いつしかわたしはこのゲームの別バージョンをやっていた。大晦日から現在までのティンカーと旅した道をたどってみたのだ。

勝ち負けを制するのは、記憶よりも視覚化する力だ。最高のプレイヤーは旅が展開するにつれて旅人になりきり、旅人が見たものを心の目で正確に見る。そうすれば、二度めにその道を歩くとき、相違点がひとりでにあらわれてくる。そこでわたしは一九三八年の道を二度めにたどるとき、ホットスポットからスタートしてマンハッタンの虚飾の日々をくぐりぬけ、風景にどっぷり浸り、些細な詳細やさりげない発言や周辺の出来事を、ティンカーのアンとの関係という新たなレンズを通して改めて観察した。すると、多くの興味深い相違をそこに発見した……

例えば、ティンカーがベレスフォードに来てほしいと電話をかけてきた夜。彼は真夜中過ぎに、髪をとかし、きれいに髭を剃り、ウィンザーノットをきちんと締めてオフィスから帰宅した。でも、もちろんオフィスになど行ってはいなかったのだ。ぬるくなったマティーニをわたしに注ぎ、申し訳なさそうにドアから後ずさりして出て行った先は、タクシーで乗りつけたプラザホテルで、そこであれこれと身体を使ったあと、手近なアンの風呂に浸かってさっぱりしてきたのだ。

それから、七丁目のアイリッシュ・バーで、ハンクと偶然出会った夜。彼は〝男を思い通りに操るあの雌犬〟について触れたが、あれはイヴのことではなかった。ハンクはイヴを知ってさえいなかっただろう。彼が言っていたのは、ティンカーをよみがえらせるあらゆる手段を講じた隠れた手、アンのことだった。

わたしははっきりと思い出した。アディロンダックでティンカーがいかに巧妙な相手だったかを。巧みで、創意に富み、わたしを驚かせたことを。わたしを抱きよせ、裏返しにし、探ったことを。なんてこと。昨日今日生まれたわけでもないのに、わたしは明々白々のことを一分だってじっくり考えようとはしなかった――ティンカーが他の誰か、もっと大胆で、もっと経験豊かで、恥じ入る気持ちなど持ち合わせていない誰かから物事のイロハを教わっていたことを。

そして彼の外側、きわめて巧妙に保たれていた彼の外見は終始、紳士のそれだった。マナーも、話し方も、服装も欠点がなかった――磨き抜かれていた。

わたしは立ちあがってバッグに近づいた。運命が膝の上に落としたワシントンのちいさな本を引っ張り出した。それを開き、若い頃のジョージの心構えの数々に目を通しはじめた。

1　人前におけるすべての活動は、その場に居あわせた人びとへの尊敬の念をもって行れるべきである。

15 爪は短く清潔に保つこと。手と歯もまた同様だが、そこにばかり気を取られてはならない。

19 快活な表情を心がけるべきだが、深刻な事態においてはその限りではない。

25 過剰な賛辞や大げさな好意は避けるべきだが、しかるべき場合は、それらを怠ってはならない。

不意に、これが何のためだったのか気がついた。ティンカー・グレイにとってこのちいさな本は一連の道徳的心構えではなかったのだ——社会でのしあがっていくための入門書だった。人に頼らないチャームスクール。時代を百五十年先取りした『人を動かす』〔自己啓発書の元祖ともいうべき本。デール・カーネギー著〕のようなハウツーものだった。

わたしは中西部のおばあちゃんみたいに首を振った。

キャサリン・コンテントはなんて世間知らずだったのだろう。

〝テディをティンカー、イヴをイヴリン、カティヤをケイト。ニューヨーク・シティでは、こうした類の変更はただ〟——今年がはじまったとき、わたしは内心そんなふうに思っていた。けれど、今の状況が思い起こさせたのは『バグダットの盗賊』〔一九二四年に公開されたアメリカ映画〕の脚本だった。ダグラス・フェアバンクス演じる貧しい男が国王の娘のとりこになり、王子になりすまして宮殿に入り込む。

真の姿を隠すこういう変身譚《たん》を理解するのに大した想像力はいらない。日常的にあることだからだ。でも変身がハッピーエンドのチャンスを高めるには、絨毯が空を飛ぶという信じがたいことを受け入れる必要がある。

電話が鳴った。

「はい？」

「ケイティ」

わたしは笑わずにいられなかった。

「わたしの目の前に何があると思う？」

「ケイティ」

「いいから当ててみてよ。聞いても信じないだろうけど」

……

『礼儀作法のルールおよび交際と会話における品位ある振る舞い』よ！　覚えてる？　待って。ひとつ見つけさせて」

わたしは受話器を持ったまま、本をまさぐった。

「さ、読むわよ！　〝大事な話を嘲《あざけ》ったりからかったりしてはならない〟悪くないわね。こんなのはどう？　66：〝でしゃばらず、友好的で礼儀正しくあれ〟へぇ、まさにあなたじゃない！」

「ケイティ」

わたしは電話を切った。座りなおして、ミスター・ワシントンのリストをもう少し身を入れて読みはじめた。植民地時代の早熟な少年を正当に評価しなければならない。リストに挙げられている内容には、全部ではないが、大いに納得がいくものがあった。

電話がまた鳴りだした。さんざん鳴ってから、やんだ。

思春期の頃、わたしは自分の脚が長いことに複雑な感情を持っていた。生まれたばかりの子馬の脚みたいに、それはがくんと折れるためにできているように思えた。九人兄弟で近所に住んでいたビリー・ボガドーニは、わたしをコオロギと呼んだものだったが、それは褒め言葉ではなかった。でもそんな風に言われているうちに、わたしは長い脚に馴れ、最終的にそれを自慢に思うようになった。他の女の子たちより背が高いのはいい気分だった。十七歳になる頃には、ビリー・ボガドーニより背が高くなっていた。ミセス・マーティンゲールの下宿屋にはじめて引っ越したときは、男性は自分より背の高い女性とは踊りたがらないからあなたはハイヒールを履かない方がいいと甘ったるい口調で言われたものだった。たぶんそのせいだろう、ミセス・マーティンゲールの下宿屋を出たときは、わたしのヒールは着いたときよりちょっと高くなっていた。

さて、脚が長いということがもうひとつあった。父の安楽椅子にゆったり座って片足を前に突きだし、伸ばした爪先で新しいコーヒーテーブルをタイタニック号のデッキチェアみたいに傾けると、載っている電話機を滑りおとすことができるのだ。

邪魔が入る恐れがなくなったところで、わたしはさらに読み続けた。前に言ったように項目は百十ある。いささか長すぎるように思われるかもしれない。でも、ミスター・ワシントンは最上のひとつを最後のためにとってあった。

110　良心という神聖なちいさな火花を胸の奥に灯し続けるよう努めよ。

明らかにティンカーはミスター・ワシントンのリストにある多くのルールをとても注意深く読んでいた。ただ、この最後の項目までは行き着いていなかったのかもしれない。

火曜の朝わたしは早起きして、ビッツィ・ホートンみたいにきびきびと職場までずっと歩いていった。空は秋らしい青で、通りは真っ当な賃金を稼いでいる真っ当な男性たちでいっぱいだった。五番街の日差しを浴びてきらめく高層ビルが、マンハッタンの外の羨望を煽っていた。四十二丁目の角で、口笛を吹いている新聞売りの少年からタイムズを買って二十五セント玉を渡した（お釣りは取っといて）あと、コンデナスト社のエレベーターで二十五階まであっという間に――たぶん、そこから落ちるよりも速く――あがった。

新聞を腕の下にはさんで（新聞売りの口笛を真似ながら）オフィスの大部屋を横切ったとき、鼻歌交じりに電報を打っていたフェシンドーフがわたしの通過と同時に立ちあがったのが目の隅に映った。次にキャボットとスピンドラーが立ちあがった。部屋の向こうでアリーが猛スピードでタイプをたたいているのが見えた。彼女はかすかな警告を込めてわたしの視線をとらえた。ガラスの壁に囲まれたオフィスの中で、メイソン・テイトがコーヒーにチョコレートを浸しているのが見えた。

自分の机にたどり着いてみると、いつもの椅子の代わりに背もたれに赤十字があしらわれた車椅子が置かれていた。

九月三十日

一番街を横切ったとき、街灯の明かりの下にいたふたりのカリブ人女性と目が合った。彼女たちはおしゃべりをやめ、職業的な笑みを彼に向けた。返答代わりに、彼は首をふった。二十二丁目のさらに先へ視線をやり、彼は足を速めた。女たちはまたしゃべりだした。

再び雨が降りはじめた。

彼は帽子を脱いで上着の下に抱え、安アパートの番号を数えた。二四二、二四四、二四六。

電話で話したとき、彼の兄はアップタウンで会うのも、レストランで会うのも、常識的な時間に会うのも嫌がった。やるべきことがあるから夜の十一時にガスハウス地区でなら会うと主張した。アパートメント二五四番の玄関階段に座って、坑夫みたいに青白い顔で煙草を吸っている兄を見つけた。

「やあ、ハンク」

「ああ、テディ」

「元気かい?」

ハンクは答えようともしなければ、おまえはどうだと訊きもしなかった。とっくの昔に、弟に元気かと尋ねることをやめていた。

「そこに何を持ってる?」ハンクは弟の上着の下の膨らみを顎でしゃくった。「洗礼者ヨハネの首か?」

彼は帽子を取り出した。

「パナマ帽だよ」

ハンクは顔をしかめて薄笑いを浮かべた。

「パナマ帽ときた!」

「濡れると縮むから」と彼は説明した。

「そうだろうとも」

「仕事の調子はどう?」彼は話題を変えてハンクに尋ねた。

「すべて想像通りでそれ以上だ」

「まだあの大衆受けする絵を描いているの?」

「聞いてないのか? 近代美術館にどっさり売ったんだ。かろうじて立ち退きを免れた」

「実は、会いたかった理由のひとつはそれなんだよ。思いがけない収入があったんだ。いつ次の金が手に入るかわからないから、その一部を家賃に用立ててもらおうと……」

彼は上着のポケットから封筒を取り出した。

それを見るなりハンクの顔つきが険悪になった。

一台の車が玄関階段の前にとまった。警察の車だった。振り返るまえに、ティンカーは封筒をポケットに戻した。

助手席の警官が窓をおろした。黒い眉にオリーヴ色の肌をしていた。

「問題ありませんか?」巡査が助け舟を出すように訊いた。

「ええ、おまわりさん。わざわざすみません」

「そうですか、だが、気をつけてくださいよ。ここは黒人が多い界隈だから」

「わかってるよ」ハンクが肩越しに大きな声を出した。「そっちこそモット・ストリートでは気をつけな。あそこはイタ公の多い界隈だからな」

警官はそろって車から出てきた。運転していた方は早くも片手に警棒をつかんでいる。ハンクが縁石で迎え撃とうというように立ちあがった。

彼は兄と警官たちの間に割って入った。兄の胸を両手で押し、静かな謝罪口調で話しかけた。

「悪気はないんですよ、おまわりさん。酔っているんです。ぼくの兄です。すぐに連れて帰りますよ」

警官たちはティンカーをしげしげと見た。彼のスーツ、ヘアスタイルを値踏みした。

「いいでしょう」助手席の警官が言った。「だが、あとでこいつをここで見つけることにならないよう頼みますよ」

「今後ずっとだ」と運転席の警官が言った。

彼らは車に戻って走り去った。

ティンカーは首をふりながらハンクに向き直った。

「なんのつもりだよ?」

「なんのつもりだと？　余計なことに首を突っ込むんじゃない」

すべてが悪い方向に進んでいた。彼はポケットに手を入れて、とにかくもう一度封筒を取り出した。

ふたりは今まともに向き合って立っていた。

「さあ」彼はなだめるような口調で言った。「受け取ってくれ。そしてここから出よう。一杯飲みに行こう」

ハンクは金には目もくれなかった。

「いらん」

「受け取ってくれよ、ハンク」

「おまえが稼いだ金だ。取っておけ」

「いいじゃないか、ハンク。ぼくたちふたりのために稼いだんだ」

言ったそばから、彼は失言に気づいた。

そらくるぞ、と思った。目の前でハンクの上半身が回転し、腕が肩から飛び出した。一撃で彼はひっくり返った。

一段と激しく雨が降りだした。

ハンクのクロスは昔からすごかった、と彼は思った。口の中に金臭い味がした。

ハンクが彼の上にかがみこんだが、手を貸すためではなかった。文句を言うためだった。

「その金をおれに押しつけるな。金を融通してくれと言った覚えはない。おれはセントラルパークに住んでるわけじゃない。おれにかまうな、いいか」

彼は起きあがって口の血を拭った。

ハンクが離れて、何かを拾おうと腰をかがめた。封筒から落ちた金を拾ったのだ、と彼は思った。だが、それは金ではなかった。帽子だった。

ハンクは歩き去り、彼は篠突く雨のなか、二十二丁目のコンクリートの上に縮んだパナマ帽を頭に載せて、座っていた。

秋

二十章　げに恐ろしきは

一九三八年の秋はアガサ・クリスティーをしこたま読んだ――全作品を読んだかもしれない。エルキュール・ポアロもの、ミス・マープルもの。『ナイルに死す』。『スタイルズ荘の怪事件』。ゴルフ場に牧師館にオリエント急行……などなど。地下鉄で読み、カフェテリアで読み、ひとりのベッドで読んだ。

プルーストの心理描写の微妙な陰影とか、トルストイの語りの意図について不満を述べる人はいても、ミセス・クリスティーが決して読者の気をそらさないことは反論の余地がない。彼女の本はすばらしく楽しい。

確かに、型どおりではある。でもそれも魅力のひとつなのだ。どの登場人物も、どの部屋も、どの凶器も、おなじみの繰り返しでありながら、新鮮で、親しみが感じられる（インドからきたポスト帝国主義者のおじの役がサウスウェールズ出身のオールドミスによって演じられていたり、庭師の道具小屋の棚の上段にあったキツネ用の毒がちぐはぐなブックエンドにすり替えられていたり）。ミセス・クリスティーはこうした小道具を配しつつ、ちょっとした驚きを入念に計算したテンポで小出しにしていく。まるで世話をしている子供達にお菓子を配る乳母のように。

でも、彼女の本が楽しい理由はもうひとつ――少なくとも同じくらい重要な――あると思う。それはアガサ・クリスティーの宇宙においては、全員が最後に当然の報いを受ける、ということだ。遺産か困窮、愛か喪失、頭を一撃されるか首吊りか、男も女も、年齢に関係なく、階級がどうだろうと、みな等しく最終的に彼らにふさわしい運命に直面する。ポアロやマープルは伝統的な意味においては、実は中心的なキャラクターではない。彼らは、ミステリの黎明期に絶大な影響力を持つ人物が確立した複雑なモラルのバランスをとる代理人にすぎない。

わたしたちは日常生活において、普遍的な正義は存在しないという山ほどの証拠を見せつけられる。馬車馬のように頭《こうべ》を垂れ、遮眼帯をつけて、次の角砂糖を辛抱強く待ちながら、主人の売り物を引きずって石畳の道をとぼとぼと歩いているようなものだ。だが突然、クリスティーの約束する正義が角を曲がってやってくるときもある。わたしたちは自分の生活に登場する人々――女相続人や庭師、牧師や乳母、見かけによらない遅れてきた客――を見回して気づくのだ。集まった全員が週末前に相応の報いを受けることを。

ただし、自分を彼らのひとりに数えることをたいてい忘れている。

◆◆◆

九月のその火曜の朝、メイソン・テイトがわたしの健康への気遣いを示したとき、わたしはわざわざ欠勤を詫びたりしなかった。説明しようともしなかった。ただ車椅子に座り、タイプを打ちはじめた。自分の立ち位置――床板に仕掛けられた落とし穴から一メートルぐらいのところ――が正確にわかっていたから。

メイソン・テイトの世界には酌量すべき事情や二股の忠誠心が入り込む余地はなかった。従って、快活さとか、機転とかいった自信のシグナルを示すことは歓迎されなかった。だからわたしは黙々とくびきを負って、ボスがわたしのために蓄積しておいた辱めをひたすら受け入れるしかなかったのだ。彼の好意を再び取り戻すまでは。

だからそうした。普段より早めに出勤した。おしゃべりは慎んだ。ミスター・テイトの他者への批判に真顔で耳を傾けた。そして金曜の夕方、アリーがセルフサービスの店へ行くと、中世の善き悔悟者よろしく家に帰って、文法の規則と活用を全部写した。

・何かをするのに気が進まない場合は、動詞のloatheではなく形容詞のloathを使う。
・towardとtowardsについて、前者はアメリカで、後者はUKで好まれる。
・所有格のアポストロフィーエスはモーゼ（Moses）とジーザス（Jesus）を除き、すべての名前の最後につける。
・読点と非人称受動態は慎重に使うこと。

タイミングを見計らったかのように、ドアを叩く音がした。簡潔な三回のノックはフィネラン巡査部長や郵便配達人にしては気取りすぎていた。ドアをあけると、アン・グランディンの秘書が廊下に立っていた。三つ揃いのスーツを着て、全部のボタンをはめていた。

「こんばんは、ミス・コンテント」

「コンテントよ」

「そう、コンテントでしたね」

プロシア兵さながらの自制心にもかかわらず、ブライスは好奇心を抑えられなかったようで、わたしの肩越しにアパートメントの中に目を走らせた。そこに見たごくわずかなものが、彼を満足させ、そっけない笑みが顔に浮かび出た。

「それで？」わたしは用件を促した。

「ご自宅にお邪魔して申し訳ありません……」

同情を示すように、ご自宅という言葉に彼は強めのアクセントをつけた。

「ですが、ミセス・グランディンができるだけ早くこれをお渡ししたいとのことで」

ブライスは二本の指でつまんだ小封筒を差し出した。わたしはそれをひったくって空中で重さを測った。

「郵便局を信用できないほど重要なものなの？」

「すぐにお返事をいただきたいそうです」

「電話ですませられなかったのかしら？」

「電話でよかったのです。我々は電話をかけました。何度も。ですが、どうやら……」

ブライスが身振りで示した先には、受話器の外れた電話機が今も床の上にころがっていた。

「ああ、そうだった」

わたしは封を切った。中には手書きの手紙が入っていた。〝明日の午後四時、会いにいらして。話し合うことが大事だと思います〟彼女はこう署名していた。〝敬具、A・グランディン〟さらに追伸があった。〝オリーヴを注文しておきました〟

「おいでくださるとミセス・グランディンに伝えていいでしょうか？」ブライスが訊いた。

「考えなくちゃ」
「不躾なようですが、ミス・コンテント、どのくらいかかりそうですか？」
「一晩。でも、待っててかまわないわよ」

当然、アンの呼び出しはクズ籠行きになるべきだった。ほぼすべての呼び出し状は不面目な終わり方に値する。アンは知性と意志を兼ね備えた女性だったから、彼女からの呼び出しはとりわけ不信の念をかきたてた。何より鼻持ちならないのは、わたしが彼女に会いに行くべきだというその高慢さだった！　ニューヨーク以外の場所でなら、誰もが図々しいと言うだろう。

わたしは手紙をびりびりに引き裂き、暖炉があるとしたらそこ、という壁の一点めがけて投げつけた。それから、何を着ていくべきかじっくり考えた。

いまさらきちんとした格好をしていくことにどんな利点があるだろう？　すでに数百海里帆走しているわたしたちにいまさらスタンドプレイもない。エルキュール・ポアロなら絶対に彼女をはねつけなかっただろう。ポアロはそういう呼び出しを望んでいたし、あてにしていたといってもよさそうだ。驀進する正義のスピードを上げる想定外の成り行きとして。

おまけにわたしは締めくくりの〝敬具〟に弱かった。あるいは、わたしのカクテルの好みをそこまで正確に覚えている人に。

四時十五分、スイート一八〇一号室の呼び鈴に応じてあらわれたのは媚びた笑みを浮かべたブライスだった。

「こんにちは、ブライス」歯擦音をほんの心持ち伸ばしてシューと聞こえるように、わたしは言った。

「ミス・コン-テント」彼が応酬した。「お待ちしていましたよ」

ブライスがフォワイエの方を示した。わたしは彼の前を通って居間に進んだ。

アンは机に向かっていた。淑女ぶった女がかける下半分にだけフレームのある眼鏡をかけている――悪くない感じだ。手元から目をあげて、わたしのくだけた服装に片眉をあげた。仕返しのつもりか、彼女はソファを手で指して書き物を続けた。わたしは机の前を通って窓のひとつに近づいた。

セントラルパーク・ウエストに沿ってのっぽのアパートメントビルが木々の上に突き出ていた。朝のラッシュより数時間早く電車のプラットフォームに立つ、孤独好きの通勤客のようだった。空はティエポロ〔ジョヴァンニ・バティスタ・ティエポロ。十八世紀のイタリアの画家〕の青だった。一週間前から突然寒くなり、木々の葉が紅葉して、ハーレムまでずっと明るいオレンジ色の天蓋が延びていた。公園が宝石箱で、空がその蓋みたいだった。オルムステッド〔フレデリック・ロー・オルムステッド。セントラルパークをデザインしたアメリカの都市計画家〕の功績は認めなくてはなるまい。貧乏な人たちを無理やり立ち退かせたのは、完璧に正しかったのだ。

背後でアンが手紙をたたんで封筒に封をし、ペンで住所を書いている気配がした。どうやら別の呼び出し状らしかった。

「ありがとう、ブライス」彼女が秘書に手紙を渡しながら言った。「これで全部よ」

ブライスが部屋を出ると同時にわたしは振り返った。アンが温和な笑いを向けた。贅沢で、悪びれた様子もなくて、相変わらず魅力的に見えた。

「あなたの秘書はちょっと気取り屋だわ」わたしはソファに腰掛けて、そう感想を漏らした。

「誰、ブライスのこと？　そうね。でもきわめて有能だし、実際どちらかというと秘書というより被保護者なのよ」

「被保護者。びっくり。どういう？　ファウスト的な取引において？」

アンは皮肉っぽく片眉をあげると、バーへ移動した。

「労働者階級の女の子にしてはよく本を読んでいるのね」わたしに背を向けたまま彼女は言った。

「本当？　読書家の友人はひとり残らず労働者階級出身ですけど？」

「あらまあ。それはどうしてだと思う？　清貧だから？」

「いいえ。読書が最もお金のかからない娯楽だから」

「最もお金のかからない娯楽はセックスよ」

「この家では違うでしょう」

アンは水兵のように笑い、マティーニをふたつ持ってこちらに振り返った。わたしのはすかいの椅子に腰を下ろして、飲み物を乱暴に置いた。テーブルの中央には果物を盛った鉢があったが、その半分は高級すぎてこれまで見たこともないものだった。ちいさな緑色に柔毛で覆われた球体。フットボールのミニチュアみたいな黄色の水気の多そうなもの。アンのテーブルにたどり着くまでにそれらは、わたしが全人生で旅した距離よりもっと遠くからやってきたに違いなかった。

果物鉢の脇で待っているのは、約束のオリーヴの皿だった。彼女はその皿を持ちあげて、半分をどぼどぼとわたしのグラスに入れた。積み重なったオリーヴが火山島みたいにジンの表面から顔を出した。

「ケイト」アンは言った。「いがみあうのはなしにしましょう。面白そうだし、楽しいだろうけれど、わたしたちには似合わないわ」

彼女は自分のグラスを持ちあげてわたしの方へ腕を伸ばした。

「休戦ね？」

「ええ」とわたしは言った。

グラスを合わせ、わたしたちは飲んだ。

「それじゃ、どうしてわたしをここへ呼んだのか教えていただかないと」

「そうこなくちゃ」

アンは手を伸ばして、わたしの島の頂上からオリーヴをつまみとった。それを口に入れ、思案気に嚙んだ。それから笑いながら首を振った。

「おかしいと思うかもしれないけれど、あなたとティンカーの仲を疑ったことは微塵もなかったのよ。だからあなたが足音荒くシノワズリから出て行ったときは、あなたがびっくりしただけだと一瞬本気で思ったわ。年上の女と若い男の組み合わせにね。ティンカーの表情を見てはじめて原因がのみこめた」

「人生は人を惑わすシグナルで溢れていますから」

アンはいわくありげに微笑した。

「ええ。判じ物や迷宮だらけだわ。わたしたちが他の誰かとの関わりにおける自分の立場を正確に心得ていることは滅多にないし、ふたりの共謀者が互いの関係におけるそれぞれの立場を心得ているかどうかなんて全然わからない。でも三角形の内角の合計は常に百八十度だわ——でしょう」

「まあ、あなたとティンカーが互いに関してどういう立場にいるのかは少しわかってきた気がします」

「そう聞いてホッとしたわ、ケイティ。あなたがわからないはずがないもの。しばらくの間、わたしは人目をごまかしていたわ。でもわたしたちの関係は本当は秘密ではないのよ。さほど複雑でもない。あなたの彼との関係や、わたしのあなたとの関係に比べたら、実に単純なものよ。ティンカーとわたしの間の理解は台帳の罫線みたいにまっすぐ」

アンは親指と人差し指をくっつけて、会計士の引く乱れのないアンダーラインを強調するように空中に鉛筆で線を引くまねをした。

「肉体的要求と、感情的要求の間にははっきりした相違があるわ」とつづけた。「あなたやわたしのような女はそれを理解している。ほとんどの女はわかっていない。というより、認めようとしないのよ。こと愛情となると、ほとんどの女は恋愛関係の感情的な面と肉体的な面は密接に結びついていると主張する。それは違うと彼女たちに示唆することは、子供達から愛されなくなる日がいつか来るかもしれないと納得させようとするようなものなの。そんなことはないと信じることで、彼女たちは生きているのよ。もちろん、夫の軽率な言動を見て見ぬふりをする女は大勢いるけれど、大半は惨めな思いをしているわ。彼女たちはそれを人生という生地にできた裂け目として受け止める。でもそういう女たちがひとりでも自分を冷静に見つめることができたら、夫がシャネル№5の匂いをさせて三十分遅れてレストランに入ってきても、おそらく夫の襟の残り香より、待たされたことのほうに腹をたてるでしょう。でもさっきも言ったように――こうしたすべてについてわたしたちの意見は一致していると思うの。だから、ティンカーではなく、あなたにきてもらったのよ。あなたとわたしなら、ティンカーに良い結果をもたらす見解に達するんじゃないかしら。わたしたち全員が望むものを手に入れるという見解にね」

協力の精神を強調するように、アンは身を乗り出してわたしの山からもうひとつオリーヴを取った。わたしは指を三本自分のグラスに突っ込んで、オリーヴの半分をすくいあげ彼女のグラスに投げ落とした。

「わたしはあなたほど上手に人を利用できないわ」とわたしは言った。

「わたしが人を利用している、そう思っているの？」

アンは果物鉢からリンゴをひとつ取って、水晶球みたいにそれを掲げ持った。

「このリンゴが見えるでしょう？　甘くて、サクサクしていて、ルビー色。でもずっとこうだったわけではないのよ。アメリカで最初のリンゴは斑点だらけで、苦くて食べられなかった。けれども何代も接ぎ木を重ねたあとこうなったの。これこそ人間の自然に対する勝利だ、と大抵の人は考えるわ。でもそうではないの。進化の条件においては、それはリンゴの勝利なのよ」

鉢に盛られた珍しい果物を軽蔑するように彼女は身振りで示した。

「日光や水や土といった共通の資源をめぐって競い合う他の何百もの種を制したリンゴの勝利なの。人間――たまたま斧《アックス》と雄牛《オックス》を持っているわたしたち動物――の感覚と身体的要求に訴えることによって、リンゴは進化の条件において記録的スピードで地球上に広がったのよ」

アンはリンゴを元に戻した。

「わたしはティンカーを利用しているのではないわ、キャサリン。ティンカーはリンゴなの。あなたやわたしのような女に、そしておそらく、わたしたちの前に現れた女たちにどう訴えようかと他の人たちがうろうろ模索している間に、彼は自分の生存を確かなものにしたのよ」

ある人はわたしをケイティと呼び、ある人たちはケイトと呼び、またある人たちはキャサリンと呼ぶ。アンはどのわたしといてもくつろいでいるというかのように、呼び方を変えた。彼女は椅子に背中をあずけ、まるで学者みたいなポーズをとった。

「こんなことを言うのは、ティンカーの信頼性を傷つけるためではないわ、わかるわね。ティンカーは類稀《たぐいまれ》な人物よ。おそらくはあなたが知っている以上に。わたしも彼に腹を立てているわけではないの。あなたたちふたりは寝たのだろうし、恋をしているのでしょう。でもわたしは嫉妬もしないし、恨みもしない。あなたを恋敵とは思っていない。いつかは彼が誰かを見つけることははじめからわかっていたわ。あなたのお友達の蛍みたいな人のことを言っているんじゃないわよ。わたしが言うのは、わたし程度に知的で都会的で、ただもう少し年齢的に釣り合いの取れた女性のこと。だから、わたしとしては、白黒はっきりけりをつけたいという気持ちはまったくないの。それをあなたたちふたりに知ってもらいたいのよ。わたしがティンカーに求めるのは、時間を守ることだけ」

アンがこまごまとしゃべっているうちに、やっとわかってきた――わたしが呼び出された理由が。彼女はティンカーがわたしと一緒にいると思っていたのだ。彼はアンの元を出て行ったに違いない。それで彼女はわたしが彼をかくまっていると早合点したのだ。アンの午後をだいなしにするためだけに、その線に沿って演技をしてみようか、と一瞬思った。

「彼がどこにいるのか知らないわ」とわたしは言った。「ティンカーがあなたの口笛に答えるのをやめたとしても、それはわたしとは無関係です」

アンは注意深くわたしを見た。

「なるほど」

時間を稼ごうと彼女はさりげなくバーへ歩いていって、シェイカーにジンを注いだ。ブライスと違って銀のトングを使おうとはしなかった。素手をアイスバケツに突っ込んで氷をひとつかみし、ジンに投げ込んだ。片手でシェイカーを軽く鳴らしながら戻ってきて、椅子の端に腰かけた。可能性を推し量り、再調整して、じっと思案しているようだった――柄にもなく自信が持てないかのように。

「もういっぱいどう？」アンは訊いた。

「結構です」

自分のグラスを満たそうとして、途中で手をとめた。アンはジンに失望したように見えた。透明度が足りていないかのように。

「五時前に飲むたびに、飲まないようにしている理由を思い出すのよね」とアンは言った。

わたしは立ちあがった。

「ごちそうさまでした、アン」

彼女は異議を唱えなかった。ドアまでわたしについてきた。敷居の手前でわたしの手を握ったときは、通常の礼儀より心持ち長く手を離さなかった。

「わたしが言ったことを覚えておいて、ケイティ。わたしたちがたどり着ける合意について」

「アン……」

「わかっているわ。彼の居所を知らないのね。でもわたしより先にあなたのところへ連絡があるような気がするのよ」

「ケイト」

アンは手を離し、わたしはエレベーターの方を向いた。ドアがあき、エレベーターボーイが短くわたしと目を合わせた。六月にわたしと新婚カップルを乗せてくれた、あの人懐っこい若者だった。

「はい？」わたしは振り向いた。

「たいていの人が持っているのは欲しいものより必要なものなの。だから、彼らは変わりばえのしない人生を送っている。でも世界を動かしているのは、必要以上のものを欲しがる人たちだわ」

わたしはしばらくその言葉を考えた。そしてひとつの結論に至った。

「締めくくりの言葉がとてもお上手なのね、アン」

「ええ」彼女は言った。「わたしの特技のひとつよ」

次の瞬間、彼女はそっとドアを閉めた。

◆◆◆

プラザを出ると、またしてもドアマンはタクシーに合図することなく、わたしに会釈した。その判断を認めるように、わたしは六番街を歩き出した。家に帰る気分になれないまま、アンバサダー劇場にふらりと入ってマレーネ・ディートリッヒの映画を見た。はじまって一時間が経っていたので、残り半分を見てから最初の半分のために席にとどまった。大概の映画の例にもれず、中盤で事態が切迫し、ハッピーエンドで終わった。変な見方をしたせいか、実際以上に真に迫っているように思えた。

劇場から出ると、遅まきながらドアマンに教訓を与えようとタクシーを呼んだ。ダウンタウンへ車が向かう途中、家に着いたら何で酔っ払おうかと思案した。赤ワイン？　白ワイン？　ウイスキー？　ジン？　メイソン・テイトの世界の人間と同じで、どのアルコールにもそれぞれの利点と欠点があった。成り行きに任せようか。それとも目隠しをしてくるりと回り、いきあたりばったりでボトルを選ぶか。そんな遊びを考えただけで元気が出た。ところが十一丁目でタクシーをおりたら、他でもないセオドア・グレイがあらわれた。彼は逃亡者のようにドアの陰から姿をあらわした。ただし清潔な白いシャツを着て、一度も海を見ていないピーコートをはおっていた〔ピーコートはもともとヨーロッパの水兵が着たコート〕。

ついでに急いで言わせてもらうと、感情が高ぶっているとき——その引き金になったのが怒りだろうが羨望だろうが、屈辱だろうが恨みだろうが——あなたの気分をすっきりさせるセリフがあるとしたら、それは言わないほうがよかったセリフである。これはわたしが人生で発見した優れた金言のひとつなのだ。でも、それはあなたに進呈する。わたしには役に立たないから。

「あら、テディ」

「ケイティ、話したいことがあるんだ」

「デートに遅れてるの」

ティンカーはたじろいだ。

「五分くれないか？」

「いいわ。どうぞ」

彼は通りを見回した。

「どこか座れるところはないかな？」

わたしは十二丁目と二番街の角のコーヒーショップへ彼を連れて行った。長さ三十メートル幅三メートルの店だった。カウンターで警官がひとり、角砂糖でエンパイアステート・ビルディングを建築中で、奥ではイタリア人の若者ふたりがステーキと卵を食べていた。わたしたちは正面側に近いブースに座った。ウエイトレスが注文を聞きにきたとき、ティンカーは質問が理解できなかったかのように顔をあげた。

「じゃ、コーヒーをふたつおねがい」わたしは言った。

ウエイトレスは呆れたように天を仰いだ。

ティンカーは彼女が歩き去るのを眺めた。それから意志の力が必要であるかのように、その目をゆっくりわたしに戻した。血色が悪く、ちゃんと寝ても食べてもいないかのように目の下に隈ができていて、いい気味だった。そのせいで服が借り物みたいに見えた。ある意味ではそうだったのだろう。

「説明したい」と彼は言った。

「なにを？」

「きみが怒るのはもっともだよ」

「怒っていないわ」

「だがアンとのことはぼくが求めたことじゃなかった」

最初はアンがティンカーとのことについて説明したがった。今度はティンカーがアンとのことを説明したがっている。どの物語にも両面があるということだろう。そして例によって、どちらも言い訳なのだ。

「あなたについてのすごいエピソードを聞いたわ」とティンカーの話を遮ってわたしは言った。「きっと面白いと思うわよ。でもその話をする前に、いくつか質問させて」

彼は観念したように陰気な顔をあげた。

「アンは実際にあなたのお母さんの古くからの友達なの？」

……

「違う。彼女に会ったのは、ぼくがプロヴィデンス信託会社にいたときだった。銀行の頭取がニューポートでのパーティに招待してくれて……」

「あなたが結んでいる独占的協定——鉄道株を売却する利権——あれはアンのものなの？」

……

「そうだ」

「あなたは彼女の担当銀行員だったの、それとも事情が変わってからそうなったの？」

……

「わからない。会ったとき、ニューヨークに移りたいと彼女に言ったんだ。口をきいてあげると言われた。ぼくが独り立ちするのを助けてあげると」

わたしはひゅーっと口笛を吹いた。

「すごい」

感心のあまり首をふった。

「あのアパートメントは？」

「……」

「彼女のものだ」

「ところで、すてきなコートね。そういうものを全部どこに保管してるの？　ええと、何の話をしようとしてたのだったかしら？　ああ、そうそう。きっとあなたも聞いたら面白がるわ。イヴがあなたを見限ってから数日経った日の夜、彼女ったらしこたま祝杯をあげて路地裏で酔い潰れちゃったの。警官がわたしの名前をイヴのポケットに見つけて、彼女の身元を確認してもらおうとわたしのところへやってきたのよ。それがね、わたしたちを解放する前に、親切な刑事がわたしにコーヒーを出してくれて生活を変えたらどうかと諭したの。彼はわたしたちを売春婦だと思ったのよ。イヴィの傷跡を見て、仕事で痛めつけられたんだと思ったというわけ」

わたしは眉をあげ、コーヒーカップでティンカーに乾杯した。

「ねえ、皮肉でしょ！」

「偏見だ」

「そう？」

わたしはひと口コーヒーを飲んだ。ティンカーが弁解しようともしないので、追い打ちをかけた。

「イヴは知ってたの？　あなたとアンのことをって意味だけど」

彼は弱々しく首をふった。弱々しく、の定義そのものだった。弱々しく、の手本だ。

「他に女がいるのかもしれないと疑っていたとは思う。だが、アンとは気づかなかっただろう」

わたしは窓の外を見た。一台の消防車が信号で停止した。防火服を着た消防士全員がステップに立ってフックや梯子につかまっている。角で母親の手を摑んでいた男の子が手をふると、消防士全員がふり返した——善良な人たちに祝福あれ。

「お願いだ、ケイティ。アンとのことはもう終わったんだ。彼女にその話をするためにウォレスの山荘から帰ってきたんだよ。だからランチを食べていた」

わたしはティンカーに向き直り、頭の中で考えていたことをそのまま口に出した。

「ウォレスは知っていたのかしら？」

ティンカーが再びたじろいだ。傷ついた表情は貼りついたままだった。彼があれほど魅力的に思えたのが急に信じられなくなった。思い返すと、ティンカーは明らかな作りもの——これにもあれにもモノグラムを入れた——だった。革ケースに入ったあの銀のヒップフラスクのように。しみひとつないキッチンで、きっとちいさな漏斗であれに酒を注いだにちがいない——マンハッタンのどの街角でもポケットサイズのウイスキーの瓶を買えるにもかかわらず。

シンプルなグレーのスーツ姿で父親の銀髪の友人たちに静かに助言を与えていたウォレスを思い浮かべると、彼にくらべ、ティンカーはまるでボードビリアンだった。でも、人は話している相手を見きわめるのに比較に頼ったりはしないと思う。短いあいだなら、人が自分を実際よりよく見せても、わたしたちは寛大でいられる——一生はむりでも一定の期間ならば、尻尾を出さずに虚像を維持するのは簡単だ。

おかしなものだ。わたしはティンカーと出くわすのをひどく恐れていた。でも今こうして現実になってみると、なにやら興味深かった。役に立つし、励まされているようですらあった。

「ケイティ」彼が言った。言ったというより哀願した。「聞いてほしい。ぼくの人生のあの部分はもう終わったんだ」

「こっちも同じよ」

「頼む、そんなこと言わないでくれ」

「ねえ！」わたしは再び彼の言葉を遮って元気よく言った。「まだ聞きたいことがあった。キャンプに行ったことあるの？　実際に森の中でキャンプをしたのかってことだけど。ジャックナイフやコンパスを持って？」

これは痛いところをついたようだった。顎の筋肉が強張《こわば》ったのがわかった。

「きみは度がすぎてる、ケイティ」

「そう？　わたしは森でのキャンプをしたことがないの。どんな感じなの？」

彼は顔を伏せて両手を見つめた。

「あらあら。今のあなたをお母さんが見たらどうするかしら」

ティンカーはだしぬけに立ちあがった。太ももがテーブルの角にぶつかって、ピッチャーの中のクリームの静けさを乱した。彼は五ドル札を砂糖壺の脇に置き、このテーブル担当のウエイトレスへの配慮を見せた。

「コーヒーもアンのおごり？」

酔っ払いのようにもつれる足で彼はドアに近づいた。

「このチップだって度が過ぎてやしない？」わたしは彼の背中に呼びかけた。「そう悪くはないけど！」

わたしも五ドル札をテーブルに置いて立ちあがった。ドアに向かいながら、わたしの足もちょっともつれた。檻から逃げたオオカミみたいに、わたしは二番街の左右を見渡した。腕時計に目をやった。二本の針は、背中合わせに立って数歩進み、振り返って発砲する寸前のふたりの決闘者みたいに、九と三を指していた。

夜は若かった。

◆◆◆

ディッキーがドアをどんどん叩く音に応えるまで、五分かかった。〈ホワイルアウェイ〉でのパーティに押しかけて以来、ディッキーとわたしは顔を合わせていなかった。

「ケイティじゃないか！　こりゃ驚いた。すばらしいけど……どういう風の吹き回しかな」

彼はタキシードのズボンを履き、フォーマルなシャツを着ていた。ネクタイが襟からだらんと垂れ下がっているところを見ると、わたしがドアを叩いたときはそれを結ぼうとしていたに違いない。その半端な様子がかえって色っぽく見えた。

「お邪魔していい？」

「もちろん！」

アップタウンで地下鉄をおりて、レキシントン・アヴェニューのアイリッシュ・バーで一、二杯飲んでいた。人を惑わす幻みたいに、わたしはするりと彼の前を通って居間に向かった。ディッキーの家にきたのは客でごったがえしているときだけだった。人気《ひとけ》がないと、陽気な外見からは想像できないが、ディッキーがとてもきちんと暮らしているのがよくわかった。あらゆるものがしかるべき場所に収まっていた。椅子はカクテルテーブルの周りに整然と置かれていた。本棚の本は著者ごとに並んでいた。自立型の灰皿は読書椅子の右側に、ニッケルめっきを施したアーキテクトランプは左側にあった。

ディッキーがわたしをじっと見ていた。

「また赤毛にしたんだね！」

「ちょっと前にね。一杯やらない？」

明らかにどこかへ出かけるという意味だと勘違いしたのだろう、ディッキーは玄関の方を指差して口を開きかけた。わたしは左の眉をあげた。

「あ、ああ」彼は認めた。「今必要なのはまさにそれだね」

ディッキーは壁際の上等なマカッサル風キャビネットに歩み寄った。正面の羽目板が秘書の書き物机みたいに手前に開いた。

「ウイスキーがいい？」

「あなたの好きなものならなんでも」とわたしは言った。

ひと口分ほどの量をめいめいに注ぎ、わたしたちはグラスを合わせた。わたしはグラスを空け、それを宙に突き出した。ディッキーはしゃべろうとするかのようにまた口を開きかけたが、思い直してグラスを干した。それから適量をそれぞれに注ぎたした。わたしはごくごくと飲み干すと、自分のいる位置を知ろうというかのように、くるっと一回転した。

「すてきな家ね」と言った。「まだ全部は見ていないけど」

「そう、そうだった。うっかりしてごめん。こちらへどうぞ！」

ディッキーはドアの向こうを身振りで示した。そこは壁に取り付けられた燭台型照明に照らされたこぢんまりした食堂だった。コロニアル様式のテーブルはニューヨークが植民地だった当時から一族に伝わるものだろう。

「これは両端が折り畳めるテーブルなんだ。六人掛けだけど、いざとなったら十四人座れる」

食堂の向こうにのぞき窓のついたスウィングドアがあった。そこを抜けると、天国並みに白く清らかなキッチンだった。

「キッチンだ」ディッキーが言いながら空中で片手をひらひらさせた。

わたしたちはもうひとつのドアを通って廊下を進み、途中で、明らかに使われていない客室の前を通過した。ベッドの上に夏服がきれいに畳まれて、冬のためにしまわれる用意ができていた。その隣がディッキーの寝室だった。ベッドがきちんと整えられていた。唯一畳まれていないのは彼のタキシードのジャケットで、ちいさな書き物机の椅子にかけてあった。

「ここには何があるの？」わたしはそう訊きながらドアを押しあけた。

「あーっと。洗面所？」

「ああ！」

ディッキーはかわいいことに、そこを自宅案内に含めたくなかったらしいが、洗面所は芸術作品だった。釉薬《ゆうやく》をたっぷりかけた幅広の白いタイルが床から天井まで走っていた。窓がふたつもある贅沢ぶりで、ひとつはラジエーターの上に、もうひとつは浴槽の上にあった。浴槽は自立式の磁器製で長さが百八十センチ以上あり、猫足で、床から立ち上がったニッケルの洗面装置が付いていた。壁に据え付けた細長いガラス棚にはローションやヘアトニックやコロンらしき瓶が並んでいた。

「姉が、ヘアサロンでくれるクリスマスの贈り物が好きなんだ」とディッキーは説明した。

車のボンネットを人がなでるように、わたしは浴槽の縁に沿って手を走らせた。

「なんて美しいの」

「清潔は神を敬うことの次に大事だからね」とディッキーは言った。

わたしはウイスキーを飲んでしまうと、グラスを窓台に置いた。

「それを試してみましょうよ」

「え？」

わたしは頭からすっぽり服を脱ぎ、靴を蹴り脱いだ。

ディッキーの目が十代の少年みたいにまん丸になった。彼はウイスキーを一気に飲み干し、シンクの端に危なっかしくグラスを載せた。そして、興奮気味にしゃべりだした。

「これほどいい浴槽はニューヨーク広しといえども見つからないよ」

わたしは蛇口をひねった。

「その磁器はアムステルダムで焼かれたものなんだ。猫足はパリで鋳造された。マリー・アントワネットのペットのヒョウの前足を真似たんだ」

ディッキーはシャツをむしり取った。真珠母のカフスボタンが白黒タイルの床の上を転がっていった。彼は右の靴をぐいと引っ張って脱いだが、左の靴が脱げなかった。数回ぴょんぴょん跳ね、よろけてシンクにぶつかった。ウイスキーのグラスが滑り落ちて排水口にぶつかってこなごなになった。

ディッキーは勝ち誇った表情で脱いだ靴を宙に突きあげた。

裸になっていたわたしは浴槽に入ろうとした。

「泡、泡！」ディッキーが叫んだ。

彼はクリスマスプレゼントの棚を無我夢中で調べた。どの石鹸を選べばいいのか決められなかった。そこで瓶を二本ひっつかみ、浴槽の縁に駆け寄って両方の中身をぶちまけた。両手を湯に突っこんで泡立つまでかき混ぜた。たちのぼる湯気がラベンダーとレモンのくらくらするような香りを放った。

わたしは泡の下へ滑りこんだ。わたしのあとからディッキーが学校をサボって水たまりで遊ぶ子供みたいに飛び込んだ。慌てたあまり、靴下を履いたままなのに気づかなかった。それを脱いで、壁めがけてピシャッと投げつけた。彼はうしろへ手を伸ばしてブラシを取り出した。

「流しっこする？」

わたしはブラシを受け取ると浴室の床にほうり投げた。そして彼のウエストを両脚ではさみこんだ。浴槽の縁に両手をかけ、彼の膝に身を沈めた。

「神を敬うことの次に大事なのはこのわたしよ」と言った。

二十一章　疲れ果て、貧しく、嵐に翻弄され

月曜日の朝、わたしはメイソン・テイトとリムジンの後部シートに座り、アッパー・ウエストサイドに暮らす、さる女性の大御所《グランド・デイム》とのインタビューに向かっていた。テイトは機嫌が悪かった。創刊号の特集記事がまだ出来上がっておらず、毎週毎週無益に過ぎていくことが不満に耐える彼の力を低下させているようだった。マディソン・アヴェニューを進む頃には、彼のコーヒーは冷めきっていて、車内は暑すぎ、運転手はのろすぎた。事態をさらに悪化させているのは、出版社によってお膳立てされたこのインタビューが、テイトにとっては途方もない時間の浪費だということだった。大御所の育ちが良すぎる、と彼は言った。頭は鈍すぎるし、視力は弱すぎるしで、面白そうな特ダネはまるで期待できん。だからミスター・テイトのインタビューに同席を求められるのは、普通ならまんざらでもないことなのだが、今日に限っては、一種の懲罰だった。わたしは未だにテイトの機嫌を損ねたままだった。

　わたしたちは無言で五十九丁目に曲がった。プラザホテルの階段には大きな真鍮のボタンがついた赤いロングコートを着たホテルの尊大なドアマンたちが立っていた。半ブロック離れたところでは、エセックス・ハウスの将校みたいなドアマンたちが、対照的に鮮やかな青のコートを着ていた。ふた

つのホテルが戦争に突入したら、一瞬で敵と味方を見分けられるだろう。

わたしたちはセントラルパーク・ウエストに入り、ダコタハウス、サンレモ〔ともに高級アパートメントビル〕のドアマンたちを横目に見て、七十九丁目の自然史博物館の前にとまった。そこからはベレスフォードの庇が見え、ピートがタクシーの後部ドアをあけているのが見えた。ピートが過去にわたしに対してやったように、客に手を差し伸べた——三月の夜、ティンカーが〝オフィス〟に行かなくてはならなくなったときや、あるいは、六月の夜、役立たずの水玉のワンピースを着たわたしがドラン夫妻の車にちゃっかり乗せてもらったときに。

ふと、あることが頭に閃《ひらめ》いた。

まともな判断力を持つもうひとりのわたしが、黙っていろと命じた。ここはその場所じゃないし、今は絶対にその時じゃない、と彼女は言った。テイトは凶暴な人間《ペルソナ・フリオーサ》だし、あんたは好ましからぬ部下《ノン・グラータ》なのよ。でも、この博物館の階段の上にそびえる大理石の台座でテディ・ルーズヴェルトはブロンズの馬にまたがり、こう叫んだのだ。「突撃！」

「ミスター・テイト」

「なんだ（うるさそうに）？」

「創刊号のためにお探しの記事ですが？」

「ああ、それで？（いらいらと）」

「女性大御所の代わりにドアマンたちにインタビューする、というのはどうでしょうか？」

「なんだそれは？」

「彼らは言ってみれば、良い育ちとは無縁ですが、ほとんどのドアマンは頭の回転が早くて、なんでも見ています」

メイソン・テイトは少しの間、前方をまっすぐ睨んでいた。次の瞬間、窓を下ろしてコーヒーを路上へ投げ捨てた。そして十五ブロックぶりにわたしの方を向いた。

「どうしてドアマンが我々に話をする？　しゃべったことが記事になったら、即日その報いを受けるぞ」

「元ドアマンにしたらいいんです――辞めたかクビになった人たちに」

「どうやって見つける？」

「新聞広告を出します。市内の最高級アパートメント五つのどれかで最低一年は働いた経験を持つドアマンとエレベーター係に高報酬で呼びかけるんです」

メイソン・テイトは窓の外を見た。上着のポケットからチョコレートを取り出した。ふたかけ分を折り、ゆっくりと思案気に食べはじめた。チョコレートの匂いをすりつぶすのが目的であるかのように。

「その広告を出せば、面白いものが見つかると本気で思っているのか？」

「一カ月分の給料を賭けてもいいです」わたしはすまして言った。

彼はうなずいた。

「いいだろう、やってみろ」

◆◆◆

金曜、わたしは少し早めに歩いて出勤した。

広告はニューヨーク・タイムズとデイリー・ニュース、それにポスト・ディスパッチに三日連続で掲載され、応募者は今日の午前九時にコンデナスト社にくるよう指示された。わたしがテイトと〝賭けをした〟との噂は瞬く間に社内を駆け巡り、オフィスの大部屋にいる男性の何人かはわたしが通るたびに口笛を吹き、机を叩いて反応した。状況が状況だけに、彼らを責められなかった。

当時、まだ五番街のビルは一夜にして地面からにょっきり生えたように見えていた――雲間に見えなくなっている様子はまるで豆の木だった。

一九三六年、偉大なフランスの建築家ル・コルビュジエはニューヨークへのはじめての旅の詳細を綴った『伽藍が白かったとき』という本を出版した。その中で、彼ははじめてニューヨークを見た興奮を描写している。ウォルト・ホイットマンのように人間性とアメリカ独特のテンポを賛美しつつも、摩天楼やエレベーターやエアコンディショナー、ピカピカのスチールやガラスについても触れている。〝ニューヨークは勇気と熱に溢れているので、〟とコルビュジエは書いている。〝すべてをやり直し、建て直し、いっそう大きく、しかし統御されたものに進むことができる……〟

その本を読んだあとで五番街を歩き、それらの高層ビルを見あげたら、誰だってどれもが金の卵を産むめんどりへ自分を導いてくれそうな気分になるだろう。

でもその夏のはじめ、ニューヨークを訪れた別の人物はいくらか異なる見解を持っていた。彼はジョン・ウィリアム・ウォードという若者だった。朝の十一時半ごろ、彼はゴッサム・ホテルの十七階の窓から外へ這いでて、横桟の上に立った。たちまち注目を浴びて、下方にはかなりの野次馬が集まった。男たちは上着を指にひっかけて肩にかけたまま立ちどまった。女たちは帽子で顔をあおいでいた。新聞記者は記事の長さを推測し、警官はいつなんどき何かが起こるかもしれないと、歩道を立ち入り禁止にした。

しかしウォードは記者や警察や群衆の忍耐を試すように、ただ横桟に立っていた。生きる勇気もなければ、自分の不幸にけりをつける勇気もないやつだ、と群衆が言い出すのを待つように。少なくとも、彼が午後十時三十八分に飛び降りるまで、それが群衆の言ったことだった。

だからニューヨーク・シティの空を背景とした高層ビルの輪郭は、そのことも少し思い起こさせる。


コンデナスト社のロビーはまだ閑散としていて、誰にも気づかれずにさっさと上階へ上がれそうだった。ところがエレベーターに向かおうとしたとき、警備デスクにいたトニーがわたしを手招きした。

「おはよう、トニー。どうしたの？」

彼はロビーの脇へ頭を倒してみせた。クロームと革のベンチにみすぼらしい男がふたり、帽子をつかんで座っていた。無精髭を生やし、うらぶれた感じで、スープにありつくためにバワリーの教会での説教を聞く、神に忘れられた人間のように見えた。仮に内部情報がセロファンにくるまれて安物雑貨店で売られていても、そうとは気づかないタイプだった。這いつくばって頭を下げたら、ミス・マーカムはもう一度雇ってくれるだろうか、とわたしは思った。

「正面の鍵をあけたとき、外で待っていたんですよ」とトニーが口をあまり動かさずに言った。「左の男はなにやら臭うんです」

「ありがとうトニー。わたしが上に連れて行くわ」

「それはいいんです、ミス・K。ええ。ですが残りはどうしますか？」

「残り？」

トニーはデスクを回り込んで、階段に通じるドアをあけた。そこはあらゆる背丈と体格の男たちでごった返していた。一部はベンチのふたりのように、貨物列車の後ろにしがみついてマンハッタンへやってきたように見えたが、引退した英国人執事のような風貌の人たちもいた。アイルランド人、イタリア人、黒人、狡猾そうなの、洗練されたの、残忍そうなの、慇懃《いんぎん》なのと様々だった。螺旋を描いて二階へ続き、さらにその上へと続く階段に、彼らはふたりずつ座っていた。

わたしを見るなり、最初の段に座っていた長身で身なりのいい男が立ちあがり、わたしが兵舎に入ってきた司令官であるかのように気をつけの姿勢をとった。一瞬後、階段の全員が立ちあがった。

二十二章　ネバーランド

十一月半ば、ある土曜の夜だった。ディッキー、スージー、ウェリーとわたしは他の友人たちと落ち合うために、ヴィレッジにあるリーン・トゥという名のジャズクラブにきていた。ダウンタウンのミュージシャンたちがその店に集まって深夜になると即興の演奏をするとディッキーは人づてに聞いて、ミュージシャンが行くならその店はまだ上流階級の連中に毒されていない信用のあかしだと踏んだのだ。実は店の経営者は太っ腹だが気難しい年寄りのユダヤ人で、ミュージシャンたちに利子なしで金貸しをしていた。仮に店が紳士録に載っているようなお歴々を両手《もろて》を上げて受け入れたとしても、利子なしなら、ミュージシャンたちはリーン・トゥに集まったことだろう。だが結末は同じだった。遅くまで店にねばっていれば、生まれたての、フィルターのかかっていないものを聴ける。

　イヴとわたしが足繁く通っていた頃よりもクラブはちょっとおしゃれになっていた。今では女のクローク係がいたし、テーブルには笠の赤いちいさなランプが載っていた。それを言うなら、わたしもちょっとおしゃれになりつつあった。付き合って三週間の記念に、ディッキーがお母さんからせしめた一カラットのダイヤモンドのチョーカーをつけていたのだ。ディッキーのお母さんにわたしが取り立てて気に入られていたわけではなくて、彼がこれまでの人生で入念に作りあげた人格が、相手にノーと言わせなかったせいだ。総じて彼は面白いことが好きな、悪意のない人柄で、ごく些細なことでも彼の要求（散歩に行かない？　ソフトクリームを食べたくない？　隣に座っていい？）に相手がイエスと答えてくれたら、大当たりを取ったみたいにパッと顔を輝かせる。ミセス・ヴァンダーホワイルはこれまで息子に三回以上ノーと言ったことがないんじゃなかろうか。わたし自身、拒否するのはひと苦労だった。

わたしたち八人は、ディッキーが女店主に手伝ってもらってくっつけた四人掛けテーブル二卓を囲んだ。次の一杯が運ばれてくるのを待つ間、ディッキーがわたしのマティーニから楊枝に刺したオリーヴをくすねながら会話の主導権を握った。話題は〝隠れた才能〟だった。

ディッキー：ウェリー！　次はきみだ。
ウェリー　：ぼくは並外れて快活なんだ。
ディッキー：もちろんそうさ。そんなのは隠れた才能のうちに入らないよ。
ウェリー　：両手利き、ってのはどうだ？
ディッキー：まあまあだな。
ウェリー　：うーん。ときどき……
ディッキー：なんだ？　なんだ？
ウェリー　：聖歌隊で歌ってる。
一同唖然。
ディッキー：技あり、ウェリー！
ＴＪ　　　：嘘だろ？

ヘレン　　：見たことあるわ。聖バーソロミュー教会の後列にいた。
ディッキー：自分で説明するのが一番いいぞ、おい。
ウェリー　：子供の頃、聖歌隊で歌ってたんだ。だから、ときたまバリトンが足りないと、聖歌隊長
　　　　　が今でも電話をよこすんだよ。
ヘレン　　：すてきねえ！
わたし　　：お手本を見せてくれる、ウェリー？
ウェリー（姿勢を正して）：

妙なる精霊よ！　暗く激しき混沌に
その怒れる騒ぎを鎮ませたまえ
荒れ狂いし錯乱に安きを与えたまえ
海原に漂うものへの我らが叫びを
聞き届けたまえ

感嘆のため息と拍手。

ディッキー：この悪党め！　女性たちを見ろよ。みんな涙を流してる。恍惚のあまり。
ずるいなあ。（わたしの方を向いて）じゃ、きみはどうだ、マイラブ？　隠された才能はある？
わたし　　：あなたこそどうなの、ディッキー？
全員　　　：そうだ、そうよ！

スージー　：知らないの？
わたし　　：ええ。
スージー　：おっしゃいよ、ディッキー。みんなに教えてあげて。
ディッキーはわたしを見て、赤くなった。
ディッキー：紙飛行機。
わたし　　：へえ、驚いた。

ディッキーを助けるかのように、ドラマーがケトルドラムを六回叩いてクルーパっぽいソロ〔ジーン・クルーパはアメリカの伝説的ジャズドラマー〕を締めくくると、バンドがスウィングしはじめた。まるでドラマーがドアをこじあけたら、みんなが家の中のものを手当たり次第に盗んでいくみたいな感じだった。今、恍惚としているのはディッキーだった。ビブラフォン奏者が三拍子で演奏しはじめると、ディッキーは椅子に座ったまま身体を揺らして足を踏み鳴らした。首をふるべきなのかうなずくべきなのか決められないみたいに、頭がせわしなく回転した。次の瞬間、彼はわたしのお尻をつついた。

生まれながらに、バッハやヘンデルのような静謐で様式的な音楽の真価がわかる人がいる。彼らは音楽の数学的関係性や、その対称性やモチーフの抽象的美しさを感じることができる。でもディッキーはそうではなかった。

二週間前のことになるが、彼はわたしを感心させようと、カーネギーホールで開かれたモーツァルトのピアノ・コンチェルトの演奏会に連れだした。一曲めは夜風の中で精神が花開くような、田園曲だった。ディッキーはサマースクールの二年生みたいに落ち着かなかった。二曲めが終わり、聴衆が拍手をはじめ、わたしたちの前の列の年配の夫婦が立ちあがったとき、ディッキーは文字通り座席から飛びあがった。熱狂的な拍手をしてから、コートをつかんだ。ただの幕間だとわたしが言ったときのしょげようがあまりにかわいそうだったので、至急、彼を三番街へ連れだしてビールとハンバーガーをあてがったほどだ。そこはわたしの知っているちいさな店で、アップライト・ベースとスネアドラムの伴奏で経営者がジャズピアノを弾いていた。

三人によるジャズ演奏というこの安あがりの体験が、ディッキーにとっての天啓となった。その即興演奏の良さを彼は本能で理解した。無計画で無秩序で無意識、それは彼の人となりの延長そのものだった。それは彼がこの世で好むすべてだった。そうやって煙草をくゆらし、そうやって酒を飲み、そうやって談笑する。きちんと注意を払わなくてもやましさを感じないでいい。その後、幾晩もディッキーはその三人によるジャズを聴いて楽しい時を過ごし、わたしを褒め称えた——必ずしも人前ではないけれど、それが話題になったときはいつも。そして頻繁に。

「いつかぼくらは月へ行けるようになるのかな?」ビブラフォン奏者が拍手に応じて頭をちょっと傾けたとき、ディッキーが言った。「別の惑星の上を歩くのってすばらしいだろうね」

「月って衛星なんでしょ?」いつも自分の知識に自信のないヘレンが訊いた。

「行ってみたいな」ディッキーは誰にともなく断言した。

彼は両手をお尻の下に敷いて座り、その可能性をじっと考えた。やがて身体を横にずらして、わたしの頰にキスした。

「……きみにも一緒にきてほしい」

ある時点でディッキーはテーブルの反対側へ移動し、TJとヘレンとしゃべりだした。それは、もう無理にわたしを楽しませたり、気を惹いたりしなくてもいいという自信から芽生えたほほえましい態度だった。絶えず承認を求める男ですら、ちょっとしたたわむれによって自信を得られるのだ。

わたしがディッキーのウインクに応えたとき、WPA〔Works Progress Administration、雇用促進局。大恐慌の間、芸術家たちを職に就かせるためにルーズヴェルトが設置した政府機関〕の対象になりそうなみすぼらしい一団が、ディッキーの後ろのテーブルを囲むのが目に入った。そこにヘンリー・グレイがいた。すぐに彼と気づかなかったのは、無精髭を生やしていたのと、以前より痩せていたせいだ。でも、向こうはあっさりわたしに気づいた。すぐにやってきて、ディッキーの空いている椅子の背にもたれた。

「テディの友達だよな。そうだろ？　口のへらない女の」

「その通り。ケイティよ。美しさの追求はその後どうなってるの？」

「ひどいもんだ」

「それは残念だわ」

ハンクは肩をすくめた。

「何も言うことはないし、言ったところで仕方がない」

ハンクは振り返ってバンドをちょっと眺めた。リズムに合わせるというよりは、音楽に賛意を示して、首を上下に振った。

「煙草あるか？」

わたしはバッグから煙草の箱を取り出して、差し出した。彼は二本抜き取って、一本を返してきた。とんとんと十回テーブルトップで煙草を叩いてから、耳のうしろにはさんだ。店内は暑く、ハンクは汗をかきはじめていた。

「なあ。外へ出ないか？」

「いいわ。でもちょっと待って」

わたしはテーブルを回ってディッキーのそばへ行った。

「あれ、友達のお兄さんなの。外で一服してくるけど、いいかしら?」

「もちろん、もちろん」ディッキーは膨れあがった自信を見せて言った。

寒いといけないと、上着を肩にかけてくれた。

ハンクとわたしは外に出て、クラブの庇の下に立った。まだ冬ではなかったが、かなり冷えこんでいた。ぬくぬくした店内にいただけにシャキッとした。でも、ハンクにとってはそうではなかった。彼は店内にいたとき同様、身体の具合が悪そうに見えた。中身が均一になった煙草に火をつけ、悪びれた風もなくうまそうに吸った。ハンクの痩せて震えている肉体は色彩と形との格闘のあらわれではないのかもしれないという気がしてきた。

「で、弟はどうしてる?」マッチを通りにはじいてハンクは尋ねた。

もう二カ月もティンカーを見ていないし、どこにいるかも知らないとわたしは言った——でもどうやら、意図したよりも少々口調がつっけんどんだったらしい。ハンクがまた煙草を吸い込んで、興味深げにわたしをしげしげと見たからだ。

「喧嘩したのよ」と説明した。

「へえ?」

「彼が見せかけとはまるで違う人だってことにやっとわたしが気づいたってことかしら」

「あんたはそうじゃないのか?」

「ほぼ見かけ通りだもの」

「そいつは珍しい人間だな」

「少なくともわたしはゆりかごからまっすぐアイヴィーリーグへ進んだとほのめかすような真似はし

ないわ」

ハンクは煙草を投げ捨てて、せせら笑いとともにそれを靴で揉み消した。

「そりゃ誤解もいいとこだぜ、脚長ちゃん《スパイダー》よ。ここで恥ずべきなのは、テディがアイヴィーリーグ出身者みたいに振る舞ってることじゃない。恥ずべきなのは、そもそもそういうくだらん考えがまかり通ってるってことだ。あいつが五カ国語がしゃべれて、カイロだかコンゴだかから無事に帰国する方法を見つけたことはどうでもいい。学校では教えられないものをテディは持ってるんだ。それをぶっ潰すことはできるかもしれんが、教えることは絶対できない」

「それはなんなの？」

「まっさらな心だよ」

「まっさらな心！」

「そうだ。車や街での一夜は誰だって買える。おれたちの大半はピーナッツみたいに日々の殻をむいてる。千人にひとりが驚嘆をもって世界を見ることができる。ぼけっとクライスラー・ビルディングを眺めることを言ってるんじゃないぞ。おれはトンボの羽の話をしてるんだ。靴磨きの話だよ。汚れのない心で汚れのない時間を歩くことを言ってるんだ」

「じゃ、彼は子供のような無垢な心を持っていた、そういうこと？」

わたしが的外れなことを言ったかのように、ハンクはわたしの腕をぐっとつかんだ。彼の指先が肌に食い込むのを感じた。

「〝わたしたちが幼な子であった時には、幼な子らしく語り、幼な子らしく感じ、また、幼な子らしく考えていた。しかし、おとなとなった今は――〟（新約聖書コリント人への第一の手紙十三章十一節より）」

ハンクはわたしの腕を落とした。

「……残念ながら」

彼は目をそらした。すでに吸った煙草を求めて、彼は耳のうしろへ手をやった。

「それで、何があったの？」わたしは尋ねた。

心の中を見抜くようなあの目でハンクはわたしを見た――質問への答えを与えるべきかどうか、いつも推し量っているのだ。

「何があったか？　何があったか教えてやろう。親父は全財産を少しずつ失った。テディが生まれたとき、おれたち四人家族は部屋が十四ある家に住んでいた。毎年、一部屋失った――そして波止場から数ブロックのところへ引っ越した。おれが十五の頃には海の方へかしいだ賄い付き下宿屋に住んでいた」

わたしが想像できるように、彼は手を四十五度に傾けた。

「母親はおれたちのひいじいさんが――ボストン茶会事件の前に――通ったプレップスクールへテディを入れることに望みをかけた。だから金を貯め、テディの巻き毛をとかし、あいつをどうにか入学させた。ところがだ、テディが一年生の中頃に母親が癌病棟に入院すると、親父が隠してあった金を見つけちまった。そういうことさ」

ハンクは首をふった。首をふるのかうなずくのかという迷いは、ハンク・グレイには明らかになかった。

「テディは以来、その胸糞悪いプレップスクールへ戻ろうとしてたらしい」

背の高い黒人のカップルが通りをやってきた。ハンクは両手をポケットに突っ込んで、男の方へ顎をしゃくった。

「よう。煙草あるか？」

ぶっきらぼうで冷たい言い方だった。黒人は気分を害した風もなかった。ハンクに煙草を差し出し、マッチをすって大きな黒い手で炎をかばうことさえした。人類への新たな希望を発見したかのように、ハンクは尊敬の眼差しで歩き去るカップルを見送った。わたしに向き直ったとき、彼はマラリアにでもやられたみたいに汗をかいていた。

「ケイティ、だったよな？　金を持ってないか？」

「さあどうかしら」

ディッキーのブレザーのポケットを探ると、数百ドル入ったマネークリップが見つかった。丸ごとハンクに渡すことを考えた。代わりに十ドル札を二枚、渡した。わたしがクリップから紙幣を抜き取るとき、彼は無意識にくちびるを舐めた。まるでその金が化けるものを早くも味わっているみたいに。札を渡すと、ハンクはスポンジを絞るように拳で握り潰した。

「中に戻る？」戻りそうにないと思いながらも訊いてみた。

説明する代わりに彼はイーストサイドの方角を示した。もう二度と会うことはないとわかっているかのように、その仕草は決然としていた。

「五カ国語ですって？」ハンクが立ち去る前にわたしは言った。

「ああ。五カ国語さ。テディは五カ国語で自分に嘘をつけるんだ」

ディッキーと彼の仲間とわたしは遅くまで店にとどまったが、それだけのことはあった。真夜中を過ぎると、ミュージシャンたちが楽器を抱えて到着しはじめた。交代してステージにあがる者もいれば、壁に寄り掛かる者もいた。残りはバーに腰を下ろして、慈善活動にいつでも応じられるように準備をした。一時ごろ、トランペット吹き三人を含む八人のミュージシャンのグループが『ビギン・ザ・ビギン』を演奏しはじめた。

後刻、わたしたちが引きあげようとしていると、サキソフォンを吹いていた大柄な黒人がドアの前でわたしの行く手をふさいだ。ぎょっとしたが、精一杯それを顔に出すまいとした。

「やあ」彼は禁欲的な声音で言った。

その声を聞いてすぐに思い出した。大晦日、ホットスポットで演奏していたサキソフォン吹きだ。

「あんたイヴリンのダチだよな」彼は言った。

「ええ。ケイティよ」

「しばらく彼女を見ないけど」

「イヴはL.A.に引っ越したの」

納得したしるしに彼はうなずいた。ロサンジェルスに行ったことによってイヴが時代を先取りしているかのように。そうなのかもしれない。

「あの子はいい耳を持ってた」

それはよくある誤解なのだが、黒人は高く評価している口調で言った。

「彼女に会ったら、おれたちが寂しがってるって伝えてくれよ」

彼はその後バーへ引き返していった。

わたしは笑ってしまった。

一九三七年の夜は、イヴの主張でふたりでよくジャズクラブに通っていた。彼女はミュージシャンたちをつかまえては煙草をせがむことがよくあり、わたしはそれをイヴの浅薄な衝動——中西部の感覚を脱ぎ捨てて、黒人文化に混ざりたいという——のせいだと思っていた。あの頃からずっとイヴリン・ロスはミュージシャンたちがその不在を寂しがるほどの、音に敏感なジャズ好きだったのだろうか？

わたしは外にいたみんなに追いつき、誰にともなく感謝の祈りを捧げた。偶発的なちょっとした出来事が、いなくなってしまった友達に好意的な光を注ぐ素敵な贈り物になったから。

◆◆◆

紙飛行機が隠れた才能であるというディッキーの主張は、冗談でもなんでもなかった。

リーン・トゥで遅くまでねばった翌日の夜、わたしたちはニューヨークのすばらしい贅沢に浸った。要するに何をするでもなく、家でのんびり日曜の夜を過ごした。ディッキーは階下の厨房に電話で軽食を頼んだ。ジンの代わりに、彼は自分のペースで飲める白ワインのボトルをあけた。その夜は季節外れの暖かさだったので、わたしたちは八十三丁目を見渡す彼の五平方メートルほどのテラスでピクニック気分を味わいながら、双眼鏡を覗いて楽しんだ。

通りをはさんだ正面の東八十三丁目四十二番地に建つビルの二十階では暑苦しそうなディナー・パーティが開かれていて、スモーキングジャケットを着た知ったかぶり屋たちがかわるがわる騒々しく乾杯していた。一方、四十四番地の十八階では、いったん寝かしつけられた三人の子供たちがこっそり明かりをつけて、マットレスでバリケードを築き、枕をつかんで、『レ・ミゼラブル』の市街戦の再現をはじめていた。でもわたしたちの真正面、四十六番地のペントハウスでは、キモノを羽織った肥満体の男性が無我の境地でスタインウェイのピアノを弾いていた。あけっぱなしのテラスのドアから流れ出るセンチメンタルなメロディが、日曜の夜の往来のかすかなざわめきに混じってわたしたちの耳に聞こえてきた。『ブルームーン』、『黄金の雨』、『恋に恋して』。男性は目を閉じて前後に身体を揺らしながら、ぽっちゃりした手を優雅に交差させて情感たっぷりに鍵盤に指を走らせていた。うっとりするような演奏だった。

『イッツ・ドゥ・ラヴリー』を弾いてくれないかなあ、とディッキーが悔しそうに言った。

「あの男性のドアマンに電話して、リクエストを伝えてもらったらいいじゃない」とわたしは言ってみた。

ディッキーはもっといいことを思いついたというように、人差し指を立てた。

彼は室内に入ったかと思うと、上質の紙とペン、ペーパークリップ、テープ、定規、コンパスを入れた箱を持って戻ってきて、いつになく決意を秘めた表情でテーブルの上に置いた。

わたしはコンパスを手に取った。

「ふざけてる?」

ちょっとムッとしたように彼はコンパスを取り戻した。

「とんでもない」

ディッキーは腰を下ろし、外科医のトレイに載った手術用のメスみたいに道具を一列に並べた。

「ほら」とわたしに紙の束を渡しながら、言った。

鉛筆についている消しゴムをちょっと噛んでから、ディッキーは書きはじめた。

拝啓

お気が向くようでしたら、貴方流の『イッツ・ドゥ・ラヴリー』を弾いていただけないでしょうか。とても素敵な夜ですから。

空想にふける貴方の隣人より。

矢継ぎ早にわたしたちは二十のリクエストを用意した。『ジャスト・ワン・オブ・ゾーズ・シングス』、『ザ・レディ・イズ・ア・トランプ』。そのあと、『イッツ・ドゥ・ラヴリー』を最初のリクエストとして、ディッキーが作業に取りかかった。

前髪をうしろへ払いのけ、前かがみになって、透かし模様の入った紙の右下隅にコンパスの突端を突き刺した。手際よく弧を描いてから、製図工並みの正確さをもって鉛筆の先端でコンパスをくるっと回転させ、針先を紙の中心に改めて突き刺して接線円を描いた。たちまち一連の円と連結した弧ができ上がった。定規を当てて、船の航海士がブリッジで針路を決めるように、ディッキーは対角線を引いた。いったん設計図ができあがると、様々な対角線を折りはじめ、それぞれの折り目が際立つように爪でシュッと音を立てて折った。

作業中、舌の先が歯の隙間からのぞいていた。出会って四カ月、そこまで長時間彼が黙っているのを見たのはたぶんはじめてだった。ひとつのことに集中している最も長い時間だったのは間違いない。ディッキーが楽しい人間である理由のひとつは、彼がパン屑のハリケーンに見舞われたスズメみたいに、刻一刻と話題を変えてノンストップでおしゃべりできることだった。でもここで彼が見せたのは、爆弾処理の専門家にこそふさわしい無意識の没頭であり、それは大いにいとおしさをかきたてる姿だった。なんといっても、女を感心させようとして正気の男が紙飛行機を折ったりするだろうか。

「さあできた《ヴォワラ》」ようやくそう言ってディッキーは最初の紙飛行機を持ち上げた。

作業に取り組むディッキーを見るのは楽しかったけれど、彼の航空力学はあまり信用できない気がした。それはこれまでに見たどんな紙飛行機とも似ていなかった。当時の飛行機は滑らかなチタンの鼻と、丸いお腹と、十字架の腕のように胴体から突き出た翼を持っていた。ディッキーの飛行機は片持ち翼の三角形だった。フクロネズミの鼻とクジャクの尾を持ち、翼には襞が入っていた。

バルコニーから少し身を乗り出して、ディッキーは指を舐め、宙に立てた。

「摂氏十八度。風、時速二分の一ノット、視界三・二キロメートル。飛ぶにはもってこいの夜だ」

それに対して異議はなかった。

「そら」と彼はわたしに双眼鏡をよこした。

わたしは笑って、それを膝に置いた。ディッキーは笑いかえす余裕もないほど夢中になっていた。

「さあ行くぞ」

自分の製作物を最後にもう一度見てから、前に出て、白鳥が首を伸ばすような具合に腕を伸ばした。さて、重要なのは、ディッキーのすっきりした三角形の胴体は当時の飛行機には似ていなかったかもしれないが、未来の超音波ジェット機を完璧に予想していた、ということだ。紙飛行機は震えることもなく八十三丁目の上空へ飛び出した。わずかに傾いて数秒間空気の流れに乗り、水平になり、やがて目標に向かってゆっくりと漂いはじめた。わたしは慌てて双眼鏡をつかんだ。一秒遅れで紙飛行機を視界にとらえた。それは卓越流に乗って南へ漂っていた。ごくわずかにふらつきだしたかと思うと、下降した。五十番地の十九階の薄暗いバルコニーに見えなくなった——標的より二番地西で、三階低かった。

「ちくしょう」ディッキーが強い調子で言った。

彼はなんだか父親のような懸念をにじませて、わたしの方を向いた。

「がっかりするな」

「がっかり？」

わたしは立ちあがってディッキーにチュッとキスをした。うしろにさがると、彼はにっこりして言った。

「やり直しだ！」


ディッキーが持っていた紙飛行機はひとつではなかった――五十もあった。重なり合う襞が三重のもの、四重のもの、五重のものまであり、次々に二重に折り返されて裏返され、紙をふたつに裂かないと無理だと思える翼の形をしたものもあった。先端を切り取ったような翼と針のように尖った鼻のもあれば、コンドルの翼とペーパークリップで安定させた細長い潜水艦のようなのもあった。

東八十三丁目へさまざまなリクエストを送っているうちに、ゆっくりとわかってきたことがあった。それは、ディッキーの習熟ぶりは紙飛行機の製作だけではなくて、飛ばすテクニックにもあるということだった。紙飛行機の構造によって、彼は微妙な力と微妙な角度で、数え切れない天候状況のもと、数え切れない単独飛行を八十三丁目の空で実現させた専門知識を披露していた。

十時には退屈なパーティはお開きになっていた。若き革命家たちは明かりをつけっぱなしにしてスヤスヤ眠っていた。そしてわたしたちは太ったピアニストの知らないうちに（歯を磨きによたよたと歩いて行ってしまった）、彼のテラスのタイルの上に四つのリクエストを着陸させていた。最後の紙飛行機を飛ばし、わたしたちもおしまいにすることにした。サンドイッチの皿を持ちあげようと身をかがめたディッキーが、紙が一枚残っているのに気づいた。彼は腰を伸ばして、バルコニー越しに目を凝らした。

「待て待て」

ディッキーは非の打ち所のない流れるような筆記体でメッセージを書きあげた。道具は使わず、それを前後に折って、これまでのよりシャープなモデルを作りあげた。そして慎重に狙いを定め、通りの向こう、四十四番地の十八階にある子供部屋の方角へ飛ばした。飛行しながら、それは推進力を増したように見えた。街明かりが支援するようにまたたき、リン光が夜のスイマーを応援しているようだった。紙飛行機は子供部屋の窓から入ってバリケードのてっぺんに静かに着陸した。

ディッキーはメッセージをわたしに見せていなかったけれど、わたしは肩越しにそれを読んでいた。

ぼくらの砦は四方から攻撃されている。

弾丸は尽きようとしている。

ぼくらの救出を握るのはきみたちだ。

そして、ディッキーは最後にぴったりの署名をしていた。〝ピーターパン〟と。

二十三章　もうわかるでしょ

ニューヨークの冬の最初の木枯らしは鋭くて容赦がなかった。木枯らしが吹くと、わたしの父はロシアへの郷愁をつのらせた。父はサモワールを引っ張り出して紅茶を煮立て、物資の取り立てが一時休止され、井戸が凍りつかず、収穫があった十二月のことを回想したものだった。一生住まなくても良いなら、生まれるのにそう悪い場所ではなかったよ、とよく言っていた。

裏庭を見おろすわたしの窓は相当ゆがんでいて、窓枠と窓台の間の隙間ときたら、鉛筆を一本突っ込めるほどだった。わたしはそこに着古した下着を詰め込み、レンジにやかんをかけて、わたし自身の惨めな十二月を回想した。思い出にふけらずにすんだのは、ドアのノックのおかげだった。

グレーのスラックスに水色のシャツを着たアンが立っていた。

「こんにちは、キャサリン」

「こんにちは、ミセス・グランディン」

彼女は苦笑した。

「他人行儀の呼びかたをされても仕方ないわね」

「日曜の午後にどんなご用でしょう？」

「そうねえ、認めたくはないけれど——どんなときでもわたしたちはみな誰かのゆるしを求めているわ。そして今、わたしはあなたのゆるしを求めているというわけなの。わたしはあなたを嫌な目にあわせたわ。それはわたしのような女があなたのような人にしてはいけないことなのよ」

まったくもって彼女は言葉の選び方がうまかった。

「入っても？」

「ええ」わたしは言った。

断わる理由があるだろうか？　つまるところ、アンをそんなに恨むことはできないとわかっていた。彼女はわたしの信頼を濫用《らんよう》したわけではなかったし、彼女自身の体面を特に傷つけたわけでもなかった。彼女は裕福なマンハッタンっ子の例に漏れず、欲するものを明確にし、金の力でそれを手に入れた。うがった見方をすれば、若い男の好意を金で買うというやり方は、彼女の悪びれたところのない冷静さと見事にマッチしていて、そのことがアンをあっぱれな女性にしていた。それでも、軸からちょっとずれた彼女を見るのはいい気分だった。

「一杯いかがですか？」わたしは尋ねた。

「前回の教訓から学んだから、結構。でも、あなたが淹れているのは、お茶？　それなら申し分ないわ」

ポットの用意をしている間、彼女はわたしのアパートメントの中を見回した。ブライスのように、わたしの所有物を値踏みしているのではなかった。むしろ建築上の特徴に関心があるようだった。たわんだ床、ひびの入った操形《くりがた》、むきだしの配管。

「少女の頃、わたしもこういうアパートメントで暮らしていたわ」とアンが言った。「ここからそう離れていないところで」

わたしは驚きを禁じえなかった。

「そんなにぎょっとするようなこと？」

「ぎょっとしたわけじゃないけれど、お金持ちに生まれついたのだと思っていました」

「ええ。そうよ。セントラルパークのそばのタウンハウスで育ったわ。でも六歳のときにはロウワー・イーストサイドで乳母と暮らしていたの。両親から聞かされたのは、父が病気だからというたわごとだったけれど、実際は結婚が崩壊寸前だったんでしょう。父はかなりの遊び人だったらしいわ」

わたしは眉をあげた。アンはほほえんだ。

「ええ、わかってる。リンゴと接ぎ木ね。わたしを味方につけるためなら、母はどんな犠牲もいとわなかったでしょうね」

わたしたちはしばらくどちらも無言だった。話題を変えるには沈黙は自然なきっかけだったと思うけれど、アンは話を続けた。冬の最初の木枯らしは、運よく免れた日々への郷愁を誘うものなのかもしれない。

「母にダウンタウンへ連れていかれた朝を覚えているわ。これから行く場所では何の役にも立ちそうもない洋服がいっぱい詰め込まれたトランクを持って、馬車に乗せられた。十四丁目に着いてみると、そこは行商人や酒場や商売用の荷馬車でごったがえしていた。その喧騒に興奮しているわたしを見ると、これから毎週十四丁目を越えて会いにいらっしゃい、と母は言ったわ。でも一年間、わたしは十四丁目を越えなかった」

アンは紅茶のカップを口元へ運びかけて、手をとめた。

「考えてみたら、十四丁目を越えたのはあれ以来よ」

アンは笑いだした。

一瞬遅れてわたしも笑った。よくも悪くも、自分をネタにして大笑いする人ほど警戒心を解くものはあまりないから。

「実はね」とアンは先を続けた。「あなたのおかげで何十年ぶりかでわたしが再訪したのは十四丁目だけじゃないのよ」

「他にはどんなことが？」

「ディケンズ。六月にプラザでこっそりわたしを見張っていたあの日のことを覚えていて？　あなたはバッグにディケンズの小説を入れていたでしょう、それが好ましい記憶をよみがえらせたのよ。だから古くなった『大いなる遺産』を引っ張り出したの。三十年は手に取っていなかったわ。三日ではじめから終わりまで読んだのよ」

「どう思いました？」

「もちろん、すばらしく面白かった。登場人物も、言葉も、ことの成り行きも。でも正直言うと、今回読んでみて感心したのはミス・ハヴィシャムの食堂の描写なの。時代から取り残されて封印された華やいだ部屋だわね。さながらディケンズの世界が祭壇に置き去りにされたような感じ」

そうやって話は続いた。アンは現代の小説――ヘミングウェイやウルフ――への嗜好《しこう》について熱っぽく詩的に語り、わたしたちは紅茶を二杯飲み、彼女は長居にならないうちに立ちあがった。ドアの前で、アンは最後にもう一度部屋を見回した。

「そうだわ」ふと思いついたかのように彼女は言った。「ベレスフォードのわたしのアパートメントが宝の持ち腐れになりそうなの。あなた、使わない？」

「それはできません、アン」

「どうして？　『自分だけの部屋』を書いたとき、ウルフは半分は正しかったわ〔『自分だけの部屋』はエッセイで、ウルフはその中で〝女が小説を書こうと思うなら、収入と鍵のかかる部屋が必要〟だと述べている〕。部屋ならたくさんあるの。一年間、借りてちょうだい。わたしなりの罪滅ぼしよ」

「ありがとう、アン。でもわたしはここで幸せなんです」

彼女はバッグから鍵を取り出した。

「さあ」

相変わらずの趣味の良さで、鍵のついた銀のリングは、日焼けした夏の肌を思わせる革のケースに収まっていた。彼女はそれをドアを入ってすぐのところに積んであった本の上に載せた。そして片手をあげて異議を退けた。

「いいから考えておいて。いつかランチの時間にでも行ってひと巡りしてみたらいいわ。広さを試してみて」

わたしは鍵をすくいあげて、アンのあとから外の廊下へ出た。

すべてを笑わずにはいられなかった。アン・グランディンは皮下注射の針みたいに鋭くて、その二倍は辛辣だった。謝罪に続いてロウワー・イーストサイドの子供時代の思い出を語り、女好きの父親という彼女自身の根っこを貶《けな》すわけでもなかった。釈明というちいさなエクレアに砂糖をふりかけるためだけに、アンがディケンズの全作品を読んだのだとしても、わたしは驚かなかっただろう。

「あなたはすごい人だわ、アン」わたしは陽気に言った。

彼女は振り返ってこちらを見た。その表情はむしろ生真面目だった。

「すごいのはあなたのほうよ、キャサリン。百人中九十九人の女は、あなたのような環境に生まれたら、今頃は洗濯槽に肘まで浸かっている。自分がどれだけ稀な存在か、あなたにはさっぱりわかっていないようね」

アンが何をもくろんでいるにせよ、わたしはお世辞など期待していなかった。気がつくと、わたしは床を見ていて、もう一度顔をあげると、彼女のブラウスのあいた胸元から白くなめらかな肌が見え、ブラをつけていないことがわかった。身構える暇もなかった。目が合うと、アンはわたしにキスした。ふたりとも口紅をつけていたので、べとついた表面がこすれ合って妙な感じがした。アンは右腕でわたしをぐっと抱き寄せたあと、ゆっくりとうしろへ下がった。

「またいつかわたしをスパイしにきて」と彼女は言った。

わたしは立ち去ろうとするアンの肘をつかんで彼女を振り向かせ、引き寄せた。さまざまな意味で、彼女ほど美しい女性をわたしは知らなかった。鼻と鼻が触れあわんばかりになった。アンはくちびるを開いた。わたしは彼女のスラックスに手を滑らせ、鍵をポケットに入れた。

二十四章　王国到来

十二月の第二土曜日、わたしはイーストリバーの向こう岸にある六階建てのエレベーターなしのアパートメントで知らない人たちに囲まれていた。

前日の昼下がり、ヴィレッジでばったりフランに会った。彼女はニュースをどっさり抱えていた。フランはついにミセス・マーティンゲールの下宿屋を出て、グラブと同棲していた。そこはフラットブッシュはずれの安アパートで、非常階段からブルックリン橋がほぼ一望できた。フランが両腕に抱えた袋からは、フレッシュなモッツァレラチーズやオリーヴやトマトの缶詰、その他モット・ストリートの料理の材料が溢れんばかりだった――というのも、その日がグラブの誕生日だからで、彼女は彼にパチェッリ風仔牛肉の料理を作るつもりだった。カツレツにする仔牛肉を叩けるように、昔彼女のおばあちゃんが使っていたようなハンマーまで買い込んでいた。明日の夜にパーティを開くということで、わたしは否応なしに出席を約束させられた。

フランはジーンズに身体にぴったりしたセーターを着て、一気に背が高くなったように見えた。グラブと暮らす新しいアパートメント、エスカロップ〔仔牛肉のカツレツ〕を叩く木槌……

「世界のてっぺんにいるのね」とわたしは言った。本気でそう言った。

フランは笑って、わたしの肩をどんと叩いた。

「またくだらないこと言って、ケイティ」

「わたしは真面目よ」

「まあそうかも」フランは笑顔で言った。

そのあと急に、わたしを怒らせたみたいに不安げな顔になった。

「ねえ、悪く思わないでよ。そんなイカしたこと、言われたことなかったんだからさ。でもだからってそれがたわごとじゃないってことじゃないよ！　あたしは何かのてっぺんにいるんだろうけど、世界なんかじゃないって。あたしたち結婚して、グラブは絵を描いて、あたしは子供を五人産んで、おっぱいが垂れ下がる。待ちきれないよ！　でも世界のてっぺん？　それはあんたみたいな仕事をしてたらの話だよ——きっとあんたはそこまで登っていく」


集まった人たちはフランとグラブの友人や知り合いで、さながら野菜のごった煮だった。ジャージーショア〔ニュージャージー州大西洋沿岸〕のカトリック地区から来たガムをくちゃくちゃやっている女性たちが、昼は詩人で夜は警備員というアストリア〔ニューヨーク州クイーンズ区にある〕の見本みたいな人たちと混ざりあっていた。パチェッリ運送の腕っぷしの強そうな男ふたりが新進気鋭のエマ・ゴールドマン〔二十世紀初頭の社会活動家〕風の女性にいいようにあしらわれていた。女性は全員ズボンを履いていた。肘がぶつかりあい、価値観が対立し、みんなが煙草の煙のもやをまとっていた。窓はあけはなたれ、勝手知ったる出席者の中には非常階段へ避難して初冬の空気を吸い、橋の眺めを楽しんでいる者もいた。我らが女主人もそこに座っていた。フランはボニー・パーカーっぽいベレーをかぶり、煙草を口の隅にくわえて、非常階段の手すりに危なっかしく腰掛けていた。

ジャージーから遅れてやってきた客が居間の壁を見るなり、わたしのうしろで棒立ちになった。床から天井まで隙間なく掛けられているのは、胸も露なクローク係の女たちを描いたホッパー風の〔エドワード・ホッパー。アメリカの画家〕肖像画だった。カウンターのうしろに座っている女たちは無目的で退屈そうだが、どことなく挑戦的だった――わたしたちみたいに無目的で退屈そうにしてごらんよ、と挑んでいるかのように。髪はうしろでまとめていたり、キャップの下に押し込んでいたりと様々だが、全員がピーチズ――茄子色で一ドル硬貨大の乳輪に至るまで――だった。遅れてきた客は文字通りぽかんと口をあけたことだろう。ハイスクール時代の仲良しの胸出しポーズは、彼女を恐怖と羨望でいっぱいにしたに違いない。断言してもいいけれど、彼女は翌日ニューヨーク・シティへの引っ越しを決心したはずだ。あるいは、ニュージャージーから一歩も出なくなったか。

　壁の中央に、グラブの描いたクローク係の女たちに囲まれて、ブロードウェイにある劇場の庇の絵があった。スチュアート・デイヴィスを真似たハンク・グレイのオリジナルだ。ハンクもきているだろうと思うと、彼の世を拗ねた姿を見たくなった。基本的には毛を逆立てたヤマアラシだけれど、感傷的な縞と毛は人を考えこませる。結局、もしかするとティンカーは正しかったのかもしれない。ハンクとわたしは馬が合うのかもしれなかった。

　労働者階級の多い集まりに似つかわしく、出されるアルコールはビールだった――でも、見つかるのは空き瓶ばかり。出席者たちの足元に集まった空き瓶はときどきボウリングのピンみたいに蹴られて硬材の床の上をごろごろと転がった。キッチンから人で溢れる廊下を進むと、栓を抜いたばかりの瓶をトーチを持つ自由の女神のように宙に掲げているブロンドを見つけた。

　キッチンは居間ほど人が群れていなかった。中央に脚付きの浴槽みたいな椅子があり、教授と女子学生が膝をくっつけて座り、個人的事柄をめぐって忍び笑いを漏らしていた。わたしは奥の壁際にある冷蔵庫に近づいた。そのドアの前に背の高い、髭そりあとの青い芸術家風の男が頑張っていた。尖った鼻となんとなく所有者然とした態度から、ファラオの墓を守る半人半獣のジャッカルを連想させた。

「いいかしら？」

男はわたしが夢でいっぱいの眠りを妨げたかのように、じろりとわたしを見た。そばに立つと、ヒマラヤ並みの長身だった。

「あんた、前に見たことがある」彼は感情を交えずに言った。

「そう？　どの程度の距離から？」

「ハンクの友達だった。リーン・トゥで見たよ」

「ああ。確かに」

わたしもぼんやりと思い出した。隣のテーブルに座っていたＷＰＡの対象のひとりだ。

「実はハンクを探していたのよ。きてる？」

「ここに？　いや……」

男はわたしを上から下まで眺めた。顎に生え出した短いひげを指でこすった。

「聞いてないらしいな」

「何を？」

彼はさらに一秒ばかりわたしをじっと見た。

「ハンクは行っちまった」

「行っちまった？」

「永遠に」

一瞬、わたしは愕然とした。それは避けがたいことに直面したわたしたちを瞬間的に動転させる、あの奇妙な衝撃だった。

「いつ？」わたしは訊いた。

「一週間かそこらだ」

「何があったの？」

「予想外のことさ。失業手当で数ヵ月過ごしたあとに、ハンクは棚ぼたに恵まれたんだ。それもはした金じゃないぜ。正真正銘の大金だ。二度目のチャンスをあたえてくれる金だ。煉瓦の家だって建てられただろう。ところが底ぬけの大騒ぎにハンクは全額使っちまった」

ジャッカルはハンクがいる場所を急に思い出したかのように、あたりを見回した。そして嫌悪を込めてビール瓶を部屋に向かってふった。

「こんなケチな家なんかじゃない」

その動作で瓶が空であることを思い出したようだった。彼はがらんとそれを流しに投げ落とした。冷蔵庫から新しく一本取り出し、ドアを閉めて、寄りかかった。

「ああそうさ」と言葉を継いだ。「ちょっとした見ものだったよ。ハンクはすべての張本人だった。あいつは二十ドル札をポケット一杯持ってた。ドラッグとアルコールを仲間に買いに行かせた。金を少しずつ払ってな。それから午前二時ぐらいになると、みんなに自分の描いた絵を屋根へ引きずり上げさせた。何枚もの絵を積み上げ、油をぶっかけ、火をつけた」

ジャッカルは二秒ほどにんまりした。

「次にあいつは全員を追い出した。それがおれたちが見た最後さ」

男はビールをあおり、首をふった。

「モルヒネだったのね」

「何がモルヒネだったって？」

「ハンクはクスリをやりすぎたんでしょう？」

ジャッカルはいきなりゲラゲラ笑って、頭がおかしいのかというようにわたしを見た。

「入隊したんだよ」

「入隊？」

「参加したのさ。昔の部隊に。第十三野戦砲兵隊。フォート・ブラッグ。カンバーランド郡」

軽い放心状態でわたしは立ち去ろうとした。

「おい。ビールが欲しいんじゃなかったのか？」

ジャッカルは冷蔵庫からビールを一本出して、わたしに手渡した。どうして受け取ったのか、わからない。もう飲みたくなかった。

「じゃあな」と彼は言った。

そのあと冷蔵庫に寄りかかって、目を閉じた。

「ねえ」わたしはまた彼を起こした。

「ああ？」

「それがどこからあらわれたのか知ってる？　棚ぼたのことだけど」

「もちろん。絵を大量に売ったんだ」

「嘘」

「嘘じゃない」

「絵を売ることができるぐらいなら、なんで入隊なんかしたの？　どうして残りを燃やしたの？」

「ハンクが売ったのは彼の絵じゃなかった。誰かにもらったスチュアート・デイヴィスの絵さ」

アパートメントのドアをあけると、誰も住んでいないように見えた。がらんどうだったわけではない。わたしにもそれ相応の所有物はある。でもこの数週間はディッキーのところにいたので、少しずつではあっても、乱雑だった部屋は確実にきれいになっていた。流しや残飯入れは空っぽだった。床の上には物がなかった。衣類は畳まれて抽斗の中にあり、本は積まれたままじっと待っていた。妻に先立たれた男が死んで、子供たちがゴミだけは捨てたものの、どうでも良さそうなものの処分をまだしていない、そんな部屋そっくりだった。

その夜はディッキーと落ち合って遅めの軽食をすることになっていた。幸い、わたしは出かける前の彼を捕まえることができた。自分の部屋に戻ったこと、うちにいるつもりであることを彼に伝えた。わたしにとっての夜を何かがだいなしにしたことは明らかだったが、ディッキーはそれが何なのか訊かなかった。

人の事情をあれこれ詮索するものではない、というきちんとした躾を受けた男性は、わたしがつきあったなかで、たぶんディッキーが最初のひとりだっただろう。そしてわたしはその特徴を好むようになったに違いない——なぜなら、彼が最後ではなかったから。

アパートメントの様子に気が滅入っていたわたしは、気持ちを引き立ててくれる量のジンを注いで、父の安楽椅子に座った。

ハンクが思いがけなく手に入れた金をパーティで使い切ったことがジャッカルにはちょっとした驚きだったらしい。けれども、ハンクが何を考えていたか想像にかたくない。どんなに手の切れそうな札束だろうと、スチュアート・デイヴィスを売った金がアン・グランディンの富——と、ティンカーの高潔さ——の再分配であるという事実からは逃げられない。ハンクは軽々しく金を扱うしかなかったのだ。

時間は人の心にいたずらをする。振り返ってみると、一年に及んでいろいろな出来事が同時発生的に起きたように思えるが、すべての季節がたった一夜で崩壊することもある。

時間はそういういたずらをわたしに仕掛けたのかもしれない。記憶するところでは、電話が鳴ったのは、ハンクの浮かれ騒ぎについて椅子に座って思いにふけっていたときだった。ビッツィの声はたよりなかった。ウォレス・ウォルコットが死んだという知らせだった。どうやらウォレスは、共和国軍が丘の中腹のちいさな町を守っていたサンタ・テレサ付近で撃たれたらしい。

わたしがその電話を受けたときには、彼の死からすでに三週間が経っていた。当時は死体を回収して身元を確認し、母国へ知らせが届くまでしばらくかかったのだろう。

わたしは電話をくれた礼を言い、ビッツィが話し終わらないうちに受話器を置いた。

グラスは空になっていて、わたしにはアルコールが必要だったが、注ぐ気になれなかった。代わりにわたしは明かりを消して、ドアに背を向け床に座りこんだ。

◆◆◆

聖パトリック大聖堂は五番街と五十丁目の角に建つ、十九世紀初頭のアメリカにおけるゴシック様式の力強い見本だ。ニューヨーク州北部から切り出された白大理石造りで、壁の厚みは一メートル以上もある。ステンドグラスはシャルトル〔フランスにあるゴシック式大聖堂で有名〕の職人たちによって作られた。複数ある祭壇のうちふたつをデザインしたのはティファニーで、三つめはメディチ家ゆかりの人物がデザインしている。南東の一角にあるピエタ像はミケランジェロのそれの大きさの二倍だ。実際、大聖堂全体が見事な建築物であり、日々の仕事を見回る神も聖パトリック大聖堂に関しては、内部が申し分なく管理されていることに自信を持ってその前を通過できることだろう。

十二月十五日の午後三時、教会の中は暖かく、力に満ちていた。三夜続けてわたしは〝セントラルパーク・ウエストの秘密〟についてメイソンとともに働いており、朝の二時か三時になるとやっとタクシーで自宅に帰り、短い睡眠をむさぼり、シャワーを浴びて着替え、何も考えずに再びオフィスにとんぼ返りしていた――それがわたしの心理状態にはちょうどよかったのだ。でも今日はメイソンに早く帰宅しろと言われ、気がついたら五番街をさまよって大聖堂の階段をのぼっていた。

一日のその時間、四百ある信者席のうち三百九十六席は空っぽだった。わたしは席に座り、とりとめもなく心をさまよわせようとしたが、うまくいかなかった。

イヴ、ハンク、ウォレス。

勇気ある人たちがみんな、突然いなくなってしまった。彼らはひとりまたひとりと光芒《こうぼう》を放って消え、欲望から逃れられない者たちをあとに残していった。アンやティンカーやわたしみたいな。

「失礼します」誰かが品良く言った。

これだけ席が空いているのに、わたしの座席に割りこもうとする人間に少々腹立ちを覚えて、わたしは顔をあげた。でも、それはディッキーだった。

「ここで何してるの？」わたしはささやいた。

「改悛かな？」

彼は隣に滑りこんでくると、落ち着きのない子供の頃にたっぷり躾けられた人間らしく、機械的に両手を膝に置いた。

「どうやってわたしを見つけたの?」

祭壇に目を向けたまま、彼は右側へ身体を傾けた。

「会えないかと思ってきみのオフィスに寄ったんだよ。きみがいなくてぼくの予定が狂ったのに気づいたのか、キャッツアイ・グラスの手強《てごわ》そうな女の子が、近所の教会のどれかに行ってみたらどうかとほのめかしたんだ。きみは休み時間にときどきそういう場所へ行っていると言って」

アリーには脱帽だった。教会を訪れるのが好きだと話したことは一度もなかったし、彼女もそれを知っているそぶりはまったく見せたことがなかった。にもかかわらず、ディッキーにそう教えたということは、彼女とわたしがこれからも末永く友達でいられるという最初の揺るぎないしるしだった。

「どの教会にいるか、どうやってわかったの?」

「それなら簡単さ。これまでの三箇所にはいなかったからだ」

わたしはディッキーの手を無言で握りしめた。

内陣の観察を終えたディッキーは今、教会の天井の引っこんだ所を見上げていた。

「ガリレオには詳しいかい?」

「世界が丸いことを発見した人」

ディッキーはびっくりしてわたしを見た。

「そうだったっけ? あれは彼だったのか? これじゃ大発見も形無しだな!」

「誰のことを言ってるの?」

「わからなくなってきたよ。このガリレオについてぼくが覚えているのは、振り子の長さが同じなら、六十センチ揺れても、五センチ揺れても、かかる時間は同じだと発見した人なんだ。大型振り子時計の謎は、これでもちろん解決された。とにかく、彼がそれを発見したのは、ある教会の天井に下がったシャンデリアが前後に揺れるのを見たことによるらしい。自分の脈を測ることで揺れの持続時間を計算したんだよ」

「すごいわね」

「だろう？　教会に座っていただけでだ。子供の頃その話を知ってから、ぼくは説教の間いろいろと考えるようになった。もっとも、啓示を得ることは全然なかったな」

わたしは笑った。

「しーっ」

付属礼拝堂のひとつから司祭があらわれた。跪《ひざまず》いて十字を切り、内陣にあがって祭壇の蠟燭を灯して四時のミサの準備をはじめた。裾の長い黒のローブを着ている。彼を見守りながら、ディッキーの顔が、ながらく待っていた啓示を得たかのようにぱっと明るくなった。

「きみはカトリックなんだな！」

わたしはまた笑った。

「違うわ。特に信心深いわけじゃないけど、ロシア正教の家庭に生まれたのよ」

ディッキーが口笛を吹いた。司祭が振り返るほどの音だった。

「畏怖の念をかきたてるね」

「どうかしらね。でもイースターには昼間は絶食して、一晩中食べるの」

ディッキーはこれを慎重に考えているようだった。

「それならできそうだ」

「あなたならできると思うわ」

わたしたちはしばらくの間、黙っていた。やがて彼がちょっと右へ身体を傾けた。

「数日間、会わなかったね」

「そうね」

「なにが起きているのか、話す気はある？」

わたしたちは今、顔を見合わせていた。

「長い話なのよ、ディッキー」

「外へ出よう」


わたしたちは膝を抱えて寒い階段の上に座り、わたしはリッツでビッツィに話したのと同じ内容をかいつまんで彼に話した。

多少時間が経過し、多少の自意識も手伝って、いつのまにかブロードウェイのドタバタ劇みたいな話になっていた。さまざまな偶然や驚きの出来事を、わたしは存分に語りきった。ばったりアンと会ったこと！　イヴがプロポーズを拒否したこと！　シノワズリで偶然アンとティンカーを見たこと！

「でもここが一番面白いところなの」とわたしは言った。

そしてワシントンの『礼儀作法のルール』を発見したことや、それがティンカーの作戦帳であることに気づかなかった自分のまぬけぶりを話した。話をわかりやすくするために、ワシントンの金言の幾つかをてきぱきと口にした。

けれども、十二月に教会の階段にいたせいなのか、あるいは自分たちの建国の父をおちょくったせいなのか、ユーモラスな印象にはならなかった。最後の数行を再現したときには、わたしの声は揺れていた。

「結局、それほど面白くなかったみたいね」

「そうだね」

彼は急に普段より真面目になっていた。両手を組み合わせ、階段をじっと見おろしていた。一言もしゃべらないので、少し怖くなってきた。

「どこかよそに行く？」わたしは訊いた。

「いや、それはいいんだ。もうちょっとここにいよう」

ディッキーは黙っていた。

「何を考えているの？」わたしは訊いてみた。

柄にもなく落ち着いた様子で、彼は階段をコツコツと靴で叩きだした。

「なにを考えているか？」彼はひとりごちた。「なにを考えているかって？」

ディッキーは深呼吸して、気持ちを整えた。

「ぼくが考えているのは、きみがそのティンカーという男に少し厳しすぎるんじゃないかということだ」

彼は足を鳴らすのをやめて、五番街の向こうの、ロックフェラーセンターの前で天を支えているアールデコ様式のアトラス像に注意を向けた。まだわたしを見ることができないかのようだった。

「するとこのティンカーという男は」と彼は自分が事実を把握していることを確認したがっている人の口調で言った。「父親が学費を使い込んで、プレップスクールから追い出されたんだな。働くようになり、その過程で、出世への階段を約束するルクレツィア・ボルジアに出会い、誘われてニューヨークへきた。偶然きみたちと出会った。そしてきみを好きだったのに、牛乳運搬トラックのせいで大怪我を負ったきみの友達の世話を引き受けることになり、最後は彼女に肘鉄を食わされる。さらに兄からも無視される……」

気がつくと、わたしは地面を見ていた。

「そういうことだね？」ディッキーは同情を込めて言った。

「ええ」

「きみはこうしたすべて、アン・グランディンやフォール・リバーや鉄道株やら何やらを知らないうちから、その男が好きだった」

「ええ」

「じゃ、今ぼくが訊きたいのは——いろいろあったにもかかわらず、きみが今でも彼を好きなのか、ってことだ」


偶然誰かと出会って恋の火花を散らしたあとで芽生える気持ち、生まれてからずっと互いを知っていたような気持ちには何らかの実体があるものだろうか？　最初の短い数時間の会話だけで、自分たちのつながりは時間や慣習を超えたところにある稀なものだと本当に確信できるものだろうか？　もしそうなら、その誰かはその後のあなたのすべての時間を完全なものにするような、強烈な影響を与えるだけの能力を持っているのではないか？

だからディッキーは不自然なほど距離を置いて、いろいろあったにもかかわらず、今でも彼を好きなのか、と尋ねたのだ。

〝イエスと言っちゃだめよ、ケイティ。頼むから、認めないで。お尻を上げて、このトウヘンボクにキスしなさい。もうこの話は二度とするのはよそう、と彼に思わせなくちゃ〟

それなのに、「イエス」とわたしは肯定した。

イエス――この上ない喜びであるはずのその言葉。イエス、とジュリエットは言った。イエス、とエロイーズは言った。イエス、イエス、イエス、とモリー・ブルーム〔ジェイムズ・ジョイスの『ユリシーズ』の登場人物〕は言った。言明、断言、甘い承諾。けれども、この会話の流れでは、その言葉は毒薬だった。

ディッキーの内部で何かが死んでいくのが感じられるほどだった。死んでいったのはわたしに対する自信と、わたしを詮索しない心、わたしのすべてを許す寛容さだった。

「そうか」と彼は言った。

わたしの頭上で、砂漠を舞うハゲタカのように、黒い翼の天使たちがぐるぐる回っていた。

「……きみの友達がそういうルールを本気で目指していたのか、あるいは、人の受けをよくしたいと真似ていただけなのかはわからない。だが、どっちにしたって同じだよ。だって、ジョージ大老がそれを考え出したわけじゃないんだから。彼はどこかからそれを書きとめて、最大限に生かそうとしていたんだ〔ジョージ・ワシントンの『礼儀作法のルールおよび交際と会話における品位ある振る舞い』は、ワシントンが十六世紀のフランスのイエズス会士によって書かれたルールを書き写したものと言われる〕。ぼくはむしろ感心するよ。ぼくだったら、五つか六つを見習うのがせいぜいだ」

今わたしたちがそろって見つめているのは、筋肉隆々の像だった。聖パトリック大聖堂には数え切れないほど何度も足を運んだけれど、この瞬間まで、大通りの反対側に建っているのがよりによってアトラスであることを奇妙に思ったことはなかった。大聖堂の真向かいに設置されているので、大聖堂から出てくると、そのそびえる姿が扉という額縁に収まってこちらを待っているような気持ちにさせられる。

アメリカ最大の大聖堂のひとつの筋向かいに、これ以上に対照的な像を設置することは不可能だったろう。オリンポスの神々を倒そうとして、永遠に天体を背負う罰を負わされたアトラス――まさしく、尊大と厳しい忍従の擬人化だ。対する聖パトリック大聖堂の薄暗がりにあるのは、身体的にも精神的にもその対極にある像、ピエタ――神の意思に沿って自らを犠牲にした我らが救世主が、壊れ、痩せ衰えた身体をマリアの膝に横たえている。

五番街を間にはさんだこの場所に、ふたつの世界観が、時の終わりまで、あるいはマンハッタンの終わりまで――どちらが先であるにせよ――向き合って対峙している。

わたしは相当情けない様子をしていたにちがいない――ディッキーがわたしの膝をぽんぽんと叩いたから。

「もしもぼくたちが自分にとって完璧な人間としか恋に落ちないなら、そもそも愛についてこんなに悩むことはないんだよ」ディッキーはそう言った。

◆◆◆

どんなときもわたしたちはみな誰かのゆるしを求めていると言ったとき、アンは正しかったのだと思う。いずれにしろ、ダウンタウンを歩いているうちに、わたしは自分が誰のゆるしを求めているかに気づいた。そして、彼がどこにいるのか見当もつかないと何カ月もみんなに言い続けてきたのに、突然降ってわいたように、彼の正確な居場所が頭に浮かんだ。

二十五章　彼が生きた場所と、彼が生きた目的

ヴィテッリの店は食肉加工地区の中心にあるガンズヴォート・ストリートにあった。何台もの黒い大型トラックが縁石にてんでばらばらにとまっていて、石畳からは饐《す》えた血の臭いがかすかにたちのぼっていた。ノアの箱船の地獄版とでも言おうか、種類の違う屠体をトラックからおろして肩に担いだ運転手たちがふたりずつ荷物の積み下ろし場所へ向かっていく。仔牛二頭、豚二匹、仔羊二頭。休憩中の屠畜人たちが、ハンクが絵の中で様式化した大きな去勢牛の形のネオンサインの下、十二月の寒気のなかで、血しぶきが飛んだエプロン姿で煙草を吸っていた。彼らは、ハイヒールで石畳の上を歩くわたしを、トラックからおろす肉に向けるのと同じ無関心な目で見ていた。

女物のコートを着た麻薬中毒者が、とある建物の入り口前の階段に座って陶酔していた。顔から転んだみたいに、鼻と顎がかさぶただらけだった。少しばかり注意を喚起してみると、ハンクは七号に住んでいると言って、一軒一軒ドアを叩くという実地調査の手間を省いてくれた。階段は狭くてじめじめしていた。二階へあがる途中で、四階へたどり着くより先に昇天してしまいそうな、よぼよぼの黒人が杖にすがっていた。わたしはその脇をすり抜けて、二階の踊り場に着いた。ドアが少しあいていた。

これまでに起きた諸々を思うに、憔悴したティンカーを見ることになるだろうとわたしは身構えていた。本当のところ、そういう彼を見たいとすら、一時は思った。けれども、彼の天罰の河原にいざ立つと、自分にその気構えがあるのかどうか心もとなくなった。

「誰かいる?」思い切ってアパートメントのドアをあけてみた。

アパートメントという言葉は不釣り合いだった。ラッキーセブンの部屋は十八平方メートルぐらいの狭さだった。灰色のマットレスが載ったずんぐりした鉄のベッドがあった――刑務所の独房か兵舎で見る類のものだ。隅に石炭ストーブがあって、その横にちいさいがありがたいことに窓があった。靴が数足と、ベッドの下に押し込まれた空のダッフルバッグ以外、ハンクの所有物はなくなっていた。ティンカーのものは壁際の床の上にあった。革のスーツケース、巻いたフランネルの毛布、ちいさな本の山。

「そこにゃいねえよ」

声の方を向くと、よぼよぼの黒人が踊り場に立っていた。

「ミスター・ヘンリーの弟をさがしてんなら、そこにゃいねえ」

よぼよぼの黒人は杖で天井を指した。

「やねんうえだ」

屋根の上だ。ハンクがニューヨーク・シティと弟の生き方に背を向ける前に、カンヴァスを燃やしたまさにその場所だ。

行ってみると、ティンカーは休眠中の煙突に腰掛けていた。両腕を膝に載せ、寒々した灰色の貨物船がドックに並ぶハドソン川をじっと見おろしている。背後からだと、彼の人生は海原で帆をあげたばかりのように見えた。

「ちょっと」とわたしは声をかけ、数歩うしろで立ちどまった。

わたしの声にティンカーは振り向いて立ちあがった――その瞬間、わたしは自分が間違っていたことに気づいた。黒のセーターを着て、きれいに髭を剃り、くつろいだ様子のティンカーは、打ちひしがれてなどいなかった。

「ケイティ！」驚きと喜びの入り混じった声だった。

本能的に彼は一歩前に出たが、すぐに、我が身を戒めるかのように立ちどまった――親しげな抱擁の権利はもう失われたと思っているみたいに。ある意味ではそうだった。微笑に悔恨の影が混じり、新たな批判の嵐を浴びる――というか歓迎すらする――用意はできているといいたげだった。

「ウォレスが死んだの」たった今知らせを聞いて耳を疑っているかのように、わたしは言った。

「知ってる」とティンカーは言った。

次の瞬間、張り詰めていた気持ちがほどけてわたしはよろめき、彼の腕に支えられた。


結局わたしたちは屋根の上の天窓の端に座って一、二時間を過ごした。しばらくはウォレスの話をした。そのあと、ふたりとも沈黙にひきこもった。ややあってわたしはカフェでの自分の振る舞いを謝ったが、ティンカーは首をふった。あの日のきみはすばらしかった、些細なことも見逃さなかったし、あれこそぼくに必要なことだった、と言った。

座っているうちに日が暮れてきて、街明かりがぽつぽつと灯りはじめた。その眺めはエジソンさえ想像しなかっただろう。灯りはオフィスビルをつなぐ巨大なパッチワークとなり、橋の鋼索を彩った。次は街灯と劇場の庇、車のヘッドライト、電波塔のてっぺんの標識が灯った――個々のルーメンが迷いのない力強い憧れの集合体だった。

「ハンクはよくここで何時間も過ごしていたよ」とティンカーは言った。「ヴィレッジの流しつきのアパートメントに引っ越してもらおうとしたが、頑として受けつけようとしなかった。ヴィレッジはブルジョワすぎると言ってた。でも、兄がここを動かなかったのは、この景色のためじゃないかと思う。ぼくたちが育った場所によく似ているんだ」

一隻の貨物船が警笛を鳴らし、ティンカーはほらねというようにそれを指差した。わたしはほほえんでうなずいた。

……

「フォール・リバーでのぼくの生活について、あまり話したことがなかったね」

「そうね」

「どうしてそうなったの？　出身地の話をしなくなったのはどうして？」

「だんだんそうなった」

ティンカーはうなずいて再びはしけに視線を戻した。

「皮肉なことに、ぼくは人生のあの部分を――造船所のそばに住んでいた頃を――愛していた。みすぼらしい界隈で、学校が終わるとぼくら子供はみんな波止場へ走っていったものだ。野球の打率は知らなくても、モールス信号や大型客船の旗のことなら知っていたし、船員たちがダッフルバッグを担いでタラップを降りてくるのをよく眺めた。それがぼくら子供達の大きくなったらなりたいものだった。商船の船員だよ。貨物船に乗って港を出て、アムステルダムや香港やペルーに行ってみたかった」

年齢という経験を得て子供の頃の夢を振り返ると、あれほど強い憧憬をかきたてたのは、それが手の届かないもの——海賊、お姫様、大統領——だったからだと気づく。でもティンカーの話し方を聞いていると、彼の夢はまだ手の届くところにあるという気がした。もしかすると、かつてないほど近づいているような。

—

暗くなると、わたしたちはハンクの部屋に戻った。階段でティンカーが食事をする気があるかどうかと訊いてきた。お腹は空いていないと言うと、安堵の表情を浮かべた。レストランでの食事はこの一年でどちらももう充分だったのだと思う。

手近に椅子がなかったので、野菜の木箱をひっくり返して向き合って座った。ハレルヤ・オニオンとアビエーター・ライムの木箱。

「雑誌の進捗状況は？」ティンカーが熱っぽく尋ねた。

アディロンダックの山荘にいたとき、アリーとメイソン・テイトのこと、創刊号の特集記事を探している話をしていたので、ドアマンへのインタビューというわたしの思いつきと、わたしたちが掘り起こした石炭バケツみたいな醜聞について話した。説明しているうちに、はじめてわたしはなんだか気分が悪くなった。メイソン・テイトのリムジンの後部シートにいたときはなんでもなかったのに、どういうわけか、ハンクの安アパートではその企画全体が卑《いや》しく思えた。

でもティンカーは大いに面白がった。メイソンが面白がったのとは違う意味で。それがニューヨークというジャガイモの皮を剝くことになるからではなかった。ティンカーはただその奇抜な思いつきと、それがあぶり出す人間喜劇——内密の不倫関係だの、違法行為だの不正手段で得た報酬だの——

と、入念に守られた秘密のすべてが、子供たちが新聞を折って作ったちいさな舟がセントラルパークの池を進むように、街の表面を気づかれずに自由に漂っていることを面白がったのだ。だが何よりもティンカーが気に入ったのは、それがわたしのアイデアだということだった。

「ぼくらにふさわしいな」笑いながらそう言って、彼は首をふり、自分をその秘密を守る人間の部類に入れた。

「確かにあなたにはふさわしいわ」

お互いの笑いがやむと、わたしはエレベーター係から聞いたある愉快な話をしはじめたが、ティンカーがそれを遮った。

「ぼくが彼女をけしかけたんだ、ケイティ」

わたしはティンカーを凝視した。

「アンに会った瞬間から、ぼくを雇うようぼくが彼女をけしかけた。ぼくのためにアンに何ができるか、ぼくは正確に知っていたんだ。どんな代償を払うことになるかも」

「一番悪いのはそのことじゃないわ、ティンカー」

「わかってる。わかってるよ。カフェできみに話すべきだったんだ。あるいはあの山荘で。はじめて会った夜に、なにもかも話すべきだったんだ」


ある時点でティンカーはわたしが自分の身体を抱きかかえているのに気づいた。

「凍えているじゃないか。ぼくはなんてばかなんだ」

飛びあがるように立つと、部屋を見回した。自分の毛布を剝いでわたしの肩にかけた。

「すぐに戻る」

階段を騒々しく駆けおりていく音が聞こえた。通りに出るドアがばたんと閉じた。

毛布をかぶったまま、わたしは足踏みしながら室内を一周した。桟橋の抗議活動を描いたハンクの絵が灰色じみたマットレスの真ん中に載っていて、ティンカーが床に寝ていることを物語っていた。わたしはティンカーのスーツケースの前で足をとめた。蓋の内側に青いシルク張りのポケットがあり、ティンカーのイニシャル入りのヘアブラシ、髭剃りブラシ、櫛などの雑多なものが入っていたのだろうが、今は空っぽだった。

本の山を見ようと、わたしは膝をついた。ベレスフォードの書斎にあった参考図書、母親からもらったワシントンの本。アディロンダックで見た『ウォールデン　森の生活』もあった。ピニョン・ピークへの山道を歩くときも、十番街を行ったり来たりするときも、この狭い安アパートの階段をのぼりおりするときも、常に尻ポケットに入れて持ち歩いているかのように、角が磨り減っていた。

ティンカーの足音が踊り場に聞こえて、わたしは彼の木箱に腰をおろした。

彼は新聞紙にくるんだ一キロほどの石炭を抱えて入ってきた。ストーブの前に膝をついて火をおこし、ボーイスカウトみたいに息を吹きかけた。

子供と大人の両方が必要とされる状況に置かれたときが、この人は一番輝いているとわたしは密かに思った。

その夜、ティンカーは隣人から毛布を借り、床に寝床をふたつ、一メートルばかり離して、作った——わたしがさっき到着したときも、同じように屋根の上で礼儀正しい距離を置いて座っていた。わたしは出勤前に自宅に戻ってシャワーを浴びられるよう、早起きした。夜、帰ってくると、ティンカーは一日中そこで待っていたかのように、ハレルヤ・オニオンの木箱から跳ねるように立ちあがった。

それからふたりで十番街を横切り、終夜営業の青いネオンサインがある埠頭《ふとう》のちっぽけな簡易食堂へ行った。

――

その食事だが、不思議なのだ。あれから数十年経っても、わたしは21クラブで食べた生牡蠣を覚えている。イヴとティンカーがパームビーチから帰ってきたあと、ベレスフォードで飲んだシェリー入りの黒豆のスープを覚えている。ウォレスとミッドタウンで食べたブルーチーズとベーコン入りのサラダを覚えている。ラ・ベル・エポックでのトリュフを詰めたチキン料理も嫌というほどはっきり覚えている。それなのに、ハンクが描いた簡易食堂であの夜ティンカーと何を食べたのか、思い出せない。

覚えているのは、たくさん笑ったことだ。

あのとき何やらばかな理由から、わたしはこれからどうするつもりかとティンカーに尋ねた。すると彼は真顔になった。

「ぼくが考えているのはもっぱら、するつもりのないことなんだ」と彼は言った。「この何年かを振りかえると、すでに起きたことへの後悔と、起きたかもしれないことへの恐怖が頭から離れない。失ったものへの郷愁と、持たないものへの欲望が頭から離れない。望むことと望まないことばかりが浮かぶ。神経がすり減ってしまう。だから一度ぐらい身の丈に合った現在を生きようとしているんだ」

「自分に関わる事柄は二つか三つにとどめておきなさい、決して一〇〇とか一〇〇〇ではいけません、ということ?」

「それだよ」とティンカーは言った。「どう思う？」

「そのために、わたしが犠牲にするのは？」

「ソローによれば、ほとんど全部だ」

「すべてをあきらめる前に、せめて一度でもすべてが手に入ったらいいのに」

ティンカーは微笑した。

「そうなったら知らせるよ」


ハンクのアパートメントに戻ると、ティンカーは火を焚き、わたしたちは夜更けまであれこれと話し込んだ――ひとつの状況の詳細が別の記憶をよみがえらせ、そこからまた別の記憶がつづけざまにするするとよみがえった。大西洋横断の蒸気船で友情を結んだふたりのティーンエイジャーみたいに、わたしたちは港に着く前に競って回想や意見や夢を交換した。

そして同じ礼儀正しい距離を置いて彼が寝床を広げると、今度は、わたしがふたりの間の隙間がなくなるまで自分の寝床を近づけた。

◆◆◆

翌日の夜、ガンズヴォート・ストリートに戻ると、彼はすでにいなかった。上質な革のスーツケースは残っていた。あけっぱなしの蓋は壁によりかかっており、中は空で、本の山が隣にあった。結局ティンカーは衣類を兄のダッフルバッグに詰めていったのだ。本を置いていったことに最初は驚いたが、よく調べると、よれよれになった『ウォールデン　森の生活』は持っていったのだとわかった。

ストーブは冷たかった。その上に、破った見返しにティンカーが書いた手紙が載っていた。

最愛のケイト
このふた晩、きみに会えたことがぼくにとってどんな意味を持っていたか、想像もつかないだろうね。

何も言わず、本当のことをきみに告げずに去ることだけが心残りだ。

きみの人生が順調にいっていることがとても嬉しい。

人生をだめにしたぼくには自分の生き方を見つけるのがいかにすばらしいことかわかる。

自ら招いたこの一年は腐っていた。だが、その最悪の時にあってさえ、きみはいつもぼくに、状況が違っていたら味わえたかもしれないものを垣間見せてくれた。


〝自分がどこへ向かおうとしているのかよくわからない。だが、どこへ行き着こうとも、一日のスタートにはきみの名前を口にするつもりだ〟と彼は結んでいた。そうすることによって、自身により誠実であり続けようとするかのように。

そして署名があった。「ティンカー・グレイ　一九一〇～?」

わたしはぐずぐずしなかった。階段をおりて通りへ飛びだした。八番街まで行って、引きかえした。ガンズヴォートまでとぼとぼと戻ってきて石畳を歩き、狭い階段をのぼった。そして部屋に入ると、港湾労働者たちの絵とワシントンの本をひっつかんだ。いつか彼がそれを置き去りにしたことを後悔するかもしれない。そのふたつを返す立場にいたいと思った。

　ロマンティックな行為だと思う人もいるかもしれない。でも、ティンカーのものを取りに戻ったのは、うしろめたさを和らげるためだったのだ、とも言える。というのは、部屋に入って、彼がいないと知ったとき、襲ってきた喪失感と戦いながらも、なけなしの気力の底では漠然とした安堵を覚えていたから。

二十六章　過去のクリスマスの亡霊

十二月二十三日金曜日、わたしはキッチンテーブルで五キロはあろうかというハムを薄切りにしながら、バーボンをボトルからラッパ飲みしていた。皿の脇には『ゴッサム』創刊号の簡易製本のゲラ刷りがあった。その表紙をめぐる考察にメイソンはおびただしい時間を費やしてきた。彼が望んだのは、目立つこと、美しいこと、気が利いていること、スキャンダラスであること、そして何よりも、人をあっと驚かせることだった。そんなわけで見本は三部しかなかった。メイソンの、アートディレクターの、そしてわたしの。

表紙は、サンレモ・アパートメント・ビルの高さ百五十三センチの模型のうしろに立つ女のヌード写真だった。窓越しに女の肌が見えるが、カーテンが限定的にひかれているため、彼女の気になる部分はよく見えない。

わたしが見本の一部を与えられていたのは、そのイメージがわたしの発案だったからだ。

まあ、ある意味。

実は近代美術館で見たルネ・マグリットの絵画をヒントにした。メイソンはこのアイデアがいたく気に入り、モデルになる女をわたしが見つけられなかったらクビだと言った。女の顔は見えないようになっているけれど、もしも十五階のカーテンがあいていたら、茄子色の銀貨大の乳輪がふたつ見えたことだろう。

その日の午後、メイソンはわたしをオフィスに呼び、座るよう言った——わたしを雇った日以来、二度以上はしていないことだった。結論から言うと、アリーの計画が見事に実を結んだのだ——つまり、わたしたちはそろってもう一年働けることになった。

立ちあがって出ていこうとすると、メイソンがねぎらいの言葉とともにゲラ刷りをくれて、ボーナスとして市長から彼に送られた骨つきハムをぽいと投げてよこした。それが市長からのものだとわかったのは、星形の金色のカードに市長閣下の祝いのメッセージが書かれていたからだった。ハムを抱えて、わたしはドアの前で感謝の言葉を口にしようとミスター・テイトを振りかえった。

「礼には及ばん」彼は顔もあげずに答えた。「それだけの働きをしたんだ」

「でしたら、そもそもここで働くチャンスを与えてくださったことに感謝します」

「それならきみの後援者に礼を言うべきだ」

「ミスター・パリッシュに電話します」

メイソンは机から顔をあげると、面白そうにわたしを見た。

「友人たちをもっとよく観察したほうがいいぞ、コンテント。きみを推薦したのはパリッシュじゃない。アン・グランディンだ。わたしに圧力をかけたのは彼女だ」

わたしはまたひと口バーボンをあおった。

特にバーボンが好きなわけではなかったが、自宅に帰る途中でバーボンはハムに合いそうだと思って買ってきた。予想は当たった。ちいさなクリスマスツリーも買って窓のそばに置いた。飾りがないとなんだかまぬけに見えたので、ハムについていた市長の金色の星を取って一番高い枝に立てかけた。それから気持ちよくくつろいでミセス・クリスティーの最新作『ポアロのクリスマス』のページを開いた。十一月に買って、今夜のためにずっと取っておいたのだ。ところが、読もうとした矢先、ドアにノックがあった。

一年が終わりに近づくと、その年にあったさまざまな出来事を総括するのが人間の普遍的習性なのだろう。なかでも一九三八年はドアにノックの多い年だった。イヴがはるばるロンドンからわたしの誕生日を祝うために打った電報を届けに来たウエスタン・ユニオン社の配達員、ワインのボトルとハネムーン・ブリッジのルールを持ってきたウォレス、次がフィネラン巡査部長、ブライス、それからアン。

さしあたり、歓迎できたのは一部だけだったが、すべてを大切にすべきだったと思う。なぜなら数年のうちに、わたしはドアマンのいるビルに住むようになったからだ——ひとたびドアマンのいるビルに住んだら、ノックをしにくる人は二度とあらわれない。

今夜、ドアをノックした人はハーバート・フーヴァー〔アメリカの第三十一代大統領〕みたいなかっちりしたスーツを着たずんぐりした青年だった。階段をのぼってきたせいで息を切らしており、額は汗でてらてらしていた。

「ミス・コンテント?」

「ええ」

「ミス・キャサリン・コンテント？」

「そうです」

青年はどっと安堵のため息を漏らした。

「わたしの名前はナイルズ・カパースウェイト。ヒーヴリー＆ハウンドの弁護士です」

「冗談でしょ」わたしは笑った。

彼はあっけにとられた顔をした。

「とんでもない、ミス・コンテント」

「そうなの。へえ。クリスマス前日の金曜日に弁護士が家に訪ねてくるなんて。何かのトラブルじゃないといいけど」

「違いますとも、ミス・コンテント！　トラブルではありません」

彼は若者らしい自信をこめてそう言い切ってから、すぐにつけくわえた。

「少なくともヒーヴリー＆ハウンドが知る限りトラブルはありません」

「よく考えられた返事だわ、ミスター・カパースウェイト。心に留めておきます。わたしでお役に立つことでも？」

「以前に記載されていた住所に在宅なさっていることで、すでに役に立っていただいていますよ。依頼人の要請で伺ったんです」

彼はドアの側柱のうしろへ手を伸ばして、厚みのある白い紙に包まれた細長いものを取り出した。水玉模様のリボンがかけられ、〝クリスマスまであけないこと〟という札が付いていた。

「これをお届けにきたんです、指示を与えたのは――」

「ウォレス・ウォルコット」

「そうです」

青年は口ごもった。

「いささか風変わりなことでして、その……」

「ミスター・ウォルコットはもう故人ですものね」

わたしたちは黙りこんだ。

「こんなことを言ってはなんですが、ミス・コンテント、あなたが驚いていらっしゃるのはわかります。その驚きが不快なものでないといいのですが」

「ミスター・カパースウェイト、わたしのドアの上にヤドリギがあったら、あなたにキスしているところよ」

「それはよかった。いやその……」

彼はドア枠の上をちらりと盗み見てから、姿勢を正し、一段とかしこまって言った。

「メリークリスマス、ミス・コンテント」

「メリークリスマス、ミスター・カパースウェイト」


わたしはクリスマスの朝までプレゼントをあけるのを待つタイプではなかった。ちなみに七月四日の独立記念日にクリスマスのプレゼントをもらったとしても、打ち上げ花火の明るさの中であけてしまうだろう。だから、安楽椅子に腰をおろすと、わたしのドアがノックされるのを辛抱強く待っていたその包みを開いた。

それはライフルだった。そのときは知らなかったけれど、ジョン・モーゼス・ブローニング〔アメリカの銃器設計者。ブローニングの生みの親〕その人によって初期段階から監督設計されたウィンチェスター1894だった。クルミ材の銃床、象牙の照星、磨き込まれた真鍮のフレームには花のような渦巻き模様。結婚式にも持っていけそうなライフルだった。

ウォレス・ウォルコットは贈り物をするタイミングを正しく心得ていた。それは認めなくてはならない。

わたしはウォレスが教えてくれたように、手のひらでライフルのバランスを取った。重さはせいぜい二キロ弱だろう。ポンプアクションを引いて空の薬室の中をのぞいた。もう一度薬室を閉め、銃を肩に載せた。銃身の先に視線を向け、ちいさなクリスマスツリーのてっぺんに狙いを定めてから、市長の星を撃ち落とした。

十二月三十日

ホイッスルより二十分早く職長がやってきて、おまえらペースを落とせ、ちくしょうめ、と彼らに命令した。

ふたり一組になった長い人間の鎖が、カリブ海から来た貨物船から次々にリレー方式で砂糖の袋をヘルズキッチン〔ミッドタウン・ウエストとも呼ばれるエリアで一九世紀末にはギャングが横行する危険地域だった〕の埠頭にある倉庫へと運んでいた。彼と、みんなからキングと呼ばれている黒人が鎖の先頭だった。だから職長が命令を出すと、キングがテンポを調整した。フックに一秒、持ち上げ二秒、ターンに三秒、投げて四秒。

クリスマス後のある日、タグボートの機関士組合が警告抜きで港湾労働者の支持もないまま、ストライキに入った。ロウワー湾の端、サンディ・フックとブリージー・ポイントの沖合のどこかで、貨物船の大集団が上陸を待って漂っていた。そこで緊張を和らげる噂が広がった。神の思し召しがあれば、ストライキはドックの船が空になる前に終わるだろうし、彼らは乗組員を無事に守れるだろう、と。

彼は新入りとして、上が首切りを開始したら、自分が真っ先に辞めさせられると心得ていた。

それでも構わなかった。

キングが選んだペースは好都合だった。おかげで彼は腕や脚や背中に力を感じることができた。フックが揺れるたびに、力が電荷みたいに体内を動き回った。それは久しく感じたことのない感覚だった。食事の前の飢え、眠りの前の激しい疲労に似ていた。

そのペースが好都合なもうひとつの点は、少しだけ会話ができることだった。

「するとどこの出身だい、キング？」

（フックに一秒）

「ハーレムさ」

（持ち上げ二秒）

「どれくらい住んでいた？」

「生まれてからずっとだ」

（ターンに三秒）

「この波止場で働いてどのくらい？」

「かなり長い」

（投げて四秒）

「ここで働くのはどうだい？」

「天国さ。他人のことに首を突っこまない、いいやつらでいっぱいだからな」

彼はキングに笑いかけて、次の袋をフックにかけた。キングが言わんとしていることがわかったからだ。フォール・リバーでも同じだった。そもそも新入りは嫌われた。会社が雇うどの人間にもコネ入社の兄弟やらおじやら子供の頃からの友達が二十人いた。だからもめごとは少なければ少ないほどよかった。つまり、黙って自分の仕事をちゃんとこなすのが一番だった。

ホイッスルが響くと、他の連中が十番街のバーへ向かうなか、キングは現場に残った。彼も残った。キングに煙草を一本進呈し、木製コンテナにもたれ、遠ざかっていく男たちを見ながら煙草を吸った。黙って何もせずに煙草をくゆらせた。吸い終わると、桟橋に投げ捨て、ゲートの方へ歩き出した。

貨物船と倉庫のなかほどの地面に砂糖の山があった。男たちのひとりがフックで麻袋を裂いてしまったのだろう。キングは足をとめて首をふった。次に膝をついて、こぼれた砂糖を一摑みポケットに入れた。

「おい、おまえもこうした方がいいぜ。さもないと、ネズミたちの餌になるだけだ」

そこで彼も膝をついて砂糖をつかんだ。琥珀《こはく》色でキラキラしていた。右のポケットに入れかけて穴があいていることを思い出し、左のポケットに入れた。

ゲートに着くと、彼はキングに少し歩かないかと訊いた。キングは頭を動かして高架鉄道の方を漠然と示した。妻と子供たちのいる家に帰るのだろう。キングはあまりしゃべらなかったが、その必要はなかった。言われなくてもわかる。

前日、仕事が終わったとき、彼は波止場に沿って南へ歩いていった。だから今日は北へ歩いた。日が落ちて空気が身を切るように冷たくなり、コートの下にセーターを着てくればよかったと思った。

四十丁目の向こうの埠頭はハドソン川の最も深い場所へ突き出ていて、最大級の船が並んでいた。

七十五番埠頭に停泊中のアルゼンチン行きの船は、難攻不落の灰色の砦《とりで》のようだった。小耳にはさんだところでは、船員を募集しているらしい。充分な金さえたまるなら、彼は募集に応じたことだろう。いったん港に入ったら、あてどない放浪をしてみたかった。だが他の場所へ向かう他の船にも他のチャンスがあるだろう。

七十七番埠頭に停泊しているのは、大西洋横断に備えて荷物を積んだキュナード社の遠洋定期船だった。ボクシング・デー〔十二月二十六日。休日〕、定期船は汽笛を鳴らし、甲板から波止場に紙吹雪が舞っていた。そこへストライキがはじまるとの噂が届いた。キュナード社はすぐにストライキは解決すると確信して、乗客たちには荷物を船に残すよう助言して帰宅してもらった。ところが五日たっても解決のめどは立たず、どの個室にもカクテルドレスやイヴニングドレス、男性用のチョッキやカマーバンドが無言の幽霊のように待っていた。オペラハウスの屋根裏にある衣装のように。

ハドソン川最長の八十番埠頭に停泊している船はなかった。ここは新しい幹線道路の最初の脚のように川の中へ突き出していた。彼はその先端まで歩いていった。煙草をもう一本抜き、ライターで火をつけた。音を立てて蓋を閉め、向きを変えて杭に寄りかかった。

埠頭の突端から空を背景にした街の輪郭が丸ごと見渡せた——ワシントン・ハイツからバッテリー・パークまで延びるタウンハウスや倉庫や摩天楼がジグザグに集まっていた。あらゆるビルのほぼあらゆる窓に見える明かりが、投資意欲や、主張と努力、むら気と省略を電源にしているかのようだった。だがモザイク全体を見ると、もうすこしまばゆくて、もっと安定した光を放つ窓もぽつぽつと散らばっていた——自制心と目的を持って行動するひとにぎりの人びとによって灯された窓だ。

彼は煙草をもみ消し、もうしばらく寒さのなかにいることにした。

風がどれだけ容赦なくても、この見晴らしの利く場所から見るマンハッタンがただもうあまりに現実離れしていて、あまりにすばらしく、あまりにあきらかな希望に溢れていて、一生かけて近づこうとしてもいつまでも到達できない蜃気楼のようだったから。

エピローグ

選ばれる者は少ない

一九四〇年の大晦日の夜、猛吹雪とはいかないまでも、雪は時速四キロメートルでふぶいていた。あと一時間もしたら、マンハッタン中で動いている車は一台もなくなるだろう。雪をかぶった岩みたいに埋もれてしまう。でも今のところは強情な開拓者のくたびれた決意をもって這うように動いていた。

わたしたち八人はそもそも招かれてもいないユニバーシティ・クラブのダンスパーティから外にまろび出た。パーティは宏壮なイタリア風の天井を持つ二階で開かれていた。白一色の服を着た三十人から成るオーケストラが、新しいのに早くも流行遅れの感がある、ガイ・ロンバード〔アメリカ人のバンドリーダー。年越しの演奏でながらく有名だった〕風の演奏で一九四一年の到来を告げていた。わたしたちの誰も知らなかったのだが、パーティには隠れた目的があった――エストニア人避難民のための資金集めだ。現代のキャリー・ネーション〔二十世紀初頭の社会活動家で、破壊活動で禁酒を訴えたことで有名〕が故国を追われた大使と並んで立ち、ブリキの空き缶を鳴らしはじめたのをしおに、わたしたちはドアに向かった。

途中、なぜかトランペットを手に入れていたビッツィがなかなかすばらしい音階を吹き鳴らしている間、残りのわたしたちは街灯の下で身を寄せ合い、これからどうするかを考えた。すばやく道路に目を向けたが、タクシーが救出に現れないことは確実だった。カーター・ヒルが近くに飲んだり食べたりできる申し分のない店があると言ったので、彼の指示のもと、わたしたちは雪のなかを西へ出発した。女性陣は誰ひとり天候にふさわしい服装ではなかったが、わたしは運良くハリソン・ハーコートの毛皮の襟付きコートを半分はおらせてもらっていた。

ブロックのなかほどまで来たとき、反対方向からやってきた一行がわたしたちに雪玉を投げつけた。ビッツィが突撃らっぱを鳴らし、わたしたちは反撃を開始した。新聞の露店や郵便ポストを楯にして、インディアンみたいに雄叫びをあげながらライバルを撃退したが、ジャックが〝誤って〟ビッツィを雪溜まりに倒したことから、女性陣は男たちに矛先を変えた。十歳児のように行動することが、わたしたちの新年の抱負であるかのようだった。

大事なのは――一九三九年はヨーロッパにおける戦争のはじまりをもたらしたかもしれないが、アメリカでは大恐慌の終わりをもたらしたということだ。ヨーロッパが併合したり譲歩したりしている間、わたしたちは製鉄所を増やし、工場の組み立てラインを再構築し、武器や弾薬の世界的需要に応じる用意をした。一九四〇年十二月、フランスがすでに侵攻され、ナチスのドイツ空軍がロンドンを爆撃していた頃、ここアメリカではアーヴィング・バーリン〔ベラルーシ生まれのアメリカの作曲家〕が、〝梢はきらめき、子供達が雪の中を走るソリの鈴の音に耳を澄ませる〟と、クリスマスの情景を歌にした『ホワイト・クリスマス』を作曲していた。それくらい、わたしたちは第二次世界大戦から遠くにいた。

カーターの言う近くのいい店とは、十ブロックも足を引きずるようにして歩いた先にあった。ブロードウェイに出ると、ハーレムの方角から風が唸りを上げて吹いてきて、わたしたちの背中に雪を叩きつけた。わたしはハリーのコートを頭からかぶり、彼の肘を頼りに歩いていた。だから、レストランの前にたどりついても、店の佇まいはわからなかった。ハリーの誘導で階段をおり、彼のコートを脱ぐと、あら不思議、そこはイタリア料理とイタリアのワインとイタリアのジャズ――それがどんなものであれ――を提供する広い安酒場だった。

真夜中はもう過ぎていたから、床は紙吹雪で覆われていた。店内でカウントダウンを過ごした酔客たちの大半もすでに立ち去っていた。

わたしたちは先客の皿が片付けられるのをおとなしく待ったりしなかった。ただ靴を踏み鳴らし、雪を払い落として、バーの反対側の八人用テーブルを占拠した。わたしはビッツィの隣に座った。カーターがわたしの右に滑りこみ、ハリーは向かい側に席を見つける羽目になった。ジャックは先客が残したワインのボトルを持ちあげ、中身があるかどうか目を細めて確かめた。

「我々にはワインが必要だな」とジャックは言った。

「まったくだ」カーターがウェイターの目をとらえながら言った。「マエストロ！ キアンティを三本！」

太い眉毛と、ベラ・ルゴシ〔ハンガリー人俳優。アメリカで活躍〕みたいな大きな手をしたウェイターが、陰気に、注意深く、ボトルをあけた。

「陽気なタイプじゃないな」カーターが感想を漏らした。

でも、それはどうだろう？ 一九四〇年のニューヨークにいた多くのイタリア人のように、ドイツに忠誠を誓った母国の不運が、ウェイターの本来なら陽気な性格に影を落としていたのかもしれない。

カーターは率先して数皿の料理を注文したあと、会話の口火を切る妥当な試みとして、一九四〇年にみんながやった最高の行いを尋ねた。わたしはディッキーが少し懐かしくなった。ディッキー・ヴァンダーホワイルほど他愛のない話でテーブルを盛り上げることのできる人はいなかった。

誰かがキューバ（〝新しいリヴィエラ〟）へ旅行したことをしゃべりだすと、カーターはわたしの方へ身体を寄せて耳元にささやいた。

「きみが一九四〇年にやった最悪のことは？」

パンのかけらがテーブル越しに飛んできて彼の頭に当たった。

「おい、なんだよ」カーターは顔をあげた。

なにくわぬ顔と口の両端がわずかにあがっていることからして、犯人がハリーであることは明らかだった。わたしはハリーにウインクをしようかと思ったが、代わりにパンを投げかえした。ハリーは愕然としたフリをした。わたしも同じ顔を作りかけたとき、ウェイターから折りたたんだ紙を渡された。署名はなく、乱暴な殴り書きがしてあった。


〝旧友は忘れられていくものか？〟


わたしの戸惑った顔を見て、ウェイターがバーの方を指差した。スツールのひとつにがっしりしたハンサムな兵士が腰掛けていた。なにやら失礼なにやにや笑いを浮かべている。きれいに身なりを整えていたので、誰だかよくわからなかった。けれども、たしかにそれは〝頑固な〟ヘンリー・グレイだった。

〝旧友は忘れられて、二度と思い出さないものだろうか？〟

ときどき、人生はまさにそうしたものであるように思える。なんといっても人生は基本的に、数年ごとに近しい人びとをさまざまな方角へはじきとばす遠心分離機のようなものだからだ。そして回転がとまると、息つく間もなく人生は新たな関心事が書き込まれたカレンダーを押しつけてくる。自分のきた道をたどり直して、旧友との友情をよみがえらせたくても、そんな余裕はない。

一九三八年はすばらしい個性と気骨を持った四人が喜ばしくもわたしを支配した年だった。そして一九四〇年の十二月三十一日、わたしは一年以上彼らの誰とも会っていなかった。

―

ディッキーは一九三九年の一月に無理やりマンハッタンから引き離された。

ニューヨークの正式な舞踏会シーズンの直後、ミスター・ヴァンダーホワイルがついに息子の安穏たる暮らしぶりにしびれを切らし、テキサス州にある古馴染みの石油掘削施設でディッキーを働かせることにしたのだ。ミスター・ヴァンダーホワイルはそれがディッキーにお灸をすえることを確信し、その通りになった。ミスター・ヴァンダーホワイルの期待とは違っていたが。古馴染みにはたまたま強情な娘がいて、イースター休暇で実家に戻った彼女は、ディッキーをダンスの相手に選んだ。彼女が学校へ戻ると、ディッキーは愛の約束を求めたが、拒絶の憂き目にあった。彼女は数週間ほど、ディッキーと大いに楽しい時を過ごしたのだが、当人の説明によれば、もっと現実的で、地に足のついた、野心的男性を求めていたのだった。つまり、彼女のパパみたいな男性を。ほどなくディッキーは仕事に邁進するようになり、ハーヴァード・ビジネススクールに願書を提出した。

彼は一九四一年に学位を取得した。パール・ハーバーのちょうど半年前のことだ。そこから彼は入隊し、太平洋戦争で目覚ましい功績を挙げ、帰国して彼のテキサス美人と結婚し、三人の子をもうけて、国務省の職員となり、かつてみんなに言われていたすべてをほぼひっくり返した。

イヴ・ロス、彼女はやすやすと事を運んだ。
イヴがロサンジェルスへ出奔したあと、はじめて彼女の消息を伝えたのは、一九三九年の三月にピーチズがくれた切り抜きだった。それはゴシップ雑誌に掲載された一枚の写真で、写っていたのはサンセット大通りのトロピカーナホテルの外で居並ぶカメラマンを乱暴に押しのけているオリヴィア・デ・ハヴィランド〔アメリカの女優。『風と共に去りぬ』のメラニー役が有名〕だった。彼女は袖なしのドレスを着た若くて頰に傷跡のある美人の腕にすがっていた。写真のタイトルは『風と共に去りぬ』で、キャプションによれば頰に傷跡のある女性はハヴィランドの〝心の友〟だった。

次にイヴについて聞いたのは四月一日のことで、夜中の二時に長距離電話がかかってきた。電話の向こうの男性は、自分はロサンジェルス市警察署の刑事だと名乗った。深夜であることはわかっているし、こんな時間に申し訳ないが、他に仕方がなかったのだと説明した。ビヴァリーヒルズ・ホテルの芝生の上で意識不明の若い女性を発見し、わたしの電話番号が女性のポケットから発見されたという。

わたしは仰天した。

次の瞬間、電話線の向こうにイヴの声がした。

「彼女、嚙みついた？」

「当たり前だよ」と刑事がうっかりイギリス英語のアクセントで言った。「フライに飛びつく鱒みたいだった」

「あたしに貸して！」

「待て！」

ふたりの間で電話の奪い合いが起きた。

「エイプリルフール」と男が叫んだ。

すぐに受話器がひったくられた。

「騙された、シス？」

「あなたにはいつだって騙されっぱなしよ」

イヴィは嬉しそうに笑いころげた。

その笑い声を聞くのは楽しかった。三十分にわたってわたしたちは現在に至るまでの話を代わる代わるしゃべり、ニューヨークで共に過ごしたすてきな時間に敬意を表した。でも、近いうちに帰ってくる予定はあるのかとわたしが訊くと、イヴは、あたしに関する限りロッキー山脈は高さが足りない、と答えた。


ウォレスは、言うまでもなく、生の世界から静かにいなくなっていた。

だが人生のささやかな皮肉のひとつと言おうか、一九三八年にわたしが一緒に過ごした四人のなかで、わたしの日々の生活にもっとも大きな影響を与え続けているのはウォレスだった。というのも、一九三九年の春、汗っかきのナイルズ・カパースウェイトから二度めの訪問を受けたからだ。今回彼が持ってきた途方もない知らせは、ウォレス・ウォルコットが遺書にわたしを書き加えていたというものだった。世代間移動信託の配当金をわたしが生涯にわたって受け取れるよう、ウォレスは明確に指示していた。これはわたしに毎年八百ドルの収入をもたらすことになった。八百ドルは一九三九年においてすら大金ではなかったかもしれないが、相手が誰であれ、男性の好意を受け入れる前には必ずよく考えてみるべきだ、との教訓を与えてくれた額だった。考えてみれば、二十代後半になろうとしているマンハッタンの女性にとっては、充分すぎる金額だった。

そしてティンカー・グレイは？

ティンカーがどこにいるのかわたしは知らなかった。でもある意味、彼がどうなっているかは知っていた。束縛を断ち切ったティンカーは自由な地への道をついに見つけていた。カナダのユーコン準州の雪原を探検しているにしろ、あるいはポリネシアの海を航行しているにしろ、ティンカーは見渡す限り遮るもののない景色が広がる場所、コオロギが静寂を支配し、現在が最重要で、『礼儀作法のルール』が無用の地にいた。


〝旧友は忘れられて、二度と思い出さないものだろうか？〟そうだとしたら、それはわたしたちが死ぬときだけだ。わたしはバーへ向かった。

「ケイティ、だよな？」

「ひさしぶり、ハンク。元気そうね」

まったくその通りだった。こんなに元気なハンクを誰が予想しただろう。軍隊生活の規則が顔と身体に肉をつけていた。ぱりっとしたカーキ色の軍服についている袖章は曹長の階級をうたっていた。

わたしはその袖章を認め、かぶってもいない帽子を傾けるふりをした。

「気遣いは無用だぜ」ハンクは気安い笑いを浮かべて言った。「どうせ長くは続かないんだ」

でもそこまでの確信はわたしにはなかった。ハンクの様子は、軍隊がまだ彼の最良の部分を見ていないように思えた。

彼はわたしたちのテーブルへ顎をしゃくった。

「新しい友達の輪を見つけたようだな」

「いくつかは」

「そうだろうとも。あんたにはひとつ借りがある。一杯おごらせてくれよ」

ハンクは自分にビールを、わたしにはマティーニを注文した。それがわたしの飲み物だとずっと知っていたかのようだった。わたしたちはグラスを合わせ、一九四一年の幸せを互いに願った。

「弟に会ったか?」

「いいえ」わたしは認めた。「二年は会っていない」

「そうかい。納得だな」

「彼から便りはあった?」

「たまにな。休暇になると、ときどきおれはニューヨークに来て、あいつと会うんだ」

予想外だった。

わたしはマティーニをひと口飲んだ。

ハンクは狡猾そうな笑みを浮かべて、わたしを見た。

「びっくりしてるな」

「彼がニューヨークにいるとは知らなかったわ」

「どこならいそうなんだ?」

「わからないけど。あなたのアパートメントを出ていったとき、この街を出て行ったのだと思ってただけ」

「違うぜ。あいつはここらにいたんだ。しばらくはヘルズキッチンの波止場で働いてた。そのあと、別の区域の方へ流れていって、おれたちは接触を失った。だが去年の春、レッドフックの通りでばったり出くわした」

「彼はどこに住んでいたの?」

「よくは知らん。ネイヴィーヤーズの安アパートのどこかだろう」

わたしたちはどちらも少し無言だった。

「彼、どうだった?」

「わかるだろ。ちょっとみすぼらしい。ちょっと痩せてる」

「そうじゃなくて。わたしが言ってるのは、どんな様子だったかということよ」

「ああそっちか」ハンクは苦笑した。「内面のことだな」考えるまでもなく答えた。

「あいつは幸福そうだった」

◆◆◆

ユーコンの雪原……ポリネシアの海……モヒカン族の小道……これがこの二年間ティンカーがさまよっていると、わたしが想像していた場所だった。なんのことはない、彼はずっとここニューヨーク・シティにいたのだ。

どうしてそんなに遠方の地にいると思っていたのだろう? ロンドンやスティーヴンソンやクーパーの不安定な風景がティンカーが少年の頃から持っているロマンティックな感性になじむから、と言いたいところだ。でもティンカーはニューヨークにいるとハンクが言ったとたん、遠くにいる姿を思い描いていたのは、そのほうが彼の積極的失踪を受け入れやすかったからだと気づいた。たとえそれが荒野をひとりで旅することであっても。

だから、その事実を知ったときは複雑な気持ちだった。マンハッタンの人混みの中を貧しくとも意気揚々とさまようティンカーを想像すると、わたしは後悔と羨望を覚えた。でもかすかな誇りもそこに混じっていた。そして少しだけ希望も。

わたしたちの道が交差するのは時間の問題ではないか、と思ったからだ。喧騒と混乱に溢れているとはいえ、マンハッタンは長さ十六キロメートル、幅三・二キロメートルしかないではないか？

だから、その後の数日は目を休ませなかった。通りの角やコーヒーショップに彼の姿を探した。家に帰る途中は、通りの向かいの戸口からまた彼があらわれるのを想像した。

だが数週間が数カ月に、数カ月が数年になると、この期待感は弱まり、ゆっくりと確実に、わたしは人混みに彼を探すのをやめた。自分自身の野心と仕事への傾倒に押し流されて、わたしの日々の暮らしは忘却という恩寵のための基礎を築いていた——結局、一九六六年に近代美術館でついに彼に遭遇するまでは。

◆◆◆

ヴァルとわたしは五番街のアパートメントまでタクシーで帰った。料理人がレンジに軽いディナーを用意してくれていたので、それを温め、ボルドーをあけて、キッチンに立ったまま食べた。

大部分の人にとって、夫と妻が夜の九時にカウンターで温め直した食べ物を食べるという図は少々わびしい印象を与えると思う。けれども、正式なディナーを外で食べることが多いヴァレンタインとわたしにしてみれば、自宅のキッチンに立ってふたりだけで食べるのは、一週間のハイライトだった。

ヴァルが皿を洗っている間にわたしは寝室へ続く廊下へ足を向けた。壁は床から天井まで写真で埋め尽くされていた。普段なら目もくれずに通り過ぎるのだが、今夜は気がつくとひとつひとつじっと眺めていた。

ウォレスの自宅の壁の写真と違い、ここにあるのは四世代ぶんの写真ではなかった。すべてこの二十年に撮られたものばかりだ。最も古いのは、一九四七年のタキシード着用の会に出席した、いささかぎごちない様子のヴァルとわたしの写真だった。共通の知り合いがわたしたちを引き合わせようとしたのをヴァルが遮って、自分たちはすでに会ったことがあり──一九三八年にロングアイランドで──『ニューヨークの秋』の曲を流したままわたしをマンハッタンまで送り届けたことを説明した。

友人たちの写真、パリやベネチアやロンドンでの休暇の写真のなかに、プロ好みの数枚がある。一九五五年の『ゴッサム』二月号の表紙だ──わたしが編集した最初の一冊であり、大統領と握手するヴァルの写真が見える。でもわたしのお気に入りは、わたしたちの結婚式で高齢のミスター・ホリングスワースを両側からわたしたちが抱擁している写真だ。彼の妻はすでに亡く、彼もそれからほどなく後を追った。

最後のワインを注いだヴァルが、廊下で写真を観察しているわたしを見つけた。

「少し遅くまで起きていそうな気配だな」とわたしにグラスを渡しながら言った。「相手が必要かね?」

「いいえ。先に行ってて。長くはかからないわ」

ヴァルはウインクと微笑をよこして、わたしが髪を二・五センチ短く切りすぎたあとほどなくサウサンプトンのビーチで撮られた写真をこんと叩いた。それからキスをして、寝室へ入っていった。わたしは居間に引き返してテラスに出た。空気はひんやりとして、街明かりがちらちらと揺れていた。

エンパイアステート・ビルディングの周りを旋回する小型機はもうなかったが、未だにそれは望みを文字通りかきたてる眺めだった。わたしは望んだのだ。今も。これからも。

煙草に火をつけて、幸運を祈って肩越しにマッチを投げながら思った。ニューヨークは人を一変させると。

人生をいつでもコースを変えられる放浪の旅にたとえるのは、ちょっとありふれている——ハンドルをわずかに切れば叡智が広がって、一連の出来事に影響が及び、新しい仲間や環境や発見と共に運命が変わっていくという考えだ。でもわたしたちの大半にとって、人生はそんなものではない。その代わり、一握りの別々の選択権を差し出される瞬間がいくつかある。この仕事か、それともあの仕事か？ シカゴかニューヨークか？ 友達の輪に参加するなら、この輪か、あっちの輪か、夜が更けたら一緒に帰る相手は誰にするか？ 子供達のために時間を割くのは今にするか？ あとにするか？ ずっとずっとあとにするか？

そういう意味では、ハネムーン・ブリッジのほうが人生よりよほど旅に似ている。誰しも二十代の頃は前途に時間がたっぷりあって、百回迷おうが、百の展望を焼き直そうが、時間は尽きないように思える——カードを引き、その時その場で、そのカードを手元に残して次のカードを捨てるか、それとも最初の一枚を捨てて二枚めを残すか決めなくてはならない。気がついたときには、カードは全部配られていて、たった今くだした決定が今後数十年の人生を形作っていく。

意図した以上にそっけない説明になったかもしれない。

人生が選択権を与える必要はない。人生ははじめからあなたの進む道をわけなく定めることができるし、大雑把で巧みなあらゆる操作方法であなたを監視し続けることができる。環境や、人柄や、歩む道を変える選択権が差しだされるときが一年でもあったら——それは神の恩寵に他ならない。そしてそれには代償がつきものだ。

わたしはヴァルを愛している。自分の仕事、自分のニューヨークを愛している。それらがわたしにとって正しい選択であったことを、わたしは疑わない。と同時に、正しい選択が本質的に喪失を明確にする手段であることも知っている。

◆◆◆

一九三八年の十二月、ガンズヴォート・ストリートのあのちいさな部屋でティンカーの空っぽのスーツケースと冷たいストーブの横に立って、わたしの名前を言って毎日をはじめるという彼の約束を読んだとき、メイソン・テイトとアッパー・イーストサイドをめぐるわたしの運命はすでに決められていた。

しばらくの間はわたしも同じことをしたように思う——一日のはじめにティンカーの名前を口にした。彼が想像したように、それは方角を見定め、嵐の海を無事に乗り切るのに役立った。

けれども、他の多くのこと同様に、その習慣は日々の暮らしによって脇へ押しのけられていき、はじめは途切れがちになり、やがて稀になり、ついには時間の中に埋没した。

あれからほぼ三十年後、セントラルパークを見下ろすバルコニーに立ったとき、あの習慣を時間の流れるままないがしろにした自分をわたしは責めなかった。人生が気晴らしや誘惑に満ちていることは痛いほどよく知っている――ゆっくりと膨らむ希望と野心はわたしたちの注意力を一点に集中させ、空気を触知できるものに変え、献身を妥協に変えてしまうのだ。

いいえ、それは違う。ティンカーの名前を口にすることなく過ぎさったこの数十年、わたしは自分を責めなかった。でも翌朝からは彼の名前をつぶやきながら起きた。以来、数え切れないほどの朝、彼の名前をつぶやき続けている。

付録

若き日のジョージ・ワシントンが記した
『礼儀作法のルールおよび交際と会話に品位ある振る舞い』

1 人前におけるすべての活動は、その場に居あわせた人びとへの尊敬の念をもって行われるべきである。

2 人前では両手を、通常人目につかない身体のいかなる部分にも触れてはならない。

3 友人を驚愕させかねないものは一切見せないこと。

4 他の人たちの面前で鼻歌を歌ってはならず、指や足で調子をとるのもいけない。

5 咳、くしゃみ、ため息、あくびをするさいは、大きな音を立てずこっそり行うこと。またあくびまじりにしゃべってはならず、あくびをするときはハンカチか手で顔を押さえて横を向くこと。

6 人が話している時に眠ってはならず、人が立っている時に座ってはならない。口をつぐむべき時は静かにし、相手が立ちどまったら、歩き続けてはならない。

7 人前で服を脱いではならず、だらしない格好で部屋を出てはならない。

8 劇場や暖炉の前で、最後にきた者に場所を譲るのは良いマナーだが、普通以上に大声で話さないように。

9 暖炉の中に唾を吐いてはならないし、その前にかがみこんで手を暖めようと火にかざしてはいけない。特に火に鍋がかかっていたら、足を伸ばすのはもってのほかである。

10 腰掛けるときは、両足をふらふらさせてはならないし、足首や膝の上で組んではならない。

11 人前でそわそわ動いたり、爪を嚙んだりしてはならない。

12 首や足先や脚を振ってはならないし、目をぐりぐりさせるのも、片方の眉だけをあげるのも、口をゆがめるのもいけない。また話をするさいに、相手に近づきすぎて唾を飛ばすのもいけない。

13 人前でノミ、シラミ、マダニのような害虫を殺してはならない。不潔なものや唾を見たら、巧みに足で踏み、それが友人の服についていたら、こっそりと取り除き、自分の服についていたら、それを取り除いてくれた友に感謝しよう。

14 会話中に人に背を向けてはならない。誰かがテーブルや机で読み物や書き物をしていたら、テーブルを揺らしたり寄りかかったりしてはならない。

15 爪は短く清潔に保つこと。手と歯もまた同様だが、そこにばかり気を取られてはならない。

16 ふくれっつらはいけないし、舌をだらりと垂らすのもいけない。両手を揉みあわせる、髭をしごく、口を突き出す、あるいは唇を噛む、また唇の開きすぎ、閉じすぎも良くない。

17 おべっか使いであってはならず、大はしゃぎをするのも良くないが、他方、人に翻弄されてはならない。

18 人前で手紙や本や書類を読まないこと。ただし、必要に迫られた場合は許可を得て読むこと。望まれたり、意見を求められたりしないかぎり、人の本や書き物を読もうと近づいてはならず、他人が手紙をしたためている時に覗きこんでもいけない。

19 快活な表情を心がけるべきだが、深刻な事態においてはその限りではない。

20 身振り手振りは話の内容と合致していなければならない。

21 人の生まれつきの病気を非難してはならず、それを面白がってはならない。

22 相手があなたの敵であっても、その人の不幸を喜ぶ自分を見せてはならない。

23 罪人が罰せられるのを見ると、内心あなたは喜ぶかもしれない。だが、苦しんでいる罪人には常に憐れみを見せるべきである。

24 いかなる公開の見世物にも大声で笑いすぎてはならない。

25 過剰な賛辞や大げさな好意は避けるべきだが、しかるべき場合は、それらを怠ってはならない。

26 貴族、判事、聖職者などの栄誉ある人びとに帽子を脱いで挨拶する場合、育ちの良い人の習慣および、その人物の人柄に従ってお辞儀をすること。あなたと同等の人びとのなかには必ずしも真っ先にあなたにお辞儀をすべきだとは思わない人もいるだろうが、見せかけが必要でない場合にも帽子を脱ぐのは言葉で挨拶を交わすのと同じで、最も通常の習慣である。

27 自分より身分の高い人に帽子の着脱を指図するのは失礼である。また、帽子は慌ててかぶるものではなく、求められたらすぐに、せめて二度目にはかぶるべきだ。ここで問われるのは挨拶における振る舞いは場所をわきまえるべきだということであって、儀式ばって座ってばかりいるのはよろしくない。

28 あなたが座っている間に誰かが話しかけようと近づいてきたら、たとえ彼が目下の者であっても立ち上がりなさい。そして席を勧めるときには、彼の身分に応じてするべきだ。

29 あなた自身よりはるかに偉い人に会ったら立ちどまり、とりわけそこがドアの前であるとか、まっすぐな場所であるならば、一歩下がって道を譲りなさい。

30 大部分の国において一番偉い人は右側を歩く。ゆえに、尊敬すべき人がいるときはその人の左側を歩くといい。だが、三人一緒に歩くなら尊敬すべき人に真ん中を歩いてもらい、ふたりなら、尊敬すべき人に壁側を譲るべきである。

31 年齢、財産、徳において抜きんでている人は自分より劣る者に自宅のひと部屋を提供するだろうが、恩義を受ける側はそれを期待してはならないし、与える側もあまり熱心にすべきではなく、二度以上そういうことはしないほうがいい。

32 同輩や自分とほぼ同格の人に自宅の中心である部屋を貸す場合、提供されたほうはとりあえずは遠慮すべきだが、二度目はへりくだりながら受けいれるべきだ。

33 高位にある人、もしくは公職に就いている人は優先権に恵まれているが、若いうちは生まれや他の素質において同等の人びとに——彼らが税金を払っていなくとも敬意を払うべきである。

34 自分より先に相手に話をさせるのは良いマナーであり、相手が高位の人であるならばなおさらである。

35 実業家との会話は短くわかりやすくすること。

36 職人や身分の低い人は主人や高位の人にばか丁寧に接するのではなく、尊敬の念をもって接するべきである。また高位の人は威張ることなく、彼らを好意的に、親切に扱うべきである。

37 上流の人びとに話しかけるさいは身体を傾けたり、まともに顔を見たり、あまり接近したりせず、充分な距離を置くことだ。

38 病人を見舞うときは、よく知りもしないことを医者のように口にするのは慎むべきである。

39 手紙を書くとき、話しかけるときは、相手の教養や家庭の習慣に応じたふさわしい呼びかけをすること。

40 目上の人と議論で張り合うのはやめ、常に謙虚に、第三者に判断を委ねるべきだ。

41 あなたと同等の人が技術の専門家であるなら、彼に教えようとは思わないことだ。傲慢な感じがする。

42 高位の人と会話をするさいに失礼があってはならない。道化と王子が同等に振る舞うのがばかげているのと同じである。

43 病人や苦しんでいる人の前で喜びを表現してはならない。相手を悲しませるだけだ。

44 人が精一杯の努力をしたがうまくいかなかったとき、そのことで彼を責めてはならない。

45 人に助言や非難をするときは、それを公然とおこなうか人目につかぬところでおこなうかよく考えることだ。今するのか、それとも別のときにするか、どのような条件下でおこなうか。そして

46 責める場合は怒りを表すことなく、優しく穏やかにすること。
47 忠告はすべて時と場所を問わず、ありがたく聞くべきだが、忠告を受ける時と場所を伝えるのは失礼には当たらない。
48 大事な話を嘲ったりからかったりしてはならない。痛烈な皮肉を言うのはよくない。気の利いた楽しいことを話しながら、自分から笑ってはならない。
49 人を咎めるなら、あなた自身責められないようにあらねばならない。実例は教訓に勝る。
50 人を非難する言葉を使ってはならない。罵るのも悪態をつくのもいけない。
51 誹謗《ひぼう》中傷を慌てて信じないこと。
52 汚い服、破れた服、埃っぽい服は着ないようにし、毎日少なくとも一度はブラシをかけ、不潔なものには近づかないように注意すること。
53 衣服は慎み深くあれ。称賛を得るよりも自然に合わせる努力をし、あなたと同等の人びと、すなわち時と場所を正しくわきまえた市民の装いを維持すべきである。
54 通りを走ってはならない。ノロノロしすぎるのも、口を開けているのも、腕を振ったり、足で地面を蹴ったり、爪先立って歩いたり、踊るように歩くのもいけない。
55 見栄を張るのはよくない。常に周囲に目を配り、身なりはきちんとしているか、靴がぴったり合っているか、靴下がたるんでいないか、服に乱れがないか確かめること。
56 路上でものを食べてはいけないし、季節外れのものは家でも食べてはならない。
57 自分の評判を重んじるなら、社会的地位のある人びとと付き合うのがいい。悪い仲間といるよりはひとりの方がましだ。
劇場の中を歩くときは、連れはひとりだけがいい。もしも彼があなたよりも偉大なら、まず彼に右側を歩いてもらい、彼が立ちどまるまでは立ちどまってはならないし、曲がるときもあなたが最初に曲がってはならない。曲がるときはあなたの顔を彼の方に向け、彼が高位の人物なら、接近しすぎずにやや後方を歩くべし。そのほうが彼はあなたに話しかけやすいだろう。

58 会話は悪意や羨望のないものが望ましい。それは従順で感心な性質のしるしだからだ。興奮しても理性でそれを抑えなくてはならない。

59 目下の者の前で見苦しいところを見せてはならないし、道徳違反の行為もいけない。

60 友人たちに秘密を明かせと不躾にせきたててはならない。

61 真面目な教養ある人びとの間でさもしく浮ついた発言をしてはならないし、無知な者たちの間で難しい疑問や話題、あるいは信じられないようなことを口にするのもいけない。自分より上位の人、同等の人の間でしゃべりすぎるのもよくない。

62 喜ばしい時や食事時に悲しい話はしない方がいい。死だの怪我だのといった気の沈むことは言わないように。他人がそのようなことを口にしたら、できれば話題を変え、あなたの夢を語るのではなく、親しい友人に語りかけなさい。

63 男たるものは自らの業績で自分を評価すべきではなく、機転という稀な資質で評価すべきでもない。ましてや金のありがたみや血縁で評価してはならない。

64 誰も陽気に楽しんでいないところで冗談を飛ばしてはならないし、大声で笑ってはならない。失意の人を嘲笑うのはもってのほかである。理由があるのだから。

65 心ない言葉、嘲り、激しい愚弄は、機会があろうとも口にしてはならない。

66 でしゃばらず、友好的で礼儀正しくあれ。まっさきに挨拶し、耳を傾け、答えるべきであり、言葉を交わすときは、沈んだ顔をするな。

67 他者をけなしてはならないし、行きすぎた命令口調もよくない。

68 行き先を知らず、自分が歓迎されているのかいないのかわからないなら、そこへ行くな。求められてもいない助言はしない方がいいし、望まれても助言は短いに限る。

69 ふたりが競い合っているとしたら、自発的な役は演じない方がいい。自分自身の意
平凡な意見にこだわらないことだ。

70 他者の不完全さを責めてはいけない。両親や教師、上役からゆずりうけたものなのだから。

71 人の傷や吹き出物を凝視してはならないし、どうしてそうなったのかと尋ねてもいけない。友人にこっそり話しても良いが、他人の前では口をつぐんでおくこと。

72 人前では慣れない言葉ではなく自分の言葉で話し、上流の人びとにならい、低俗な人間の真似はするな。高尚なことがらは真面目に扱うこと。

73 話す前に考え、発音は不完全であってはならず、慌てずに秩序正しく明瞭に話すのが良い。

74 他の人がしゃべるときはじっと耳を傾けて聴衆の邪魔をせず、誰か言葉に詰まる者がいれば助け、望まれていないのならせきたててはならず、口を挟むのもいけないし、話が済むまでは答えてもいけない。

75 話のさいちゅうに人が論じていることについて質問してはならないが、あなたがあらわれたせいで話が滞りそうになったら、その人に続けてくださいと優しく促すと良い。高位の人が話の途中であらわれたら、もう一度繰り返すのが思いやりである。

76 しゃべりながら、相手を指差したり、接近しすぎたりしてはならない。向き合ってしゃべっているならなおさらである。

77 仕事に関する交渉はしかるべき時間におこない、他の人びとの前でこそこそと話してはならない。

78 比較はするな。友人の誰かが立派な勇気ある行動で褒められても、他の者に同じ行動を薦めてはならない。

79 真実を知らないのなら、ニュースを広めてはならない。小耳にはさんだことを話すときは情報源の名前を明かしてはならない。情報源が必ずしも秘密の発見者とは限らないからだ。

80 会話や読書で退屈してはならないが、仲間がそれを喜んでいるとわかったときはその限りではない。

81 他人の問題を知りたがるのは良くないし、内緒話をしている人たちに近づくのも感心しない。

82 実行できないことを引き受けてはならないが、約束は心して守るべきだ。

83 問題を伝えるさいは、淡々と慎重にすべきであり、相手が目下の者でもそれは同じである。

84 上役たちが話をするときは、しゃべったり笑ったりせずに耳を傾けるべきである。

85 あなたより高位の人びとの前では質問をされるまで口を開いてはならず、質問をされたら背筋を伸ばして立ち、帽子を脱いで、言葉すくなに答えること。

86 議論においては勝つことに汲々とするのも、相手に意見を言わせないのもよくないし、とりわけ彼らが議論の審判者なら、判断は多数派にゆだねるべきである。

87 威厳ある人にふさわしい態度をとり、話されることに耳を傾けよ。他人が言うことにいちいち反駁してはならない。

88 冗漫な会話は良くなく、話が絶えずよそへそれるのも、同じことを頻繁に繰り返すのも、いない人の悪口は不当であるので良くない。

89

90 食事のさい、掻いたり、唾を吐いたり、咳をしたり、鼻をかんだりするのは、必要に迫られている場合を除き、いけない。

91　食べ物にはしゃいだ様子を見せてはならず、がつがつと食べてはならない。パンはナイフで切り、テーブルにもたれず、自分の食べるものにケチをつけないこと。

92　塩を使うのも、脂ぎったナイフでパンを切るのもいけない。

93　テーブルで人をもてなすには、肉を供するのがふさわしい。主人が望まない料理は出さないほうがいい。

94　パンをソースに浸すなら、一度に口に入る分だけにし、肉汁を吹いてはならず、自然に冷めるのを待つべきである。

95　肉をナイフで口の中に入れてはならないし、フルーツパイの種を皿の上に吐きだしたり、テーブルの下に投げたりしてはならない。

96　食事どきは前かがみになりすぎないこと。指は清潔に保ち、汚れた時はテーブルナプキンの隅で拭うこと。

97　口の中のものを飲み込まないうちに、次のひと口を食べてはならず、そのひと口も大きすぎてはならない。

98　口の中をいっぱいにしたまま飲んだり話したりしてはならず、飲みながら周りをじろじろ見てはならない。

99　ぐずぐず飲むのも、せかせか飲むのもいけない。飲む前と後は口元を拭くこと。そのさいだけに限らないが、不作法であるから大きな音は立てない。

100　テーブルクロス、ナプキン、フォーク、ナイフで歯の掃除をしてはならず、他人がそれをするなら楊枝でやってもらうべきだ。

101　人の面前で口をすすいではならない。

102 食事が目的で頻繁に人を訪ねるのは礼儀にかけるし、自分が酒を飲むたびに人を誘うのも無用なことだ。

103 目上の人たちと一緒のとき、彼らよりも長々と食べてはならず、腕はテーブルに載せないこと。載せていいのは両手のみである。

104 一座の中でナプキンを広げて最初に食事に取り掛かって良いのは一番偉い人である。しかし、一番遅い者があわてずにすむように、様子を見て、手際よくはじめないといけない。

105 何が起きようとも食事中に怒ってはならないし、怒る理由があったとしても、顔に出してはならず、とりわけ、知らない人びとが同席しているなら陽気な顔を保つのが良い。上機嫌こそ食事を楽しくするからだ。

106 テーブルの上座に就くのが当然であっても、家の主人にそう勧められない限りは上座に座ってはならない。上座をめぐり争うのはもってのほかである。

107 食事のさいに他の人びとが話していたら、耳を傾けなさい。しかし口に食べ物を入れたまま話してはならない。

108 神について、神の象徴について話すときは、真面目に敬意を込めてすること。たとえ貧しくとも実の親を尊敬し、従いなさい。

109 娯楽は人間味あるものであれ。罪深いものではいけない。

110 良心という神聖なちいさな火花を胸の奥に灯し続けるよう努めよ。

完

謝辞

まっさきに、喜びと支援に満ちた多くの時間を与えてくれた妻と子供たち、わたしの両親、兄弟、ならびに義理の両親、義理の兄弟に感謝する。この十五年あまりにわたって、すばらしい同僚であり友人であり続けてくれたアーント、ブリトン、ローニング、セイレルの各氏に感謝する。親しい同業者であり読者仲間のアン・ブレイシェアーズ、デイブ・ギルバート&ヒラリー・レイル、それにサラ・バーンズ、ピート・マケイブ、ジェレミー・ミンディチ、みんな、貴重な意見を与えてくれてありがとう。この作品を世に送り出す手助けをしてくれたジェニファー・ウォルシュ、ドリアン・カークマーとウィリアム・モリス社のチーム、ポール・スロヴァクとヴァイキング社のチーム、セプター社のジョカスタ・ハミルトンに特別な感謝を捧げる。カナル・ストリートからユニオンスクエアに至るまでの全てのコーヒーショップ、そのような心安らぐ行きつけの場所を提供してくれたダニー・メイヤー〔ユニオンスクエアホスピタリティグループの最高経営責任者〕とキース・マクナリー〔売れっ子のレストラン経営者〕にも感謝の念は尽きない。

さらに過去へと遡って、見事な自制心と気魄の持ち主だった祖母たちにもありがとうと言いたい。早々と信頼を寄せてすべてを一変させてくれたピーター・マシーセン。知的好奇心と修業の鑑であるディック・ベイカー。無限の価値を持つインスピレーションの創造主ボブ・ディラン。そして実に思いがけなくニューヨークにわたしを辿り着かせてくれためぐり合わせにも感謝する。

引用出典

一〇〇頁　ヴァージニア・ウルフ／御輿哲也訳『灯台へ』岩波文庫
一〇一頁　ヘミングウェイ／訳者訳「持つと持たぬと」
一一六頁　E・M・フォースター／西崎憲・中島朋子訳『眺めのいい部屋』ちくま文庫
二〇八頁ほか　ヘンリー・デイヴィッド・ソロー／今泉吉晴訳『ウォールデン　森の生活』小学館
二二〇頁　ウェルギリウス／訳者訳『アエネーイス』
二四五頁　シェイクスピア／福田恆存訳『マクベス』新潮文庫
三八一頁　ル・コルビュジエ／生田勉・樋口清訳『伽藍が白かったとき』岩波文庫
三八六頁　訳者訳／「海軍賛美歌」

登場する文学作品

ジョン・スタインベック『怒りの葡萄』The Grapes of Wrath by John Steinbeck
T・S・エリオット『アルフレッド・プルーフロックの恋歌』The Love Song of Alfred Prufrock by T. S. Eliot
マーク・トウェイン『ミシシッピの生活』Life on the Mississippi by Mark Twain
ジェイムズ・フェニモア・クーパー『モヒカン族の最後』『鹿狩り人』The Last of the Mohicans,

The Deerslayer by James Fenimore Cooper
パール・バック『大地』The Good Earth by Pearl Buck
R・L・スティーヴンソン『宝島』Treasure Island by Robert Louis Stevenson
ダニエル・デフォー『ロビンソン・クルーソー』Robinson Crusoe by Daniel Defoe
ダンテ・アリギエーリ『神曲』「地獄篇」「天国篇」La Divina Commedia by Dante Alighieri
チャールズ・ディケンズ『大いなる遺産』Great Expectations by Charles Dickens
レフ・トルストイ『アンナ・カレーニナ』Анна Каренина by Лев Толстой
アントン・チェーホフ『桜の園』Вишнёвый сад by Антон Павлович Чехов
ウォルター・ホイットマン『草の葉』Leaves of Grass by Walter Whitman
ジュール・ヴェルヌ『海底二万里』Vingt mille lieues sous les mers by Jules Verne
ジャック・ロンドン『野生の呼び声』The Call of the Wild by Jack London
デール・カーネギー『人を動かす』How to Win Friends and Influence People by Dale Carnegie
アガサ・クリスティー『ナイルに死す』『スタイルズ荘の怪事件』『ポアロのクリスマス』Death on the Nile, The Mysterious Affair at Styles, Hercule Poirot's Christmas by Agatha Christie
ヴィクトル・ユーゴー『レ・ミゼラブル』Les Misérables by Victor Hugo
ヴァージニア・ウルフ『自分だけの部屋』A Room of One's Own by Virginia Woolf
ジェイムズ・ジョイス『ユリシーズ』Ulysses by James Joyce

解説

コラムニスト
山崎まどか

本作『賢者たちの街』（二〇一一）は作家エイモア・トールズのデビュー作である。日本では二作目となった『モスクワの伯爵』（二〇一六）の方が先に出て、二十世紀前半の贅沢な世界へのノスタルジーを感じさせるディテールにちりばめられた彼の作品の魅力の虜になった読者もいるだろう。『モスクワの伯爵』の舞台は一九二〇年代から五〇年代にかけてのロシアの高級ホテルだった。こちらの作品は一九三〇年代のニューヨークだ。この時代のアメリカというと、一九二九年の株式大暴落を受けた世界恐慌のイメージがある。ニューヨークも失業者が溢れ、二〇年代の華やかなお祭り騒ぎのムードはおさまった。しかし、フランクリン・ルーズベルト大統領が掲げるニューディール政策と公共事業促進局（ＷＰＡ）の恩恵を受けたニューヨークは、この年代に街として大きく進歩している。一九三四年にニューヨーク市長となったフィオレロ・ヘンリー・ラガーディアは都市建設者のロバート・モーゼスと共に市の近代化を推し進めた。モーゼスがＷＰＡのプログラムで作った巨大なプールのうちの一つは、『賢者たちの街』の中にも登場する。

　クライスラー・ビルディングの完成が一九三〇年、エンパイアステート・ビルディングが一九三一年。マンハッタンにはアール・デコ建築の巨大なビルディングが次々と建設された。複合施設のロックフェラー・センターの完成は一九三九年だが、三三年にはその施設の一部である現在のコムキャスト・ビルディング、通称30ロックフェラー・プラザがRCAビルディングとしてオープン。その六十五階に作られたのが、ティンカーがイヴの誕生日を祝った展望レストランのレインボールームである。私たちがニューヨークと聞いて思い浮かべるマンハッタンの摩天楼はこの時代に形作られたと考えていい。

ビルがそびえ立ち、アップタウンやミッドタウンの摩天楼が上に上にと登っていく一方で、地上には仕事を失った労働者階級や海外から押し寄せる貧しい移民たちがひしめいている。三〇年代のニューヨークは「持つ者と持たざる者」の世界がどんどん乖離していく時期でもあった。

一九三七年の大晦日から翌年の冬までの一年間を中心とする『賢者たちの街』は、地図の上でもアップタウンとダウンタウンに分かれているマンハッタンの上と下の世界、「持つ者と持たざる者」の邂逅のストーリーだ。この物語の語り手であるケイト・コンテントはロシア移民のコミュニティがあるブルックリン地区のブライトンビーチの出身。マンハッタンの側から見るとイーストリバーを挟んで地図の一番下、ニューヨーク市の最南端に位置する場所だ。移民二世のケイトはカティヤというロシアの名前をアメリカ風に変え、マンハッタンのウォール街の法律事務所の秘書まで、地図上も社会的な地位においても〝登って〟きた女性である。彼女は下宿屋で、中西部の恵まれた家庭から自由を求めてニューヨークにやって来たイヴと親友になる。二人がダウンタウンのボヘミアンたちの主戦場であるグレニッチ・ヴィレッジのジャズクラブで大晦日に出会ったのが、アップタウンに住む恵まれたWASP（ホワイト・アングロサクソン・プロテスタント）の青年ティンカー・グレイだ。ケイトの目には、彼がキャメルのコートを着て戯れに下界に降りてきた天使に見えたに違いない。

それくらい、二人の世界はかけ離れている。ティンカーが住んでいるベレスフォードはセントラルパークの西側にある。アメリカ自然史博物館のすぐそばにある二十三階建てのこのビルは、現在でもニューヨークで最も贅沢なアパートメントのひとつとして有名だ。ヴァイオリニストのアイザック・スターンから、映画監督マイク・ニコルズ、シンガーのダイアナ・ロス、女優のグレン・クローズ。一九二九年に建設されてから今に至るまで、ここの居住者は超一流の有名人や資産家ばかりである。株式仲介人であるティンカーはミッドタウンの21クラブやストーク・クラブといった一流レストランを根城としている。

ダウンタウンで会ったティンカーとケイトとイヴは最初、三人で遊んでいて、そのバランスは危うくも均衡を保っていた。しかし思いがけないアクシデントによってイヴの方がティンカーと結ばれ、二人はケイトを残してマンハッタンの〝上〟の住人の世界へと去っていってしまう。茶色のベントレーや、アパートメントにさりげなく飾られたアール・デコ・デザインの小物、バケットカットのダイヤモンドのイヤリング。二十世紀のエスタブリッシュメントの世界を彩るもののディテールは、エイモア・トールズの小説を読む楽しみの一つだ。それはケイトの羨望の眼差しによって、より美しく輝く。

イヴが誕生日に服を買うのはミッドタウンの五番街、高級デパートメント・ストアがひしめく通称〝レディース・マイル〟と呼ばれる地域だ。かつてはB・アルトマン&カンパニー、ロード&テイラー、そして小説内に出てくるヘンリー・ベンデル、サックス・フィフス・アベニュー、バーグドーフ・グッドマンといった有名店が並んでいた。しかし今世紀に入ってからのリーマン・ショックの打撃を受け、さらにネット通販の攻勢により存在意義を失い、かつての〝レディース・マイル〟には現在、バーグドーフ・グッドマンとサックスくらいしかデパートは残っていない。ケイトが憧れたショッピングの世界はニューヨークにとってもノスタルジーを誘うものになってしまった。

一方、イヴが下宿屋を出て行ってからケイトが暮らすロウワー・イーストサイドはユダヤ系移民のコミュニティがある地域。イディッシュ語（中・東欧系ユダヤ人の言語）を話す同僚が住む近所には、ユダヤ人の厳格な食事規定に適ったコーシャ・デリの店がある。華やかさとは無縁の生活ぶりで、アップタウンとの対比が鮮やかだ。それはまたアップタウンとは違うヴァイタリティに溢れた色彩豊かなニューヨークらしい場所だが、違う世界を垣間見たケイトは輝くものに手を伸ばすように、そこから上昇していくことに決める。

資産も学歴もない人間が、才覚と度胸で特権階級が支配する既存体制への参入を目指す。大人しそうだが意志の強いケイトが出版の世界を足がかりに、マンハッタンの地図を北上していく様子を描いた本作は、ニューヨークを舞台にした文学の伝統を引き継いでいる。ただのアメリカン・ドリームと金銭的な成功の物語ではない。ニューヨークの小説の野心溢れる主人公たちが最終的に目指すのは、アイデンティティの刷新である。スコット・フィッツジェラルドの『グレート・ギャツビー』然り。ただ身分を偽るのではなく、自分が目指したその世界の真の住人へと生まれ変わろうとするキャラクターのなんと多いことか。ニューヨークという大都市の性質がそれを可能にするのだろう。ケイトだけではなく、イヴも、そしてティンカーも変身を夢見た人間だということが明らかになっていく。

ケイトと違ってイヴは恵まれた家の出身だが、自由なスピリットを持つ彼女にとって中西部の故郷で生きることは緩慢な死を意味するのだろう。彼女は自立した生活に憧れて、ニューヨークにやって来る。イヴがケイトのフラッパージャケットを借りる場面は象徴的だ。お金持ちのお嬢さんが、貧しい女の持つ自由を借用して生活している。読んでいると、この小説には上着を借りるシーンが多いことに気がつく。ケイトも映画館でティンカーの仔羊革のコートを羽織って贅沢の匂いを嗅ぎ、クラブの外でティンカーの兄、ヘンリーと話す時は借りてきたディッキーの上着の内ポケットから十ドル紙幣二枚を抜いて彼に渡す。

しかし、ケイトのコートを借りても基本的なイヴのメンタリティが変わらないように、偽りの仮面やメッキはいつか剝がれる運命にある。ティンカーのファッションやライフスタイル、ジョージ・ワシントンのルール・ブックを読み込んで身につけたマナーは、生まれつき恵まれている人間のそれとは違って隙がなさすぎる。製紙会社の御曹司であるおっとりとしたウォレス・ウォルコットの無頓着な服装や、遊び人のディッキーのアパートの趣味と比べると、ティンカーの上辺には悲痛なまでの鍛錬が見て取れる。「持たざる者」の憧れがそこに内包されている。野心的な主人公が社会的な階層を駆け上がっていくニューヨークの物語は、常に転落の筋書きを用意している。

逃げ場をなくした女子工員たちがビルから次々と飛び降りた一九一一年のトライアングル・シャツウェスト工場の大火災から、崩壊する世界貿易センタービルディングからの避難が間に合わなかった人々の影が雨のように降った二〇〇一年のアメリカ同時テロ多発事件まで。高層ビルの街だけあって、ニューヨークの街は〝転落〟のイメージに溢れている。ビルからの飛び降り自殺は星の数にものぼるだろう。この物語に出てくるジョン・ウィリアム・ウォードがゴッサム・ホテルから飛び降りた事件は、後に「14時間の恐怖」（一九五一）という映画の題材になった。一九四七年にはイヴリン・フランシス・マクヘイルという女性がエンパイアステート・ビルディングから飛び降りた。革手袋でネックレスをつかんだまま眠っているように見える彼女の遺体写真は「世界で一番美しい自殺者の写真」として歴史に残っている。朝鮮戦争を機会に身分を偽り、広告業界で活躍する男を主人公にした六〇年代ドラマ「MADMEN」（二〇〇七〜二〇一五）のオープニング・タイトルは、ビルから転落していく男の様子を捉えたアニメーションだった。きらびやかなニューヨークの残酷な真実がここにある。

ただ、ニューヨークでは〝転落〟は必ずしも〝破滅〟を意味しない。それは時に〝逸脱〟となり、楔から人を解放することにもなる。ティンカーが最後、かつてそこの住人になろうとしたマンハッタンを外側から見つめる時、街はより一層煌めいて見える。それはもう誰かが自分のアパートのドアを直接ノックすることのない、ケイトが二度と見られない輝きなのだ。だからティンカーとケイトの邂逅は切ない。上昇する者と転落した者がそれぞれに失い、手にしたものがある。

ミケランジェロ・アントニオーニの映画の登場人物のように、途中で物語のプロットから消えてしまうイヴの行方が気になる読者も多いだろう。エイモア・トールズは、カリフォルニアに行ってからの彼女を主人公にした *EVE IN HOLLYWOOD* という中篇も書いている。オリヴィア・デ・ハヴィランドと写真に写った時、彼女に何があったのか。いつか、この作品も日本語で読める時がくるといいと思う。

訳者略歴　立教大学英米文学科卒，英米文学翻訳家　訳書『モスクワの伯爵』トールズ，『ウルフ・ホール』マンテル，『ありふれた祈り』クルーガー，『蛇の書』コーンウェル，『夜のサーカス』モーゲンスターン（以上早川書房刊）他多数

賢者《けんじや》たちの街《まち》

2020年6月20日　初版印刷
2020年6月25日　初版発行

著者　エイモア・トールズ

訳者　宇佐川晶子《うさがわあきこ》

発行者　早川　浩

発行所　株式会社早川書房
東京都千代田区神田多町2－2
電話　03－3252－3111
振替　00160－3－47799
https://www.hayakawa-online.co.jp

印刷所　株式会社亨有堂印刷所
製本所　大口製本印刷株式会社

Printed and bound in Japan

ISBN978-4-15-209939-6 C0097